Comme un rat mort

Titre original : *The Rattle Rat*

27, rue de Fleurus - 75006 Paris
10, rue Fortia - 13001 Marseille

ISBN : 2-86930-010-7
ISSN : 0764-7786

Janwillem Van De Wetering

Comme un rat mort

Traduit de l'américain
par Isabelle Reinharez

Collection dirigée par
François Guérif

rivages/noir

Du même auteur dans la même collection :

Sale temps (n° 30)
L'Autre fils de Dieu (n° 33)
Le Babouin blond (n° 34)
Inspecteur Saïto (n° 42)
Le Massacre du Maine (n° 43)
Un vautour dans la ville (n° 53)
Mort d'un colporteur (n° 59)
Le Chat du sergent (n° 69)
Cash-cash millions (n° 81)
Le Chasseur de papillons (n° 101)

Préface

Chacun sait que les Pays-Bas ne sont pas très étendus, mais ce que les étrangers ignorent le plus souvent c'est que ce petit point sur la carte est en fait divisé en onze provinces. Dix de ces parties d'un plus grand tout vivent depuis des siècles dans une dépendance réciproque, mais la onzième, la Frise, au nord-ouest du pays, a toujours préféré rester sur son quant-à-soi. Elle a refusé l'obéissance aveugle au gouvernement qui siège au sud, à La Haye et, comme le montrera cette histoire, se tient aujourd'hui encore à l'écart avec une grande obstination et une arrogante liberté d'esprit.

La Frise possède sa propre langue, qui n'est pas un dialecte, avec une grammaire bien à elle, des conjugaisons particulières et des mots qui sonnent et s'épellent autrement que dans la langue hollandaise employée au-delà de sa frontière orientale et au sud de la Grande Digue qui la relie désormais à la province de Hollande Septentrionale, sous l'autorité de la grande ville d'Amsterdam. L'autre frontière de la Frise, c'est la mer. La couleur de la mer se reflète dans les yeux des Frisons, c'est le bleu lumineux des valeureux Vikings.

Quand, chacune à leur tour, les armées romaines,

espagnoles, françaises et allemandes envahirent les Pays-Bas, la guérilla frisonne les combattit avec loyauté, une main brandissant la Bible et l'autre une arme meurtrière. Les percepteurs étrangers n'ont jamais connu un bon accueil en Frise. La pêche en mer, l'élevage du bétail (des célèbres vaches noires et blanches), la fabrication d'outils de qualité supérieure, la culture de légumes de premier choix sont des activités lucratives – alors pourquoi partager les profits avec des parasites venus du sud ?

Le monde rapetisse ; même les Frisons ont dû céder à leurs voisins, un petit peu. Les différences, cependant, restent toujours aussi marquées. Les Pays-Bas sont propres, la Frise l'est encore plus. Les Pays-Bas ont de belles digues, la Frise en a de plus belles encore. Les Pays-Bas connaissent à peine le crime, la Frise encore moins.

Mais qu'arriverait-il si un Frison était lâchement assassiné dans la maléfique Amsterdam ?

La Brigade Criminelle d'Amsterdam, dirigée par son vieux commissaire, se lancerait aux trousses de l'assassin pour le venger, car le commissaire est né en Frise.

Un commissaire est un fonctionnaire de haut rang ; dans la Police Municipale, au-dessus du commissaire, il n'y a plus que le Préfet. Sous les ordres d'un commissaire travaillent des inspecteurs principaux, des inspecteurs, des officiers sans mandat, adjudants et sergents, et des agents de première et de seconde classe. En dehors des villes, aux Pays-Bas, l'ordre est maintenu par la Gendarmerie, organisée selon une hiérarchie militaire ; pour compliquer encore un peu les choses, il y a aussi la Police Militaire, nommée parfois Maréchaussée, qui garde les frontières, protège la Reine et forme les forces armées. En cas de crise – et en Hollande un assassinat est une crise – tous les policiers travaillent ensemble et leurs territoires se chevauchent.

1.

Doeke Algra, né à Menaldum, en Frise, vingt-huit ans plus tôt, éprouvait à l'instant un sentiment de bonheur intense. Il avait déjà connu cette euphorie quand, sur les genoux de son père, il regardait s'ébattre les chiots. Des chiots, il n'y en avait pas, mais leur mystérieuse absence faisait partie de son bonheur. Doeke Algra père, à l'époque plein de jeunesse et de vitalité, devait travailler dur et aimait à se détendre après dîner tandis que le petit Doeke, lui, préférait sautiller et se démener comme un beau diable. Il savait rester tranquille mais seulement s'il avait un but. « Les chiots vont passer devant la fenêtre dans une petite minute », disait le père Algra en câlinant son rejeton, et tous deux fixaient la campagne derrière l'étroite fenêtre d'une humble maison d'ouvriers coincée entre des saules noueux, et goûtaient ce tendre moment de chaleur sans que les chiots arrivent jamais.

Cette même chaleur enveloppante avait envahi l'agent de première classe Algra alors qu'il considérait les eaux du Port Intérieur d'Amsterdam, depuis le quai Prince Henry. L'agent Algra, affecté à la section en tenue du commissariat du Quartier Rouge, n'était pas en service à ce moment-là, aux environs de deux heures du matin et puis cinq minutes plus tard, ou peut-être que si, car un flic est au service de la communauté vingt-quatre heures sur vingt-quatre et Doeke avait donc sur lui son revolver et sa plaque d'identité, bien qu'il ne fût pas en uniforme. Il portait un blouson de cuir et des jeans serrés. Le pistolet était caché sous son aisselle. La plaque en plastique, barrée des trois couleurs, rouge blanc bleu, du drapeau hollandais, attestant que le porteur était un officiel, était dissimulée dans la poche de poitrine du blouson. Sa conscience sociale toujours en éveil se cachait, elle, derrière une brume de genièvre frison, une version à base d'herbes du gin hollandais, résidus vaporeux d'un bon nombre de verres bus pas plus tard qu'une demi-heure auparavant dans le bar de Jelle Troelstra. Troelstra était l'ange gardien de Doeke et le propriétaire d'un trou noir dans le mur de la ruelle du Quartier Vieux. Dès que Doecke avait le mal du pays, il rendait visite à Jelle.

« Jûn », disait alors Jelle, ce qui signifiait « bonsoir » en Frison et rien du tout en hollandais. Ensuite ils se mettaient à discuter dans leur jargon à eux, pour se consoler d'avoir à vivre loin du pays. Jelle écoutait, et partageait en silence les doléances de Doeke. Doeke se plaignait du vice immonde d'Amsterdam, de la vulgarité de ses femmes publiques et de l'implacable avidité des maquereaux noirs du Quartier. Tout en écoutant, Jelle faisait glouglouter le cruchon de genièvre ; le premier et le dernier verre sur le *hûs*. Parfois Jelle, le réconfortant dispensateur de consolation liquide transpirait, car il souffrait encore de paludisme et de temps en temps il se frottait la cuisse à l'endroit où une vieille blessure par balle se rappelait à son souvenir. La fièvre lui venait de l'enfer tropical de Nouvelle-Guinée et le coup avait été tiré par un Cosaque à cheval. Jelle et Doeke étaient tous deux des Frisons guerriers, mais Jelle ne parlait plus de son ardente quête car il avait combattu du mauvais côté, qui, à l'époque, était le bon, ainsi qu'il l'avait cru sincèrement en ces temps lointains. Il avait été sergent dans la Légion SS hollandaise pendant la Deuxième Guerre Mondiale et avait défendu les flancs d'une colonne de transport allemande contre les troupes irrégulières russes, galopant sur la neige. Jadis Jelle avait combattu pour la Grande Europe et il avait été récompensé par les travaux forcés, la construction d'une route à travers la jungle d'une colonie inutile. Doeke luttait toujours pour maintenir la paix au cœur d'Amsterdam et n'était pas récompensé du tout. Toute la bravoure humaine ne mène nulle part ; Jelle connaissait cette vérité depuis un bout de temps, Doeke continuait à bercer ses idéaux. Doeke ignorait que Jelle avait été un traître plein de bons sentiments. Il ignorait aussi que Jelle était né à Hallum, un bidonville tout près du Menaldum de Doeke. Quand on lui posait la question, Jelle répondait qu'il venait d'Anjum, un village très éloigné de la vérité. Le plus loin possible. Doeke ne connaissait personne à Anjum.

Jelle l'exilé consolait Doeke, au service de l'humanité loin de chez lui. Le silence du patron de bistrot apaisait le jeune homme.

Le silence patient de Jelle et le flamboiement du genièvre réchauffaient maintenant l'âme de Doeke en irradiant d'un point brûlant dans son estomac ; sans se presser il avait atteint le Port Intérieur où l'on ne voyait rien sinon une étendue mouvante d'eau grise. Ce mouvement gris lui rappela les lambeaux de brume qui venaient caresser les fenêtres de la petite maison de ses parents, à l'époque bénie où il était en sécurité dans les bras de son père.

Il était planté là, jambes écartées, les mains derrière le dos, et regardait tranquillement au-delà des lourdes vagues.

Il faudrait qu'il se passe quelque chose maintenant, pensa Doeke, quelque chose d'agréable. Peut-être espérait-il une vision merveilleuse. L'alcool relâche les tensions, libère les images heureuses qui s'enflamment dans l'âme et consument les peines quotidiennes.

A quel moment exactement aperçut-il l'incendie flottant ? Doeke fut incapable de s'en souvenir quand, penaud, il dut admettre plus tard, devant les collègues de la police qui l'interrogeaient, que ses sens étaient plutôt embrumés pour cause d'absorption excessive d'alcool à base d'herbes.

Quelque chose brûlait, avec de grandes flammes pointues qui déchiraient le brouillard, et ce quelque chose avançait au rythme lent des vagues. Doeke avait reçu une éducation religieuse, et le Bon Dieu, à cette époque-là, marchait sur les eaux – on parlait aussi d'un buisson ardent, et les anges étaient partout, des épées rougeoyantes au poing. Il était donc assez concevable que Doeke associât l'événement de cette nuit avec l'enseignement religieux, et qu'il n'eût pas pensé aussitôt à un incendie ordinaire. Un incendie sur un bateau, non – il y voyait mieux maintenant – sur un petit bateau ?

Pourquoi un doris serait-il en feu ?

Doeke dessoûla un peu et s'essaya à une réflexion logique. Il se souvint qu'il était toujours un agent de première classe, même à cette heure, plutôt avancée, un jour de repos, en vêtements civils et malheureusement assez soûl. Ce qui se passait là-bas n'était pas normal du tout et il devait faire un rapport. Où y avait-il un téléphone ?

A la Gare Centrale. Doeke y courut, en longues enjambées élastiques. Le doris en flammes était toujours visible du Quai du Port Intérieur. Doeke tituba mais il continua à courir et l'alcool se dilua dans son grand corps musclé. Il composa six fois le deux dans la cabine téléphonique de la gare et fit son rapport, avec brièveté et clarté, donnant son nom, grade et le numéro de téléphone de la cabine. Le sergent du service au standard radio du Commissariat Central, Canal de l'Elan, n'eut qu'à appuyer sur un bouton. La Police Fluviale Nationale répondit aussitôt et le sergent, là-bas, appuya sur un autre bouton. Pour toute réponse, un bateau de patrouille se mit à vrombir. Trois minutes plus tard le téléphone sonna dans la cabine de Doeke.

– Oui ? fit Doeke.

– Compris, répondit Doeke. Il courait à nouveau, toujours un peu chancelant. Dix minutes plus tard il sauta du pont à la Tour du Port donnant sur le Quai de l'Amiral et atteignit de justesse le hors-bord gris et plat ; il était encore loin d'avoir retrouvé tous ses esprits. Les policiers de la Fluviale empoignèrent leur collègue de terre ferme. Le moteur de leur embarcation faisait entendre un ronron puissant.

– Port Intérieur, indique Doeke.

Le bateau fendit l'eau trouble, sous les ponts de l'Avant-Port et du Front de Mer. Les policiers fluviaux avaient accueilli Doeke avec une petite démonstration d'amitié mais n'espéraient pas grand-chose, ils s'attendaient à une fausse alerte. Un incendie sur l'eau ? Remarqué par un agent ivre ? On allait voir ce qu'on allait voir.

– Bien, où se trouve le problème ?

Le doigt de Doeke glissa vaguement sur la carte des eaux.

– Voyons, ici peut-être ? J'étais là, sur le Quai Prince Henry, ici, je dirais. Un doris j'ai pensé, avec des flammes qui s'en élevaient, et de la fumée noire aussi – un sacré nuage.

Ils cherchèrent en vain, pendant une bonne demi-heure. Doeke fut ramené sur le quai, le Singel, où il habitait un grenier.

– Bon travail, dit Doeke d'un ton poli et les flics fluviaux répondirent « Bonne nuit ».

Qu'est-ce que ça a pu être, ce problème ? Un éclair ? Il y avait eu un orage un peu plus tôt dans la journée. Des roulements de tonnerre assourdis, aux abords de la ville. La chaleur de l'été, est-ce que ça ne déclenche pas des décharges d'électricité dans les nuages bas ? Les policiers fluviaux n'y croyaient pas. De jeunes vandales ? Les garçons aiment lancer des allumettes. Une caisse bourrée de papier en flammes ? Ou peut-être une vision après tout ? Doeke avait beaucoup travaillé et très peu dormi ces derniers jours. Des heures supplémentaires de service, de longues heures d'études pour son examen de passage au grade de sergent, plus quelques heures de bonne beuverie, la blessure d'une rupture récente, la visite à une pute follement séduisante et follement inutile – des tensions contraires sans un bon moment de relaxation pour y mettre bon ordre, et qu'est-ce qu'on voyait ? Un incendie sur l'eau ?

Les flics fluviaux décrivirent le phénomène inexistant dans leur rapport et une note fut classée au service radio du Commissariat Central Municipal. Une fois de plus la nuit laissa place au jour.

Waling Wiarda, debout de bon matin, faisait son tour de promenade, mais pas pour son plaisir, Waling travaillait. Un chef du Service des Jardins Publics se promène pour son travail, pour contrôler la croissance de la végétation en ville. Tout en marchant Waling récitait un poème. Dans les fissures des rochers qui formaient les parois des quais devaient (oh, sauvage et merveilleuse gloire, fleurs et splendeur...) pousser des sorbiers d'une taille extraordinaire qui abîmaient le mortier. Le garde municipal Wiarda, vêtu du velours kaki municipal, essaya de se rappeler la suite du jeu de mots du poète flamand mais les vers ne lui revenaient pas en tête et il chantonna à la place, en visualisant la beauté des fleurs. Les ingénieurs des Eaux ne devraient pas tant se plaindre, pensa le chef Wiarda. Bon, les sorbiers mesuraient deux mètres de haut, bon, leurs racines déstabilisaient les rochers, et alors ? Les quais étaient là depuis des centaines d'années, ils tiendraient encore un petit moment. *Son* devoir consistait à s'assurer qu'il y ait encore un peu de vie naturelle dans cette ville abandonnée de Dieu. Encore plus de fleurs sauvages, de tendres feuilles, pom pom (il chantonnait de nouveau), la gloire sauvage et merveilleuse. Les fleurs élèveraient le niveau intellectuel des habitants. En aidant la verdure de la ville à pousser il faisait du bon travail. Le chef se pencha, pour admirer un gros bouquet de pissenlits jaunes, pas de la variété habituelle. Des tiges vigoureuses, des feuilles briilantes. Vraiment joli, non ? Mais regardez-moi cette cochonnerie qui flotte dans le port. Ah, encore un rapport à faire, bourré de railleries sous-jacentes. Détritus puants, plastiques déchirés, de couleurs horribles, de choses innommables collées les unes aux autres, des mètres cubes d'ordures porteuses de maladie et, tiens, pourquoi pas ? un doris calciné. Une épave d'aluminium déchiqueté, de quatre mètres de long, venant frapper bêtement de sa proue les rochers lisses, abîmant les buissons en fleurs de ses coups stupides. Wiarda se pencha prudemment, trouvant un appui en s'accrochant aux branches des sorbiers. Il était peut-être un provincial, dont se moquaient les snobs de la ville, mais chez lui, en Frise, une telle dégradation ne serait pas permise, et grâce à lui, le péquenaud, affecté au pire endroit du pays, ce n'était pas aussi grave que ça le serait certainement sans lui. Il n'abandonnerait jamais sa lutte contre la saleté. Aujourd'hui même il taperait son énième rapport et le porterait en personne au Service d'Hygiène Municipal.

– Hygiène, grogna Wiarda ; le service était le plus sale de tous, il ne serait pas étonné si les collègues avaient jeté eux-mêmes toutes ces ordures.

– « Himmel », gronda le chef, invoquant le ciel dans sa langue. Wiarda était aussi un fervent chrétien. Quel péché avait-il bien pu commettre pour que le ciel le punisse aujourd'hui en lui donnant un aperçu de l'immonde contenu de l'enfer ? Le châtiment n'était pas terminé. Wiarda, tiré de son calme apparent par la peur, sentit ses jambes se dérober et vit ses bottes bien cirées s'enfoncer dans la vase qui entourait le doris mort. Il remonta sur le quai en s'accrochant et partit, titubant, le long du Quai Prince Henry.

Un policier à moto s'approcha et s'arrêta pour voir ce que Wiarda montrait en agitant le bras. Le policier souleva son casque orange et se mit une main en cornet derrière l'oreille.

– Qu'est-ce que c'est ?

– Un cadavre, balbutia Wiarda. Tout noir, là en bas.

Ils regardèrent ensemble, fonctionnaires fraternels, accrochés l'un à l'autre et aux branches de sorbiers comme à une planche de salut.

– Je vais prévenir, murmura le flic à moto.

La patrouille de la Police Fluviale revint, dans un autre bateau, avec d'autres policiers fluviaux, la Brigade Criminelle Municipale débarqua dans une vieille Volkswagen, et des cars de police vomirent une foule d'agents qui placèrent des barrières bicolores pour arrêter la circulation. Il arriva aussi une grande voiture noire, pleine de messieurs tirés à quatre épingles qui sortirent tout un matériel pour fixer l'événement en photos et en vidéo.

Et que voyaient-ils tous ? Des restes humains dans un bateau à rames noirci. Le doris fut hissé sur un camion à plateau et emporté au commissariat central. Doeke Algra fut réveillé par des inspecteurs et rédigea son rapport, à côté de Waling Wiarda, sous la houlette de l'adjudant Gripjstra de la Brigade Criminelle et de son assistant, le sergent De Gier qui s'occupait de servir le café.

– Ce n'est pas obligatoirement un meurtre, remarqua l'adjudant.

– Les accidents, ça arrive, vous savez, expliqua le sergent. Les gens sont capables de se fourrer dans des histoires impossibles. Et si c'était un pêcheur ? Un bidon d'essence ouvert ? Un cigare qu'on allume et l'allumette qu'on jette n'importe où ?

Doeke et Waling ne partageaient pas cet avis, Doeke à cause de l'incendie flottant qui lui rappelait les frayeurs de son enfance sainte,et Waling parce qu'il ne pouvait pas oublier les orbites vides de ce crâne à moitié calciné qui l'avaient regardé avec terreur, dans la crasse semi-liquide des canaux de cette ville maudite.

– Non ? demanda Gripjstra, en frottant les cheveux ras et presque entièrement blancs qui couvraient sa tête épaisse. Quelle coïncidence que vous soyez tous les deux Frisons. Je le suis aussi, vous savez, mes parents étaient du port de Harlingen, lâ-haut.

– Trois compatriotes en plein accord, conclut le sergent De Gier, en lissant les pointes de sa moustache de mousquetaire. J'aimerais me joindre à vous, mais je suis né à Rotterdam.

Pourquoi ce besoin de dévoiler ses origines, De Gier l'ignorait ; peut-être cherchait-il à se défendre contre la soudaine trinité de ceux qui pensent autrement.

Doeke Algra, Waling Wiarda et Hank Gripjstra considérèrent De Gier avec mépris.

– « It Heitelân », déclara Wiarda d'un ton solennel. Doeke inclina sa jeune tête. Gripjstra sourit avec bienveillance. L'agent de première classe Algra et le chef Wiarda furent autorisés à s'en aller.

– Un meurtre ? demanda Gripjstra, en posant sa masse imposante, proprement vêtue d'un costume trois pièces bleu foncé éclairé de fines rayures blanches, sur une chaise grinçante. C'est ça qu'ils disaient ?

De Gier haussa ses larges épaules.

– Tu ne parles pas le Frison ?

Gripjstra admit silencieusement son ignorance.

– *Heit* signifie « père », expliqua De Gier. Tu n'as jamais entendu un suspect frison pleurer dans sa cellule. *Heilân* veut dire la patrie de nos pères. Comment se fait-il que tu ne comprennes pas ta langue ?

– Ne sois pas terre à terre, dit Gripjstra. Qui se soucie de détails aussi insignifiants ?

Le sergent De Gier étira son grand corps, remit en place ses boucles épaisses et noua soigneusement son foulard de soie dans le col de sa veste en jean taillée sur mesure. Le sergent venait d'avoir quarante ans, l'adjudant avait fêté son cinquantième anniversaire quelques années plus tôt. Gripjstra épousseta la cendre tombée sur ses genoux.

– Pas de meurtre, supplia-t-il à haute voix. Sa prière ne serait pas exaucée, il le savait ; son cynisme était profondément ancré en lui par une longue carrière.

Ils repartirent dans leur vieille Volkswagen.

– Tu sais ce qui me plaît dans le début de cette affaire ? demanda De Gier. C'est que nous n'avons pas grand chose à faire pendant deux jours. Il suffit que nous attendions. Jè m'en tire de mieux en mieux de ce côté-là. Tu viendras prendre un café avec moi quand nous aurons vu le médecin ?

Gripjstra acquiesça.

– On nous signalera bien une disparition.

– Il restait des dents dans le crâne, reprit De Gier. Les dents sont un excellent moyen d'identification. On les intègre dans la description de la personne disparue et on sait Qui est Qui.

– Pour attraper l'autre Qui, dit l'adjudant.

– Le Qui qui a fait le coup précisa le sergent.

Et ce n'était pas si simple.

2.

– La hâte est une maladie, déclara le pathologiste. Il ressemblait à un oiseau, mais pas à un oiseau sympathique. A un charognard, pensa De Gier, un corbeau névrosé, à moitié estropié, qui sautillait tout de travers. Pour garder son équilibre, le docteur dévisageait ses visiteurs en penchant sa grosse tête pointue.

– Quoi encore, demanda le pathologiste, en consultant sa montre. Nous allons fermer. C'est à quel sujet ?

– Pour savoir si vous avancez, expliqua Gripjstra d'un ton patient, dans le cas de la personne brûlée dans un doris.

– Ce fatras que vous avez envoyé ? demanda le pathologiste. Il doit être quelque part par là. Sa petite serre souleva des housses de plastique. Des os brûlés et des morceaux de crâne roussis. Un homme. En bonne santé, pas loin de la soixantaine je dirais. Un mètre soixante-quinze s'il s'était tenu droit mais ce n'était pas le cas, apparemment. Un ouvrier ? Un petit fermier ? Poussant des brouettes pour gagner sa vie ? Il reste quelques centimètres de colonne vertébrale ici et là, tordue, plutôt. Le docteur gesticula désespérément, battant des bras comme s'il s'apprêtait à s'envoler. Des devinettes au petit bonheur, chers messieurs, si vous voulez des renseignements concrets, fournissez donc un cadavre concret.

– Vêtements ? demanda De Gier. Chaussures ?

La tête du pathologiste tenta de se redresser.

– Ce n'est pas mon domaine. Je m'occupe du corps temporaire. Tout ce qui n'est pas corps a été envoyé à votre labo.

– Les dents ? demanda Gripjstra.

– Les dents font partie du corps. Là-bas. Dans le petit sac.

Gripjstra regarda.

– C'est de l'or ?

– Beaucoup d'or, précisa le pathologiste. Bridges, couronnes, tout le tralala, mais je ne suis pas votre dentiste, d'ailleurs vous n'y allez même pas chez le dentiste. Vous faites des économies, vous savez.

– Un travailleur au Smig toujours courbé en deux avec une bouche en or ?

– Ecoutez-moi, adjudant, croassa le pathologiste, n'attendez pas de déductions, je ne suis pas payé pour faire des déductions, je suis payé pour découper des cadavres.

De Gier frissonna. Les restes du crâne le fixaient, car les orbites étaient encore là, cerclées d'os calciné, pleines de suie. Comment, pensa le sergent, quelqu'un qui n'existe plus peut-il me fixer ?

– Monsieur ne se sent pas bien ? s'enquit le pathologiste.

La main de De Gier, plaquée sur sa bouche, trembla.

– Je ne m'y habituerai jamais, jamais, jamais. Il n'est plus là et le voici, qui s'occupe de mes affaires pendant que je m'occupe des siennes. C'est quoi, un crâne ? La tête de la mort ? Est-ce que la mort vit ?

– Je vous demande pardon ? fit le pathologiste d'un ton sec. Nous philosophons, peut-être ? Nous sommes des scientifiques ici, sachez-le. Je vous montre des faits ; un colonne vertébrale courbée par un dur labeur, des prothèses dentaires coûteuses fixées à des racines pourries. Je fournis des données discutables, tirées des résultats de tests face à une science informatisée. Un travailleur mort juste avant la soixantaine avec de l'or dans la bouche. C'est tout ce que vous trouverez ici. Allez discuter de l'illusoire réalité avec les représentants des disciplines chevelues, je vous prie.

– Docteur, intervint Gripjstra, nous nous battons du même côté que vous. Alors dites-nous, je vous prie, le sujet a-t-il été assassiné ?

– Voici, la serre du pathologiste jaillit, une photo éloquente.

La photo était un cliché en gris, avec des taches ici et là.

– Qu'est-ce que je vois ? demanda Gripjstra d'une voix plaintive.

– L'arrière du crâne, expliqua le pathologiste. Mon cher et ignare adjudant. Ce qu'il en reste évidemment, car une bonne partie a été brûlée, mais ici, vous voyez ici ? On aperçoit un trou rond, ici, près du bord ?

– Une balle ? demanda De Gier. Pouvons-nous garder la photo ?

– Ne me demandez pas de conclusions, hurla le pathologiste, cherchez-les vous, les conclusions.

– Je vais emporter les dents, dit Gripjstra. Avec tous nos remerciements.

– Oui, assura un assistant de laboratoire, une heure plus tard, ça pourrait très bien être un impact de balle. Entrée par l'arrière du crâne et ressortie par une orbite. Encore une hypothèse. On veut bien travailler pour vous, mais il faudrait nous fournir des objets plus facilement observables.

– Petit calibre, précisa un expert en balistique appelé dans la pièce, mais ça ne limite pas notre choix. Même les fusils de guerre entièrement automatiques utilisent du calibre 22 de nos jours. Mais le sujet a été tué par balle, je crois que je peux m'avancer jusque-là.

– Vêtements ? Chaussures ?

– Il était habillé, dit l'assistant du labo. Le sujet n'est pas mort en petite tenue. Ces cendres, là dans le plateau, étaient autrefois un tissu quelconque et ces cendres, dans cet autre plateau, du cuir, c'est sûr. Mais quel genre de tissu et quel genre de cuir ? Je n'en sais rien.

– Et dans ce plateau-là ? demanda De Gier.

– Un orl, dit l'assistant. Vous ne savez pas lire ? C'est marqué dessus, non ?

– Avec la pratique du judo, dit De Gier, j'ai appris comment contrôler mes pulsions primaires mais j'ai aussi appris autre chose. Je sais comment réduire en miettes les assistants de laboratoire.

L'assistant eut un sourire servile.

– Ce plateau contient les restes d'un stylo-bille, sergent, de mauvaise qualité, un cadeau publicitaire, avec une réclame écrite dessus. Le texte a brûlé, sauf les lettres formant le mot « orl ».

De Gier prit le plateau.

– Et maintenant ? demanda Gripjstra installé à la cantine. Il répondit à sa propre question. Maintenant rien. Tu as raison. On attend. Il remua son café lentement. Il désigna un point derrière l'épaule de De Gier. Regarde, voici Jane.

De Gier se retourna. Sa tête revint face à Gripjstra.

– Ce n'était pas Jane et tu manges mon gâteau.

– Je suis malin, hein ? fit Gripjstra. Je m'arrange toujours pour manipuler mon prochain. Même quand c'est toi ; quand je pense que je t'ai formé. C'est vraiment simple. Jane est séduisante. Tu t'intéresses aux femmes séduisantes. Quand je dis « Jane » à tous les coups tu t'arrêtes de surveiller ton assiette.

– Tu pouvais demander un gâteau si tu voulais un gâteau dit De Gier. Je t'aurais payé un gâteau.

– Demander, dit Gripjstra et il chassa le mot d'une chiquenaude. Pourquoi choisir la facilité ? Est-ce que voler n'est pas plus intelligent que mendier ? Alors on ne va rien faire d'autre qu'attendre ? Qu'est-ce que tu préfèrerais ? Les dents ou l'orl ?

De Gier revint avec une autre part de gâteau.

– Ce n'est pas que ça change grand-chose, poursuivit Gripjstra, je trouve toujours les indices plus vite que toi.

– Ça m'est égal, déclara De Gier.

Gripjstra lança une pièce en l'air, la rattrapa et la plaqua sur son poignet.

– Face c'est l'orl.

La pièce était tombée sur face.

– A toi l'orl.

– Un petit boulot facile, assura De Gier. Va de ton côté. Dès que tu abandonneras la partie tu pourras venir dans le bureau du commissaire, je t'y attendrai avec quelques bonnes informations.

– Oui ? demanda le commissaire. Le commissaire n'était pas encore tombé sur une prise intéressante. Il était assis, impeccable, tout petit, dans son vieux fauteuil pivotant, derrière son immense bureau à pieds de lions. La porte qui s'ouvrit provoqua un courant d'air qui fit frissonner les feuilles du bégonia sur l'appui de la fenêtre. Avec de petites mains étroites dont la peau transparente laissait voir des os blancs et des veines bleutées, le commissaire rattrapa des papiers qui cherchaient à s'envoler. Il leva les yeux nerveusement, effrayé par le souffle d'air.

– Fermez cette porte, bonjour adjudant, asseyez-vous.

Peut-être le commissaire avait-il songé à un lien logique. Le rapport ne mentionnait que des noms frisons. Algra et Wiarda. Le commissaire se considérait comme un Frison, n'était-il pas né dans la ville septentrionale de Joure ? Il avait quitté la Frise en bas âge, mais quand on naît Frison, on le reste à jamais.

– L'affaire Frisonne, dit le commissaire. Bon. Vous avez trouvé quelque chose ?

De Gier était entré dans l'ombre de Gripjstra. L'adjudant et le sergent déposèrent leur matériel sur le bureau du commissaire.

– Des dents, annonça Gripjstra.

– Un orl, dit De Gier.

– Je m'en tiendrai à l'ordre hiérarchique, déclara le commissaire. Faites votre rapport, adjudant.

– Les dents du cadavre, commença Gripjstra, examinées par un spécialiste. Mon dentiste dit que ces petites choses calcinées sont les restes d'une dentition entièrement remise en état. Du très bon travail. Très cher. Un ouvrage très efficace retenu par quelques rares racines. Mon dentiste estime que ce travail a coûté une petite fortune, le salaire annuel d'un travailleur ou même plusieurs fois cette somme. Notre pathologiste insiste sur le fait que le cadavre appartient à un travailleur qui poussait des brouettes. Une contradiction, peut-être ? Des faits incompatibles qui pourraient jeter une certaine lumière sur le cas ?

Deux tramways se croisèrent dans la rue Marnix et se saluèrent à grand renfort de cloches. Gripjstra parlait toujours, ou c'était tout comme ; sa bouche remuait.

– Qui était-ce ? demanda le commissaire.

– Le riche pousseur de brouettes, monsieur ?

– Qui ça ? demanda encore le commissaire.

– Je croyais que nous ne le savions pas.

– Je veux parler du dentiste, précisa le commissaire, qui gagne sa vie dans la bouche des millionnaires. Ça ne doit pas courir les rues les dentistes pour millionnaires.

L'index carré de Gripjstra tourna une page dans un petit carnet tout froissé.

– Selon les dires de mon arracheur de dents, il n'y en a qu'un, dit l'adjudant, et son répondeur téléphonique m'a informé qu'il n'était pas en ville aujourd'hui. Demain j'irai le voir.

– Montrez-lui ces dents et il se souviendra du nom de notre cadavre. Demain ça ira très bien. La précipitation est souvent inconvenante. Sergent, qu'avez-vous à nous raconter ?

De Gier sourit.

– Allons-y, De Gier.

– Orl, commença De Gier, c'est *horloge* sans le début ni la fin, et comme j'ai trouvé ces lettres sur les restes fondus d'un stylo-bille découvert dans le bateau du cadavre, j'ai rendu visite aux horlogers du centre ville. Au cinquième j'ai eu de la chance. Ce vendeur de montres tient un magasin rue Haarlemmer et offre un stylo gratuit à chaque client qui achète chez lui, à partir d'une somme assez élevée parce que les stylos-billes, ce n'est pas donné.

– Ne me dis pas, intervint Gripjstra, que tu as quelque chose de concret pour nous.

– Et ne sommes-nous pas des petits veinards, demanda De Gier, que cet horloger soit un radin fini qui se souvient des noms de tous les clients à qui il a donné un stylo-bille ?

– Tu sais quelque chose, déclara Gripjstra, les sourcils froncés.

– Douwe Scherjoen, dit De Gier. C'est le nom du cadavre.

Gripjstra se tapa sur la cuisse.

– Ne te précipite pas sur les conclusions.

– Un nom Frison ? demanda De Gier. C'est bien ça ?

Gripjstra haussa les épaules.

– Rien qu'une supposition en l'air. Demain nous saurons tout. Attends que je voie ce génial dentiste.

– Il te donnera le même nom.

– Racontez-nous tout, demanda le commissaire d'une voix douce.

– M. Scherjoen, commença De Gier, a acheté une montre très chère la semaine dernière. Elle est tombée en panne le lendemain. Il l'a rapportée à la boutique, en insistant pour qu'on la lui répare dans les plus brefs délais. Il aurait dû repasser la chercher ce matin mais il n'est pas venu.

Gripjstra siffla un air assez compliqué.

– C'était quoi ? demanda le commissaire. Ce thème triste.

– Mahler, monsieur. La cinquième symphonie. Majestueuse mais indécise. Les trompettes font une déclaration mais les autres instruments n'y croient pas encore.

– Et puis, reprit De Gier aussitôt, ce M. Scherjoen m'a été décrit comme un homme de la cinquantaine, du style fermier, qui parlait très peu de hollandais et préférait s'exprimer dans le jargon que les Frisons utilisent pour communiquer entre eux, et aussi, continua De Gier sans respirer, l'homme marchait penché en avant, comme s'il poussait une brouette et l'horloger a précisé, dit De Gier en trébuchant sur ses mots, que Scherjoen portait un costume d'allure coûteuse et que son portefeuille était bien garni.

– Va au diable, lança Gripjstra.

– Qu'il y aille lui au diable, corrigea De Gier, et je suis presque sûr que c'est désormais là qu'on peut le trouver, et qu'il y a fini tué d'une balle de revolver, puis brûlé dans un doris en aluminium aperçu la nuit dernière par l'agent de première classe Algra, et trouvé ce matin par le chef Wiarda.

– Un Frison, remarqua le commissaire, et où vit notre

sujet, ou plutôt où vivait-il ? A-t-il une femme ? L'avez-vous contactée ?

– Dans le village de Dingjum, dit De Gier. Quel nom. Dingjum. L'horloger m'a donné l'adresse. J'ai téléphoné et Mme Scherjoen m'a dit que son mari était en voyage d'affaires et qu'elle ne savait pas quand il reviendrait.

– Vous n'avez rien dit de plus ?

– Non monsieur.

– Lui avez-vous précisé qu'elle parlait à la police ?

– Non monsieur. Je lui ai donné mon nom et j'ai dit que je rappellerais.

– Une vieille femme ?

– Une voix d'âge moyen. Elle a dit « doeg » avant de raccrocher.

– Ce qui veut dire ?

– Ce qui veut dire au revoir, vous ne le saviez pas, monsieur ? Vous êtes Frison, non ? Né à Joure ? Je me souviens vous avoir entendu le raconter plusieurs fois. Les Frisons ne sont pas comme nous, disiez-vous, ils valent mieux que nous.

– Bien sûr, sergent. Pauvre femme.

– Pas obligatoirement, dit Gripjstra. Que nous a donc fourni De Gier jusqu'ici ? Des fadaises en tous genres ? Des coïncidences, non vérifiées, qui pourraient correspondre.

Le commissaire se caressa l'estomac.

– A moins que votre remplaceur de dents ne nous donne le même nom, adjudant.

Le lendemain matin, le dentiste leur donna le même nom.

– Un travail facile à reconnaître, adjudant. Ce que l'on fait de mieux. Tout mon talent, en pleine lumière.

– Et le prix ?

– Beaucoup d'argent.

– Mais à qui appartiennent ces dents ?

– A l'un de mes clients.

– Scherjoen ? souffla Gripjstra.

Le dentiste tira une fiche de son fichier.

– Douwe Scherjoen, exactement.

– Pouvez-vous me décrire votre client ?

– Un homme assez petit, commença le dentiste, qui semblait encore plus petit à cause de son dos voûté. Mais dynamique. Un sale petit bonhomme. Qui ronchonnait à chaque fois qu'il devait payer, c'est-à-dire avant chaque consultation car je ne lui faisais pas confiance. Un personnage déplaisant au visage mesquin.

– Il payait en liquide ?

– En grosses coupures qu'il tirait d'une bourse en cuir attachée à une chaîne de cuivre sous son gilet. Il a été assassiné ?

– Oui.

– Des vies stupides, observa le dentiste. Ils ne font pas attention. Je leur donne mon plus beau travail, je passe des centaines d'heures sur leurs tristes mâchoires et ils courent se faire assassiner.

– Voudriez-vous regarder mes dents ? demanda Gripjstra.

Le dentiste jeta un coup d'œil.

– Vous pouvez refermer la bouche.

– Pourriez-vous m'arranger ça ? s'enquit Gripjstra.

– Non.

– Et votre merveilleux talent ? demanda Gripjstra.

– Et votre misérable salaire ? répliqua le dentiste. Plus d'autres questions ? Vous aller partir ? J'ai encore quelques petites affaires à régler.

3.

– Mais ma chérie, plaida le commissaire, en secouant son téléphone. Chérie ?

Le téléphone resta muet.

– Tu es toujours là ?

– Oui, répondit sa femme, et les endives aussi. Tu me les a demandées, tu t'en souviens ? Il te fallait absolument des endives au four ce soir. Tu as une idée du *prix* des endives ?

– On pourrait les manger demain, suggéra le commissaire.

– Ce soir. Une fois qu'elles sont sorties du congélateur elles ne peuvent pas y retourner.

Le commissaire chercha un soutien auprès de l'extrémité rougeoyante de son cigare et du bégonia posé sur le rebord de la fenêtre ; il lança aussi un regard aux sourires encourageants des têtes de lion qui surmontaient son fauteuil. Il se tenait debout à côté de son bureau et essaya de bondir dessus avec légèreté. Il ne sauta pas assez haut et se cogna la hanche.

– Aïe.

– Tu t'es fait mal ?

– Quand je pense, dit le commissaire, que j'étais autrefois un gymnaste couvert d'honneurs. Je tourbillonnais autour de la barre, et puis j'atterrissais sur le tapis, je saluais, je me redressais de toute la hauteur de mon corps d'athlète et le public applaudissait à tout rompre.

– Ça te fait encore mal ?

– Non, répondit le commissaire, mais il faut que j'aille en Frise, je t'assure. Ça ne prend que deux heures en voiture. Un compatriote a été tué ici, je ne peux pas laisser passer ça, tu comprends. Il faut que je sache de quoi il retourne.

– Tu rentres dîner à la maison. Envoie Gripjstra.

– Il a autre chose à faire.

– Alors envoie De Gier.

– Lui aussi il a autre chose à faire.

– Envoie quelqu'un, insista sa femme. Maintenant je raccroche. Tu seras à la maison à sept heures. Je ne passe pas ma journée devant un fourneau pour des prunes. Clic.

Le commissaire soupira. Il allongea un doigt court et composa deux chiffres.

– Mignonne ?

– Monsieur ?

– Faites appeler Gripjstra, il devait me téléphoner. Le commissaire attendit. Le téléphone restait muet. Mignonne ?

– Monsieur ?

– C'est compris ?

– Vous n'avez pas terminé votre demande.

– Ma demande est tout à fait terminée.

– Non, reprit la douce voix féminine. Vous n'avez pas ajouté « s'il vous plaît », alors je continue d'attendre, comme il est de coutume de nos jours.

– Vous êtes quoi ? tempêta le commissaire. Une communiste ? Une féministe ? Je vous ai donné un ordre. Je n'ai pas à ajouter « s'il vous plaît ».

– Je ne suis pas votre esclave

– S'il vous plaît, dit le commissaire, mignonne.

– Merci, répondit la secrétaire. Je n'insisterai pas sur le fait que vous devriez m'appeler « Mademoiselle ».

– Vraiment ? s'étonna le commissaire. Le nouveau règlement souffre donc des exceptions ?

– Vous êtes mignon tout plein vous aussi, souffla la voix douce. Il y eut un déclic à l'autre bout de la ligne.

Le commissaire arrosa son bégonia tout en réfléchissant. Elles avaient raison, se dit-il entre deux réflexions. On les malmenait, les insultait, les réprimait, les sous-payait et elles travaillaient comme des brutes. Il fallait que ça cesse, mais pourquoi aujourd'hui ? Aujourd'hui il voulait aller en Frise. Il regarda par la fenêtre. Une journée splendide. Et aujourd'hui il recevait sa nouvelle voiture, il n'avait pas encore conduit cette merveille, la voiture métallisée, livrée dans la cour du commissariat central le matin même et qui étincelait maintenant sous le soleil. Emmener cette voiture sur la Grande Digue, la lancer sur les trente kilomètres en ligne droite. Ce serait formidable.

Le téléphone sonna.

– Ici Gripjstra, annonça le téléphone. Les dents appartiennent à Douwe Scherjoen de Djingum, ce sujet est donc bien notre cadavre.

– Où êtes-vous ?

– Dans un café, monsieur.

– Et De Gier ?

– Je viens de l'y retrouver.

– Allez à Ding-machintruc, ordonna le commissaire. Vous y trouverez la Police Nationale, prévenez-la de votre présence, c'est notre affaire mais ils pourraient nous donner un coup de main. Vous savez où se trouve Ding-machintruc ?

– Pas encore, monsieur.

– Alors dépêchez-vous un peu, suggéra le commissaire, et prenez De Gier pour vous tenir compagnie. C'est compris ?

Le téléphone resta silencieux.

– Vous êtes toujours là, adjudant ?

– Notre voiture marche mal, expliqua Gripjstra.

– Qu'est-ce qu'elle a encore ?

– C'est surtout l'embrayage, monsieur, expliqua Gripjstra. Il cliquète et la seconde est presque inexistante et puis le pot d'échappement est à moitié décroché, il ballotte et les freins ne freinent plus.

Le commissaire soupira.

– Monsieur ?

– Dans la cour ici, dit le commissaire, vous trouverez une Citroën gris métallisé. Flambant neuf, adjudant. Ne laissez pas De Gier prendre le volant. Vous pouvez venir ici, je vous prête ma voiture neuve.

– Mais vous ne l'avez pas encore conduite, monsieur.

– La clef sera chez le concierge, reprit le commissaire d'un ton perçant. Je le préviendrai. Je vais raccrocher maintenant, adjudant. Je vous appuierai d'ici.

– Il était contrarié, non ? demanda De Gier.

– Il n'avait pas l'air très heureux, acquiesça Gripjstra.

Encore ses rhumatismes aux jambes, peut-être.

– Il s'est plaint de ses douleurs ?

– Non, mais ça se sentait dans sa voix.

– Tant qu'il ne prendra pas une retraite anticipée... dit De Gier. Nous ne devons surtout pas peser sur lui.

– Nous sommes censés nous dépêcher maintenant, expliqua Gripjstra, et la Volkswagen doit aller au garage. Peut-être qu'elle peut encore nous ramener au Commissariat central. Elle a des tas de trucs qui clochent ces derniers temps, tu crois qu'elle est encore réparable ?

– Qu'est-ce que tu racontes, s'indigna De Gier. Notre fidèle monture ?

– Le sergent du garage veut absolument qu'on s'en débarrasse.

– Jamais, clama De Gier. Je demanderai à Jane de refaire les yeux doux à ce type.

– Jane ne veut plus entendre parler de toi.

– Elle travaille avec nous.

– Tu en demandes trop à Jane, protesta Gripjstra, et tu ne lui donnes presque rien en échange. Il faut d'abord que tu la sortes en ville et ensuite que tu essaies de la ramener chez toi. Et pas le contraire. Et ne lui laisse pas payer la note.

– La pauvre chose n'est pas venue pleurer sur ton épaule, quand même ?

– Chose ? fulmina Gripjstra. Tu n'as quand même pas dit ça ?

– Pauvre femme, corrigea De Gier, et elle n'a même pas cédé à ma proposition. Elle n'est jamais venue chez moi et elle ne m'a jamais offert à dîner. Il pleuvait ce jour-là. Mon appartement est sec et agréable. C'était la fin du mois. J'étais à court d'argent.

De Gier eut la permission de payer le café. Gripjstra sortit de l'établissement et l'attendit dans la voiture. De Gier ronchonna en s'installant dans la Volkswagen.

– Ecoute, dit Gripjstra, si nous voulons garder cette voiture, il faut que tu sois gentil avec Jane. Abandonne ton attitude égocentrique. Avant que nous partions pour Dingjum.

– Je n'ai pas la moindre idée de l'endroit où ça se trouve.

– Je vais essayer de trouver, pendant que tu coinces Jane et que tu la prépares aux désirs pervers du sergent. C'est bien compris ?

– Que tes tripes enflent et explosent dans une puanteur atroce, jura De Gier.

– Plaît-il ?

– Ne fais pas le poli avec moi.

– Je suis toujours poli, déclara Gripjstra, et quand je le suis je peux te commander. Oui ? Je t'en prie ?

– Une sacrée bagnole, constata De Gier. Et à quelle vitesse cette Citroën Super roule-t-elle en ce moment ?

Gripjstra jeta un coup d'œil au compteur.

– A la vitesse maximum autorisée.

– Est-ce qu'elle pourrait rouler à deux fois la vitesse maximum autorisée ?

– Facilement. D'après le chiffre inscrit ici elle pourrait aller près de trois fois plus vite qu'il n'est permis.

– Difficile à croire, remarqua De Gier.

– Tu me crois maintenant ? demanda Gripjstra.

De Gier se pencha vers lui.

– Tu es sûr que ce gadget est précis ? J'entends à peine le moteur. Appuie encore un peu sur l'accélérateur, tu veux ?

– Comme ça ?

– C'est mieux, déclara De Gier. Le commissaire nous a bien dit qu'un peu de hâte serait souhaitable. Cette belle digue toute droite n'en finit pas. Les orbites de Scherjoen continuent à me fixer. Emmène-moi loin de cette horreur. Il continuera à troubler mes pensées jusqu'à ce que nous ayons réglé cette affaire. Nous ne savons encore rien. Dès que nous arriverons en Frise, nous en saurons plus. Il y a un assassin qui rôde.

– Mais pourquoi le sujet a-t-il été assassiné à

Amsterdam ? demanda Gripjstra. Je comprends que le cadavre y ait acheté une montre et qu'il ait choisi la capitale pour se faire soigner les dents, mais pourquoi se ferait-il tuer à Amsterdam ? Les Frisons sont un peuple solide et pur, vivant dans un environnement libre et sain, comment notre cadavre est-il venu se fourrer dans la pourriture morale et physique de la capitale ? Qu'est-ce qu'il y a derrière tout ça, hein ?

– N'es-tu pas Frison, toi ? demanda De Gier.

– Si, dit Gripjstra.

– Tu n'es ni solide ni pur ni libre ni sain, pourtant.

– J'ai grandi à Amsterdam, expliqua Gripjstra, seul mon être profond demeure intact, mais Scherjoen vivait dans l'innocence d'un pays béni et il a quand même été tué d'un coup de revolver et puis brûlé.

– Je n'ai pas envie de parler à sa veuve, déclara De Gier. Ce genre de boulot ne me plaît pas du tout. Toi, tu iras lui parler.

– De toute façon, je me charge de toute l'affaire, annonça Gripjstra, il n'est pas question que tu te mêles de tout ça. Ni même que tu conduises cette voiture.

– Tu n'entends rien ? demanda De Gier.

Gripjstra entendit hurler une sirène. Le hurlement se rapprocha.

– C'est une belle moto, commenta De Gier, en regardant par-dessus son épaule. Regarde-la filer. C'est une Guzzi. Moi j'ai eu des BMW. Elles n'ont jamais été aussi vite.

Gripjstra freina et se dirigea vers la bande d'arrêt d'urgence. La moto se gara et le policier s'approcha de la voiture, à pas lents et souples, tout en sortant un carnet de la poche latérale de sa veste de cuir blanc.

Gripjstra descendit sa vitre.

– Voudriez-vous sortir ? demanda le policier. De l'autre côté ? La bande d'arrêt est assez étroite. Vous avez une idée de la vitesse à laquelle vous rouliez ?

De Gier s'était déjà extrait de la voiture. Gripjstra se

glissa jusqu'à la portière de droite et rejoignit le sergent. Tous deux baissèrent les yeux vers le policier. Le flic avait l'air plutôt mince, il avait du rouge à lèvres, du mascara sur les cils et les ongles vernis.

– Vous êtes une femme, remarqua Gripjstra.

Le flic examina la plaque d'identité de l'adjudant.

– Adjudant ? fit le flic et elle tendit la main à Gripjstra. Caporal Hilarius. Pourquoi êtes-vous si pressé ?

Gripjstra leva les yeux vers la mer intérieure où des cygnes dansaient sur les vagues. Derrière les oiseaux, qui ébourriffaient leurs plumes et enroulaient lentement leurs cous déliés, un bateau de pêche apparut dans un grondement sourd, tout son équipage vêtu de cirés jaunes penchés par-dessus le bastingage pour remonter un casier à anguilles.

– Que c'est joli, s'exclama Gripjstra, je pourrais regarder ça pendant des heures.

– Mais le travail nous attend, précisa De Gier d'un ton affable. Destination Dingjum, une affaire très grave, un meurtre si vous voulez savoir, nous sommes sur la bonne piste.

– Un meurtre en Frise ? s'étonna le caporal Hilarius, en retirant son casque et libérant un flot de boucles blondes. Le casque était orange. Gripjstra se mit à trembler. Le jaune des cirés des pêcheurs, l'orange vif du casque et la nuance resplendissante des cheveux de la fille, n'étaient-ce pas des contrastes qui se complétaient ? La voix basse et rauque du caporal s'inscrivit dans le moment présent. Des moments, parfois, inspiraient Gripjstra. Il se demanda s'il serait capable de traduire cette soudaine et abstraite harmonie dans une de ses œuvres du dimanche. Un son peut-il se rendre en couleur ?

– Le meurtre s'est passé chez nous, expliqua De Gier, mais le cadavre était de chez vous. Nous suivons des indices qui doivent nous mener dans votre province. Nous nous apprêtons à interroger la femme du mort.

L'agent féminin Hilarius connaissait l'histoire du doris en flammes, qui faisait la une des journaux. Avec la peste bovine.

– La Digue est bloquée un peu plus loin, vous ne pouvez pas le voir d'ici. Les voitures font la queue sur quelques kilomètres. La maladie sévit dans le sud et nous essayons de l'empêcher de tuer nos vaches. Tous les camions et les camionnettes sont vérifiées par les collègues pour s'assurer qu'ils ne transportent pas d'animaux. Vous ne passerez jamais.

– Nous sommes pressés, insista De Gier. Vous pouvez peut-être nous ouvrir la route ?

Un point noir jaillit d'un nuage en vrombissant. La radio de la moto s'anima.

– Dix-sept ? Vous m'entendez ?

Le caporal attrapa le micro sur la Guzzi.

– Ici dix-sept.

– Que faites-vous ici ? demanda l'hélicoptère. Dressez une contravention à la Citroën et repartez vers le nord de la Digue. Peut-être pourrez-vous faire avancer un peu tout ça. Pardon ?

– Nous sommes assez pressés, déclara De Gier, avec un sourire qui découvrit toutes ses dents magnifiques. Ses beaux yeux marrons lancèrent un regard implorant. Son torse puissant se pencha sur la jeune femme.

– Ce sont les instructions de notre commissaire. Il veut que nous réglions tout ça, au plus vite.

– *Le* commissaire, intervint Gripjstra. Qui a été interviewé dans la Gazette de la Police la semaine dernière. Le détective de choc qui n'échoue jamais. C'est *notre* commissaire.

Le caporal fit un pas de côté et parla dans son micro.

– C'est compris, répondit le haut-parleur de la Guzzi. Garez la Citroën contre la Digue derrière la piste cyclable. Terminé.

D'un geste impérieux le caporal Hilarius arrêta la circulation et De Gier traversa quatre voies et se gara comme on le lui avait ordonné d'en haut. L'hélicoptère grossit. Gripjstra et De Gier coururent vers l'œuf bleu et blanc, qui se posait avec douceur. Une petite porte glissa sur le côté et un bras vêtu de cuir les invita à entrer.

– L'altitude m'angoisse, déclara Gripjstra, et nous ne sommes pas si pressés que ça.

Mais le bras du pilote le tirait en avant et par-derrière De Gier et le caporal le poussèrent. De Gier remercia la ravissante motocycliste. Le caporal répondit d'une voix rauque que tout le plaisir était pour elle. De Gier bondit, la petite porte claqua et l'hélicopère s'éleva et s'enfonça dans les nuages bas. Le pilote poussa une manette et la machine tomba dans la trouée suivante, en plein brouillard. Le pilote tendit un doigt, et secoua la tête, dégoûté, en montrant la pagaille qui régnait en bas. Au bout de la Digue, la circulation avait formé un nœud vrombissant.

– Dingjum ? hurla le pilote.

Gripjstra et De Gier acquiescèrent et sourirent, l'adjudant toujours crispé, le sergent ravi. Sous eux, la Digue se termina : les tons de bleu de la Mer du Nord et de la Mer Intérieure laissèrent place à des verts fertiles, puis au rouge rosé et brun des maisons.

– Franeker, hurla le pilote. Le village le plus beau et le plus rustique de tout notre pays.

L'hélicoptère vibra dans un enchevêtrement de nuages gris sombre. Gripjstra ne regardait plus, il rendait l'âme dans un monceau de coton sale. Au bout d'un moment il finit par jeter un coup d'œil, même la peur a ses limites. Etait-il ressuscité ? Mais oui, dans le vide éclatant d'un ciel sans nuage, là-dessous, youpee ! l'attendait sa terre chérie, et l'hélicoptère la toucha, cette terre, et doucement, avec les tubes métalliques qui pointaient de son petit ventre, il se posa, et ne bougea plus.

Le pilote salua. De Gier, déjà dehors, saisit son supérieur chancelant. L'hélicoptère s'éloigna dans une glissade et pointa son nez rond vers le sud.

Gripjstra exprima son soulagement par un chapelet de jurons ravis.

– Nous étions pressés, non ? demanda De Gier. Tu n'arrêtais pas de le répéter et j'ai transmis le message à la déesse à la moto pour la convaincre de notre hâte, car si elle n'y avait pas cru nous aurions une contravention à l'heure qu'il est, et trois fois la vitesse autorisée c'est un délit qui pouvait t'entraîner jusqu'en prison. On t'aurait retiré ton permis. Tu as déjà vu un adjudant de police non motorisé ? Je t'ai encore sauvé la mise.

Ils étaient dans un pré, encerclés par des moutons. L'un d'eux, un mâle, s'apprêtait à attaquer.

– Va-t-en ! hurla Gripjstra.

Le bélier fit la sourde oreille. Il était responsable du pré et conscient de l'occasion qui se présentait d'épater ses femmes. Les cornes pointaient vers le bas, le bélier prit Gripjstra pour cible.

– Au secours, hurla Gripjstra.

De Gier vola à son secours, prit le bélier par le côté, attrapa une patte avant et une patte arrière et roula sans heurt sur l'ennemi, le plaquant au sol.

Gripjstra escalada une barrière, en grognant. De Gier la franchit d'un bond, une jambe en avant, l'autre en arrière, les bras écartés, la tête droite.

– Et maintenant ? demanda Gripjstra.

De Gier désigna un panneau de la Police Nationale disposé sous deux tilleuls entrelacés, leurs branches artistiquement taillées en carré, qui protégeaient un bâtiment bas. Gripjstra remit en ordre ses pensées, redressa sa masse, franchit le seuil et fit signe au sergent de le suivre. De loin, un caporal accueillit ses collègues. Gripjstra annonça le but de sa visite.

– C'est vous le responsable, ici ? s'enquit De Gier.

– Non, c'est le lieutenant Sudema, mais c'est son jour de congé.

– Donc c'est vous le responsable.

Le caporal n'en savait trop rien. Il laissa un message

sur le répondeur téléphonique et invita ses visiteurs à monter dans sa Landrover. Il ferma la porte du commissariat. Le trajet les mena dans une serre. Un homme de haute taille en salopette délavée rangeait des grosses tomates dans des petites boîtes de plastique.

– Le lieutenant Sudema, annonça le caporal.

Gripjstra expliqua le pourquoi de sa présence.

Le lieutenant remplit encore trois boîtes.

– Douwe Scherjoen ?

– Oui.

– Notre Douwe. Dans un doris d'Amsterdam ? Tué d'un coup de revolver et brûlé ?

– Son crâne me regardait, dit De Gier. Il arrondit ses doigts autour de ses yeux et laissa pendre sa tête un petit peu. Comme ça, mais en pire, bien sûr, parce qu'il me regardait de loin.

– Le sujet nous était inconnu, poursuivit Gripjstra. Avez-vous quelque chose sur lui ici ?

Le lieutenant empila ses cageots.

– Mme Scherjoen est très amie avec ma femme, Gyske. Les inspecteurs des contributions étaient après Douwe depuis un bon moment ; ils allaient lui tomber dessus, et là il aurait eu du mal à s'en sortir.

– Connaissez-vous personnellement les inspecteurs des contributions qui travaillent sur le dossier de notre sujet ?

– Pitié, implora le lieutenant Sudema. Ses longs cils noirs se relevèrent et ses prunelles bleu acier lancèrent un éclair froid. Pitié, je ne tiens pas à les connaître.

– Est-ce que M. Scherjoen fraudait sur ses revenus ?

– Vous êtes loin du compte, s'exclama le lieutenant Sudema. Il guida ses visiteurs vers deux marronniers derrière la serre. Une petite maison se cachait sous les arbres. A l'intérieur, Gyske Sudema servait le thé pendant que le lieutenant passait un uniforme impeccable. Gyske était moulée en bas dans un pantalon de cuir, et fort bien pourvue en haut, sous son chemisier blanc bien tendu. Ses traits étaient racés et ses yeux calmes. De Gier fut très impressionné. Alors c'était donc vrai ce que l'on racontait sur la beauté des femmes frisonnes ; il en avait entendu parler, mais qu'est-ce qu'on n'entend pas, aussi.

– Notre Douwe est *dea* ? souffla Gyske dans une plainte.

– C'est ce que nous supposons, déclara Gripjstra, et il mentionna l'orl et les dents hors de prix.

De Gier voulut consoler Gyske et essaya de démontrer que rien ne peut jamais être prouvé de façon définitive, que quelque part leurs déductions avaient pu mal s'orienter, que ce qui semblait être advenu pouvait tout aussi bien être faux.

– *Dea* ou pas *dea* ? demanda Gyske Sudema.

– *Dea*, répondit De Gier.

La tristesse de Gyske se mua en colère.

– Ils peuvent bien l'avoir, ce *sjoelke*. Douwe n'est qu'un *smjunt*.

– Qui ça ? coupa Gripjstra, flairant soudain la possibilité de trouver des suspects. *Qui* peut avoir notre Douwe ?

Elle désigna le sol.

– Les *helliche duvels*.

– Oh ! eux, fit Gripjstra.

Gyske poursuivit ses discours un moment encore.

– Mme Sudema, interrompit Gripjstra, que racontez-vous ?

Gyske revint au hollandais.

– Je dis que Douwe ne valait rien. C'était un macho, en plus. Il ne me manquera pas, notre Douwe.

Des larmes roulèrent le long des pommettes hautes de Gyske.

– Mem sera libre, désormais.

– Mem ?

– « Mem » signifie « mère », précisa le lieutenant Sudema. En fait, le vrai prénom de Mme Scherjoen est

Krista, mais elle est très maternelle, vous savez, alors tout le monde l'appelle Mem.

– Krista comme Christ au féminin ? demanda De Gier.

– Oui, répondit Gyske. Le Christ a souffert lui aussi, pour racheter nos péchés à tous. Mem a souffert pour racheter Douwe. C'est pareil. Douwe était mauvais comme nous tous réunis.

– Douwe est *mort*, dit De Gier, heureux de pouvoir consoler la jeune femme après tout.

Gyske eut l'air indécise.

– Douwe est-il puni maintenant ?

De Gier n'en était pas sûr.

– La mort est-elle une punition ? Il essaya son sourire le plus charmeur. Mais il nous a été enlevé ; la mort a emporté le sujet. Si le sujet était mauvais, sa disparition profite au bien.

– Douwe devait être puni, insista Gyske.

– Je n'en sais rien, répondit De Gier. Vous le savez, vous ? De quelle confession êtes-vous, madame ?

Gyske était de l'Eglise Réformée Hollandaise.

– Et vous ?

De Gier n'était de rien du tout.

– De rien du tout, précisa-t-il pour plus de clarté.

Le lieutenant Sudema boucla son ceinturon et arrangea son revolver. En uniforme il était encore plus viril et séduisant.

– A pied, en bicyclette ou en voiture ? demanda le lieutenant. Vous préférez marcher ? Un quart d'heure ? Nous pourrons discuter en chemin. Les Scherjoen vivent dans un manoir imposant, juste en dehors du village, sur la plus belle propriété de la région. Le *landhûs* remonte à des siècles.

Le lieutenant Sudema marchait à côté de De Gier. Ils avaient tous les deux la même taille. Gripjstra trottinait derrière eux, une situation inacceptable. Il se glissa entre les deux hommes.

– C'est quoi un *sjoelke* ?

– Un imbécile, expliqua le lieutenant. Un profiteur. Un type qui ne pense jamais aux autres. Un aigri qui se gâte. Un sjoelke, c'est un *smjunt*.

De Gier leva les yeux vers la splendeur des ormes qui se rejoignaient au-dessus de l'allée. Il désigna toute cette beauté naturelle.

– Un beau pays que le vôtre.

– Par là il y a une forêt de hêtres, dit le lieutenant Sudema. Douwe voulait couper ces arbres. Il se fichait bien de la beauté. Regardez là-bas, vous voyez ce chêne au milieu du pré ? Ce chêne est mort, les vaches en ont arraché toute l'écorce. Quand il y a un arbre dans un pré nous prenons la peine de le protéger par une petite barrière ; mais c'était trop demander à Douwe.

Gripjstra admira un bouquet d'aubépines et une douve dans l'ombre des aulnes.

– Pourquoi couper les hêtres ? Ne préservent-ils pas le silence ? Le silence n'est-il pas un bienfait pour l'esprit ?

– Vous savez à combien se vend le mètre cube de planches de hêtres ? interrogea le lieutenant. Le hêtre ça vaut mille florins.

– Les doigts un peu crochus ? s'enquit De Gier, notre Douwe ?

– Pour lui, tout ça c'était du vert, commenta le lieutenant Sudema tristement. Mais il préférait le vert des billets de banque. Il sourit avec férocité de sa plaisanterie.

– Les Inspecteurs des Impôts, intervint Gripjstra gaiement, car il commençait à prendre plaisir à la promenade, la lenteur de ses mouvements ralentissait les autres, ils ont trouvé des preuves de fraude ?

– Pas encore, répondit le lieutenant. Bravo Douwe.

– Vous avez changé de camp ? s'étonna De Gier.

– Les impôts, cracha le lieutenant, sont encore pire que Douwe. Je ne souhaiterai pas le supplice du contrôle fiscal à mon pire ennemi. Il frissonna. C'est la malédiction de ce pays.

– Vous avez bien raison, reconnut De Gier. Ils bouffent mon salaire. Quarante pour cent le mois dernier. Il agita le poing. Est-ce que je dois être puni parce que je travaille ? Est-ce que des feignants de fonctionnaires de La Haye doivent s'engraisser du fruit de mon travail ? Est-ce que c'est de ma faute si des vagabonds me dévisagent avec mépris derrière la devanture des cafés pendant qu'ils se gonflent de bière à mes frais ?

– Vous êtes sans doute Frison, remarqua le lieutenant avec ravissement.

– *Moi,* je suis Frison, corrigea Gripjstra. *Lui,* ce n'est qu'un Hollandais. *Moi,* je suis chargé de l'affaire, *Lui* n'est qu'un touriste.

– Nous avons horreur des impôts ici, reprit le lieutenant Sudema, et il en a toujours été ainsi. Nous préférons ne pas être assujettis à l'avidité des autres provinces. En sont-elles jamais reconnaissantes ? Les taxes à l'achat ! Vous avez déjà essayé d'acheter une tomate dans une boutique ? Moi j'échange les miennes ; l'échange de biens c'est le seul commerce convenable. Je troque mes tomates contre des soles. Mon frère pêche à Midlum. Nous gardons nos bénéfices ici. *Gjin* taxes à l'achat, *nèt* impôts.

Il souffla une bulle de salive.

– J'aime beaucoup votre langue, déclara De Gier. Alors nous, pour vous, c'est *nèt.*

– Les Hollandais doivent bien exister aussi, admit le lieutenant, mais pas à nos dépens.

Les moutons qui avaient couru derrière eux de l'autre côté de la douve avaient atteint un pont fermé par une barrière et pointaient leurs longs museaux entre les planches. Gripjstra passa la main sur l'une de ces têtes laineuses mais la retira vivement quand une langue râpeuse lui lécha les doigts.

– Sale bête.

– Elles sont à Douwe ? s'enquit De Gier.

– Douwe faisait le commerce des moutons, expliqua le

lieutenant. Avant il exportait des vaches, mais désormais toutes les vaches sont enregistrées sur ordinateur. Les moutons, on ne peut pas les identifier, ils se ressemblent trop.

– Voyez-moi ça, s'exclama Gripjstra. La manoir valait le coup d'œil. Il les regardait de toutes ses fenêtres grandes et lumineuses comme des yeux, ouverts au-dessus d'une majestueuse pelouse protégée par des hêtres aux branches étendues. Une large volée de marches de pierre menaient en pente douce à d'immenses portes fraîchement repeintes. Des briques rouges encadraient les grandes fenêtres ouvertes, trois de chaque côté, avec une autre rangée à l'étage, sous un épais toit de chaume. Un treillis compliqué protégeait une véranda qui entourait la maison, ses vignes en fleurs ajoutant encore une note de couleur. Une vieille femme cassée en deux ratissait le gravier étincelant d'un sentier qui courait autour de la pelouse. Elle leva les yeux.

– Bon *mid dei,* Mem, dit le lieutenant.

La femme essaya de sourire.

– Vous m'apportez de mauvaises nouvelles, hein, *sjurd* ? Ses sabots de bois crissèrent sur le gravier, elle s'écarta des trois hommes ; le râteau lui tomba des mains.

De Gier ramassa le râteau. Gripjstra se présenta puis présenta le sergent. Mem ne vit pas leurs mains tendues. Elle rejeta en arrière une mèche de cheveux blancs, ses yeux marron clair s'enfonçèrent entre des rides profondes. Ses mains noueuses tirèrent sur sa jupe de grosse toile.

– Douwe est mort ?

– Peut-être, dit le lieutenant Sudema, mais sa tête faisait oui.

De Gier sortit son mouchoir mais Mme Scherjoen ne pleurait pas.

– Des collègues d'Amsterdam, expliqua le lieutenant.

Elle les fit entrer et leur offrit du café, qui attendait dans un pot de grès sur la cuisinière. La cuisine rutilait sous ses poutres noircies.

– Attention à la tête, prévint Mem, mais c'était trop tard. De Gier frictionna ses boucles. Vous vous êtes fait mal ? demanda Mem d'une voix douce.

– Non madame. Vous avez des enfants ?

Elle versa le café.

– Non.

Elle souleva le couvercle d'une boîte de biscuits.

– C'est arrivé comment ?

– Un coup de revolver, expliqua Gripjstra. Enfin, c'est ce que nous pensons. Ce n'était pas très net.

Mem ne saisit pas.

– Il a aussi été brûlé, poursuivit Gripjstra, en baissant le ton, avec un sourire d'excuse triste. Le lieutenant Sudema toucha l'épaule de Mme Scherjoen.

– Mem, dit le lieutenant, nous sommes navrés, Mem.

– Le *duvel,* déclara Mme Scherjoen, il l'a attrapé maintenant. Douwe a toujours eu peur du feu. Il rêvait des flammes qui venaient l'emporter. Je devais le réveiller et l'obliger à se retourner, mais les flammes revenaient et il hurlait, il hurlait. Il avait peur du diable.

Le lieutenant Sudema toussota.

– Oui.

– Merci pour le café, dit Gripjstra sur le seuil. Nous reviendrons, demain, ça vous irait ? Nous avons quelques questions à vous poser.

– Gyske ne va pas tarder, annonça le lieutenant. Mme Scherjoen ne l'entendit pas. Sudema se leva et s'approcha de Gripjstra. Il vaut mieux que je reste. Pourriez-vous demander à Gyske de se dépêcher ? Je vous rejoindrai le plus tôt possible, au café peut-être, mon caporal vous y conduira, vous devez avoir faim.

Gripjstra et De Gier repartirent à pied vers le village.

– Même ici, dit Gripjstra, en agitant un bras. Comment est-ce possible ? Au cœur d'une nature intacte ?

– Même ici quoi ?

– Le *duvel,* précisa Gripjstra. Et un mariage qui ne

valait rien. Scherjoen ne pouvait-il pas être gentil avec sa femme ? Une personne exceptionnelle, j'ai trouvé.

De Gier examina des fleurs sauvages qui poussaient sur le bord de la douve.

– J'étais gentil avec ma femme, continua Gripjstra. Dans nombre de mariages l'un des deux partenaires au moins se conduit bien. Elle m'a rendu ma liberté. Douwe aurait pu en faire autant. Le mauvais parti laisse le bon s'en aller.

De Gier marchait à pas lents.

– Hé, s'écria Gripjstra.

– Je ne comprends pas bien, déclara De Gier. Ta comparaison n'est pas claire. Tu veux dire que tu es le bon parti ?

– Non ?

– Si on travaillait un peu, proposa De Gier.

– Travaille, toi, rétorqua Gripjstra. Moi je profite de la promenade.

– Je croyais que je n'étais ici que pour te tenir compagnie.

– Tu es ici, reprit Gripjstra. Alors parle-moi.

– Parfait, dit De Gier. Douwe Scherjoen ne valait rien. C'était un profiteur égoïste. Il achetait et vendait en liquide et fraudait les impôts. Il se donnait du bon temps à Amsterdam pendant que sa femme se tuait au travail à la maison. Une fortune dans sa bouche et sa femme lui sert de bonne, elle ratisse le gravier, s'occupe du manoir pour rien. Douwe est bien trop radin pour construire une petite barrière autour d'un chêne magnifique. Mais il se savait mauvais puisque le diable était à ses trousses.

– Il rêvait de flammes qui le poursuivaient, insista Gripjstra. *Mes* rêves sont plutôt agréables.

– Est-ce qu'on parle de toi ? demanda De Gier. Est-ce que tu as été tué d'un coup de revolver, arrosé d'essence et jeté à l'eau avec les ordures ? Est-ce que ton crâne me regardait dans le sous-sol du pathologiste ?

– Pourquoi tant de violence ? demanda Gripjstra. La

guerre est finie. Tu es trop jeune, tu ne te souviens pas de notre histoire récente, mais les Frisons peuvent se montrer très violents. La résistance a été plus dure ici que nulle part ailleurs dans le pays. Les soldats allemands ont été souvent tués et brûlés.

– Je me souviens comment le crâne de Douwe me regardait, dit De Gier. De l'au-delà. Il implorait vengeance.

– Laisse l'au-delà et reste ici. Nous travaillons sur le présent tangible. Le mobile ? Quelle entité vivante profite de la mort du sujet ? Qui a eu l'occasion de le descendre ? Foin de mysticisme, sergent.

– L'au-delà *est* ici, déclara De Gier d'un ton aimable. Laisse-moi travailler selon mon point de vue. Il s'arrêta et prit une profonde respiration. L'air est pur ici. Mais le mal rôde. Les Inspecteurs des Impôts guettent, ils savent quelque chose, peut-être nous en feront-ils part. Nous ne sommes pas dans notre élément, s'ils sont frisons eux aussi peut-être ne nous diront-ils rien. Tout est différent ici, les autochtones pensent même dans une autre langue.

– Je suis tout à fait dans mon élément, corrigea Gripjstra, et je vais m'occuper de cette histoire sans précipitation. La vie est plus lente ici. Il sourit à un mouton qui ruminait dans l'herbe haute. Je vais peut-être m'offrir des côtelettes d'agneau très bientôt, et des pommes de terre sautées à la frisonne et quelques tomates fraîches du lieutenant, non ? Je vais chercher un logement pratique pendant que tu iras prendre le commissaire. Pour poursuivre notre enquête efficacement, il nous faudra le consentement des autorités locales. Le commissaire peut se ménager une entrevue avec le responsable d'ici et puis rester pour nous donner un coup de main. Il est frison lui aussi. Quand nous serons tous les deux sur cette affaire, ça ira comme sur des roulettes.

– Tu n'as pas besoin d'autorisation, Scherjoen a été tué à Amsterdam et nous sommes sur la bonne piste, nous procédons suivant les règlements de police.

– Va prendre le commissaire.

– Je rentre et je ne reviendrai pas, bougonna De Gier. Je ne te sers à rien ici. Je viens de l'extérieur.

– Ça va, ça va, dit Gripjstra d'un ton aimable. Tu peux rester. C'est toujours agréable pour quelqu'un comme moi d'avoir quelqu'un comme toi sous la main. Et tu pourras en profiter, ce seront des vacances pour toi.

Le soir tomba doucement, de puissants rais de soleil trouaient les nuages flous. Les branches des hêtres encadraient le paysage tranquille. Une vache lança un mugissement ensommeillé et un fermier qui roulait sur une lente bicyclette les salua de la main. Les doigts de Gripjstra s'agitèrent en réponse.

Ils arrivèrent au commissariat.

– Bonjour, dit Gripjstra. Caporal, s'il vous plaît. Voudriez-vous accompagner Mme Sudema chez Mme Scherjoen et mon sergent jusqu'à Digue. Notre voiture y est garée et il doit retourner à Amsterdam.

– Tout de suite ? s'étonna le caporal. Vous ne voulez pas dîner ?

– Le sergent est pressé.

– Mais pas du tout, intervint De Gier. Je suis ici en touriste. Je serais ravi d'aller dîner.

– Je reviens dans un moment, annonça le caporal. Le café est de l'autre côté de la rue.

Gripjstra commanda des côtes d'agneau.

– Pour deux, précisa De Gier.

Le caporal revint avec le lieutenant.

– Est-ce que Mem se sent mieux ?

– Oui, adjudant, Gyske s'occupe d'elle.

– Dommage qu'elle n'ait pas d'enfant.

– Douwe était son enfant, expliqua le lieutenant Sudema. Il avait trop peur de la rivalité. Incroyable qu'elle ait pu supporter ce *sjmunt*.

Le caporal secoua la tête.

– Elles aiment qu'on les maltraite.

De Gier déclara que certaines femmes peut-être aiment

qu'on les maltraite mais que, personnellement, il ne profiterait jamais de leur perversion.

Les narines de Gripjstra s'élargirent.

– Et Jane, alors ?

– Partager n'est pas maltraiter.

Gripjstra expliqua la perfidité des projets du sergent à l'endroit de Jane.

– Mais elle n'est pas tombée dans le panneau.

– Ça ne leur arrive plus tellement, remarqua le caporal. Ce n'est plus aussi facile qu'avant.

– Je dois faire la cuisine, se plaignit le lieutenant Sudema. Gyske travaille à mi-temps, moi à plein temps, et il faut quand même que je fasse la cuisine. J'aime assez cuisiner, mais après il y a encore la vaisselle à laver et à ranger. Ce qu'elles gagnent nous le perdons. Et je ne peux plus gueuler.

– Je n'ai jamais gueulé après ma femme, précisa Gripjstra. Pourquoi me serais-je donné ce mal ? elle était sourde, et la télé marchait à plein volume.

– Ça t'arrive de gueuler, gueula De Gier. Tu gueules après moi. Tout le monde sait que tu es un gueulard.

Gripjstra demanda au lieutenant d'avoir l'amabilité de demander au caporal d'avoir l'amabilité d'accompagner le sergent à la digue, immédiatement.

De Gier n'avait pas fini son café.

– Un brin salaud ? s'enquit le caporal, en pilotant la Landrover le long des digues étroites, votre adjudant ?

– Un type formidable, corrigea De Gier. Mais ne lui dites jamais que je vous l'ai dit.

– Et un brin salaud, insista le caporal. Le lieutenant en est un autre, mais il s'est beaucoup adouci. Je peux en savoir gré à Gyske.

– Si nous ne plions pas, ils nous briseront, commenta De Gier. Prenez ce Scherjoen par exemple. Il ne voulait pas plier ?

Le caporal était plus grand que De Gier, et plus large. Son menton ressemblait à un bloc de granit.

– Il n'y a pas que nous qu'ils veulent briser, murmura le caporal.

– Les femmes frisonnes sont plus dures que les nôtres ?

– Je n'en dirai pas plus, déclara le caporal. Peut-être qu'on nous écoute.

La Landrover vint se garer derrière la Citroën. De Gier se glissa derrière le volant luisant de la voiture. La Citroën fila dans un éclair.

4.

Le commissaire, qui arpentait son élégant bureau, n'était pas satisfait. Un Frison meurt à Amsterdam. Quelle démarche adopter ? Irait-il en Frise ? Pourquoi aller voir ailleurs, si ça s'est passé ici ?

Parce qu'il y avait cette voiture neuve qu'il mourait d'envie de conduire le long de la Grande Digue ? Il pouvait s'offrir ce petit plaisir mais il fallait aussi enquêter ici. Il pourrait confier l'enquête sur place à ses meilleurs hommes et lui, partir au nord. Le commissaire avança ses lèvres minces. Il essaya de siffler.

– C'est le contraire, marmonna-t-il tristement. Ses meilleurs hommes prenaient du bon temps à Ding... Dingjum. Et importunaient la veuve. Il se leva à pas lents et se rapprocha de son bureau, pour rechercher un article de la Gazette de la Police. Instructions aux Officiers Supérieurs. Il lut le passage en question. *Assurez-vous que votre tempérament, vos aptitudes, vos intérêts et votre compétence conviennent à votre tâche.* N'était-il pas un as pour interroger les vieilles dames ? Alors pourquoi n'était-ce pas *lui* qui interrogeait Mme Scherjoen ?

Sa jambe le lançait et lui faisait mal. Il frictionna le point douloureux, pas trop fort pour ne pas augmenter la souffrance. Et s'il rentrait chez lui plonger son corps endolori dans un bain brûlant additionné d'herbes aromatiques ? Ça serait aussi bien, peut-être que ce n'était pas le bon jour pour travailler.

Il boitilla jusqu'au couloir.

Les jeunes femmes en uniforme de la salle des ordinateurs levèrent les yeux.

– Monsieur.

– Mesdames, dit le commissaire. On lui présenta une chaise. Il réfléchit. Les agents féminins attendirent.

– Douwe Scherjoen, lança le commissaire.

– L'adjudant Gripjstra nous a demandé d'entreprendre des recherches sur lui, répondit un agent de première classe. Il n'y a rien sur Scherjoen.

– Il est bien votre ordinateur ? s'enquit le commissaire.

– Notre ordinateur, reprit l'agent de première classe, sait tout.

– Alors que nous donnerait l'ordinateur si vous entriez les mots clés « Frise » et « Crime » ?

– Beaucoup trop, monsieur. Il nous raconterait tous les méfaits des Frisons, on n'en finirait plus.

– Et si vous vous limitiez à la criminalité frisonne à Amsterdam ?

– Ça n'en finirait pas non plus.

– Voyons voir, dit le commissaire.

L'agent de première classe tapa les deux mots. Le commissaire regarda l'écran. Un petit carré vert tremblota.

– Alors ? s'enquit le commissaire.

– L'ordinateur cherche, monsieur. Il nous délivrera ses renseignements d'une minute à l'autre, à une vitesse surprenante.

Le petit carré vert tremblota.

– Alors ? s'enquit le commissaire.

L'agent de première classe appuya sur quelques boutons.

– Il est cassé, conclut un agent. L'agent de première classe dévisagea la jeune fille. En panne, reprit la fille d'un ton nerveux. C'est ce que je voulais dire. Vraiment. L'ordinateur est en panne.

– Pas cassé ? demanda le commissaire.

– Juste en panne, assura l'agent de première classe. Il sera de nouveau opérationnel dans une seconde, il a juste eu une petite panne.

– Et quand sera-t-il de nouveau opérationnel ?

– Ça peut prendre un moment, répondit l'agent de première classe. Cela se produit de temps en temps. Je vais téléphoner et le fournisseur nous enverra un réparateur. Il en aura peut-être pour une heure, ou plus, ça prend un peu plus de temps des fois. Peut-être que le terminal est en panne lui aussi, alors il faudra attendre un peu plus.

Le commissaire était de retour dans le couloir. Il décrocha un téléphone mural.

– Pouvez-vous me trouver cet inspecteur frison, comment s'appelle-t-il déjà ? Fokkema, quelque chose dans ce goût-là.

– Il est en Espagne, monsieur, en vacances, avec en plus un arrêt de travail. L'inspecteur Fokkema risque d'être absent un bon bout de temps.

– Pas d'autre employé d'origine frisonne dans les parages ?

– Je ne peux pas vous répondre, monsieur, avez-vous interrogé l'ordinateur ?

Le commissaire avait réintégré son bureau. Il réfléchissait. Frison. Frison quoi ? Par pure coïncidence un flic frison voit quelque chose et un gardien municipal des jardins frison voit la même chose ?

Il décrocha le téléphone.

– Mignonne ? S'il vous plaît, d'abord l'agent de première classe Algra du poste du Quartier-Rouge et ensuite je voudrais parler au chef Wiarda des Jardins Municipaux.

Sa secrétaire ne trouva ni l'un ni l'autre ; Algra était parti quelque part et Wiarda n'était pas encore rentré.

De toute façon ils ne sauront rien, se dit le commissaire ; il réfléchit encore un peu. Des prisonniers frisons, bouclés en prison quelque part ? Qui pourrait localiser des prisonniers frisons ? L'ordinateur ?

Il s'empressa de penser à autre chose. Ses nouvelles réflexions furent reléguées grâce à une autre idée qui jaillit de sa mémoire. « Jelle Troelstra », lui serinait sa mémoire.

– Qui ça ? demanda le commissaire.

– Tu sais bien, insista sa mémoire.

– Non.

– SS ? lui proposa sa mémoire.

C'est ça, pensa le commissaire, maintenant il se souvenait. Un SS boiteux en liberté. En 1945, ça faisait déjà un bail. Troelstra avait combattu sur le front de l'Est, avait été libéré de ses obligations militaires en raison de graves blessures, était rentré en Frise juste avant la libération, et puis ensuite avait été recherché pour trahison par la police néerlandaise. Le traître Troelstra. Le suspect ne tenait pas à être fusillé, alors il se cacha chez des parents et fut aperçu par des voisins. Les voisins avertirent la police locale et Troelstra s'enfuit à Amsterdam où il se cacha de nouveau, cette fois-ci chez une de ses amies, ruelle du Quartier-Vieux. Las d'être pourchassé, Troelstra demanda à son amie de téléphoner à la police pour prévenir qu'il allait mettre fin à ses jours mais qu'il voudrait d'abord parler à quelqu'un, de préférence une autorité compétente. A cette époque-là, le commissaire était inspecteur adjoint et ce fut lui qui répondit au coup de téléphone. Il prit le tram. La jeune femme ouvrit la porte. Jelle était au lit, un revolver allemand au poing. Jelle Troelstra, ex-héros. Le commissaire le salua d'un coup de tête. Pas un mauvais bougre, plutôt un idéaliste, mais du mauvais côté évidemment. Une loyauté mal à propos. Hitler, un démon qui jouait à l'ange, Troelstra s'en rendait compte désormais. Et l'homme n'avait pas commis d'horreurs, car c'était un type convenable, tout à fait incapable d'une mauvaise action.

Il écouta Troelstra, en cette fin d'année 45, et l'encouragea en quelque sorte, l'assura qu'il ne serait pas fusillé, qu'il pouvait encore mener une vie utile et que le châtiment serait supportable, si le coupable se livrait lui-même à la police. Les traîtres qui se rendaient de leur plein gré étaient envoyés aux colonies, à l'époque en Nouvelle-Guinée, cette île gigantesque à l'extrême est de l'Indonésie, une possession néerlandaise qui avait encore tant besoin de routes. Le sujet devait avoir purgé sa peine là-bas et être rentré en temps voulu. Le commissaire décrocha à nouveau son téléphone.

– Mignonne ?

– Monsieur ?

– S'il vous plaît, Jelle Troelstra à... à Anjum. Essayez de retrouver cet homme. S'il n'est pas inscrit, essayez un autre Troelstra à Anjum et demandez-lui où nous pouvons trouver Jelle. C'est compris ? Si vous le voulez bien ?

– Vous l'avez déjà dit au début, monsieur. Un seul « S'il vous plaît » suffira.

– A votre service, dit le commissaire. Merci infiniment.

Le téléphone sonna.

– Oui ?

– M. Troelstra vit à Amsterdam, monsieur. Vous l'avez en ligne.

– Monsieur Troelstra ?

– Oui, répondit une voix solennelle.

– Vous êtes toujours en vie, remarqua le commissaire. Je suis heureux de l'apprendre. C'est moi, le policier venu vous chercher en 45. Votre amie avait téléphoné et nous avions eu une petite conversation. Vous vous souvenez ?

– Et vous êtes commissaire maintenant ?

– Et j'aimerais vous parler.

– Je tiens un café, déclara Troelstra. Dans la maison de mon amie. Elle m'a quitté l'année dernière, pour de bon, à cause d'un cancer. Je suis encore dans le coin pour un petit moment.

– Je peux passer ? Cela vous conviendrait-il ?

Les deux hommes se dévisagèrent avec attention, dans la salle sombre et étroite du bar.

– Genièvre ? demanda Troelstra.

– Volontiers, répondit le commissaire, et un pour vous aussi.

Leurs verres s'entrechoquèrent et s'inclinèrent. La cruche repartit à l'horizontale pour la seconde fois mais cette fois-ci le commissaire ne fit que tremper les lèvres dans son verre et Troelstra l'imita. Le commissaire appréciait le décor du café, tout ce qu'il contenait remontait à des années, à un passé tangible. Il caressa le pied de son verre en forme de tulipe.

– Vous avez été correct avec moi, dit Troelstra, je m'en souviens. Un peu de générosité et de compréhension, ça ne courait pas les rues à l'époque mais c'était votre façon à vous. Ça m'a envoyé en Nouvelle-Guinée, au lieu d'en finir ; je suis tombé rudement malade là-bas.

– On vous a renvoyé ici avant votre temps ?

– La malaria, précisa Troelstra. Est-ce que vous êtes revenu me chercher ? Les crimes de guerre ne sont jamais pardonnés, mais je n'ai pas commis un seul crime. J'ai combattu les Bolchéviques. On trouverait ça très bien aujourd'hui, mais à l'époque ça ne se faisait pas encore.

– Je suis venu vous demander des renseignements, annonça le commissaire, à propos d'un certain Douwe Scherjoen.

– Il ne vient pas dans ce bar.

– Ce nom vous dit quelque chose ?

– J'ai entendu parler de Scherjoen, reconnut Troelstra. Ce café n'est pas réservé aux Frisons mais ils savent tous que je suis de là-bas et quand ils viennent nous parlons notre langue ; ce n'est pas que je sois très bavard, ils préfèrent que je les écoute.

– Je suis né là-bas, à Joure, précisa le commissaire.

Troelstra hocha la tête.

– Vous me l'aviez dit, pour que je vous fasse un peu confiance. Vous m'avez dit qu'il fallait que je vive. Pourquoi fallait-il que je reste encore en vie ?

– Parce qu'il y a toujours une bonne raison de vivre.

– Vous le croyez encore ?

– J'étais jeune, dit le commissaire. Je vous ai dit ça sans tralala. Vous étiez jeune aussi. Je vous ai convaincu, non ?

Les mains de Troelstra s'enfoncèrent encore un peu plus dans ses joues creuses. Ses yeux calmes fixèrent le visiteur.

– Ce Scherjoen, c'était le cadavre dont on parle dans le journal ce matin ?

– Oui, dit le commissaire. Il a reçu un coup de revolver pas loin d'ici et puis on l'a brûlé, dans un doris, du moins c'est ce que nous croyons ; il ne restait pas grand-chose de lui.

– Des fois, réfléchit Troelstra, ça ne paie pas d'essayer de doubler les autres. Il sourit. Ils sont trop nombreux. Quelle loi a-t-il enfreinte ?

– Nous n'en savons encore que très peu. Le commissaire posa son verre après avoir pris une gorgée soigneusement mesurée. Nous savons que le mort vivait à Dingjum, dépensait pas mal d'argent, c'est à peu près tout. Que savez-vous ?

– Il vendait des moutons, dit Troelstra, au Maroc, à la Turquie, à l'Algérie. Des moutons frisons. Plus que ce que l'on en dénombre officiellement dans toute la Frise. Les moutons se ressemblent tous. Il y a beaucoup trop de bureaucratie de nos jours, mais peut-être que les moutons réussissent encore à passer au travers.

– Mais il n'est jamais venu ici ?

– D'autres marchands de moutons viennent ici et ils ont parlé de lui. Les marchands aiment venir dans le Quartier-Rouge. Leeuwarden, notre capitale, en avait un très bien, mais désormais ils doivent descendre toute la Grande Digue, jusqu'à notre Gomorrhe d'Amsterdam. Ici nous pouvons satisfaire à peu près tous les désirs.

– Le destin des régions basses ? demanda le commissaire. Et que disaient donc de lui les collègues de Douwe ?

– Ils n'aimaient pas Douwe.

– La jalousie ?

– Bien sûr, dit Troelstra. Mais peut-être plus que la simple jalousie. Douwe n'était pas très honnête. Il ne tenait pas ses engagements, ou en changeait en cours de route, pas tout à fait le genre des Frisons entre eux.

– Est-ce qu'un de vos clients était du genre à régler ça au revolver ?

– Je suis un traître, avoua Troelstra, mais je n'aime pas beaucoup moucharder.

– Scherjoen a été abattu par-derrière.

Troelstra souleva la cruche de genièvre. Le commissaire hocha la tête. Il avait pris un déjeuner léger et le gin puissant pétillait dans ses veines. Sa jambe ne le faisait plus souffrir ; au contraire, les nerfs si sensibles d'habitude semblaient pleins d'une calme énergie. Comme ce serait agréable d'être juste un peu ivre sa vie entière. L'alcoolisme n'élimine-t-il pas tous les autres désirs ? Cette idée n'était pas nouvelle pour lui. Pour simplifier les motivations de la vie, il y aurait cet excellent but à court terme. Quiconque se noie dans l'alcool peut se permettre d'oublier tout le reste. Chaque nouvelle journée commence avec l'obligation de se débarrasser de sa gueule de bois et une fois que c'est fait le temps coule plaisamment à nouveau. Ça ne marcherait pas au bout du compte, ça il le savait aussi, mais l'idée continuait d'être séduisante. Exaucer ce vœu ne présenterait aucune difficulté. Il pourrait prendre sa retraite, se lever tard et se coucher tôt, et cuver son vin entre-temps. Avec un brin de discipline le changement ne présenterait pas de difficulté.

– Encore un ? demanda Troelstra.

– Non, merci.

– Du café, tout frais ?

– Volontiers.

Troelstra manipula sa machine à café avec des gestes lents et précis, résultat d'une longue pratique.

– Quel âge avez-vous, Troelstra ?

Ils avaient le même âge.

– Vous savez, dit Troelstra, un jour j'ai abattu un prisonnier en Russie, par-derrière. Le Russe n'a jamais su ce qui lui était arrivé. Il parlait à un arbre et puis boum, plus rien.

– Non ! s'écria le commissaire, secouant la tête, incrédule.

Troelstra hocha la tête d'un air pensif.

– Il était devenu fou. Nous étions en patrouille. J'étais responsable de l'escouade. Des Frisons, tous, il n'y avait presque pas de Frisons qui se battaient du côté des Allemands, mais le peu qui les avaient rejoints étaient sous mes ordres. Des braves types, sûrs, courageux, des durs, tous choisis pour l'entraînement SS. Nous libérions le monde. La Russie était le pire endroit que j'aie jamais vu : des gens qui mouraient de faim dans des taudis, supprimés par un système implacable ; nous ne savions pas à l'époque que nous empirions la situation. Soudain apparut ce soldat russe derrière nous, avec un fusil et des grenades à la ceinture ; tout jeune, il avait perdu la tête. Il hurlait dans notre direction et montrait les nuages. Nous prîmes ses armes et il ne s'en aperçut même pas. Il chantait. Nous essayâmes de l'éloigner parce qu'un prisonnier nous aurait retardé ; nous étions prêts à l'attaque.

– Oui, dit le commissaire.

– J'étais le sergent, continua Troelstra. J'étais censé

savoir quoi faire. Mes hommes avaient le visage tourné vers moi. Le Russe piétinait dans la neige, il hurlait une chansonnette, l'écume aux lèvres, les yeux exorbités. Nous étions à deux pas de l'ennemi, il révélait notre position.

– Oui, dit le commissaire. Je prendrai volontiers encore un peu de café.

– Du Moka Java, précisa Troelstra. Une trop bonne marque pour cet endroit, mais je deviens trop vieux pour m'intéresser aux bénéfices.

– Oui ?

– J'ai emmené ce Russe, poursuivit Troelstra, mon bras passé autour de ses épaules, amicalement, j'étais son grand frère. Il s'est dégagé et s'est précipité vers un bouquet d'arbres ; quand je l'ai retrouvé il parlait à un chêne.

– Vous l'avez abattu ?

– Oui.

– Et c'est comme ça qu'on en a fini avec Scherjoen ?

– Je n'en sais rien, articula Troelstra avec lenteur.

Un vieil homme entra dans le café d'un pas traînant, il était vêtu d'un imperméable sale et d'un pantalon effrangé.

– Jelle, aujourd'hui ce sera une limonade.

Jelle versa le soda, la cruche de gin toujours dans la main gauche. Le vieil homme examina d'abord la cruche, puis ses mains tremblantes, cramponnées au comptoir.

– Oui, vas-y.

Le gin rejoignit la limonade dans le verre profond. Jelle souleva la cruche mais ne la reposa pas.

– Ça va, dit le vieil homme. La cruche tinta encore. L'homme but. Il posa son verre. Aaaah, fit-il avec béatitude.

– Je voulais simplement dire, précisa Troelstra au commissaire, que les choses sont souvent assez différentes de ce qu'elles paraissent. Ainsi j'ai trahi mon pays. Peut-être bien. Peut-être que mes intentions n'étaient pas celles que vous pensez.

– De bonnes intentions ?

– Il fallait que la situation s'améliore, non ? reprit Troelstra. Et elle est allée de mal en pis. N'est-ce pas l'humanité qui veut ça ? Nous voulons faire le bien, nous nous lançons dans l'action et nous nous enfonçons plus profond encore.

– Au début...

– ... il y avait Dieu. Troelstra se gratta le menton. Mais où est-il parti ? J'y pense des fois.

L'homme à l'imper crasseux secoua son verre.

– La même chose, Jelle. Jelle lui resservit le même mélange. Le sourire édenté de l'homme s'élargit. Belle journée, hein ?

– Troelstra et le commissaire lui donnèrent raison.

– Tout est si facile, continua le vieil homme, mais je passe mon temps à l'oublier, il me faut toujours quelques verres pour m'en souvenir. Que tout soit facile tout le temps, c'est pas toujours de la tarte.

– Et d'habitude ça marche ? s'enquit le commissaire.

– J'ai beaucoup de force de caractère, déclara le vieil homme. Je n'abandonne jamais. Quoiqu'on me fasse. Ils ne m'auront pas.

– Donnez-moi l'addition, dit le commissaire.

Troelstra regarda par la fenêtre. Des ombres se mouvaient dans la rue, ressurgies d'un lointain passé. Des camarades en armes ? Un Russe agonisant ? Des sauvages, un os enfilé dans le nez ? Un inspecteur adjoint qui ne passait pas les menottes au traître et l'emmenait au commissariat central en tramway ?

– Inutile, déclara Troelstra, j'ai toujours une dette envers vous. Vous m'avez sauvé la vie. J'ai connu quelques bons moments. La Nouvelle-Guinée est magnifique, elle est peuplée d'oiseaux superbes, colorés, avec de longues queues, et des buissons à fleurs que l'on ne trouve nulle part ailleurs. Le voyage, aller et retour, les mers tropicales, les palmiers sur les plages, à perte de vue. Et ce café, ici, au bout de la route, ça ne me déplaît pas.

– Scherjoen ? demanda le commissaire.

– Là je ne peux pas vous aider.

Le commissaire ne saisit pas tout de suite. Il se demanda s'il devait insister.

– Y a-t-il un autre domaine où vous puissez me rendre service ?

– La semaine dernière. Troelstra s'interrompit et considéra le vieil homme qui souriait, occupé à se rouler une cigarette. Ça vous embêterait de changer de place ? Le commissaire quitta son tabouret et suivit la tasse de café que Troelstra fit glisser le long du comptoir.

– La semaine dernière, reprit Troelstra à mi-voix, deux gros types sont venus ici s'en jeter quelques-uns. Un certain Ary, un petit type chauve, et un certain Fritz, un baraqué avec une touffe de cheveux raides sur sa grosse tête ronde. Des types du sud, de la frontière belge. J'avais aussi quelques marchands de moutons, déjà bien partis. C'était un vendredi, jour de marché aux bestiaux en Frise, ils avaient ramassé pas mal de liquide, bien rangé dans leur bourse. La bourse des Frisons s'accroche avec une chaîne autour du cou. Rien que du liquide chez nous dans le nord, on ne se fie pas aux chèques et à tous ces trucs-là. On est un peu bête pour ça.

– Les Frisons ne sont pas bêtes, corrigea le commissaire.

– Peut-être bien, des fois. Se promener avec du liquide dans ce quartier ? Le liquide qui passe sous le nez des impôts devrait être bien caché, à mon avis. Troelstra sourit. C'est idiot, bien sûr, de payer des impôts, surtout quand l'argent quitte le pays. Est-ce que tout le monde n'a pas toujours cherché à s'approprier nos bénéfices ? Les Romains, les Espagnols, les Français, les Allemands, on les a tous fichus dehors, et puis les Hollandais nous sont tombés dessus.

– Et vous combattiez pour la Grande Europe ?

Oh! pourquoi j'ai dit ça, pensa le commissaire. Le voilà qui veut m'apprendre quelque chose et il faut que j'ergote.

– La Grande Europe, les paupières de Troelstra s'abaissèrent. Voilà le rêve. Pourquoi ne se réaliserait-il pas un jour ? Tous ensemble et chacun pour soi ? L'Amérique y est bien arrivée. Pourquoi pas nous ? L'Etat frison, et l'Etat allemand, et l'Etat russe, etc. ? Unis au-delà de nos problèmes particuliers ? Il versa encore du café.

– C'est encore trop tôt, assura le commissaire. Ça viendra si nous nous donnons du temps.

Troelstra leva un doigt le long de son nez.

– C'est bien ce que je pense maintenant, mais je n'en suis pas convaincu. Peut-être que le besoin de se battre est trop fort en nous. Peut-être fait-il partie de la nature humaine. Vous avez déjà regardé jouer des gosses ? Ils inventent tous des armes et se canardent à qui mieux mieux. Vous avez déjà vu des gamins jouer à faire la paix ?

– Euh...

– Prenez le cinéma, poursuivit Troelstra. Je me suis battu moi aussi, je connais cette horreur. Ramper jusqu'à un campement russe et voir l'ennemi manger, ou dormir, ou chier dans un petit coin tranquille, et il faut quand même les éliminer, jusqu'au dernier. Ça ne va pas. Alors pourquoi est-ce que je vais voir des vaisseaux spatiaux de science-fiction se détruire, avec tout leur équipage à l'intérieur, hein ? Ça me plaît d'assister à ces scènes de destruction. Comment cela est-il possible ? Si ce n'est pas moral ?

– Et Ary le chauve, interrompit le commissaire, et Fritz la Touffe.

Troelstra ferma un œil.

– Vous n'en savez pas plus que moi ? C'est ça ?

– Non, avoua le commissaire.

Troelstra eut un petit rire sec.

– Personne ne peut répondre, à mon avis. Peut-être agissons-nous comme il en a été décidé, peut-être n'avons-nous pas notre mot à dire. Je lis le journal. La guerre fait de nouveau rage partout. Il y a des guerres dans le monde entier. C'est pareil dans tous les coins.

– Bon, conclut Troelstra. Voilà de quoi vous occuper. Ary et Fritz observaient mes marchands de moutons et suçaient leurs côtelettes. Supposons que chaque marchand trimballe sur lui vingt mille en liquide et que vous les coinciez tous, ça vous ferait une bonne petite année de salaire. Le jeu n'en vaut pas la chandelle si le risque est de moisir quelques années en prison. Ary et Fritz venaient de sortir de prison.

– Et alors ?

– Alors, poursuivit Troelstra, ils ont envisagé des possibilités plus intéressantes et j'ai écouté un peu parce qu'ils n'arrêtaient pas de commander de nouvelles tournées. Sur le marché aux bestiaux de Leeuwarden...

– Hé, hé ! fit le commissaire. Et les sujets sont des professionnels ?

– Des casseurs de banque, précisa Troelstra.

– Mais enfin, au marché de Leeuwarden il y aura des centaines de marchands, et eux ne sont que deux.

– C'est faisable, assura Troelstra. Chaque marchand a une bourse, et si vous tirez sur la chaîne de cuivre elle casse. Coincez-les tous dans un coin...

– Merci, le commissaire chercha son portefeuille.

– Non, pas d'argent. Troelstra croisa les bras.

Le commissaire posa un billet sur le comptoir.

– Pas pour moi, pour régler la note de votre client, là-bas.

Le vieil homme en imper crasseux eut un rire reconnaissant.

– C'est vraiment très facile.

– Vous en êtes sûr ? demanda le commissaire.

– Buvez quelques verres avec moi, monsieur, et vous le verrez bien vous-même. Le vieil homme agita un bras en guise d'explication. Soûlez votre être ignorant jusqu'à la moelle, où se cache le mystère. Quand vous l'aurez vu, tout devient clair.

– Et vous pouvez y rester, là-bas ?

Le vieil homme cligna de l'œil.

– Suivez-moi.

– J'aimerais autant y aller tout seul.

– La méthode est la même, déclara le vieil homme. Je vous ferai un brin de conduite.

– Plus tard, peut-être, dit le commissaire et il fila par la porte.

5.

L'inspecteur de première classe Simon Cardozo, en service temporaire avec la Brigade Criminelle, désapprouvait les papotages des collègues plus établis que lui qui l'entouraient dans la cantine du commissariat central. Les collègues le regardaient avec condescendance. Il était de petite taille, et assis de surcroît. Lui aussi se considérait avec condescendance. Un Cardozo plus autoritaire et mieux bâti parlait au petit, car il s'était, pour simplifier la situation, divisé en deux personnages et dialoguait avec lui-même.

Petit Cardozo se plaignait. On lui manquait de respect, racontait-il à Grand Cardozo. Tiens, l'affaire Douwe Scherjoen, par exemple. Etait-il acceptable d'avoir à compulser un ficher, jeté sans ménagement sur son bureau ?

– Jette un œil là-dessus, disait Gripjstra.

– Remue-toi, disait De Gier. Et puis il filait, flirter avec Jane, à tous les coups. Jane comptait beaucoup. Jane était maltraitée elle aussi mais au moins on lui parlait avec respect. On lui passait de la pommade et cette idiote allait faire les yeux doux au sergent du garage pour qu'il retape une fois encore la vieille Volkswagen de la Brigage. Mais lui, Petit Cardozo, qui devait fournir un véritable travail, qui devait réunir des données qui permettraient de démasquer un fou sanguinaire non identifié, et ensuite d'arrêter ce criminel sans pitié, lui, Petit Cardozo, on lui flanquait un fichier sur son bureau.

– Remue-toi, Cardozo.

– Allons, allons, dit Grand Cardozo.

– Ne me rabaisse pas, supplia Petit Cardozo. Ce n'est pas ce qui me manque avec *eux*. Pendant qu'ils se baladent dans une province superbe, qu'ils voient des paysages magnifiques, qu'ils vivent aux crochets du contribuable, moi, le petit con, celui à qui l'on crache à la gueule, dans des circonstances dangereuses, sans la moindre protection...

– Allons, allons.

– C'est tout ce que tu sais dire, geignit Petit Cardozo. Et puis je ne me sens pas bien.

– Fais ton boulot, conseilla Grand Cardozo. Lance-toi. Ne ressasse pas. Oublie tes rancœurs. Sinon tu te renfermes et ton efficacité en pâtira.

– Pourquoi *toi* tu ne fais pas quelque chose, s'indigna Petit Cardozo, au lieu de me lire cet article imbécile dans la Gazette de la Police ? Ce ne sont que des théories pour minus.

– Tu te tracasses, assura Grand Cardozo. Tu es encore en service temporaire avec la Brigade Criminelle ? Et alors ? Tu veux un poste fixe ? Quand on est fixe on perd sa liberté de mouvement. Va, flotte, léger, à travers la ville, réfléchis à une théorie et trouve quelques faits qui l'étaieront. N'est-ce pas une chance de pouvoir enfin travailler seul ? D'autres se raccrochent chancelants à des mains secourables mais toi, soutenu par ton intelligence, tu avances seul, et ton étau se resserre implacablement sur le coupable qui se tapit dans l'ombre.

– Allons, allons, dit Petit Cardozo.

Les deux Cardozo se réunirent et se levèrent. Le tout quitta la cantine. Prêt à agir. qu'avait donc Cardozo derrière la tête, tandis qu'il sortait d'un pas traînant de la cantine, l'air indifférent sous ses boucles longues et mal peignées, dans son costume de velours froissé, puis descendait le couloir fier comme un paon ? En éternuant ? En toussant ?

Rien qu'un petit moment le tout se divisa à nouveau pour que Petit Cardozo pût prévenir Grand Cardozo qu'il avait la grippe. Il allait peut-être rentrer à la maison. Il ne manquerait à personne. Un membre intérimaire de la Brigade Criminelle, abandonné à lui-même ?

Grand Cardozo se pencha sur Petit Cardozo.

– Pas d'histoire.

Cardozo dut aller se soulager. Le jet de liquide fumant qui le reliait au mur carrelé des toilettes lui fit penser à de l'eau. La flamme de son briquet lui fit penser à un incendie. La combinaison des deux associations lui évoqua le dossier et les photos des restes de Douwe Scherjoen. Où avait-on trouvé les restes ? Dans un doris. Le doris avait été confisqué et devait se trouver quelque part dans le bâtiment.

Il le trouva, remisé dans un coin du sous-sol. La marque était encore lisible. Lowe. Cardozo déchiffra le numéro de série, gravé sur une petite plaque de cuivre soudée à l'intérieur de la proue. Le doris semblait vieux. Y arriverait-il ? Il n'y arriverait pas. A découvrir qui avait vendu cette marque de bateau, il y avait bien longtemps, à quelque client oublié. Combien de fois le doris avait-il changé de propriétaire depuis ? Volé ? Donné ? Perdu et retrouvé ? Où avait-il été trouvé la dernière fois ? Dans le Port Intérieur. Il examina la grande carte murale à côté de l'entrée principale du bâtiment. Le Port Intérieur se termine Quai Prince Henry. L'index baladeur de Cardozo passa sur des quais roses tombant dans des eaux bleues. Les bateaux sont amarrés aux quais.

Il prit un tramway. Il arpenta tous les quais et monta

sur tous les vaisseaux amarrés aux quais. L'un d'eux avait-il perdu un doris ?

– Pas moi, dit un capitaine, mais là-bas, dans le coin où flottent les ordures, il y avait un doris et maintenant il n'y est plus. Volé par les voyous qui viennent nous embêter. Un doris inutile, abîmé, qui ne pouvait servir à personne. Il était attaché avec un bout de fil électrique rouge.

Pas mal. Le doris, dans le sous-sol du commissariat central, avait un bout de fil électrique rouge qui pendait à la proue. Merci.

– Pas de quoi, répondit le capitaine.

Cardozo s'assit sur un poteau pourri. Il était l'assassin. Il nourrissait une haine dévorante pour Douwe Scherjoen. Il ferma les yeux pour s'obscurcir la vue, pour imaginer une nuit nuageuse, noire comme un four. Il avait abattu Douwe quelques minutes auparavant mais il n'en avait pas tout à fait terminé. Le cadavre de Douwe était toujours là. Avait-il commis ce meurtre dans un terrible accès de haine ? Sans doute que non. Les amateurs en colère tireraient en pleine poitrine. Il avait abattu Douwe avec intelligence, suivant un plan prémédité, par-derrière, bien sûr. Le doris était-il prévu dans le scénario ? Avait-il abattu Douwe près du doris pour ne pas avoir à traîner le corps ?

Et si le sort s'était joué de lui et avait compliqué ses plans ? L'anarchie insensée du destin contrarie parfois les projets les plus minutieux. Bon, le doris était à sa place mais il n'avait pas apporté assez d'essence. Non, il n'avait pas du tout pensé à apporter de l'essence, et il devait en trouver, mais où ? En pomper dans le réservoir d'une voiture avec un tuyau ? Où trouverait-il le tuyau ? On ne se balade pas avec un tuyau. Il l'aurait arraché à une cuisinière, quelque part ? Les cuisinières ça se trouve dans les cuisines. Sa cuisine se trouvait-elle dans les parages, chez lui ?

Dans les parages, Cardozo ouvrit les yeux. Son regard

courut le long de l'interminable rangée de maisons du Quai Prince Henry. Il y avait aussi un certain nombre de rues transversales. Si le suspect vivait dans le quartier, Cardozo se trouvait maintenant devant une multitude de suspects. Sans compter tous les capitaines des bateaux ancrés aux alentours.

Arriverait-il quelque part ? La faim commençait à le tenailler.

A cette étape d'une enquête, n'importe quel détail peut servir de point de départ, pense Cardozo, tout en butant sur le perron trop haut d'un petit restaurant chinois dénommé Wo Hop. M. Hop s'empara de son futur client et le conduisit à une table. Cardozo parcourut les spécialités du menu. Nouilles sautées. Riz sauté.

– Nouilles sautées, dit Cardozo. Bière.

Le restaurant consitait en une pièce nue meublée de tables et de chaises en plastique. Une lumière au néon se reflétait sur le crâne rasé de Hop. Le reste de la clientèle se composait de lourdauds chevelus rongés de maladies de peau, qui grattaient leurs croûtes en silence quand ils ne toussaient ou n'éternuaient pas. Au fond de la salle, des jeunes chinois en chemises criardes poursuivaient une conversation où des noms s'étiraient musicalement et puis étaient engloutis brutalement. Cardozo remarqua leur coupe en brosse et leurs mouvements saccadés. Des karatekas, se dit-il.

Donc je peux commencer n'importe où, pensa Cardozo. Qu'est-ce qu'un marchand de moutons pouvait bien faire près du port ? Livrer des moutons pour le transport vers le Proche-Orient.

Les nouilles arrivèrent dans un bol. Hop laissa tomber une paire de baguettes et un verre de bière. L'étiquette, sur la bouteille, était chinoise. Est-ce que les Chinois achetaient des moutons frisons ? De Dingjum ? Plutôt de Nouvelle-Zélande, réfléchit Cardozo. Il ne devait plus y avoir de problème de rationnement alimentaire en Chine désormais ? Peut-être même n'avaient-ils aucun besoin d'importer des moutons de l'étranger.

Il mangea et but, sans y trouver trop de goût. Quand Hop lui présenta l'addition, Cardozo remarqua ses yeux froids, comme des éclats de glace. Même le miroitement des canines d'or d'Hop était froid. Scherjoen lui aussi avait des dents en or. Y avait-il un rapprochement ? Et pourquoi donc ? songea Cardozo.

Il flâna dans le quartier. Le souvenir de Wo Hop l'accompagnait, baigné de lumière au néon. Cardozo ne s'expliquait pas pourquoi l'image d'Hop l'obsédait. Qu'était donc le Chinois sinon un figurant en costume gris, orné à la verticale d'une paire de bretelles à l'ancienne telles qu'en portaient les ouvriers sur les vieilles gravures ? Le propriétaire d'un boui-boui de troisième ordre, le repaire de drogués aux pieds plats et de marins chinois, un émigrant tout juste exotique comme tant d'autres, enchaînés à leurs établissements marginaux, économisant sou par sou l'argent qui, peut-être, dans un avenir lointain, leur paierait le billet de retour pour Hong-Kong ou Singapour, leurs villes qu'en pensée ils n'avaient jamais quittées. Cardozo hâta un peu le pas et se débrouilla pour semer Hop. Il s'arrêta quelques minutes plus tard pour considérer une voiture. Pourquoi. Peut-être était-il fatigué et avait-il besoin de se reposer les yeux sur un objet intéressant. Pourquoi intéressant ? Parce que c'était une Citroën neuve, du modèle dont le commissaire avait parlé. Parce que Cardozo avait vu Gripjstra et De Gier quitter la cour du commissariat central dans la voiture neuve du commissaire, avec un petit salut désinvolte, en lui recommandant de « se remuer » après avoir baissé la vitre électroniquement. Etait-ce la même voiture ? Il ne devait pas y avoir des tonnes de Citroën Super métallisées dans les parages. Cardozo fit le tour de la voiture. Non, c'en était une autre, avec à l'arrière un macaron blanc portant l'inscription *FR*. Les automobiles hollandaises sont marquées *NL*. Que pouvait bien vouloir dire *FR* ? Frise. Le macaron n'était pas officiel, et témoignait de fervents sentiments nationalistes, réclamant l'indépendance pour une province absorbée par le pays. FR = « free ». Ridicule. Les Frisons avaient aussi leur monnaie, qui n'était même pas acceptée dans les boutiques frisonnes, et leurs timbres, eux aussi sans la moindre valeur. Etonnant, ce désir insatiable de se distinguer. Son frère Samuel lui avait lu un article de journal sur le sujet.

– C'est pathétique, avait remarqué Samuel. Nous ne nous baladons pas avec un J brodé sur la poitrine.

Pourtant Samuel portait une étoile de David en or autour du cou et collectionnait les timbres israéliens.

Libre ? réfléchit Cardozo. Mais qui est libre ? Je ne suis pas libre. Je me trémousse quand les autres tirent mes fils. « Remue-toi, Cardozo. »

La Citroën, garée à cheval sur le trottoir, se trouvait en face d'une boutique d'alimentation diététique. Cardozo y entra.

– Cette voiture est là depuis longtemps ?

– Ça vous regarde ? grogna la femme derrière le comptoir. Elle avait été bâtie avec une ossature épaisse, engoncée dans un morceau de tissu carré fendu n'importe comment pour laisser passer son cou maigre. Elle dut repousser une touffe de cheveux emmêlés pour lorgner celui qui venait ainsi l'importuner.

– Un pulvérisateur de poison, brailla la femme. Oh ! je connais ce genre. Qui jongle avec les gènes. Un injecteur d'hormones. Ah ! Nos fermiers aux doigts crochus. Ils posent leurs petites casquettes sur leur tête et prétendent nous apporter les bienfaits de la terre, mais ils nous volent notre argent et s'achètent des voitures de capitalistes et bouchent le trottoir et moi je ne peux même plus garer ma bicyclette, est-ce que quelqu'un se soucie de moi, des fois ?

– Je peux me servir de votre téléphone ? Cardozo rota. La nourriture présentée dans la boutique à demi-éclairée lui donnait la nausée. Des céréales moisies arrivaient à mi-hauteur de bocaux en plastique fendus. Un pot avait été rempli de confiture durcie à la surface. Des souris maladives filaient sur une étagère.

La boutique n'avait pas le téléphone.

Cardozo retourna à pied au restaurant de Hop où d'autres drogués encore se lorgnaient avec un bruyant désespoir. Cardozo éternua avec eux. Les jeunes lutteurs discutaient toujours nerveusement ; leur psalmodie avait monté d'un ton et s'accordait de moins en moins avec les barrissements des drogués.

– Téléphone ? demanda Cardozo.

– Prenez, répondit Hop, dans une traduction libre du cantonnais. Il le désigna. Cardozo s'avança vers la lumière glacée. Il composa un numéro et communiqua le numéro de la plaque d'immatriculation de la Citroën.

– Je ne peux pas vous trouver ça tout de suite, lui répondit une voix de gamine du commissariat central. L'ordinateur n'est pas encore remis.

– Remis de quoi ?

– De sa panne.

Cardozo prit un tramway pour retourner au commissariat central. Les jeunes femmes de la salle d'ordinateurs se montrèrent charmantes, mais d'aucun secours.

– Il me faut ce renseignement, tempêta Cardozo, en s'éloignant d'un pas traînant. Au Service des Véhicules un autre écran présentait un autre petit carré vert, qui tremblotait tranquillement. Même scène au Service des Vignettes et pareil au Service des Epaves. Cardozo frappa à la porte du commissaire. Il secoua la poignée.

– Le chef n'est peut-être pas là, dit une voix de basse, sortant d'une large poitrine moulée dans un T-shirt serré. Vous pourriez me rendre un petit service ? Une toute petite minute ? Dans le gymnase ? Suivez-moi.

– Non, dit Cardozo.

Le bras long et poilu du professeur de sport s'abattit sur les épaules de Cardozo.

– Collègue, forcez votre petit ego et rendez service aux autres pour une fois. Nous y voici, vous voulez bien retirer vos chaussures.

D'autres hommes larges et musclés attendaient à genoux autour du tatami de judo.

– Ceci, collègue, annonça le professeur de sport à Cardozo, est une Equipe d'Intervention. Je suis leur instructeur. Aujourd'hui nous travaillons l'Attaque par Surprise. Voudriez-vous vous joindre à nous un moment ?

Le professeur posa sur sa tête une casquette à longue visière.

Cardozo esquissa un sourire timide. Il se gratta l'oreille. Le professeur interpella l'équipe.

– Soyez prêts. Ce collègue va maintenant m'attaquer par surprise.

La main qui grattait l'oreille de Cardozo se referma sur la visière de la casquette du professeur et la calotte lui tomba sur les yeux. L'autre main de Cardozo s'arrondit et frappa le ventre du professeur dans un mouvement tournant. Le professeur se cassa en deux. Le poing de Cardozo glissa vers le haut et s'abattit sur le menton du professeur. Le professeur partit en arrière. Et il continua à partir en arrière parce que la cheville de Cardozo s'enroulait autour du tibia de l'ennemi et le tirait en avant. Le professeur tomba sur le dos. Cardozo tomba aussi, se dégagea et tira d'un coup sec sur le poignet du professeur pour que toute sa masse se retourne. Le professeur atterrit sur le ventre, les bras en croix. Cardozo lui prit les bras, réunit les poignets et les boucla avec sa paire de menottes.

– Comme ça ? demanda Cardozo.

Le professeur grogna.

– Je vais vous libérer, assura Cardozo, dès que j'aurai retrouvé ma clef. Cardozo retournait ses poches. Enfin, où est-ce que j'ai bien pu les mettre ? Dans mon mouchoir peut-être ? Non. Alors dans mon portefeuille ?

– Est-ce que quelqu'un aurait des clefs de menottes ? demanda Cardozo aux membres toujours attentifs et à genoux de l'Equipe d'Intervention.

L'équipe secoua la tête.

– Les voilà, s'exclama Cardozo. Dans ma nouvelle ceinture. Un peu chic, cette ceinture, hein ? Vous voyez cette fermeture Eclair ? Elle cache une poche secrète pour y garder des trucs. Vous ne l'auriez jamais cru, hein ?

L'équipe hocha la tête, au comble de l'étonnement.

– Il n'y a rien d'autre que je puisse faire pour vous aujourd'hui, messieurs ? s'enquit Cardozo.

– Si, fichez le camp, gronda le professeur.

Entre-temps le commissaire était arrivé.

– On m'a transmis des plaintes contre vous, déclara le commissaire. Vous avez fait du grabuge. De quel genre de grabuge s'agit-il ?

– Veuillez m'excuser, dit Cardozo. Je voulais simplement rendre service et j'ai trouvé quelque chose d'intéressant. J'ai trouvé la voiture du mort, ou du moins ça en a bien l'air.

Le petit poing du commissaire s'abattit sur son bureau.

– Je veux des faits confirmés.

– Notre appareil à confirmation est en panne, monsieur, mais la voiture était mal garée, à cheval sur le trottoir et juste sous un panneau d'interdiction de stationner. Auriez-vous une photographie de M. Scherjoen ? je voudrais la montrer dans le périmètre où j'ai trouvé la voiture.

– Non, répondit le commissaire.

– Où pourrais-je m'en procurer une ?

– Gripjstra ? suggéra le commissaire. Il est en Frise à présent. Je viens d'avoir un appel à ce sujet, du préfet de Leeuwarden, Lasius de Burmania, un aristocrate du nord. On a mis une maison à la disposition de Gripjstra, passage d'Espagne, dans la capitale frisonne, pourquoi, je n'en sais trop rien. Plus ça va moins je comprends. Je suis un vieil homme.

– Mais pas du tout, s'indigna Cardozo. Comment puis-je me rendre en Frise ?

– Ma voiture est partie, dit le commissaire. De Gier la

ramènera mais pas avant demain. Je n'ai pas envie que De Gier conduise ma voiture neuve, il aime trop la vitesse. Ce n'est pas que ça soit si important, rien n'est plus important.

– Vous avez mal à la jambe ? s'enquit Cardozo.

– Vous croyez que c'est ça ? demanda le commissaire. Je ne mange plus que des endives. Ma femme prétend que j'adore les endives. Je préférerais rouler sur la Grande Digue mais je n'ai plus de voiture.

– Que font Gripjstra et De Gier en Frise, monsieur ?

– Gripjstra, commença le commissaire, est en Frise parce qu'il est frison. Ses parents sont nés à Harlingen, juste au nord de la Digue. Je devrais y être moi aussi car je suis moi aussi frison, je suis né à Joure, un peu plus à l'intérieur des terres. De Gier est en Frise parce qu'il est parti dans le sillage de Gripjstra.

– Mais Scherjoen n'a-t-il pas été assassiné ici ?

– Ça c'est le résultat, expliqua le commissaire, nous cherchons les causes, Cardozo. Le présent compte à peine. Réfléchissez avec moi. On nous a décrit Scherjoen comme un être inférieur, d'une nature malveillante. Il va jusqu'à se garer en infraction. Un malpropre, ce Douwe. C'est une première tentative pour élaborer une théorie mais nous devons partir du passé.

– Et ça suffit de savoir que Scherjoen se gare n'importe comment.

Le commissaire soupira.

– Votre jambe vous fait très mal ?

– Vous voulez savoir la vérité ?

– Pourquoi pas ? demanda Cardozo.

– J'essayais d'élaborer une théorie qui m'emmènerait en Frise, à cause de ma voiture neuve. J'avais envie de la lancer le long de la Grande Digue. Le destin m'a de nouveau mis des bâtons dans les roues. Ma théorie ne tendait qu'à satisfaire mes désirs égoïstes. Mais je pourrais tout de même avoir raison. Si Douwe ne vaut rien, ça a commencé en Frise. Supposez que les Frisons aient eu envie de se débarrasser de Douwe et aient réalisé leur projet ici. Ne serait-ce pas possible ?

– Et pourquoi pas en Frise ?

– Tout est pur là-bas, s'enflamma le commissaire. Et pourri ici. Un crime de plus ici ne risquait pas d'attirer beaucoup l'attention.

Cardozo se roula une cigarette.

– Et si le crime a un lien avec les Frisons, poursuivit le commissaire, l'enquête doit être frisonne elle aussi car seuls, nous, les Frisons, connaissons les profondeurs de notre âme. Gripjstra et moi serons les limiers les plus adéquats.

Cardozo alluma sa cigarette.

– Gripjstra chasse là-bas, dit le commissaire, et moi je monte et je descends la Digue, pour garder le contact à plus de cent quatre-vingts kilomètres heure, c'était ça mon idée.

– Et moi je me mettrais en chasse ici ?

– Oui, dit le commissaire. Son téléphone sonna. Je partais, ma chérie. Il raccrocha. Il faut que je rentre chez moi, manger des endives.

Cardozo toussa et éternua.

– Vous aussi vous devriez rentrer chez vous.

Ils attendirent l'ascenseur ensemble.

– L'ascenseur est tombé en panne, annonça un agent qui passait par là. Tout est par terre ces jours-ci, mais l'ascenseur est resté bloqué en haut.

Le commissaire et Cardozo descendirent les escaliers ensemble. Cardozo boitillait.

– Vous cherchez à m'imiter ? demanda le commissaire.

– Je me suis battu avec l'Equipe d'Intervention, monsieur.

– Vous avez eu le dessous ? Alors pourquoi sont-ils venus se plaindre ?

– Je n'appellerais pas ça le dessous, monsieur.

– Je suis de mauvaise humeur, avoua le commissaire. Je vous demande de m'excuser.

– Demain vous retrouverez votre voiture, monsieur.

– C'est vrai, reconnut le commissaire. Revenez me voir demain, mon moral aura remonté.

Devant l'arrêt du tramway, ils se sentirent mieux ensemble.

– Ary le Chauve, dit le commissaire, et Fritz la Touffe, en Frise aussi, oui, la situation pourrait bien s'éclaircir.

Son tram arriva le premier. Cardozo le salua de la main.

6.

Le commissaire, qui entamait tout juste cette nouvelle journée, semblait frais et dispos dans le soleil du matin. Son costume d'été trois pièces gris clair contrastait joliment avec les folles couleurs des bégonias, sur la fenêtre. Sa petite tête, sous les derniers cheveux proprement peignés de son crâne luisant, jaillissait du col d'une chemise blanche amidonnée agrémenté d'une cravate d'un bleu éclatant piquée d'une grosse perle sertie d'argent. Il raconta son aventure avec le patron du bar Troelstra et la possibilité de futures accusations contre le criminel Ary le Chauve et son acolyte, Fritz la Touffe.

Cardozo l'écoutait.

De Gier entra.

– *Moarn,* dit De Gier.

D'un haussement de sourcils, le commissaire et Cardozo interrogèrent le sergent.

– *Moarn ?* demanda De Gier. Je n'ai pas assez enflé les syllabes ? Est-ce que mon accent gêne la compréhension ?

Le commissaire et Cardozo haussaient toujours les sourcils.

– Je peux m'asseoir ?

– Il est d'usage ici, commença le commissaire, de nous souhaiter d'abord le bonjour. Ensuite on peut s'asseoir.

– Mais je vous ai souhaité le bonjour, protesta De Gier. En langue frisonne. Vous êtes frison, je crois ? Il brandit un petit livre noir. Mon dictionnaire, le mot y figure. Il sortit un livre à couverture multicolore. Et voici un roman, ou plutôt un paquet d'histoires frisonnes, intitulé (il lut) *« Nous n'avons plus de moutarde à la maison, et Autres Nouvelles. »*

– Asseyez-vous, dit le commissaire.

De Gier s'assit.

– Des nouvelles excellentes, monsieur, et toutes reliées les unes aux autres. C'est l'histoire d'une femme. Une Frisonne, et de tous les ennuis qui lui arrivent là-bas. Quand elle écrit elle se donne le nom de Martha. La littérature, c'est passionnant, vous ne trouvez pas ? Vérité et schizophrénie. Nous nous coupons en deux, et laissons la seconde moitié se développer et changer de nom.

– Goïnga ? demanda Cardozo, prenant le livre des mains de De Gier. C'est son vrai nom ? Ça fait plutôt hongrois, je trouve.

– Le frison est très différent, expliqua De Gier, mais je le comprends. D'autant plus que c'est un roman féminin. J'ai étudié la psychologie féminine un bon bout de temps et elle ne peut pas m'échapper, même en langue étrangère. La plupart des mots je les devine et dans quelques cas exceptionnels je cherche dans le dictionnaire. Il y a un petit problème avec la négation, qu'ils expriment avec l'affirmatif, mais une fois que l'on s'est tiré de ça, rien de plus facile.

– Notre génie des langues, s'exclama le commissaire et l'éternelle victime de ses fantasmes sur le miracle féminin. Avez-vous ramené ma voiture ?

– Mais monsieur, insista De Gier. Il pourrait s'agir d'*une* suspecte. Ce livre regorge d'indices.

– Ma voiture ? Elle est ici ?

– Oui monsieur. Je suis arrivé trop tard hier soir et ce matin je me suis un peu rendormi. Je ne vous ai pas causé de désagréments, j'espère ?

– Si, dit le commissaire. Je n'ai plus l'habitude des trams. Ils vendent les tickets dans les tabacs maintenant, et plus dans les voitures. Sans ticket, je me suis fait arrêter deux fois et j'ai payé deux amendes. Deux fois de suite une femme m'a offert sa place. J'ai été détroussé et humilié.

– Une fameuse voiture, commenta De Gier. Je n'ai pas vu grand-chose à l'aller parce que Gripjstra aime foncer, mais sur la route du retour la Mer Intérieure était superbe, elle se balançait doucement sous la lumière de la lune, et des oiseaux se laissaient bercer sur ses vagues. Je me suis arrêté trois fois pour essayer de m'imprégner de tout ça. J'avais l'impression de voguer entre nulle part et nulle part. J'existais toujours, mais sans plus d'attache. Vous connaissez cette sensation ?

– D'être nulle part ?

– Libre, précisa De Gier. On ne nous apporte pas de *kofje* ? En Frise on nous servait partout du *kofje*.

— *Kofje ?* fit le commissaire.

– C'est le mot pour dire café, expliqua De Gier. Comme je m'en doutais. J'ai acheté ces livres hier avant notre départ, dans une boutique spécialisée dans les langues lointaines. Le Swahili, le Bornéen du nord, ils ont même une grammaire des Indiens Pieds Noirs. Les Indiens Pieds Noirs n'emploient que des verbes. Même une table ils la conjuguent. Pas mal, hein ? L'idée que même les tables changent sans arrêt. Mais il me fallait du frison, ils en avaient en stock, ils ont absolument tout en stock dans cette boutique.

Le commissaire téléphona et commanda du café.

– Gripjstra est une brute au volant, se plaignit De Gier. Il n'a pas cessé de tourner et de zigzaguer, mais c'est peut-être la méthode adéquate parce que la Frise tourne et zigzague elle aussi. A Leeuwarden les ruelles se mordent toutes la queue. Nous nous sommes perdus et la police locale nous a trouvés et accompagnés jusqu'au commissariat central. La Police de Leeuwarden est installée dans un cube, un peu en dehors de la ville pour qu'ils puissent rejoindre leur terrain de chasse en ligne droite, mais une fois arrivés sur place ils n'arrêtent pas de tourner.

– Les endives étaient bonnes, monsieur ? s'enquit Cardozo.

– Non, répondit le commissaire. Et puis que s'est-il passé, De Gier ?

– Douwe ne vaut rien, commenta De Gier. Sa femme est une dame charmante. Son nom est Mem, qui signifie « mère » en frison. Elle nous a offert une bonne tasse de *kofje*.

Le café arriva. De Gier prit le plateau et servit le commissaire et Cardozo.

– Voilà. Tu as un peu avancé, Cardozo ?

– J'ai trouvé la voiture de Scherjoen sur le Quai Prince Henry. Même marque que celle du commissaire mais en meilleur état parce que tous les deux vous avez déjà dû la démolir, la Citroën du commissaire. La voiture de Scherjoen a été emportée en fourrière. On a trouvé un revolver dans le vide-poche de la porte du conducteur. Un vieux modèle de Mauser. Qui n'avait pas tiré depuis longtemps.

– Douwe est riche ? demanda le commissaire.

– Une grande propriété, qui appartient désormais à Mem. Il n'y a pas d'enfant.

De Gier décrivit les aubépines, les vaches au pré au crépuscule, (un son plaintif, étiré et beau, suspendu au-dessus d'un vaste pré), et la magnifique architecture des bâtiments frisons.

– Riche, réfléchit le commissaire. Et sa femme vous a plu.

– Son vrai nom est Krista, expliqua De Gier, et elle a

vraiment les yeux du Christ, et une couronne d'épines. Peut-être a-t-elle perdu les épines maintenant, depuis la mort de Douwe.

– Des détails, insista le commissaire. Soyez plus précis.

– C'est tellement *autrement* là-bas, reprit De Gier. Magnifique, ailleurs ; les couleurs, monsieur, les tons sont si subtils. Vous rappelez-vous le peuple de Jehova, quand ils arrivent à la porte ? La Résurrection ? Le paradis sur une Terre future ? Le Paradis existe là-bas. Pas de crime malheureusement, pas beaucoup de travail pour les gens comme nous. L'aristocrate Lasius de Burmania tient le rôle de préfet de la capitale, rien qu'un rôle bien sûr, peut-être que le paradis est aussi une scène de théâtre ; quel homme merveilleux, distingué, à l'aise en toute situation, il voulait savoir ce que Gripjstra faisait là-bas. Les Frisons se tiennent bien ou alors ils descendent d'abord la digue, donc si nous cherchons des malfaiteurs c'est ici que nous devrions enquêter. Ce n'est pas que notre présence les importune, le noble Lasius de Burmania ne m'a pas du tout donné cette impression. On a même prêté une maison à Gripjstra. Gratuitement. La maison appartient à un adjudant frison, actuellement en vacances.

– Alors là vous nous avez tout dit, remarqua Cardozo.

– Est-ce que je devrais en savoir plus ? demanda De Gier. Gripjstra m'interdit de travailler. Je suis en congé payé, si je comprends bien. On n'a pas besoin de moi. Parfait, je ferai peut-être quelques courses. Je ne vais pas tarder à retourner là-bas. C'est pratique, m'a avoué Gripjstra, de m'avoir sous la main, enfin. Mais je suis censé me tenir tranquille. Voilà pourquoi je me suis gorgé de toute cette beauté magnifique, quand on n'est pas dans le feu de l'action on flotte un peu et on en voit mille fois plus. Tu suis, Cardozo ?

– Non, dit Cardozo. Ary et Fritz, monsieur ?

Le commissaire exposa les quelques faits.

– De simples soupçons pour l'instant, précisa le

commaissaire, mais Jelle Troelstra est un informateur de confiance. Voyons voir ce que notre matériel électronique, mis en marche par simple pression sur quelques touches bien placées, peut nous apporter en guise de confirmation. Il attrapa son téléphone. Mignonne ? Voici quelques noms de suspects, des casseurs de banque. S'il vous plaît, faites-moi vérifier ça par ordinateur. Les suspects sont du sud. Pouvez-vous me rendre ce service ? Je vous prie.

– Le sud ? s'étonna Cardozo. Des frisons exilés ?

– le tuyau nous vient d'un Frison, précisa le commissaire.

Le téléphone sonna.

– En panne ? demanda le commissaire. Merci mignonne. Il raccrocha.

– Nous avons quelques vieux fichiers relégués au grenier, dit Cardozo, qui attendent d'être détruits, mais le destructeur de documents est en panne. Voulez-vous que j'aille jeter un coup d'œil ?

Cardozo redescendit avec des tiroirs cabossés et des fiches froissées. Il sortit aussi quelques photos.

– Voici Ary, et voici Fritz, connus pour être violents et armés mais libérés récemment, après plusieurs longues périodes de détention.

Ils parcoururent les fiches, De Gier et Cardozo encadraient le commissaire.

– Des vilains garnements, commenta De Gier, mais qu'est-ce qu'ils sont pour nous ? Ils vont opérer bien au-delà de nos limites. Douwe c'est impeccable, son cadavre nous est tombé entre les mains ici et on peut suivre une bonne piste. Ary et Fritz ont bu du genièvre frison chez Troelstra. Ils ont eu de mauvaises pensées mais nous ne pouvons pas arrêter des pensées.

– Je vais devoir transmettre, conclut le commissaire. Dommage. Pourquoi ne commettent-ils pas leurs crimes à Amsterdam, comme tout le monde ?

– Au marché aux bestiaux, dit De Gier. Vous vous

rendez compte. Il lut encore un peu. *Vols à main armée*. Il haussa les épaules. On ne pourrait même pas les arrêter s'ils opéraient ici. Les nouvelles instructions stipulent qu'en cas de vol à main armée une Equipe d'Intervention doit être alertée. L'équipe se ruera sur place mitraillette au poing, engagera des tireurs d'élite l'œil vissé à des télescopes perchés au sommet de grues. Ils patrouilleront en véhicules blindés. Tous avec des gilets pare-balles. Leurs mouvements seront contrôlés par un poste de commande mobile. Stratégie. Tactique.

– Mignonne ? demanda le commissaire au téléphone. Le préfet Lasius de Burmania, Police Municipale, Leeuwarden. S'il vous plaît ?

– Au bon vieux temps, rappela le commissaire, on se contentait de filer un malfaiteur. On lui tapait sur l'épaule. On s'adressait à lui poliment. Et puis on l'embarquait.

– C'était vraiment comme ça ? s'étonna Cardozo. Mais le bandit avait une arme, évidemment. Alors qu'est-ce qu'on peut faire si nous ne sommes pas à vingt contre un face à lui ? Sans une mitraillette UZI ? Ou un fusil HK 33 SG/L à ultra-violets ? Ou un pistolet automatique MP 5 à canon court ? Ou un véhicule d'assaut type Shorland, UR 416 ou au moins un Sankey dernier modèle ? Moi je placerais toutes les voitures de reconnaissance au coin, prêtes à démarrer, armes pointées. Appuyés par des escadrons de la Police Militaire, des gars entraînés, bérets rouges, qui avanceraient doucement, eux-mêmes couverts par une équipe SWAT de la Police Nationale. Et puis je disposerais des tireurs d'élite sur tous les toits.

Le commissaire répondit au téléphone.

– On ne peut pas le joindre ? Passez-moi la Police Nationale, s'il vous plaît. Le commandant si possible. Oui, encore à Leeuwarden, j'imagine que leur commissariat central se trouve aussi dans la capitale. S'il vous plaît, mignonne.

– Vous ne pouvez pas vous souvenir de ce temps-là,

Cardozo, dit le commissaire, mais par le passé nous étions très paisibles. Notre but consistait à ne pas troubler cette paix. Quand nous procédions à une arrestation, nous n'employions que quelques collègues ; nous croyions aux équipes restreintes.

– Le Colonel Kopinie n'est pas dans son bureau ? demanda le commissaire. Essayez la Police Militaire là-bas, mignonne. S'il vous plaît.

– Je pourrais peut-être aller jeter un coup d'œil, proposa De Gier. Un marché au bétail, c'est ouvert au public. Vous croyez qu'Ary et Fritz vont se rancarder sur le coin sans attendre ? Les marchés aux bestiaux ont lieu le vendredi, n'est-ce pas ? Alors ils coinceront les marchands le vendredi d'après. Je pourrais m'y trouver, en spectateur attentif. En Frise je peux de nouveau être un civil.

– Votre carte de police est valable dans tout le pays, fit remarquer Cardozo.

– Bien sûr, convient De Gier, mais tu n'as encore jamais mis les pieds là-bas. La Frise est *autrement*.

– Vous pouvez mettre la main sur n'importe qui si vous assistez à un flagrant délit, énonça Cardozo. Supposons que vous vous baladiez dans le marché et qu'Ary et Fritz volent les marchands et que moi je sois aussi dans les parages, disons, parce que je vous ai accompagné. Vous avez bien une maison là-bas, il y a sûrement une chambre d'amis.

– Absolument pas, dit De Gier. Gripjstra est le seul qui travaille. Il n'a pas besoin des ennuis que tu emmènerais avec toi. Agis ici, Simon, et ne viens pas te fourrer dans les jambes de l'adjudant là-bas. S'il te voit dans les parages, ça chauffera pour toi.

Cardozo toussa et éternua.

– Personne ? demanda le commissaire à son téléphone. Le Commandant de Police Militaire est le Major Singelsma ? Ils me rappelleront tous ? Merci, mignonne.

– Bon, et qu'est-ce que c'est que cette histoire de

moutons, demanda le commissaire. Douwe faisait le commerce des moutons. Mais où les vendait-il ? Les exportait-il à Amsterdam ?

– Il faudra que vous interrogiez Gripjstra, monsieur De Gier inscrivit un numéro de téléphone.

Le numéro ne répondit pas.

– C'est à vous que je pose la question pour le moment, dit le commissaire à De Gier.

– Je ne suis pas cette affaire, déclara De Gier.

– Rinus, dit le commissaire.

– M'interrogez-vous en vertu de ma fonction d'observateur extérieur ? C'est ça, reprit De Gier, alors c'est différent. Gripjstra se charge de l'enquête mais je l'ai suivi un peu partout et j'ai glané quelques petits renseignements. Vendre des moutons semble un commerce non enregistré, donc non imposable, donc illégal. Comme tous les moutons se ressemblent, leur description ne peut pas entrer en mémoire dans un ordinateur.

– Je m'excuse, bredouilla le commissaire derrière sa main. Il fallait que je rigole. Ordinateur. Ha ha ! Continuez, De Gier.

– Les vaches peuvent se mettre en mémoire dans un ordinateur parce que leurs taches sont différentes. Les moutons n'ont pas de taches. Avec les moutons, rien n'est pris en compte. Les naissances des agneaux ne sont pas comptabilisées. L'agneau fantôme devient un mouton fantôme, il est venu et personne n'en sait rien. Pas de taxe à la vente, pas d'impôt sur le revenu, rien du tout.

– Les moutons, on les voit, intervint Cardozo.

– On en enregistre quelques-uns, expliqua De Gier, mais ils passent leur temps à courir. Le caporal de Dingjum m'a expliqué le fonctionnement. Une brebis moyenne donne trois agneaux, mais pas en Frise. Les agneaux frisons se noient presque tous dans les douves, ou alors le chien sanguinaire du voisin les étripe ou encore ils périssent tout jeunes de la terrible tuberculose ovine. Vous avez une centaine d'agneaux et vous n'en enregistrez que neuf à peu près. Les quatre-vingt-onze autres sont cachés au moment des contrôles.

– Alors Scherjoen achetait les quatre-vingt-onze brebis et les vendait au Moyen-Orient ?

– En liquide, poursuivit De Gier. Le liquide n'apparaît pas non plus.

Cardozo souffla les résidus de son rhume dans son mouchoir et sourit au sergent.

– Voilà où j'interviens. Il y a des bateaux ancrés dans le Port Intérieur ici. Scherjoen a embarqué un millier de moutons non enregistrés dans un bateau. Quel est le prix d'un mouton ?

– Trois cents florins.

– Ça fait un chargement de trois cent mille florins. Payables en liquide. Disons que l'acheteur marocain ne paie pas. Il n'y a pas de facture, pas de papiers d'embarquement, aucune preuve. Le Marocain jure qu'il a payé. Scherjoen perd patience. Le Marocain aussi. Il sort un revolver. Plus de Scherjoen pour réclamer son argent. Le Marocain, un dangereux combattant pour la liberté arabe, n'est pas encore calmé et il brûle le cadavre de Scherjoen. Oh ! ils sont cruels au Moyen-Orient. Beyrouth !

Le téléphone sonna.

– Pour vous, annonça le commissaire.

– Jane ? fit De Gier. La Volkswagen est réparée ? Vous ne l'avez pas fait pour moi mais pour le Service ? Vous êtes une femme tellement merveilleuse, Jane ? Non ? eh bien *moi*, je le pense. Il considéra le téléphone qui bourdonnait. Il reposa le combiné.

– Il y a quelque chose qui tracasse Jane, déclara Cardozo. Elle met tout le monde sur les nerfs. Elle dégage des mauvaises vibrations et les collègues sont à cran. Vous avez des projets à son sujet ou non ?

– Je n'ai jamais aucun projet, corrigea De Gier. Les choses m'arrivent comme ça, malgré ma réserve, on n'arrive pas, comme dans le cas de Jane.

– Je vais partir à la recherche d'un cheik marocain, annonça Cardozo. Et quand j'aurai une photo de Scherjoen je pourrai la montrer aux gens dans le coin du Quai Prince Henry. La bonne femme du magasin de diététique a dit qu'il avait l'air d'un fermier et d'autres gens ont dû aussi le voir.

– C'est ça, approuva De Gier, pendant ce temps-là tu ne feras pas de bêtises.

– Vous me trouverez une photo ? demanda Cardozo, de Douwe. S'il vous plaît ?

– Ah ! intervint le commissaire, j'oublie tout le temps de vous prévenir, sergent. Dites à Gripjstra que le Préfet d'ici vous a donné l'autorisation à tous les deux d'opérer en Frise mais vous ne serez pas défrayés. L'administration resserre les cordons de la bourse. Comme de toute façon il faut bien manger, vous payez vos repas et tous les suppléments devront sortir de votre poche aussi.

– La photo, plaida Cardozo.

– En théorie vous ne pourriez même pas prendre la Volkswagen, poursuivit le commissaire, mais le véhicule a été complètement esquinté il y a très longtemps et n'est plus dans les dossiers de l'administration, alors prenez-la.

– C'est compris, monsieur.

– Je ne défalquerai pas mes factures non plus, ajouta le commissaire. Ça fait un bon moment que je les paye moi-même. Les officiers de mon grade sont désormais considérés comme un poids inutile.

– Mais vous viendrez ?

– Bien sûr, assura le commissaire. En tant que Frison, je soutiens la cause. Je suis né à Joure. Une excellente occasion de retourner au pays de ma naissance. Ce qui est important de nos jours c'est de savoir profiter des circonstances. Je suis censé rentrer chez moi le soir, alors je ferai l'aller et retour sur la Digue.

– Une vie agréable est la meilleure des revanches, déclara De Gier.

– Vous voulez vous venger ?

– Moi ? s'étonna De Gier.

– Vous n'êtes pas sur cette affaire, précisa Cardozo. Moi si. Je vais agir. Et pas plus tard que tout de suite. N'oubliez pas ma photo.

– Et moi je vais m'en aller, annonça De Gier.

– Je vous rejoindrai plus tard, promit le commissaire, quand les autorités frisonnes m'auront contacté.

– Une région vraiment magnifique, monsieur, s'extasia De Gier. Je vous ai vu partout là-bas. Il y a quelque chose en vous que je croyais très rare, mais dans votre pays on le trouve partout.

– Quoi donc, sergent ?

– Tout est si *oars*, déclara De Gier. Je vous demande pardon, c'est du frison, monsieur. Si *autrement* je voulais dire. Comment exprimer cette impression d'exotisme ?

Le commissaire désigna les livres coincés sous le bras de De Gier.

– Vous avez vraiment réussi à comprendre quelque chose à cette littérature frisonne ?

– Oui.

– Lisez-m'en un peu.

De Gier ouvrit le roman et s'éclaircit la gorge.

– Vous êtes prêt ?

– Je vous écoute.

– Des réflexions féminines, monsieur, celles d'une certaine Martha.

– Je vous écoute, sergent.

– Je, lut De Gier en frison, dois aller aux toilettes.

– Traduisez.

De Gier traduisit.

– Une réflexion profonde, commenta le commissaire. Et quel style. Très différent. Ils sont exceptionnels, non ?

De Gier chercha un meilleur passage.

– Ça ne fait rien, dit le commissaire. Allez rejoindre Gripjstra, il va avoir besoin de la voiture. Je suis tout à fait convaincu qu'il n'aura pas besoin de *vous*.

7.

De Gier appuya sur la sonnette. Quelqu'un ouvrit la porte. Quelqu'un vêtu d'un pull marin qui épousait son vaste ventre selon une large courbe, avec un foulard rouge vif noué autour du cou. Une casquette plate de fermier était juchée sur la tête de ce même Quelqu'un.

– C'est toi ? demanda De Gier.

– Oui, répondit Gripjstra, je te plais en frison ?

– Oui, déçlara De Gier. C'est ici que tu habites ?

– Et toi aussi, précisa Gripjstra, car tu vas vivre avec moi. Je t'en prie essaie d'être ordonné car c'est vraiment charmant de la part de l'Adjudant Oppenhuyzen de nous prêter cette maison. Il a oublié Eddy. Mme Oppenhuyzen vient de m'appeler au sujet d'Eddy.

De Gier suivit un long couloir.

– C'est bien le genre d'un policier d'oublier son fils. Ça confirme ma théorie. Les employés de police ne fonctionnent pas bien au sein d'une société normale. Alors ils se laissent mettre en marge. Et une fois qu'ils sont en marge, ils se vengent sur la société. La police est par essence criminelle.

– Pas son fils, intervint Gripjstra. Son rat. Le rat vit au premier. Je ne l'ai pas encore vu. Allons-y tous les deux. Tu t'occuperas d'Eddy.

– Un rat apprivoisé ? demanda De Gier. Mon hypothèse ne cesse de se confirmer. Seuls des pervers apprivoiseraient un rat. Marginalisée à cause de ses perversions, la police attaque la société là où elle ne parvient pas à s'intégrer.

– Arrête ton char, dit Gripjstra en gravissant l'escalier d'un pas pesant. L'adjudant était malade. Un problème au visage. Il n'arrêtait pas de se pincer les joues. Sa femme était toute retournée. Ils ont dû partir en catastrophe dans leur maison d'été, tout ramasser à la va-vite ; les circonstances ont sans doute permis qu'ils oublient un pauvre rat.

De Gier entrait et sortait des pièces les unes après les autres.

– Trop de roses sur le papier peint, et les meubles ne me plaisent plus non plus. Achetés aux ventes aux enchères depuis des siècles. On ne pourrait pas s'en débarrasser ? Tout empiler dans le garage ? Tu serais d'accord que je passe un coup de blanc sur les murs ? Ce fouillis de couleurs devrait blesser tes yeux de peintre. Où est donc ce rat ?

– Ici, annonça Gripjstra. Dans le terrarium. Au fait, il ne mange que du fromage frison, l'adjudant Oppenhuyzen m'a déjà téléphoné deux fois à ce sujet, et il en a laissé une livre. Tu crois qu'il s'est sauvé ?

De Gier examina de nouvelles étendues de papier peint.

– Dans la sciure ? suggéra Gripjstra, en soulevant le couvercle de verre du terrarium et creusant du bout du doigt. Hé ! Il fit un bond en arrière.

Un petit museau blanc et pointu apparut de sous la sciure. Des yeux rouges lancèrent un regard apeuré. Des longues dents jaunes saillaient devant un menton chauve et fuyant. Des moustaches effilochées tremblaient.

– Et nous devons prendre ça dans la main ? demanda Gripjstra nerveusement.

– Salut Eddy, s'exclama De Gier.

– Il faut le prendre de temps en temps dans la main. Ce sont les instructions de Mme Oppenhuyzen. Referme le couvercle, glapit Gripjstra.

Le rat grinça comme une crécelle.

De Gier sortit Eddy du terrarium, retourna le rat et colla son oreille sur le ventre d'Eddy.

– Il doit avoir faim.

– Lâche cet animal, ordonna Gripjstra. Je n'ai pas l'intention de lier amitié avec un rat qui grince. Je vais téléphoner. Les Oppenhuyzen se trouvent à Engwyrum.

Ça ne doit pas être bien loin. Lâche ce rat et referme le terrarium. Ils n'auront qu'à venir le chercher.

– C'est la faim qui le fait grincer comme ça. Tiens, écoute. De Gier approcha Eddy de l'oreille de Gripjstra. Gripjstra se plaqua contre le mur. « Charmant petit animal », dit De Gier et il enfouit son nez dans la fourrure d'Eddy. « Viens avec tonton Rinus ».

Eddy s'installa sur la main ouverte de De Gier. Ils descendirent ainsi au rez-de-chaussée et ensemble jetèrent un coup d'œil dans le réfrigérateur. Eddy attendit sur la table pendant que De Gier coupait le fromage en tranches.

– Voilà. Eddy mangea. Tu vois ? fit remarquer De Gier. Affamé, ce pauvre petit con.

– Tu vas t'occuper de la bestiole, dit Gripjstra. Et des plantes. J'ai une liste. Chaque plante porte un numéro et doit être arrosée à sa façon. Les quantités sont précisées ici en centimètres cubes. Il faut verser avec délicatesse, ne pas balancer l'eau dans les pots ; il y a un mot à ce sujet. Les plantes marquées d'un A ont droit à des cristaux de cette boîte, et les B reçoivent leur nourriture de cette boîte-ci.

– Quoi ? demanda De Gier.

– Et voici les instructions pour le ménage, ajouta Gripjstra. A quoi sert tel ou tel produit ménager et où tu pourras trouver la réserve. Et voici quelques feuilles pour l'administration de nos dépenses. Note tout ça avec soin pour que nous puissions réclamer notre défraiement ensuite.

– Nous n'aurons rien à réclamer, dit De Gier, avec les compliments du commissaire. Ce sont les nouveaux règlements pour les officiers de police en mission à l'extérieur. Où que nous opérions : pas de défraiement.

– Quoi ? s'indigna Gripjstra.

De Gier caressa le rat.

– Lâche-moi cette vermine. Les rats sont bourrés de maladies. Ah ! autre chose, nous devons aussi le laver.

– Aussitôt dit aussitôt fait. De Gier ouvrit un robinet. Le rat produisit un joyeux bruit de crécelle. Tu aimes ça, hein ? De Gier mélangea de la mousse de savon avec de l'eau chaude dans un bol. Tu peux y entrer tout seul ? Eddy grimpa dans son bain. Sa tête reposait sur le bord tandis que De Gier massait doucement son joli petit corps. Le grincement s'amplifia.

– Quoi encore ? s'impatienta Gripjstra. Il vient de manger cent vingt-cinq grammes de fromage. Il a encore faim ?

– Programme limité, commenta De Gier. Il exprime sans doute une émotion positive maintenant. Les rats ne savent pas parler, tu sais.

Eddy fut séché dans un torchon et emporté au salon où il sauta sur le divan.

– Tu vas nous préparer à manger maintenant ? s'enquit Gripjstra. Et d'abord aller faire quelques courses ?

– Tu n'as pas l'intention de m'aider ?

Gripjstra se prépara à faire une sieste sur le divan, après avoir chassé Eddy du bout du pied. Celui-ci grimpa sur une chaise, enroula sa queue rose autour de ses pieds sans poils et soupira d'aise. Dans ce soupir traînait encore un vague grincement de crécelle.

– Les rats couinent, d'habitude, remarqua Gripjstra.

– Un rhume, peut-être, suggéra De Gier. Cardozo en tient un bon. Il a trouvé la voiture de Scherjoen, une Citroën comme celle du commissaire, et il y avait un Mauser ancien modèle dans le vide-poche côté conducteur, chargé mais propre.

Gripjstra ouvrit un œil.

– Douwe ne se sentait pas en sécurité ?

– Et il conduisait une voiture de luxe, dit De Gier. Mes conclusions sont aussi passionnantes que les tiennes.

– Dis-m'en un peu plus.

– La voiture était garée à cheval sur le trottoir. Fermée à clef.

– Je me gare souvent à cheval sur le trottoir, remarqua Gripjstra.

– Quand tu es pressé ?

– Non, dit Gripjstra. Quand ça me chante. La flemme. Je n'ai pas envie de bien ranger mon véhicule entre les autres. Pourquoi me casser la tête ? Personne ne se casse la tête à Amsterdam.

De Gier chatouilla la tête d'Eddy.

– Dépêche-toi, dit Gripjstra. Les boutiques vont fermer.

De Gier revint avec de la soupe de pois cassés en boîte, du pain et du beurre.

Gripjstra ouvrit la porte.

– Je ne peux pas dormir avec ce rat.

Ils s'assirent à la table du salon, Eddy se dressa sur un coussin posé sur une chaise pour qu'il puisse appuyer sa tête sur la table.

– Il ne pourrait pas rentrer chez lui maintenant ? demanda Gripjstra. Il a un chez lui. Emmène-le là-haut.

– Non, dit De Gier. A trois c'est une petite fête. Le moral remonte. Je commençais à déprimer parce que sur la Digue le pot d'échappement s'est encore décroché et puis il y a eu des embouteillages à cause des postes de contrôle qui arrêtent les camions soupçonnés de transporter des animaux atteints de la peste.

Gripjstra plongea la louche dans la soupe épaisse.

– Et qu'est-ce qui a tout changé ?

– Le Caporal Hilarius ? demanda De Gier. Tu te souviens d'elle ? Celle avec la voix rauque et des cheveux d'or sous son casque orange ? Elle a reparu et m'a guidé à travers les points de contrôle et tout le long, jusque chez son père dans la ville de Tyum.

– Tyum, dit Gripjstra. Ses phalanges jouèrent un rythme sur le plateau de la table. Tyam. Tyom. Le rythme s'accéléra, et se compliqua. De Gier chanta et siffla tour à tour. Le menton d'Eddy tremblait et dans les silences il grinçait.

– Tyum ? Les mains de Gripjstra s'immobilisèrent à mi-hauteur.

– Son père tient un garage et il était tout prêt à ce qu'on se rende mutuellement service. Le pot d'échappement est de nouveau en place.

– Et ton service, c'était quoi ?

– Admirer sa fille. Une sacrée femme ce caporal. Tu as entendu sa voix, ajoutée à une multitude d'autres charmes ?

– Ce robot lancé à deux cent cinquante kilomètres à l'heure ?

– Okay, convient De Gier, elle est ça aussi, mais elle est surtout belle et femme. Elle va me sortir ce soir, dans une taverne, c'est comme ça qu'ils appellent les cafés ici. Je suis sûr qu'elle est bien roulée sous tout ce cuir. De Gier était très calme, imprégné de souvenirs mêlés à des rêves, qui le mèneraient, peut-être, à une future passion. **Hylkje, reprit De Gier, c'est son prénom. Pour toi, un Frison, ce nom est sans doute très commun mais moi je lui trouve une sonorité exotique. Et excitante, aussi.**

– Et Jane, alors ?

– Elle est excitante à Amsterdam, mais je suis ici.

– Tu n'es même pas fidèle à tes rêves.

– Fidèle ? De Gier chassa les implications de ce mot d'un revers de main. Les femmes non plus ne sont pas fidèles. Une notion ancienne. Tu es toujours à la traîne, adjudant. Tu penses vraiment que la femme moderne, qui vit seule, compte sur la fidélité de son compagnon de rencontre ?

La sonnette d'entrée retentit. Gripjstra se hissa sur ses pieds et regarda par la fenêtre.

– Une voiture de police dehors. Le caporal a sans doute porté plainte. Tu t'es mal conduit ? Il ne faut jamais abuser d'un collègue.

De Gier ouvrit la porte.

– Bonsoir, Monsieur.

– Rinus, dit le commissaire. Quel plaisir. Une fois

encore, ensemble dans un pays étranger, mais aujourd'hui c'est le mien, je pourrai vous faire visiter. Je suis né ici, dans la ville de Joure.

– *It libben is hearlik, mynhear.*

– Quoi donc ?

– J'ai parlé votre langue, monsieur. Une phrase du roman frison que je lis. Ça veut dire que la vie est magnifique.

– Bonsoir, monsieur, dit Gripjstra. Vous avez fait bon voyage ? Je vous en prie ne vous occupez pas de De Gier. Peut-être serez-vous assez bon pour le ramener avec vous au retour. C'est vrai que nous ne serons pas défrayés ?

– Où est votre voiture ? demanda De Gier, en voyant les feux arrière de la voiture de police disparaître au bout de la rue.

– Je me suis un peu perdu, avoua le commissaire. Vous avez déjà l'air d'un autochtone, Gripjstra. J'ai perdu ma route dans les ruelles du centre ici. Presque que des sens uniques. J'ai essayé de me conformer au règlement, mais les voitures se jetaient sur moi de tous côtés. Je n'ai pas pu me sortir de cet embrouillamini. Et quand je me suis garé, c'était interdit aussi. Les policiers qui m'en ont averti m'ont accompagné jusqu'ici.

– Vous vous rappelez où vous êtes garé ?

Le commissaire tâta ses poches.

– Où est-ce que j'ai fourré ce papier ? Une petite rue qui s'appelle Les Caves, quelque chose dans ce genre ? *Du Dessus des Caves ?* Les noms des rues sont poétiques ici. Je voudrais voir le préfet au commissariat central un peu plus tard et les policiers m'ont dessiné un petit plan. Sortir un peu de la ville, arriver à un périphérique, plutôt compliqué tout ça. Tout était inscrit sur ce petit bout de papier. Impossible de mettre la main dessus, on dirait. Je l'aurais laissé dans leur voiture ?

– De Gier vous accompagnera, déclara Gripjstra. Et nous trouverons votre voiture. Les Caves, vous avez dit ?

– Ou est-ce un Puits ? s'interrogea le commissaire.

Une petite rue qui s'appelle *Autour du Puits ?* Ça serait possible ? Et j'ai traversé des Jardins aussi, mais en fait c'étaient des canaux, avec des quais étroits de chaque côté, des jardins liquides alors ? Nénuphars ? Roseaux fleuris ? Il me semble bien avoir vu des plantes.

– On s'occupera de tout, assura Gripjstra. Entrez, je vous en prie, monsieur.

Le commissaire regarda autour de lui.

– Confortable. Trop de papier peint peut-être ? Dites, sergent, il y a un rat sur cette chaise.

De Gier ramassa le rat.

– Il s'appelle Eddy, monsieur. Il retourna le rat. Il est mignon, non ?

Le commissaire gratta la peau rose pâle d'Eddy.

– Emporte-le, demanda Gripjstra. Il va se remettre à grincer.

Eddy se libéra d'une secousse, sauta à terre et courut à la cuisine. De Gier le suivit. Le commissaire fermait la marche. De Gier prépara du café tandis qu'Eddy buvait du lait dans une cruche.

– Un rat amateur de laitages, De Gier s'assit. Il aime aussi le bon fromage. Il vaudrait mieux que je lave ce pot. Alors le préfet d'ici vous a contacté, monsieur ?

– Et le colonel de la Police Nationale et le commandant de la Police Militaire. Alerte rouge, sergent. Il va y avoir du grabuge. Ils vont amener les Equipes d'intervention du pays entier. Barrages routiers organisés par les forces d'intervention, inspecteurs de la capitale déguisés en marchands de bestiaux et le préfet à la tête de tout ça.

Gripjstra les avait rejoints.

– Tout le ramdam, monsieur ?

– Il y aura même des psychologues pour prédéterminer le comportement des sujets.

– Quels sujets ? demanda Gripjstra.

Le commissaire leur parla des deux malfaiteurs Ary et Fritz.

– Deux malfaiteurs isolés ? s'étonna Gripjstra. Mais

c'est facile, il suffit de les attraper par la peau du cou. Et puis on les emmène au commissariat.

– Ça, c'était avant, dit le commissaire.

– On les attrape par la peau du cou, insista Gripjstra. Ou, non, même pas. Si les suspects sont connus on peut les ramasser chez eux un peu plus tard, pendant qu'ils boivent une bonne bière devant la télé.

– Tu as déjà entendu parler du chômage ? demanda De Gier. Ce petit boulot peut occuper une centaine d'employés de police. Toutes sortes de collègues spécialement entraînés peuvent y participer avec l'impression qu'ils fonctionnent normalement, ce qui augmentera leur confiance en eux.

Le commissaire leva les yeux au-dessus de la tasse de café.

– Et Douwe Scherjoen ?

– Moi, annonça Gripjstra, et le lieutenant Sudema de la Police Nationale de la ville de Dingjum avons échafaudé une théorie qui se tient. En rapport avec les moutons, monsieur.

– Et un acheteur du Maroc ?

– Vous suiviez la même ligne de réflexion ? demanda Gripjstra d'une voix désolée.

– Non, non, adjudant, je suis désolé de vous avoir interrompu. Des moutons, disiez-vous ?

– Des moutons non répertoriés, monsieur. Scherjoen les achetait mais il n'était pas le seul acheteur dans l'illégalité. Scherjoen, un sale type, et qui réussissait beaucoup trop bien, a réduit à zéro les chances de la concurrence. Il a multiplié les coups bas. Scherjoen, ligué avec les acheteurs du Moyen-Orient s'est débrouillé pour monopoliser le marché. Les autres marchands convoyaient leurs moutons jusqu'à Amsterdam pour la livraison et tout d'un coup les Marocains, ou les Turcs, ou les Arabes ou je ne sais qui encore refusaient d'acheter. Alors Scherjoen achetait les moutons de ses collègues à bas prix et encaissait l'argent des acheteurs, contre quelques pots-de-vin.

– C'est aussi l'idée du Lieutenant Sudema ?

– Des bruits courent, monsieur, qui étayent cette théorie. Je vais interroger quelques suspects.

Le commissaire hocha la tête d'un air pensif.

– Vous, dit Gripjstra, et moi sommes tous les deux Frisons. Nous connaissons l'entêtement de nos compatriotes. Ils accepteront leurs pertes avec le même entêtement, mais il y a une limite à ne pas franchir. Un, ou plusieurs de ces marchands de moutons acculés à la ruine auront élaboré un plan pour mettre fin, et pour de bon, aux trafics de Douwe. Scherjoen aimait se rendre dans le Quartier Rouge d'Amsterdam. L'autre ou les autres l'y ont attendu. Vous et moi connaissons la patience légendaire des Frisons.

– Moi je n'y connais rien, reconnut De Gier. Dommage que j'ignore à ce point les façons frisonnes. Si j'en savais rien qu'un tout petit peu plus, je pourrais vous aider.

– Une minute, sergent. Donc... Gripjstra attendit pour faire monter la tension. Donc... un coup de revolver dans la nuit et un doris en flammes.

– Avez-vous dressé une liste de suspects possibles ?

– Le Lieutenant Sudema mène une enquête discrète, monsieur. J'aurai quelques noms un peu plus tard.

– Et Mme Scherjoen ? En tant qu'épouse, elle hérite de toutes les possessions de Douwe.

Gripjstra frotta la laine bleue et bien tendue de son pull marin.

– Mme Scherjoen a autrefois lutté pour la liberté. Pendant la guerre elle a eu une conduite héroïque. Mais sans violence, pourtant. Elle a passé des messages, transporté des armes, s'est occupée des fugitifs que les Allemands poursuivaient, et des instructeurs parachutés par les Anglais. Vous et moi savons qu'il ne s'agit pas de sous-estimer les femmes frisonnes. Le lieutenant Sudema semble pourtant convaincu que c'est une âme bien trop tendre...

– Ce Mauser, reprit le commissaire. J'ai jeté un coup d'œil à cette arme trouvée dans la voiture de Scherjoen. Elle m'a donné la chair de poule. Plutôt datée, mais d'une forme très semblable à nos armes automatiques actuelles. Un montage étonnant, toutes les parties s'emboîtent comme un puzzle chinois.

– Mais on n'avait pas tiré avec, monsieur, d'après ce qu'on m'a dit.

– Chargé et armé, précisa le commissaire. Neuf millimètres, dix cartouches. Mortel. Oui.

– Je sais que ça ne me regarde pas, intervint De Gier, mais Mme Scherjoen ? Cette adorable vieille dame ? Son propre mari ? Et brûler le type après ?

– Où était-elle cette nuit-là ? demanda le commissaire.

– On ne lui a pas encore demandé, monsieur. Le lieutenant a dit qu'il s'arrangerait pour le savoir.

– Il m'est arrivé d'arrêter une charmante vieille dame, dit le commissaire. Elle avait vécu cinquante ans avec le pire des gredins. Monsieur vivant dans l'opulence et Madame récurait le sol en marbre de son manoir. Si elle passait un peu trop de temps sous la douche, il coupait l'eau. Elle l'a étranglé un beau soir. Ils avaient quatre-vingts ans tous les deux.

– Vous avez jeté la vieille dame en prison ? demanda De Gier.

– J'ai fait durer l'enquête, avoua le commissaire, tandis qu'elle restait chez elle. A la fin on l'a déclarée irresponsable pour sénilité. Avec l'argent de son mari on a pu la placer dans une maison de retraite très confortable. Tous les Noëls elle m'envoyait un superbe gâteau au chocolat et je le lui rapportais pour que nous le mangions ensemble.

Le téléphone sonna. Gripjstra décrocha, écouta d'un air grave et reposa le récepteur.

– Mauvaises nouvelles, adjudant ?

– Le lieutenant Sudema, monsieur. Mme Scherjoen a passé cette nuit-là à Amsterdam. Chez sa sœur, une certaine Mlle Terpstra. Elle est rentrée le soir qui a suivi le meurtre.

– Le lieutenant Sudema a interrogé Mme Scherjoen ?

– Sa femme s'en est chargée, Monsieur. Gyske Sudema. C'est une amie de Mme Scherjoen. Mme Scherjoen n'avait pas le droit de quitter la maison, Scherjoen voulait qu'elle l'attende quel que soit le moment où il rentrait ; mais elle se débrouillait pour s'échapper de temps en temps.

– Ça sent bien la soupe de pois cassés ? s'enquit le commissaire.

De Gier remplit une assiette. Le commissaire mangea, accompagné par Eddy. Le museau d'Eddy s'écrasait sur la table de la cuisine, entre ses deux petites pattes roses. Eddy grinça très fort.

– Asthmatique ? demanda le commissaire.

De Gier ramassa le rat et écouta les sons mystérieux.

– Je dirais que ça se passe dans son ventre.

Le commissaire écouta lui aussi.

– Non, je crois que ça vient de sa poitrine.

La sonnette de la porte retentit. De Gier alla ouvrir.

– Hylkje, quel plaisir de vous voir. Entrez vous joindre à nous.

– Pas le temps, je passe juste vous apporter la liste des suspects dressée par le lieutenant. Le caporal fit claquer son pied botté. Bouh, je suis en retard. Deux collisions en ville. J'appartiens à la Police Nationale mais les civils ne voient pas la différence entre les uniformes. Et les collègues de la Municipale se sont volatilisés. J'ai dû rédiger les rapports. Des imbéciles, ces civils !

Une petite fille se précipita sur le caporal.

– Madame l'agent ?

– Oui ? demanda Hylkje d'une voix morne.

– Vous voyez ce type là-bas, il pisse contre la voiture de mon père.

– Et ce n'est pas bien ?

– Il recommence tous les soirs, ça me met hors de moi.

– Ma chère petite, dit le caporal gentiment, laissez faire ce pauvre homme.

La petite fille martelait de ses poings la cuisse du caporal.

– Je vous en prie, madame l'agent, s'il vous plaît ?

– Je suis fatiguée, déclara Hylkje.

– Une minute, dit De Gier en se précipitant. Il revint avec le type qui reboutonnait sa braguette. L'homme expliquait son écart de conduite. Petite vessie.

– Et vous choisissez toujours cette voiture-là ? demanda De Gier. Je vais vous dire, monsieur. Le caporal va s'occuper de vous un moment. Je reviens tout de suite.

Le commissaire vint à la porte et fut présenté par Gripjstra. Il sera la main d'Hylkje. Il serra aussi la main du suspect.

De Gier les rejoignit.

– Ils arrivent.

Une voiture de police s'engagea dans la rue.

– Encore vous ? demanda le policier au commissaire. Voulez-vous que nous vous accompagnions ailleurs ou était-ce vous qui pissiez ?

– Petite vessie, expliqua le suspect.

– Vous pouvez m'emmener à votre commissariat central, dit le commissaire, mais vous devriez peut-être vous occuper d'abord de ce monsieur.

– Moi, je vous emmène, dit De Gier, en désignant la Volkswagen.

– C'est votre véhicule ? demanda un policier.

– Il appartient au Service des Enquêteurs, précisa Gripjstra, à Amsterdam, mais il n'y a que la Brigade Criminelle qui l'utilise.

Vous êtes sûr qu'il n'est pas foutu ? demanda l'agent responsable de la voiture de patrouille. Nous venions de le repérer et nous avons téléphoné à notre casseur. Il devrait arriver d'une minute à l'autre.

– Il marche, laissa tomber Gripjstra.

Le casseur de la police s'engagea dans la rue.

– Hé ! cria Hylkje.

Le suspect avait pris la clé des champs. De Gier s'élança derrière lui.

– Je vais vous emmener tout de suite, monsieur, proposa Gripjstra. Je n'aime pas la façon dont les collègues regardent ma voiture.

De Gier ramena le suspect. Un policier le poussa dans la voiture de patrouille tandis que l'autre discutait avec le chauffeur du casseur, et s'excusait pour leur erreur.

– Prenez la liste du lieutenant, dit Hylkje, avant qu'autre chose nous tombe dessus. J'ai besoin de prendre une douche et d'aller dormir. Je reviendrai à onze heures.

– D'accord, dit De Gier.

– Un rat, hurla Hylkje, en désignant le pas de la porte.

De Gier ramassa Eddy et le serra contre sa joue. Eddy agita ses petites pattes en direction d'Hylkje. Le caporal recula en titubant. Elle remit son casque, se glissa sur la selle de la Guzzi et enclencha le starter. La moto se cabra, retomba et disparut.

De Gier posa Eddy par terre et le poussa gentiment vers le seuil. Il entra, débarrassa les tables de la salle à manger et de la cuisine, lava et essuya la vaisselle.

Eddy était de retour sur le divan, lové sur un coussin.

– Pousse-toi, s'il te plaît, dit De Gier. Je voudrais lire un peu. Le rat se tortilla. Si je lis à haute voix, tu arrêteras de grincer ?

Eddy, calmé par la voix de De Gier, ne bougea plus. De Gier lut, en frison, en devinant la signification des mots étrangers, qui ressemblaient à de l'anglais de temps à autre, mais les verbes se conjuguaient comme en allemand. L'histoire qu'il avait choisie s'intitulait *Fonctionnement Optimum*.

– Il pèse lourdement sur mon estomac, lut De Gier. Il referma le livre. Eddy dormait. De Gier glissa son doigt sous la queue du rat, et la fit voltiger d'une chiquenaude. Tu as suivi le sens général de l'histoire ?

Eddy remit sa queue en place.

– Elle vient de manger son mari, expliqua De Gier. Cet auteur, qui se donne le nom de Martha pour écrire.

Comme Eddy refusait de se réveiller, De Gier s'adressa aux plantes, leur versa de l'eau, avec douceur, sans violence. Tout en arrosant et en discutant, il lisait les instructions de Mme Oppenhuyzen.

– Dix cc, primula, douze cc, fuschia. Il se servait d'un arrosoir gradué.

– Le tempérament frison, dit De Gier. A la conscience blanche comme neige, donc toutes les impuretés sont réprimées. Pour avoir un fonctionnement optimum Martha doit manger son mari. Une plaisanterie littéraire ? Pas du tout, plutôt une révélation. Ça c'est un truc sérieux, de l'art, bien écrit. L'auteur me révèle, à moi lecteur intelligent, qu'ici, en Frise, où règne la vraie bonté, le mal bouillonne dans les profondeurs. Alors comment se libère-t-il ?

De Gier ramena Eddy endormi dans son terrarium au premier étage. Il revint au divan et plongea ses pensées plus profondément encore dans le problème de la femme frisonne. Une femme mange son mari. De Gier s'engagea dans la nouvelle suivante où Martha bat son mari à mort. Dans la troisième elle le noie dans un bain de peinture noire qui, quand il est presque mort, devient d'un vert éclatant.

Le livre glissa. De Gier glissa avec lui. Il se transforma en araignée. Martha aussi, mais elle était trois fois plus grosse que lui. Elle agitait une cloche tout en le dévorant avec lenteur. Il se réveilla avec un cri perçant, on ne le dévorait plus mais la sonnerie persistait. De Gier se laissa rouler du divan et allongea la main vers le téléphone.

– Allo ?

– On a glissé d'une digue, annonça Gripjstra. Venez à notre rescousse, sergent.

– Où êtes-vous ?

– Entre la ville Tyum, dit Gripjstra, et la ville de Tyummarum. Dans un village mais tout le monde dort.

Dans une cabine téléphonique sans annuaire. Faites quelque chose, sergent.

– Ne vous inquiétez pas, dit De Gier, mais essayez de m'expliquer comment vous êtes arrivés là-bas.

8.

– Etes-vous vraiment obligés, tous les deux, de vous contenter de cette vieille carcasse rouillée ? demanda le commissaire qui rebondissait sur son siège. Je suis contre l'égalité absolue mais certains écarts entre les grades sont peut être un peu excessifs. Regardez, moi, avec ma magnifique Citroën. Vous ne pourriez pas carotter une voiture neuve à l'administration ? Donnez-vous la peine d'essayer et vous auriez un véhicule flambant neuf dans le mois qui vient. Je contresignerais votre demande avec plaisir. Je me sentirais moins coupable.

– Oui, monsieur, dit Gripjstra. J'en parlerai à De Gier. Moi, tout ça m'est un peu égal, mais vous savez comme le sergent peut être têtu. L'amour. De Gier ne cède pas comme ça.

La Volkswagen ferrailla le long d'une interminable rue bordée d'usines et passa en ahanant devant une gare ferroviaire.

– Vous n'aviez pas dit qu'il fallait trouver un périphérique ? demanda Gripjstra. Hier, je n'arrêtais pas de tomber dessus mais aujourd'hui je crois que je le rate à tous les coups.

– Une espèce de digue ? demanda le commissaire. Elevée autour d'une ville ? Toutes les routes qui sortent de la ville sont censées se raccorder à ce périphérique. C'est ce que les agents d'ici m'ont expliqué. En suivant le périphérique, nous apercevrions le commissariat central de la Police Municipale, la Police Nationale et la caserne des pompiers, trois assez gros cubes de six étages ; très intelligent, tous les services à la portée les uns des autres.

– Les pancartes indiquent l'Allemagne maintenant, remarqua Gripjstra. Dommage que je ne puisse pas utiliser notre radio. Elle est toujours sur la longueur d'Amsterdam. Et puis ça ne marcherait pas ici, les provinces se sont équipées de matériel plus moderne, avec ces petits chiffres marrants qui s'inscrivent tout seuls et s'allument et tout ça. Je n'y comprends goutte mais peut-être que je finirai par apprendre.

– Continuez à rouler, conseilla le commissaire. Nous trouverons d'autres pancartes qui nous ramèneront à Leeuwarden.

Les pancartes continuaient d'indiquer l'est. Gripjstra fit demi-tour en franchissant la ligne continue.

– C'est interdit, monsieur, reconnut l'adjudant, j'espère qu'ils nous auront vus et qu'ils vont brancher leurs sirènes et se lancer à notre poursuite, comme ça nous pourrons écouter leur sermon et puis leur demander notre chemin quand ils seront à bout de souffle.

– Absolument, convint le commissaire.

– Maintenant nous allons vers Amsterdam, annonça Gripjstra, en désignant une pancarte. Il y a du progrès. Nous allons vers le sud. En Allemagne nous serions perdus.

– Continuez à suivre ces routes vicinales, conseilla le commissaire. Elles zigzaguent beaucoup mais elles devraient nous ramener à Leeuwarden.

Ils s'émerveillèrent tous deux devant l'évolution du paysage, des prairies bordées de bois.

– Dingjum ? s'étonna Gripjstra au bout d'une demi-heure. Je suis déjà venu ici. C'est ici qu'habite Mem Scherjoen et là-bas il y a le poste de la Police Nationale que dirige le lieutenant Sudema.

– Pourquoi ne pas s'arrêter ? proposa le commissaire. C'est l'heure du café. Le Lieutenant pourra nous indiquer comment retourner à Leeuwarden.

Le lieutenant était rentré chez lui mais le caporal qui le remplaçait leur servit le café.

– Vous a-t-on confié cette affaire de meurtre, monsieur ?

– Oui.

– Peut-être, suggéra le caporal, devriez-vous vous arrêter quelques minutes chez le lieutenant. Je suis sûr qu'il aimerait être informé des progrès de votre enquête. Il habite tout près. Votre adjudant connaît le chemin.

– Une jolie promenade, dit Gripjstra.

Le commissaire téléphona à sa femme.

– Où es-tu, lui demanda sa femme. Je t'attendais. Tu ne pouvais donc pas me prévenir que tu travaillerais tard ? Tu ne devrais pas travailler, ta jambe va mal, je pourrais te faire couler un bon bain chaud.

– Je t'aime, dit le commissaire, et j'aimerais rentrer auprès de toi mais tu ne t'imagines pas l'immensité de ce pays. On roule pendant des heures. J'aimerais que tu sois là, les raccourcis, ça te connaît.

– Et toi aussi je te connais.

– Oui, fit le commissaire. Et ne t'inquiète pas, ma chérie.

– Ne te surmène pas.

– Gripjstra s'occupe de moi, dit le commissaire. De Gier est aussi dans les parages. Comme il n'est pas frison il ne va pas nous servir à grand-chose ici, il ne se mêle pas bien aux autochtones. Gripjstra et moi nous intégrons à merveille dans l'atmosphère psychologique. Tu sais que je suis né ici, à Joure. Je croyais l'avoir oublié mais mes origines sont remontées à la surface. Nous oublions toujours l'importance primordiale des premières sensations, qui modèlent nos caractères, inspirent nos vies entières.

– Mon cher Jan, répondit sa femme. Fais ce que tu as à faire et reviens vite.

Un peu plus tard, marchant à pas lents entre des hêtres majestueux qui dominaient des champs de blé où des oiseaux sifflaient de divines compositions, le commissaire et Gripjstra discutaient de leurs racines communes. Un démarrage très bénéfique, convinrent-ils, avait influé sur leur vie. La corruption, qui intervient plus tard, n'a que fort peu de prise sur un début idyllique. Tandis que Gripjstra cherchait les expressions adéquates qui illustreraient son bonheur, le commissaire parlait de la paix des campagnes, oubliée par les snobinards des villes, qui ne supportaient ni leurs congénères ni leurs dépravations mutuelles, mais ici (son bras suivit un gros lièvre qui bondissait entre d'impeccables rangées de choux et salua un petit nuage bas qui brillait dans la lumière du crépuscule), ici dans l'harmonie naturelle d'une nature libre...

– Le mal ne trouve pas sa place, conclut Gripjstra.

– Exactement, adjudant. Pas étonnant qu'une âme noire comme celle de Scherjoen soit venue commettre ses méfaits en bas de la digue, et que ce soit chez nous qu'il ait connu une fin horrible, chez nous où les bienfaits de sa patrie ne pouvaient pas défendre sa misérable existence.

Le commissaire secoua la tête, pour chasser l'idée d'Amsterdam.

– Ach, how hearlik il here ut libben.

– Vous parlez frison, monsieur ?

– De Gier a découvert cette expression, qui signifie que la vie est belle.

– Bah... De Gier. Gripjstra secoua la tête à son tour. Qu'est-ce qu'il en sait, De Gier ? Il a un don pour les langues, mais ce n'est qu'un vernis. Comment peut-il sentir ce qui se passe vraiment dans notre pays ? Voici la maison du lieutenant Sudema. Sous les châtaigniers. Un ravissant petit logement.

Gyske Sudema se tenait dans son jardin, sous des branches chargées de fleurs blanches qui se balançaient au vent. Cette vision charma le commissaire. Il trouva

Gyske très séduisante, grande et mince, ses longs cheveux blonds soulevés par la brise, son corps moulé dans un pantalon de cuir brillant et un chemisier ajusté. Quand il s'approcha, le commissaire regretta qu'elle ait jeté sur ses épaules une veste d'homme trop grande qui pendait d'un côté.

– Bonsoir, Mme Sudema.

Gripjstra se présenta. La main souple de Gyske était moite. Ses longs cils battaient.

– Vous tombez mal, avoua Gyske. Je suis désolée, vraiment. Ça ne va pas fort ce soir. Non, ce n'est pas du tout le moment.

– Votre mari n'est pas à la maison ?

– Il est sorti, dit Gyske. Sjurd est allé chez des amis. Il a avalé tous mes tranquillisants et il a bu du genièvre. Il est allé pleurer sur l'épaule de la femme du voisin. Elle aussi elle est toute seule parce que son homme est marin. Ça ne me dérange pas, qu'ils fassent ce qu'ils veulent.

– Des problèmes conjugaux ? s'enquit Gripjstra. Comment est-ce possible !? Hier le Lieutenant et vous paraissiez si heureux.

– Ça vient d'arriver, avoua Gyske. Une sacrée tuile. Tout a été découvert.

Gripjstra resta bouche bée.

– Mais il vient de m'envoyer des informations par le caporal Hilarius.

– Il a dû aller chercher du réconfort, dit Gyske. Il y a une heure, d'abord. Il n'était jamais allé chez les voisins tout seul, mon Sjurd, c'est un tel balourd, le rire de Gyske était perçant. Elle tapota la poche de sa veste. Je lui ai pris son revolver. Il ne peut pas se faire sauter la cervelle. Il voulait, mais tout ça c'est de la folie.

– Pourriez-vous me donner l'arme ? Le commissaire tendit une petite main. Gyske lui passa le revolver. Le commissaire le remit à Gripjstra. Gripjstra poussa le chargeur, vérifia la chambre, fit sauter dans sa paume les cartouches qui étaient logées dans le barillet et glissa le tout dans sa poche.

– Pourquoi ne me racontez-vous pas ce qui s'est passé, suggéra le commissaire. Un ennui qu'on partage, c'est un ennui qu'on résoud. Ecoutons donc votre mésaventure, madame.

– Très bien, convint Gyske. C'est moi qui ai commencé, je le sais très bien, mais je ne me sens pas coupable pour un rond. Il n'y avait rien de mal. Sjurd est de la vieille école. Pas moi. Je lis les articles des magazines et la chronique de psychologie dans le journal. Je vis avec mon temps. Je sais comment ça se passe de nos jours. Quand je le fais, je le fais.

– Avec qui, ma chère madame ?

Gyske haussa une épaule.

– Avec un homme, bien sûr.

– Entrons, proposa le commissaire. A moins que vos enfants soient à l'intérieur ?

– Ils sont sortis, dit Gyske, jouer avec des amis. Pour ne pas travailler dans la serre de Sjurd ce soir. Ils n'aiment pas ça, et puis ils sont trop petits. La conception du devoir, chez Sjurd, est trop pesante. Trimer, jour après jour, ce n'est pas un bon exemple.

– J'aime votre mobilier, nota le commissaire. De vrais meubles anciens, je parie.

– De la vieille école, commenta Gyske. Comme mon mari. Hérités de génération en génération. Suintants, moisis, enfermés à double tour, sans air frais. Je suis une femme moderne. Vous voulez une bière ?

– Il faut que je reprenne le volant, dit Gripjstra, et le commissaire doit voir le préfet de Leeuwarden. Il vaut mieux que nous restions sobres.

Gyske tira sur sa veste.

– Elle est à Sjurd, elle ne me va pas. Je vais l'enlever. Je ne l'avais mise que pour y cacher le revolver. Sjurd voulait tuer Anne.

– La femme du voisin.

– Non, dit Gyske. Anne est un homme. Vous venez de Hollande, n'est-ce pas ? Nos noms sont différents ici.

Anne est l'homme avec qui je l'ai fait. Il vit à côté aussi. Tout le monde vit les uns à côté des autres.

Elle se mit à pleurer. Gripjstra offrit un mouchoir, le commissaire des paroles de réconfort.

– Allons, allons, Mme Sudema.

Des paroles sincères, elle le sentait. Gyske cessa de pleurer.

– Anne est le conseiller thérapeutique ici, spécialisé, diplômé, il s'occupe de travail social pour la municipalité et l'église. Il est aussi de l'Eglise Hollandaise Réformée, la même congrégation que Sjurd et moi. Il était censé m'aider ; je dormais très mal, j'avais des crampes, et je pleurais tout le temps. Sjurd a fait venir le pasteur, pour prier avec moi, mais ça n'a fait qu'empirer et le pasteur a envoyé son thérapeute.

– Qui a couché avec vous ? demanda le commissaire.

Gyske secoua l'or de ses cheveux blonds.

– *Moi*, j'ai couché avec Anne. C'est moi qui en ai décidé ainsi. Et ça ne s'est pas fait au lit, parce que le lit est à Sjurd, il lui vient de ses grands-parents, dans ce lit je ne pourrais pas. Je l'ai fait là-bas.

Gripjstra considéra avec surprise la porte du placard.

– Oui, dit Gyske. Sur une étagère. Assez large. Ça va pour s'asseoir dessus et s'appuyer le dos. Ça n'a pas plu à Sjurd quand il l'a su.

– Vous êtes entrée dans les détails quand vous avez parlé à votre mari ? demanda le commissaire.

– N'était-ce pas ce que demandait Sjurd ? Ne devais-je pas faire une confession complète ? Et puis est-ce que ça comptait tout ça ? Est-ce que ça ne fait pas une éternité que c'était terminé ? Je savais que ça ne durerait pas. C'était déjà fini. Mais Sjurd devait tout savoir, il n'arrêtait pas de le répéter, il fallait que je raconte tout et puis on oublierait tout. Anne ne venait plus parce que je n'avais plus besoin de son traitement. Il m'aimait, disait-il, mais plus tard il a changé de chanson. Il se laissait faire parce que sa femme était lesbienne. Une sacrée bonne raison, non ? Vous la trouvez convaincante, vous ? Je lui ai dit de ne jamais revenir. Ça fait de cela un mois.

– Et Sjurd a eu des soupçons ? demanda le commissaire.

– Il a reniflé l'affaire. Il passait son temps à fouiner. Ça me mettait en boule. Si j'avouais tout, tout s'arrangerait entre nous, répétait Sjurd dix fois par jour, on pourrait redémarrer à zéro.

Gripjstra se passa la main sur les yeux.

– C'est vrai, avoua Gyske. Je suis la reine des bécasses. Mais vous, les hommes, vous ne lâchez jamais prise, hein ? Alors je le lui ai dit, ce soir, qu'Anne et moi, dans le placard et tout... et Sjurd a fichu le camp, au comble de la rage. Chez Anne. Il a cassé les lunettes d'Anne, la femme d'Anne était juste à côté de ce pauvre homme, moi aussi, je m'étais précipitée derrière Sjurd, et puis il l'a cogné sur la bouche, les lèvres d'Anne pissaient le sang, et encore, et encore. Heureusement que j'étais là, je n'avais pas du tout confiance, Sjurd qui prétendait qu'il prendrait tout ça très bien et puis qui fichait le camp comme ça tout d'un coup. « Je vais m'occuper de ça. » Ah ! je connais Sjurd. Et la femme d'Anne, la lesbienne, eh bien elle ne l'est pas du tout, elle a cru qu'elle l'était, alors elle a passé un week-end sur une île avec une autre femme, mais en fin de compte elle ne l'était pas, l'autre femme si, bien sûr, mais pas la femme d'Anne. Alors quand Sjurd a voulu continuer à démolir le visage d'Anne, Anne s'est sauvé, dans sa voiture, le moteur lancé à fond, à travers la haie, pas par le portail, il n'a pas pu trouver le portail, et Sjurd est revenu en courant à la maison, à avaler toutes mes pilules, et puis il est parti au pub. Gyske se mordit et se cassa un ongle. Il est revenu chercher son revolver, mais je l'avais et je refusais de le lui donner, alors il a été voir la femme du voisin. Elle n'est pas heureuse non plus, son mari est second sur un superpétrolier. Il n'est jamais chez lui.

– Bonsoir, dit le lieutenant Sudema, en titubant pour

passer la porte malgré ses efforts pour rester debout.

– Mon supérieur d'Amsterdam, annonça Gripjstra. Le lieutenant Sudema de la Police Nationale.

– Comment allez-vous ? demanda le commissaire.

– Pas très fort, monsieur. Je n'ai pas été très malin, depuis un petit bout de temps, et ça ne s'est pas arrangé. Je suis né idiot, c'était déjà un mauvais début. Salut Gyske. Bonsoir, adjudant.

– Tu es soûl, Sjurd.

– Oui, avoua le lieutenant, et pas malin non plus. Et puis j'avais tort, je crois. Il se dirigea en titubant vers une chaise. Mais Anne était aussi dans son tort, il ne faut pas qu'il revienne à Dingjum. Moi, je ne marche pas. Ce couillon n'aura qu'à se chercher un autre pays. Qu'il aille s'installer ailleurs aux Pays-Bas. Il faudra qu'il disparaisse. Nous ne pouvons pas avoir ça ici, du balai. Et l'argent que je lui ai versé pour ses services professionnels, Gyske, je veux qu'on me le rende.

– Aux Pays-Bas ? s'étonna le commissaire. La Frise ne fait-elle pas partie du pays ?

– Non, répondit le lieutenant Sudema. Il peut aller à Amsterdam, je m'en contrefous. Au diable, pourvu que ce soit en bas de la Digue. Pas ici, il faut effacer la souillure.

– Et l'autre joue ? demanda Gyske. Ne devrions-nous pas tendre l'autre joue ? N'es-tu pas un chrétien, Sjurd ?

– Tu as deux joues, répliqua Sjurd, mais un seul... Le lieutenant Sudema réfléchit.

– Un seul. Il se remit à réfléchir. Mais ce que je disais à ton sujet, il avait du mal à ne pas glisser de sa chaise, ce n'est pas vrai, Gyske. J'ai été complètement idiot. Tu as raison. Je suis désolé. Ça va changer. Il réussit à se lever, tituba jusqu'au placard. Il s'agrippa à la poignée. Il glissa en arrière et ouvrit la porte du placard. Ici, tout s'est passé ici, sur l'étagère, au nom de notre Seigneur. Un outrage à notre Seigneur, Gyske, par un dignitaire de l'Eglise. Il lança un coup de pied à l'étagère, sortit les planches cassées et les brisa sur son genou. Je vais brûler tout ça dehors. Je vais sortir tout le placard, mais pas tout de suite, pour l'instant je suis un peu fatigué.

– Pourquoi ne t'étends-tu pas ? demanda Gyske.

– Dans une minute, répondit le lieutenant Sudema. Mais ces messieurs devraient me suivre. J'ai un cadeau pour ces messieurs.

Six cageots de tomates avaient été empilés devant la serre.

– Mon hobby en dehors des heures de travail, expliqua le lieutenant Sudema d'un ton triste. Encore du travail. De la sueur pour satisfaire notre Seigneur. Là aussi, je me suis trompé. Elles mûrissent toutes au même moment. Vous aimez les tomates, j'espère ?

– J'adore, dit le commissaire.

– Je vais chercher la voiture, annonça Gripjstra.

Gyske empoigna son mari.

– Il faut que tu te reposes maintenant, Sjurd.

Elle le poussa dans la maison et revint seule, en marmonnant dans sa barbe. Elle passa devant le commissaire.

– Vous nous quittez ? demanda le commissaire.

– Je crois que je vais aller passer un petit moment chez Mem Scherjoen.

– Bonne idée, dit le commissaire. Dans les moments difficiles on a besoin d'amis.

– Mem comprend tout, dit Gyske.

Elle se retourna.

– Les ennuis de Mem sont terminés maintenant. Mais Sjurd peut rester en vie, je préférerais ça.

– Mem préfère Douwe mort ?

– Mem comprend tout, ça veut dire qu'elle sait accepter. Vous auriez une cigarette à m'offrir ?

– Rien que des petits cigares.

Gyske prit le cigare. Le commissaire fit jaillir une flamme. Gyske inhala avidement.

– Mem accepte même les chatons morts. Elle avait un

chat boiteux, qui était arrivé un beau soir. Douwe ne voulait pas qu'elle le nourrisse mais Mem le faisait quand même, derrière la grange. Quand Douwe était absent, Mem discutait avec le chat. Le chat a eu des petits, des bébés rigolos qui batifolaient et gambadaient dans la cour, et puis ils sont morts les uns après les autres un après-midi. Ils ne savaient pas qu'ils mouraient, ils essayaient encore de jouer. Douwe avait empoisonné leur lait, bien entendu. Et il riait comme un bossu, parce que Mem ne comprenait pas ce qui arrivait à ses chatons. Mem devenait folle.

– Il y a une tortue, dit le commissaire, qui vit dans le jardin derrière chez moi. C'est mon amie, j'aime partager son silence. Si quelqu'un faisait du mal à une tortue je serais sans doute bouleversé.

– Je voulais me venger, poursuivit Gyske, parce Sjurd croit au bien et que c'est vraiment trop ennuyeux. Il disait toujours que je devrais me tremper le derrière dans une bassine d'eau froide, que ça calmerait mes envies, alors je me suis jetée sur Anne. Ce petit bonhomme chauve, avec ses quelques cheveux collés sur le crâne, et son cou ridé, et ses lunettes sans monture, rien que parce qu'il était disponible, dans son costume trois pièces, sa chaîne de montre barrant son ventre stupide, et avec son accent arrogant. Je me suis vengée. J'ai commis un péché. Mem ne pèche pas.

– Je vois, dit le commissaire. Je vous souhaite du courage. Votre mari me semble un type très bien.

– Je suis folle amoureuse de Sjurd, avoua Gyske, mais je ne peux pas continuer comme ça. Il va falloir que ça change. Voici votre voiture qui arrive en marche arrière. Je vais vous aider à charger les cageots.

– Ça suffit comme ça, déclara le commissaire dans la Volkswagen. Conduisez-moi au commissariat central de Leeuwarden, adjudant. Choisissez le chemin le plus court. Nous avons perdu du temps.

– Vous croyez que c'est le bon chemin ? demanda Gripjstra.

– Qu'est-ce que vous marmonnez, monsieur ? demanda Gripjstra quelques minutes plus tard.

– J'ai honte, avoua le commissaire, c'est plutôt minable de manipuler une femme en pleine dépression. Et pas qu'un peu ! Et qu'est-ce que j'en ai tiré ? Il frappa du poing sur le tableau de bord. Rien, adjudant. Mais qu'attendez-vous ? Que peut-on attendre de quelqu'un comme moi ? Chauve, petit, avec un cheveu et demi sur un crâne dénudé, des lunettes sans monture, un complet avec gilet. Un pauvre clown pathétique, adjudant, d'une autre époque, exprimant son ignorance dans un langage suranné, avec une chaîne de montre qui cliquète sur son ventre.

Gripjstra lui lança un coup d'œil oblique.

– Votre cou n'est pas tellement ridé. Au contraire, il est encore très lisse.

– Tyum, dit Gripjstra, qui lisait une pancarte.

Le commissaire réfléchissait.

– Cette Gyske, murmura le commissaire. Elle n'aimait pas beaucoup Douwe Scherjoen.

– Tymmarum, annonça Gripjstra, lisant une autre pancarte. « Marum » signifie « mer ». Les Romains ont dû passer par là.

– Nous sommes encore perdus, reconnut le commissaire. Nous ne devrions pas être près de la mer. Les Romains sont venus eux aussi lever des impôts. Une autre bande d'étrangers venus introduire leur vice dans ma terre immaculée. Leeuwarden est plus à l'intérieur des terres. Il vaudrait mieux faire demi-tour, mais attention, cette digue est plutôt étroite.

9.

– Pas question, maugréa Mme Cardozo. Tu ne vas pas nettoyer ton revolver sur ma table de cuisine. L'huile s'imprègne dans le bois. C'est du chêne hors de prix si tu veux savoir, et je cire le plateau tous les jours.

– Je t'en prie, maman, plaida Cardozo. Ne fais pas d'histoires. Tu ne te doutes pas comme c'est compliqué..., tiens, regarde ce que tu m'as fait faire. Tu sais ce que je fais ? J'envoie la lumière se refléter sur l'ongle de mon pouce, comme ça, et puis je regarde dans le canon. Je vois des spirales, d'acier bleu rutilant. C'est ce que je vois quand le canon est propre. Sinon je ne vois que de la crasse.

– Une balle va partir. Arrête, Simon. Les instruments de mort ne devraient pas entrer dans cette maison.

– Je l'ai démonté, expliqua Cardozo. Un canon ouvert ne peut pas tirer. Tu vis dans une frayeur irraisonnée. Comme avec la lampe l'autre jour. J'avais arraché le fil du mur et tu n'as pas voulu que je le répare.

– Parce qu'il pouvait y avoir encore de l'électricité dans cette lampe.

– Maman !

– Et qui vit dans l'angoisse ici ? reprit Mme Cardozo. Est-ce que tu m'entends jamais me plaindre ? Est-ce que tu m'entendrais me plaindre si tu arrêtais une seconde tes jérémiades ? Tes gémissements continuels me tuent. Laisse tomber ton travail s'il ne te plaît pas. Tu pourrais aider l'Oncle Ezra sur le marché, il gagne plus en une journée que toi en un mois. L'Oncle Ezra n'a pas d'enfant, tu pourras reprendre son stand quand il partira en retraite à Majorque. Il voudrait te laisser son affaire, il suffit que tu apprennes pendant un an. Ezra me l'a dit l'autre jour. « Manya », il a dit, « ton Simon n'est pas encore bien assagi. Je pourrais lui apprendre à s'assagir, pourquoi est-ce que tu n'en parles pas à ton Simon. »

– Maman !

– Et puis tu apprendrais peut-être à t'habiller, poursuivit Mme Cardozo. Et tu passerais chez le coiffeur pour changer. Est-ce qu'il faut toujours que tu te promènes comme un va-nu-pieds ?

Cardozo remonta son revolver et le glissa dans son holster. Il boutonna sa veste chiffonnée.

– Maman, je combats le mal. Je n'aime pas la façon dont l'Oncle Ezra fraude le fisc.

– Ton Oncle Ezra est un homme sérieux.

– C'est un homme stupide, rétorqua Cardozo. Il refuse d'évoluer. C'est un capitaliste pendant la journée et un hédoniste pendant ses heures de liberté. L'avarice et la luxure ne le mèneront nulle part.

– Simon !

– Un égocentrique, souligna Cardozo. Moi je travaille pour les autres. Pour que les autres aient aussi une chance d'évoluer et de s'épanouir. Ce n'est pas facile et il peut arriver qu'on m'entende me plaindre. C'est une des faiblesses de mon caractère et je m'en excuse.

Cardozo décrocha le téléphone.

– Pas en interurbain, ordonna Mme Cardozo. Ton père n'aime pas ça. La facture est déjà trop élevée.

– Sergent ? demanda Cardozo. C'est moi.

– Tu as composé trop de numéros, reprit Mme Cardozo. Tu es en interurbain. Sois bref, Simon, ou ton père va encore me disputer.

– Vous avez la photo de Douwe Scherjoen ? demanda Cardozo.

– Demande à Gripjstra, dit De Gier. Le commissaire est parti avec Gripjstra mais quelque chose a dû tourner mal. La Police Nationale est en train de procéder à leur sauvetage, entre Tyum et Tyumarum.

– C'est à côté de Dingjum ?

– C'est en Frise, précisa De Gier. Je ne suis pas frison. Je ne suis pas sur cette affaire. Je fais chauffer de la soupe de pois cassés en boîte et je m'occupe d'un rat. Et d'une charmante frisonne qui doit venir me chercher dans un moment.

– Il me faut cette photo, insista Cardozo, si vous voulez que j'avance dans mon travail. Est-ce qu'il faut que je vienne la chercher moi-même ?

– Comment ? ironisa De Gier. Gripjstra a pris notre voiture. Le commissaire a perdu la sienne, dans un puits entre des jardins. Et tu ne seras pas défrayé parce que tu seras sorti de ta zone d'action.

– Un billet de train ça va me coûter de l'argent, remarqua Cardozo.

– Tu es un idéaliste, non ?

– Pas vous ?

– Un nihiliste, avoua De Gier. Les nihilistes s'en foutent, de tout, pour en arriver à ce point il faut être très avancé. Tu es à des années-lumières de là. Ecoute, pourquoi ne prends-tu pas une bicyclette pour venir en Frise demain ? Je viens de regarder les nouvelles, le temps sera magnifique. Il n'y a que soixante-dix kilomètres, pas plus. Profites-en, regarde les oiseaux du haut de la Digue. Tu n'as jamais vu atterrir un cormoran ? Ils s'affalent lamentablement. Ça vaut le coup d'œil.

– Vous n'êtes vraiment pas sur cette affaire ? demanda Cardozo.

– Non, assura De Gier. Il raccrocha. Le sergent passa à pas lents devant le papier à fleurs, la table en faux Gothique de la salle à manger, la copie d'une chaise longue Louis XVI et devant un coffre à vêtements, fabriqué à partir d'un modèle ancien hollandais. Sur une étagère on avait disposé des bibelots chinois : bols à riz en porcelaine, cuillères à soupe en plastique, en tas. Sur une autre étagère une maquette de jonque chinoise de trente centimètres de long faisait voile vers un dieu souriant et adipeux avec des grappes d'enfants qui lui grimpaient sur le ventre et les épaules, De Gier repensa au calendrier dans la salle de bains impeccablement repeinte, composé de douze photos en couleurs des hauts lieux touristiques de Singapour.

Un séjour à Singapour ? Pourquoi pas ? Un adjudant sur le retour de la Police Municipale de Leeuwarden qui, une fois dans sa vie, emmène son épouse à l'autre bout du monde. Sans doute une promotion proposée par l'agence de voyages locale, aller et retour pour deux ou trois mille florins, hôtel compris. A leur âge l'hypothèque était remboursée, les enfants mariés. « Chérie, on se paye un petit voyage ! »

– Où ça ? demande Mme Oppenhuyzen, sans trop savoir si elle doit se réjouir.

Les yeux de l'adjudant pétillent.

– A Singapour !

Elle serait bien retournée sur une des îles de la côte frisonne, mais s'il veut vraiment lui faire une surprise, d'accord, elle sourit.

– Merveilleux !

Un sujet dont on peut reparler en toutes occasions, aux anniversaires, ou en visite chez les voisins.

– Vous êtes allés sur la côte italienne ? C'est bien. Oui, nous aussi nous sommes sortis des frontières. Et où sommes-nous allés ? Oh ! nous avons fait un petit saut à Singapour.

– Vous savez quand nous étions à Singapour le mois dernier. Descriptions détaillées et anecdotes à l'appui.

– Quand j'étais en Frise. De Gier prit son roman et se laissa tomber sur le divan. Il se releva pour chercher le dictionnaire. Elle se brossa les *tosks ?* C'est comme ça qu'ils appellent les « dents » ? Et *mûle*, alors, ce serait la « bouche ». Quelle façon primitive de décrire les ablutions d'une femme. Il essaya d'oublier l'image d'une goule dépenaillée se décrassant les crocs. Il vaudrait mieux continuer à lire, et essayer d'adapter ce qu'il comprendrait ensuite avec ce qu'il assimilait maintenant. Il poursuivit péniblement, devinant, glanant le sens des mots qui ressemblaient à du hollandais, à de l'anglais, ou à de l'allemand, et petit à petit se fit une mince idée des opinions de l'héroïne, de sa haine des hommes et de son attirance pour ces mêmes hommes ; certains lui paraissaient séduisants et elle les supportait mieux que les autres, mais elle continuait à détester leur présence jusqu'à ce que l'un d'eux, un ouvrier travaillant sur une drague, l'emporte, d'abord sur sa machine, par accident, puis dans ses bras, volontairement. Tout contre sa poitrine elle céda mais il ne remarqua pas son orgasme, il se contentait de la porter à l'abri.

Tragique, pensa De Gier, et il continua à lire, glissant avec plus de facilité dans l'histoire suivante. Martha était mariée maintenant, depuis une bonne vingtaine d'années, avec le même Gros Tas, chaque nouvelle journée apportant son lot de grisaille. Gros Tas n'exigeait rien d'elle, depuis vingt ans. Martha pouvait faire tout ce qu'elle voulait, l'argent coulait à flots, pourvu que Gros Tas ne soit pas obligé de partager une activité qu'elle aurait choisie. Alors que fait-elle ? Elle va en Belgique où l'on achète des armes à feu sans aucune difficulté, revient avec un revolver, troue Gros Tas et le dévore petit bout par petit bout.

De Gier fronça les sourcils. Il se rappela avoir bataillé avec cette même histoire un peu plus tôt dans la journée, quand les mots lui paraissaient encore obscurs. Maintenant il en saisissait toute l'horreur sans avoir à tâtonner pour trouver le sens des mots. La dame mangeait son époux assassiné parce qu'elle ne savait que faire des quatre-vingt-dix kilos qu'il avait laissés. Les femmes frisonnes ont l'esprit pratique ; depuis des siècles elles ont vécu des ressources de leur terre. Elles n'ont pas oublié les trucs de leurs aïeules. Martha avait acheté juste le bon congélateur, à la bonne taille, pour contenir Gros Tas. Et elle le faisait bouillir dans sa cocotte-minute, en morceaux de *twae pùn*, deux livres bien sûr, assez pour un petit déjeuner, un déjeuner ou un dîner. *Gros Tas lui pesait sur l'estomac.* Dernière phrase de la nouvelle.

De Gier rumina. Mem Scherjoen ? Gyske Sudema ? Deux amies intimes, deux femmes frisonnes, dures, efficaces et frustrées. Gripjstra venait de lui parler des suspects, non pas tant comme un inspecteur qui informe son collègue des développements de son enquête, mais plutôt en ami qui a besoin d'une oreille compatissante. Comment toute la situation, une fois de plus, avait tourné au pire et comment, en aucune façon, on ne pouvait lui reprocher ces mésaventures. Primo, perdu en route, deuxio, coincé dans des problèmes conjugaux, tertio, glissé d'une digue. Gripjstra, indépendamment de sa volonté, pris dans une toile tissée par de funestes circonstances. Est-ce que tout va toujours de travers ?

Réfléchis un peu, pensa De Gier, trouve le fil invisible. Et aide-toi des indices utiles fournis par la littérature produite dans ce pays, montrant des images dans une langue étrangère qui, en se donnant un peu de mal, deviennent compréhensibles. La littérature outre les effets. Mem n'avait jamais mangé Douwe. La réalité aussi outre les effets, mais avec un moins grand déploiement de symboles.

De Gier, à moitié endormi sur le divan, se laissa aller à des scènes infernales. Il vit des sorcières du pays, dégradées par les mauvais traitements et l'indifférence, alimentant les flammes féroces de la vengeance qui jaillissaient de la noirceur de leur âme. Leur fureur prend diverses formes. L'une transforme sa maison en piège, attire un mâle infortuné dans son placard où elle humilie sa proie sur une étagère, l'autre s'aventure dans l'enfer de la nuit d'Amsterdam, et Douwe tombe en miettes et part au fil de l'eau dans un doris en flammes.

Les deux scènes étaient terrifiantes. De Gier préféra se réveiller, extraire son corps du divan et le tirer jusqu'à une chaise dure devant la table où il retourna à l'étude de la littérature. Quelles conclusions pouvait donc offrir cette femme écrivain ? Une phrase se détacha du reste. *Un homme ne peut jamais être une véritable source de plaisir.*

Enfin, ça ne suffisait pas pour dépoussiérer un vieux

revolver allemand de la dernière guerre. Parce que l'animal ne donnait pas de plaisir, et rien de plus ? Il continua à lire. Arriva un dialogue, entre deux femmes, entre Mem et Gyske ?

Gyske : « Dis-moi, pourquoi t'es-tu mariée ? »

Mem : « Je ressentais un vague espoir. »

Vague. Trop vague. Ainsi Mem avait épousé Douwe parce qu'elle pensait qu'il y avait une lueur d'espoir dans la compagnie de Douwe. Pour le meilleur, bien sûr. Et le contraire était advenu. Même le dentiste d'Amsterdam avait vu l'être malfaisant en Douwe. Jusqu'à quel point ce pauvre type avait-il été malfaisant ? Douwe avait-il, par malveillance et préméditation, pompé toutes les forces vitales de Mem ? L'avait-il tourmentée jour après jour ? S'était-elle mise petit à petit à croire en une révolte possible ? Avait-elle fait appel au courage qui l'avait si bien aidée dans sa lutte contre l'armée allemande ? Un mobile évident ? Une occasion qui se présente ? Mem connaissait Amsterdam où elle allait souvent rendre visite à sa sœur.

Comment Gripjstra organiserait-il son attaque ? Tout seul il n'aurait pas l'ombre d'une chance bien sûr, mais le commissaire était rusé, subtil, un limier bien plus dangereux encore que le sergent. Une fois que le commissaire se serait chargé de l'affaire...

De Gier tourna les pages, impatient de découvrir une autre phrase qui pourrait compléter le puzzle. Que pensait d'autre cette femelle littéraire ? Jamais d'aucune façon je ne serai satisfaite... me voici, abandonnée à moi-même,... quel ennui... j'en grimperais au mur... toute seule...

Assez clair. Mem, insatisfaite, l'âme vide, contrainte à une solitude créée par son mari borné et presque toujours absent, était prête à sauter par-dessus les murs de sa prison. Poussée par une Gyske aussi malheureuse qu'elle à trouver une solution dont la cruauté importait peu. Mais Mem avait-elle tort ?

Qui donc désignait le doigt de la Justice ? réfléchit De

Gier, d'un point de vue théorique, car personnellement ça lui était bien égal. Si l'ordre avait été troublé, ce n'était pas son ordre. Il était tout à fait satisfait de manger de la soupe de pois cassés en boîte et de baigner un rat.

De Gier arpenta la pièce à pas lents, tourna autour du fauteuil Louis XVI et compta une rangée de roses sur le papier peint.

L'ordre avait-il était troublé ? Un personnage comme Douwe ne devait-il pas être adroitement éliminé ? Si Mem avait été assez bonne pour rendre ce service à la société ? Le commissaire, une fois sur la piste, la coincerait et l'interrogerait avec courtoisie. Et puis ? Il la dirigerait sur une maison pour les vieux malades mentaux ? Mem n'était pas si âgée que ça.

De Gier prit un bout de papier abandonné par Gripjstra de l'autre côté de la table. Il lut les noms des exportateurs de moutons spoliés par Douwe. Il lut les noms de ces hommes et de leurs villes :

Pyr Wydema, Nemmerwoods
Tyark Tamminga, Blya
Yelte Pryk, Acklum

Des noms bizarres, il se demanda s'il y avait une prononciation spéciale. Jusque-là les noms ne lui disaient pas grand-chose. Et si le Mauser inutilisé avait été, en fin de compte, utilisé, et puis nettoyé, rechargé, et glissé dans le vide-poche de la Citroën de Douwe ? Trop de difficultés en trop peu de temps ? Le coup aurait attiré l'attention. Et ce n'était pas le bon calibre. Une balle de neuf millimètres aurait réduit le crâne de Douwe en bouillie. Est-ce que Mem, comme celle qui luttait pour sa liberté dans le livre, s'était risquée à faire un voyage en Belgique pour acheter une arme plus adéquate qui ferait un moins gros trou ?

Il pouvait en rester là pour le moment. Depuis quand s'occuper des affaires des autres lui réussissait-il ?

On sonna. Le sergent, perdu dans ses réflexions, ouvrit la porte.

– Oui ? Bonsoir, mademoiselle.

– Salut, fit la demoiselle d'une voix enjouée.

– Salut, dit De Gier. Il consulta sa montre. Onze heures, un peu tard pour une visite. Mademoiselle, reprit le sergent, l'adjudant et Mme Oppenhuyzen sont en vacances dans leur maison d'été d'Engwyrum, sur la côte je pense. Je garde la maison pendant leur absence. Je m'appelle De Gier.

– Salut.

De Gier se gratta les fesses, d'abord la gauche, et puis la droite.

– Vous ne comprenez pas ? Vous ne parlez que le frison ? Il réfléchit. J'arrive à peu près à le lire mais je ne le parle pas encore. Vous savez lire le hollandais ? Voulez-vous que je vous l'écrive ? Attendez, je vais parler lentement. Ecoutez, mademoiselle. L'adjudant, oui ? L'adjudant Oppenhuyzen ? Avec sa, euh, *wyfe* ? Partis ? Il fit un geste large du bras.

– C'est moi, dit la jeune femme. Hylkje. Hylkje Hilarius ? Caporal ? Brigade Motos ? Rendez-vous ? En civil ? Venue vous chercher pour boire bière ? Vous me suivez jusqu'ici ?

– Ah bon, dit De Gier ravi. Dépouillée. Sortie de votre cuir. Vous êtes encore plus séduisante que je n'osais l'espérer. Comme la vie peut être délicieuse quand, parfois, la déception disparaît un instant. Entrez donc.

– Cinq minutes, dit Hylkje. Elle se lova dans le fauteuil Louis XVI, ses longues jambes moulées de jean mollement enroulées, ses seins bien soulignés par un T-shirt en velours, un chaleureux sourire découvrant ses dents parfaites entre deux couettes blondes et raides, plantées innocemment de chaque côté de ses pommettes barbouillées de rouge et de ses yeux bleus étincelants habilement ombrés pour tirer l'effet de provocation maximum.

– Où est ce rat ? demanda Hylkje.

De Gier courut au premier et revint avec Eddy.

– Prenez-le. Je vais chercher son fromage.

Hylkje se rencoigna dans les bras du fauteuil, mais Eddy se plaqua contre sa chemise, son petit nez rose et frétillant piqué entre ses seins.

– Beh, piailla Hylkje.

– Un brave petit bonhomme, dit De Gier. Et il sent bon. Je viens de le laver avec un produit à vaisselle parfumé au citron. Tiens, Eddy, mange du fromage.

Hylkje prit le morceau du bout des doigts. Eddy l'attrapa avec des petites mains vives. Ses dents jaunes se plantèrent dans le fromage.

– Quelle idée d'avoir un rat ! s'exclama Hylkje. Moi j'ai un lapin. Durk est beaucoup plus mignon, et puis il est doux et pelucheux. J'ai quelques démangeaisons de temps en temps, mais sinon c'est un vrai petit cœur.

– Moi j'ai un chat, dit De Gier.

Hylkje prit Eddy et le tendit à De Gier. Celui-ci remonta le rat au premier. Il revint en deux bonds. Hylkje observa les évolutions du sergent avec approbation.

– Vous vouliez m'effrayer, hein ? Vous pensiez que je me mettrais à hurler de terreur ? Faire peur à la faible femme ? Encore raté ?

– Nous sommes les moins forts, reconnut De Gier. Ça fait un moment que je le sais. J'essaie à chaque fois mais les femmes m'envoient toujours au tapis. Et en deux temps trois mouvements. Depuis que je le sais ça ne me gêne plus tellement.

– Et en plus du chat, qu'est-ce que vous avez d'autre ? Une *wyf ? Bern ?*

– Je ne connais pas encore tous les mots, avoua De Gier. Je n'ai encore rencontré aucun *bern* dans la littérature locale. Certains animaux frisons n'ont-ils pas encore passé la Digue ?

– Les enfants frisons.

– Je n'en ai jamais eu, dit De Gier, d'aucune source. Je préférerais autant ne rien avoir du tout mais c'est peu réalisable. Il y a les nécessités. Il faut bien vivre quelque part et une fois que l'on a un appartement les meubles déboulent, et les plantes envahissent le balcon, et le chat montre son nez. Il y a toujours des complications. J'ai aussi des voisins, pour s'occuper du chat quand je m'en vais.

– Jamais de visite ?

– Gripjstra passe. Pas très souvent. Il est trop corpulent. L'appartement est petit.

– L'adjudant est votre ami ? Hylkje fixait le torse du sergent.

– Oui. De Gier analysa le regard appuyé d'Hylkje. Oh ! vous voulez dire comme ça ? Non, non, vous êtes folle ?

Hylkje bondit du fauteuil bas et tourna autour de De Gier.

– C'est bien sûr ? J'ai horreur de prendre un faux départ. La semaine dernière je faisais des courses aux terrasses et il y avait un homme mince, aussi beau que vous, et bien habillé aussi, tout à fait le même genre, très séduisant. J'ai esquissé un petit sourire et il ne m'a même pas vue, et puis tout d'un coup ils étaient deux, l'autre s'était arrêté devant une vitrine.

– Je suis tout seul.

– Ce n'est pas une variété rare, reprit Hylkje. Ils envahissent les écrans et les couvertures des magazines. Larges épaules et grosses moustaches. Ossature puissante et chair ferme.

– Je suis un homme normal, dit De Gier, à votre service je vous en prie.

– Ce serait plus facile si vous étiez marié, remarqua Hylkje. Vous avez monté la Digue, vous restez dans le coin quelques jours et puis vous repartez, pour toujours. Pas d'ennui si vous percez mes intentions. Durk et moi avons une vie très agréable mais un peu de changement... de temps à autre... de la variété... un peu de rêve...

– Vous n'allez pas un peu loin ? demanda De Gier. Je regrette d'avoir été assez bête pour essayer de vous effrayer avec Eddy. Vous avez pris votre revanche maintenant, n'insistez plus. Je suis normal. J'adore les femmes.

– Les hommes libres sont souvent difficiles à manier, déclara Hylkje. Ils en attendent trop. S'ils sont mariés quelque chose les retient et je m'en débarrasse facilement.

– Qui est difficile à manier ici ? demande De Gier. Est-ce que je me suis jeté à votre cou ? Je croyais que nous sortions boire une bière.

– Imbécile, lança Hylkje, avec un sourire poli.

De Gier sourit. Il lui donna le bras. Ils s'avancèrent de front vers la porte. Il retira son bras et ouvrit la porte.

– Vous êtes toujours aussi galant ? s'enquit Hylkje, ou vous jouez pour la circonstance ?

– Non, répondit De Gier. J'ai appris à me montrer aimable, grâce à ma mère. Si je ne l'étais pas, je recevais une gifle. Comportement automatique. Le chien de Pavlov. Appuyez sur la sonnette et l'animal salive.

– Votre mère vit toujours ?

– Je porte des fleurs sur sa tombe, dit De Gier, deux dimanches par mois. Nous nous détestions, quand nous ne nous aimions pas un peu. J'ai sa photo de fiançailles au-dessus de mon lit. Il y a aussi mon père. Il porte un chapeau melon.

La voiture d'Hylkje était une deux chevaux, haute sur pattes et d'un orange éclatant. Elle la pilota avec habileté dans des ruelles zigzagantes. Un clocher pointa les aiguilles de son horloge à la verticale.

– Il ne serait pas un peu tard ? demanda De Gier. Les cafés de province doivent tous fermer très tôt, non ?

– Notre taverne reste ouverte jusqu'à une heure, et plus tard encore, pour les gens comme nous.

– La police ?

– Et les autres autorités, ajouta Hylkje, comme vous le constaterez.

– Et le peuple ? On le renvoie chez lui à minuit ?

Hylkje désigna une maison carrée, à cheval sur deux canaux.

– Un sexclub, ouvert jusqu'à quatre heures. On y vend des drogues douces en bas et des drogues dures sous les toits.

– Avec la protection de la police ?

– La Police Municipale ignore l'établissement, en quelque sorte. Ça canalise les tensions. Quand ils ferment tout ils ne savent pas comment ça tourne. C'est aussi le repaire des coloniaux et des citoyens de la province voisine. L'élément étranger, leur recoin à eux.

La petite voiture atteignit une place entourée d'immeubles impressionnants. Hylkje désigna leurs pignons de plâtre.

– Gouvernement provincial, le Bureau du Bourgmestre, Représentant de la Reine. Tous les pouvoirs qui nous gouvernent, et le café entre les deux, quand la pression déprime.

De Gier s'arrêta pour considérer les imposants blocs de pierre. De hautes fenêtres la regardaient, avec un calme arrogant. Des murs lisses se terminaient en pignons en pente douce soutenant un lion d'or sortant d'un ciel de plâtre bleu. En bas, de larges trottoirs menaient en quelques marches basses à des portes monumentales peintes de verts luxuriants rehaussés d'ornements de cuivre. Sur la place s'élevaient d'énormes arbres aux branches trop longues, qui agitaient toutes leurs feuilles.

– Joli et paisible, remarqua De Gier. La loi siège ici ?

– Nous n'aimons pas qu'on nous dicte nos actions, déclara Hylkje, nous avons de bien meilleures idées, la loi le sait et n'interfère presque jamais. Nous y gagnons la tranquillité, pas le charivari auquel vous êtes habitués en bas.

– Vous n'avez jamais descendu la Digue jusqu'au bout ?

– Si. J'ai été flic à Amsterdam un an. Les pouvoirs aiment plastronner là-bas et provoquer les réactions. Des motards m'ont renversée une nuit. Ils m'ont blessée à la jambe, pas pu porter de robe pendant des années. Les cicatrices, le cylindre de ma moto m'avait brûlé le tibia. Ils m'ont poussée sur le côté et ils ont filé.

– Le feu de la vengeance brûle-t-il dans votre tendre cœur ?

– Un peu moins chaque jour. Une bière, sergent ?

Le café s'étirait sous de grosses poutres basses. Hylkje fut accueillie par un barman âgé, boitillant avec entrain derrière les vieilles étagères et les comptoirs. Les verres moussaient déjà, attendant d'être décapités par la palette de bois que serrait le vieil homme dans sa main noueuse.

– Travaillez pour le même patron ? demanda le barman, en pointant sa barbe déplumée et son nez pointu et vermeil en direction de De Gier.

– Il est des nôtres, dit Hylkje. Mais d'en-bas, vous pouvez peut-être lui faire confiance, Doris.

– Rinus, dit De Gier. Tout à vous, pour l'éternité.

– Ne restez pas longtemps, caqueta Doris. Gardez les mauvais éléments en bas, chez vous. Ça se passe bien ici et ça peut encore durer un moment. Les rides autour de ses yeux se plissaient et se déplissaient. Les petits yeux noirs luisaient. En attendant profitez de ce que nous avons à vous offrir. Prenez-la avec une bonne bière.

– Il est ici pour travailler, précisa Hylkje.

– Je vous la recommande, clama Doris.

– Ça suffit, gronda Hylkje, ou nous changeons de café.

– Vous êtes toujours enrhumée ? demanda Doris.

– C'est ma voix, expliqua Hylkje, si vous n'étiez pas si décrépit, et à peine un peu plus viril, vous pourriez trouver ce ton rauque excitant. Fais ton boulot, Doris, les clients attendent.

Doris s'éloigna, un plateau à la main, hurlant des insultes aux clients du fond.

– Votre voix me plaît, dit De Gier.

– A vous aussi ? Ce n'est pas gentil de critiquer la voix de votre hôtesse. Les gens disent que je mugis.

– Une vache mugit.

– Une quoi ?

– Arrêtez de prendre mal tout ce que je dis, protesta De Gier. Ici, en Frise, ce son est romantique. Hier, à Dingjum, j'ai entendu comme ça pouvait être ravissant. Nous avons atterri dans un pré et quand l'hélicoptère est reparti on pouvait entendre le silence et la vache le peuplait de sa mélopée douce ; elle chantait, comme vous quand vous parlez.

– Une vache, dit Hylkje, qui secoue son pis. Je ne fais pas ça. Une vache rumine, rote, et se remet à ruminer, je ne fais pas ça non plus. Une vache digère l'information cinq fois. Une vache c'est glouton. Ça a la diarrhée.

– Je ne l'ai pas regardée de très près, avoua De Gier. Elle était derrière nous et nous devions avancer mais c'était, bien sûr, un petit animal charmant, monté sur de longues jambes, avec un corps délicat, et des yeux tendres.

– Changez de technique, prévint Hylkje. Vous n'irez pas loin comme ça avec moi.

De Gier commanda encore de la bière.

– On ferme, hurla Doris. Du balai. Je n'ai pas besoin de votre compagnie. Dehors. Peut-être que demain je vous remplirai encore la panse. La porte est par là. Allez. La police va arriver d'une seconde à l'autre.

Il donna leurs bières à Hylkje et De Gier.

– Ça marche pour vous, fiston ? Insistez, pigé ? Ou bien vous pensez rester un moment et vous attendez quelque chose de mieux ?

La police entra, mais il n'y avait qu'un policier. Il s'avança vers Hylkje.

– Venez que je vous présente, dit Hylkje. Voici l'agent de première classe Eldor Janssen. Sergent De Gier. Collègues et sujets de la même reine.

Les clients se bousculaient pour sortir, harcelés par les cris de Doris et ses poings menaçants. Le policier avait fini son café et se leva. Ici et là un client s'effondrait encore derrière une table. Doris tira les rideaux.

– Bon, et maintenant qu'est-ce que ce sera ? Il servit des commandes indistinctes. La porte s'ouvrit.

– C'est fermé, cria Doris. Dehors ou j'appelle la police.

Le client en infraction s'avança vers le bar.

– Eh ben, rouvrez. Je travaille pour le patron. Salut Hylkje. Le lieutenant Sudema se couvrit un œil d'une main tremblotante. Salut, vous aussi.

De Gier se redressa.

– Bonsoir, monsieur.

Doris ferma la porte à clef et en même temps soutint Sudema qui perdait pied.

– Pfff.

Il était de nouveau sur ses pieds, agitant les mains. Doris se réfugia derrière le comptoir. Le lieutenant glissa de nouveau, et essaya désespérément de se raccrocher en lançant les bras en tous sens. Hylkje poussa, De Gier tira, le lieutenant trouva un tabouret.

– Alors ? s'enquit Hylkje. Vous vous êtes noirci ?

– Je me suis bourré à mort, répondit le lieutenant. J'ai déjà été partout. Mélangé le breuvage local avec toutes les importations possibles et imaginables. Et je ne suis pas encore tout à fait où je voudrais être. Est-ce que quelqu'un sait pourquoi ?

Il s'accrocha au bar pendant que Doris versait la bière. Le lieutenant Sudema leva son verre.

– A votre très bonne santé. Personne ne sait pourquoi ? Parce que demain je vais démolir mon placard de cuisine. C'est là que ma femme s'envoie en l'air. Mais pas avec moi. Moi je dors dans le lit d'époque de mon père.

Le lieutenant ferma les deux yeux et but à l'image de son père, en marmonnant des paroles de dévotion.

– Voilà où tu en es, mon vieux. Grand merci. Je ne veux pas de cette vie. Un travail harassant et je suis déjà très occupé. Pas assez de personnel et un commissariat qui croule sous les réclamations et les plaintes. Des tonnes de tomates dans la serre. Ça n'en finira-t-il jamais ? Quand je vais casser ce placard le mur va partir avec, il faudra que je pose les poteaux. Hé ho! Il ouvrit un œil et essaya d'essuyer la mousse de sa bouche. Encore une. Il lança autour de lui un regard de triomphe. Et une tournée générale.

Doris remplit les verres et les distribua. Les employés portèrent des toasts bruyants.

– Pourquoi est-ce que votre femme copule dans un placard ? demanda Hylkje.

– Pour se débaucher en secret. L'un des yeux du lieutenant se fixa sur De Gier, l'autre erra. Vous avez une femme ?

– Non, répondit De Gier.

– Faites-vous Hylkje, conseilla le lieutenant Sudema. Elle est toute à vous. Il tituba vers Hylkje, retenue par le bras de De Gier qui avait soudain jailli. Vous aimez aussi les placards ?

– Je n'ai pas de préférence, répondit Hylkje.

– Je n'avais jamais pensé que ça pouvait se faire, reprit le lieutenant Sudema. Pas très fûté, hein ? Il fit un signe de la tête à une poutre tout en trempant ses lèvres dans la mousse. Vous n'auriez pas pu me le dire, Seigneur ? Pourquoi ne comblez-vous jamais les manques ?

– Il nous apprend à souffrir, souffla Doris.

– Doris, dit Hylkje d'une voix douce.

– Non ? Doris déplissa ses deux petits yeux. Et n'y a-t-il pas que les ivrognes qui sachent ce qu'Il manigance ? Il grogna. Ça suffit, je vais vous virer. Le balai qui tourbillonnait dans les mains de Doris lança quelques clients récalcitrants vers la porte.

– Je vais aller rigoler en voiture maintenant, annonça le lieutenant Sudema d'une voix guillerette. Je vais aller chez la femme du voisin. Elle a un placard elle aussi.

– Il n'est pas en état de conduire, dit Hylkje à De Gier.

– Etonnant, remarqua De Gier. Hier j'étais chez lui. J'ai pensé qu'il représentait tout ce que j'aurais dû être. Les rêves de ma mère pour mon avenir, qui ne se réalisent toujours pas. Une homme honnête, sain de corps et d'esprit, complété par l'épouse qu'il lui faut. Quand je les ai vus ensemble, j'étais à deux doigts de réviser mes opinions. Et maintenant regardez-moi ce travail.

Le lieutenant était tombé de son tabouret et s'agenouillait au pied du comptoir. Il parlait. Doris se pencha par-dessus le bar.

– Un travailleur social dévot qualifié en psychiatrie ? s'étonna Doris.

– Dans le placard, dit le lieutenant Sudema. Ils partageaient leur intimité là-dedans, et leur bonheur, et leurs désirs.

– Sur une étagère ? demanda Doris.

– Je ne vais pas faire toute la route jusqu'à Dingjum à cette heure-ci, dit Hylkje. Je travaille tôt demain.

– Fourrez-le dans un motel.

– Dans cet état ? Ils ne voudront jamais de lui, décréta Hylkje. Elle s'agenouilla à côté du lieutenant. Chéri ?

– Ma bien-aimée ? demanda le lieutenant Sudema.

– Doris ferme. Tu viens avec moi ?

Le lieutenant ricana.

– Il n'y a pas d'alcool chez toi.

– Mais si, mais si. Plein. Tout ce qui te passera par la tête comme marque.

– Je vais jusqu'au bout, tu as de la vodka communiste ?

– Avec l'étiquette qui se décolle ?

– Celle-là et pas une autre.

– J'en ai, dit Hylkje, la pire. Toute pour toi.

– La plus dégueulasse, dit le lieutenant Sudema. La plus raide. La première à vous balancer en enfer. Tu es sûre d'en avoir ?

– Un placard entier, assura Hylkje, qui plissa les yeux.

– Mais c'est là qu'ils le faisaient. Le lieutenant fondit en larmes.

– Non, pas dans un placard, sur une étagère sous mon évier, viens, mon petit chéri.

De Gier hissa le lieutenant sur ses pieds.

– Vous n'avez pas besoin de venir avec nous, assura le lieutenant Sudema.

– Pas question. Je vous raccompagne c'est tout. Je vous dirai au revoir à la porte. Elle vous aime. Ça se voit.

– Il va vous violer, souffla De Gier à l'oreille d'Hylkje.

– Sûr ? demanda Hylkje.

– Vous ne m'êtes pas antipathique, déclara le lieutenant Sudema à De Gier. Je m'assurerai qu'on vous donne encore des tomates. Venez les chercher demain. Il attrapa le bras de De Gier. Et puis vous devriez organiser un petit voyage dans l'île d'Ameland. L'endroit rêvé pour vous. Allez à la Police Militaire et demandez mon neveu. Même nom que moi. Hé Hoo ! Il n'eut pas besoin de retrouver l'usage de ses jambes car De Gier le tenait fermement.

– Un neveu ? demanda De Gier.

– Soldat Sudema. L'affaire du cuivre. Le déserteur. Hooo !

Le lieutenant Sudema fut déposé sur le siège arrière de Hylkje.

– En échange de soles, continua le lieutenant. N'oubliez pas. Rapportez les soles. La Police Maritime ou je ne sais quoi se balade par là, inutile de prendre le ferry. Vous avez bien compris ?

A mi-chemin des escaliers qui menaient à l'appartement d'Hylkje, le lieutenant s'endormit. Quand il se réveilla sur le lit il ne se sentait pas trop bien. Il se demanda s'il n'y aurait pas une bassine dans le coin. De Gier salua un lapin qui passait. Il le prit dans ses bras.

– Attention, dit Hylkje. Ce lapin est chargé.

Des petites billes dures ricochèrent sur le sol et vinrent cogner contre la bassine du lieutenant.

– Dégoûtant, dit De Gier, tous les deux. Berk ! Il balaya les billes tandis qu'Hylkje épongeait par terre.

– Il ne faut jamais secouer Durk, expliqua Hylkje. Il les fabrique à une vitesse étonnante et son tuyau est toujours plein. Si vous le touchez, elles tombent.

Le lieutenant Sudema s'assit sur le lit.

– Tu viens, ma chérie ?

Il retomba en arrière et s'avachit dans un ronflement.

– Déshabillez-le, dit Hylkje. Je n'y connais rien en bretelles et tout le tintouin.

De Gier coucha le lieutenant déshabillé, et trébucha sur Durk.

– Je vais m'installer sur le divan, dit Hylkje. Vous pouvez disposer.

– C'est tout ? demanda De Gier, en rangeant le balai à l'endroit où Hylkje replaçait sa serpillière. Hylkje le repoussa.

– Même pas un petit baiser ?

– Pour quoi faire ? demande Hylkje. Pourquoi est-ce que je me suis fourrée dans cette galère ? On essaiera de nouveau, téléphonez-moi demain.

10.

– Tu me la passe oui ou non ? demanda Cardozo.

– Jamais de la vie, répondit son frère. Achète-toi une bicyclette. Tout le monde a une bicyclette sauf notre Symie. Et qu'est-ce qu'il a notre Symie ? Une édition reliée de l'œuvre intégrale de Tintin, le petit détective. Vends ce paquet d'idioties et prends le train demain. Au magasin de bandes dessinées ils te donneront le montant du ticket.

– Maman ? demanda Cardozo.

– Samuel ! dit Mme Cardozo d'une voix forte.

– Il m'a cassé mon hors-bord, reprit Samuel, aussi pour rétablir l'ordre public, et maintenant ça va être le tour de la bicyclette, démolie sur la Digue. Jamais. Plus jamais ça.

– Si nous ne pensons qu'à nous, prêcha Mme Cardozo.

– Suis-je la seule exception ? se demanda Cardozo, qui longeait le rempart de la Vieille Forteresse en direction du Port Intérieur. Un limier est toujours irrésistiblement attiré vers le lieu où le crime a été perpétré. Où cela pourrait-il être ? Scherjoen a pu recevoir une balle dans la tête n'importe où, et puis être ensuite transporté sur les eaux tranquilles du Port Intérieur. Y avait-il eu une conjonction de forces négatives menant à un meurtre sans préméditation ? Ou l'intention n'avait-elle pas quitté le coupable qui avait attendu le moment opportun ? Cardozo s'arrêta, pesant le pour et le contre, sous la Tour Montelbaen pointant vers les nuages bas sa tourelle élancée, entre de hautes et élégantes maisons qui, penchées en avant d'un air intéressé, observaient le contemplateur. Le meurtre, pour un inspecteur qui travaillait sur les plus graves affaires criminelles d'Amsterdam, serait la solution idéale, mais pour le moment le verdict importait peu. Qui avait été manipulé par un destin indépendant ? Il en était ainsi : Scherjoen mettait toujours la main sur le fric des concurrents et les perdants voulaient diminuer les risques à venir. Quand et comment avaient-ils agi ? Au moment et à l'endroit qu'il leur convenait le mieux. Armés, ils se glissaient dans l'ombre de Scherjoen.

Bon, maintenant nous avons Scherjoen, affaibli par l'alcool et le sexe, titubant en direction de sa Citroën garée à cheval sur le trottoir. Ses ennemis arrivent à sa hauteur. Il est tard, la rue leur appartient. Un coup de feu résonne sur le quai désert. Scherjoen chancelle et tombe. C'est ça ? Non, il faut aussi se débarrasser de Douwe ? Rien que la femme de Douwe, mais Mem n'a pas la moindre idée d'où il a pu aller. Où, donc, chercher le corps de Douwe ? Et quand ? Le plus tard sera le mieux.

Des types malins du nord. Qu'est-ce qu'ils font maintenant ? D'un air innocent ils lorgnent les alentours de dessous leurs casquettes plates. Ils attrapent Scherjoen sous les aisselles, un de chaque côté, et ils se mettent à marcher. Trois paysans d'une lointaine province, celui du milieu drôlement bien parti.

Comment se débarrasse-t-on le mieux d'un corps à Amsterdam ? Dans l'eau. D'abord on s'assoit dessus un moment, pour faire sortir tout l'air, un deux, hop, et adieu pour toujours. Le courant du port l'emportera vers le large. Mais attendez, il y a un doris là-bas. Un bien meilleur plan. On arrose le corps d'essence et on gratte une allumette.

Mais d'où, se demanda Cardozo, pouvait venir cette essence ? Un revolver se glisse dans une poche mais un piéton ne transporte pas comme ça un bidon d'essence. En avaient-ils à disposition dans une voiture ? Le bidon vide avait-il ensuite retrouvé sa place dans la voiture ?

Cardozo regarda le doux clapotis du Port Intérieur. La houle se brisait en vagues couronnées de blanc. Il marcha le long de l'eau, trouva un vieux manche à balai et l'agita lentement dans les débris flottants.

– Je l'ai !

L'enquêteur, assailli de part et d'autre, agita désespérément son bâton.

– Au nom de la loi, grondèrent deux voix rocailleuses. Qu'est-ce que c'est que ça ? Votre comportement est suspect. Qu'est-ce que vous cherchez dans les ordures ?

– Salut Karaté, salut Ketchup.

– Le cadavre frison ? Les policiers en uniforme prirent part aux recherches, Karaté avec une branche, Ketchup avec une canne à pêche brisée trouvée sur place.

– Tu me laisses deviner ? demanda Karaté. Tu as le cadavre. Un revolver ne flotte pas. Un bidon d'essence, peut-être ?

– Je connais le rapport sur le cadavre frison par cœur, déclara Ketchup. Je lis tout ce qui s'y rapporte. Rien d'autre à faire en tout cas. On ne peut pas arrêter de malfaiteurs, toutes les cellules sont pleines en ville et dans toutes les municipalités de la province. Au commissariat nous lisons, et dehors nous tuons le temps.

– Comme maintenant, souligna Karaté.

– Pas de bidon en vue, annonça Ketchup. Ici, un bout de matelas. Là une bouteille de détergent.

– Vous ne travaillez pas du tout en ce moment ? demanda Cardozo.

– Il y a toujours les Chinois.

– Vous avez des cellules pour eux ?

– Il y a la grande cage au commissariat central, expliqua Ketchup. Chaque fois qu'elle est pleine, la Police Militaire en renvoie une fournée en Extrême-Orient. Des Chinois sans papiers en règle, nous pouvons en prendre quelques-uns si nous insistons, pourvu que nous les emmenions tout droit à la cage sans encombrer notre poste à nous.

– C'est marrant, dit Karaté, parce qu'ils passent leur temps à revenir, alors notre boulot est toujours à recommencer. Notre sergent aime nous garder actifs. Tiens, Ping Hop, je l'ai déjà eu trois fois. Je me souviens même de sa tête. Salut, Ping, je dis. Qu'est-ce qu'il peut prendre l'avion ce type-là. Aller...

– ... et retour, psalmodia Ketchup.

– Et si on arrêtait un moment ? proposa Karaté. C'est l'heure du dîner. On peut manger dans le coin. Nouilles sautées et crevettes ?

Wo Hop s'apprêtait à fermer, mais comme la Police entra et s'enquit de l'adresse actuelle de son neveu Ping Hop, il resterait ouvert encore un peu.

– Pas savoir, répondit Wo Hop avec douceur.

– Ce Hop a des papiers ? demanda Cardozo.

– Il a un restaurant, répondit Karaté. Bonne bouffe et prix raisonnables. Il faut bien manger.

– Les papiers ? demanda Cardozo.

– Les papiers, tout le monde s'en fiche ! Karaté et Ketchup consultaient le menu.

Un type entra, avec une bouille ronde et rubiconde au-dessus d'un costume de tweed fatigué mais propre.

– Bonsoir, dit le type.

– Adjudant, répondirent Karaté et Ketchup.

– Il apprend la langue, expliqua Karaté. Il se débrouille comme un chef, on entend à peine son accent frison.

– Mais, s'étonna Cardozo, que peut bien faire un policier frison dans notre ville ?

– Adjudant Oppenhuyzen, Service des étrangers, il essaie de bloquer l'accès vers le nord, dit Karaté. Il ne veut pas d'eux là-haut, il veut nous les laisser ici.

– Vous acceptez les interférences frisonnes ?

M. Hop apporta des bols débordant de nouilles sautées et un verre de cognac pour Cardozo. Cardozo refusa.

– Offert par la maison, dit Hop.

– Nous acceptons absolument tout, avoua Karaté. Nous ne pouvons pas rendre service aux Chinois dans l'illégalité sinon les journaux nous accuseraient de toucher des pots-de-vin. Nous continuons à penser que certains de nos visiteurs chinois sont des gens bien. Pas trop malins, peut-être, parce qu'ils ne comprennent rien à la paperasserie hollandaise. Ça serait bien si quelqu'un les aidait à remplir leurs formulaires. Si l'adjudant frison veut s'en charger, nous lui faisons tous nos vœux.

– Et il ne touche pas de pots-de-vin ?

Ketchup et Karaté attaquèrent leurs nouilles.

– Hé ! demanda Cardozo.

– On ne sait pas ce qui se passe ici, expliqua Ketchup. Quand nous poursuivons les Chinois avec trop de zèle, ils montent la Digue et traînent en Frise. Nous connaissons deux types de suspects, ceux de Singapour et ceux de Hong Kong. Ils se font aussi la guerre entre eux. Disons que c'est du sport. Ils font un peu de karaté, un peu de tir de précision, de bâton, et ils utilisent la corde avec raffinement. L'adjudant Oppenhuyzen s'oppose à tout genre de sport. Il tient à ce qu'ils s'entraînent ici, où il y a déjà pas mal de sport.

– Tiens, l'année dernière, renchérit Karaté. Dix Chinois morts en ville. Qui remarque dix cadavres dans une ville de la taille d'Amsterdam ? Les rapports ont été classés il y a un bon bout de temps.

Au fond du restaurant de jeunes Chinois nerveux se disputaient à tue-tête depuis un bon moment. La présence de l'adjudant à la forte carrure parut calmer leurs esprits échauffés.

– Tout seul, hein ? demanda Cardozo. Le même genre que notre Gripjstra. Est-ce que le grade d'adjudant constituerait un dénominateur commun ?

– Hystériques, tous les deux, commenta Ketchup. Mais ils sont plus âgés que nous et plus habitués à leur malheur.

M. Hop approcha l'addition. Le cognac n'était pas compté. Cardozo chercha le prix sur le menu et ajouta un peu d'argent.

– Ça commence en acceptant un cognac...

– Exact, reconnut Karaté. Nous, il ne nous en apporte pas. Nous refusons toujours mais il ne te connaît pas encore. Tu pourrais accepter, bien sûr, mais après tu te retrouverais à ramasser des paquets.

– Des paquets ? s'étonna Cardozo.

Karaté raconta comment un certain collègue avait pris en filature un certain Chinois. Le Chinois portait un paquet. Comme il trouvait trop compliqué de porter un paquet et en même temps d'être filé, ledit Chinois laissa tomber son paquet. Ledit collègue le ramassa.

Cardozo observa l'adjudant Oppenhuyzen. L'adjudant aplanissait les problèmes des Chinois, surtout par gestes accueillis par de gros rires reconnaissants.

– Alors ? demanda Karaté.

– Demande-moi ce que contenait le paquet, dit Ketchup. Allez, soit sympa.

– De l'héroïne, dit Cardozo.

– Et maintenant tu devrais demander, continua Karaté, ce qu'il est advenu du paquet.

– Le Chinois l'a récupéré, dit Cardozo. Ledit collègue a reçu de l'argent. Il lui restait quelques jours de vacances à prendre qu'il pouvait ajouter à son congé-maladie et il est parti dans une île espagnole.

– Et il se dore toujours la pilule au soleil, conclut Karaté. Le salaud. Notre sergent ne nous permettrait jamais ce genre de troc inoffensif. Un esprit étroit, tu ne trouves pas ?

– Tu ne tiens pas à ce que je te sermonne, dit Cardozo, mais suppose que tu sois assez bête pour ne pas comprendre que ledit collègue ne s'en sortira pas, ça sert à quelque chose que je te le dise ?

– Ne s'en sortira pas sous le soleil ? Servi par des créatures absolument nues ? A faire du surf entre deux siestes ?

– J'y ai été dans cette île espagnole, grogna Cardozo, et j'ai eu la chiasse pendant quinze jours. Des moules empoisonnées. Je suis bien mieux ici. A jouer à mon jeu préféré.

– A chercher un bidon d'essence, ricana Ketchup. Supposons que tu le trouves. Qu'est-ce qu'il t'apprendra ? Esso ou Shell ? Ça ne vaut rien ici, et le climat est pourri. Il a plu la moitié de l'été. On ne verra jamais le soleil.

– Collègue ?

Cardozo leva les yeux. L'adjudant Oppenhuyzen lui adressa un sourire aimable. Il se présenta et attrapa une chaise. Les Chinois du fond souriaient eux aussi, ayant redécouvert les joies de l'insouciance.

– De braves garçons, commenta l'adjudant, mais ils passent leur temps à perdre leurs foutus papiers. Je leur donne un petit coup de main avec leurs interminables dossiers. Vous imaginez ce que c'est. Ils vivent depuis des années dans notre pays, à gagner leur bol de riz en se crevant le cul à fabriquer de la pâte de piments ou des chips de crevettes mais comme ils ne connaissent pas la langue ni les usages, ils se mettent toujours à dos notre infernale administration. N'en arrêtez aucun, vous m'entendez, je peux répondre de leur honnêteté.

– C'est compris, adjudant, dit Karaté. Si, par erreur,

j'en chope un ça sera parce qu'il ressemble à un autre.

– Et au cas où, ajouta Ketchup, moi, par pure imbécillité, parce que je suis incapable de me souvenir de leurs noms, j'en attrape un, ce sera une erreur dont je serai le seul responsable. Nous vous appuierons.

L'adjudant se proposa de leur offrir un verre.

– Nous partons, dit Cardozo.

– L'adjudant a absolument raison, dit Karaté une fois dehors, mais j'ai cette mauvaise habitude. J'adore arrêter les revendeurs de drogue dont les papiers ne sont pas en règle. Je crois que je vais m'y mettre tout de suite; si tu nous aidais, Cardozo ?

Cardozo consulta sa montre.

– Ne nous laisse pas tomber quand nous avons besoin de toi, Symie, nous t'avons aidé à chercher le bidon. Tu es exactement ce qu'il nous faut. Tu as l'air plus civil qu'un civil. Si je ne te connaissais pas et que le sergent demandait encore quelques suspects, je te balancerais tout de suite un procès-verbal pour vagabondage. Nous sommes gênés par notre uniforme et c'est difficile d'entrer avec la voiture de patrouille dans ces petites allées. Donne-nous un coup de main. Ça ne prendra même pas une heure.

– Quoi donc ? demanda Cardozo.

– On te donne un émetteur de notre voiture et tu te balades dans le quartier. Tu te glisses dans les passages les plus étroits et tu ouvres l'œil. Il y a deux sociétés secrètes dans le coin, qui essaient de se supplanter, Hong Kong contre Singapour on dirait. Ils sont toujours à deux doigts de se battre et quand ça arrive on aime bien être au cœur de l'action. En ce moment ils sont plus à cran que jamais parce qu'on a viré leurs membres du pays et arrêté les arrivages récents, alors leurs filières d'approvisionnement sont complètement chamboulées. Ils veulent tous la drogue qui reste. Si jamais tu remarques quelque chose, rien qu'un souffle dans l'émetteur et nous arrivons dans les trente secondes.

– C'est compris, dit Cardozo.

Quelles femmes ravissantes, songea Cardozo, qui flânait dans la lumière rose tamisée du quartier de la Prostitution. Pas un seul Chinois en vue, dommage, peut-être. Il aperçut pourtant l'adjudant Oppenhuyzen qui, tranquille et ravi, la démarche pesante, sortait d'une porte rouge tandis que la dame, dont il avait joui quelques minutes plus tôt, ouvrait ses rideaux et s'installait avec soin sur les coussins de son grand appui de fenêtre. L'adjudant cligna de l'œil et s'apprêta à commenter gaiement son tout récent divertissement, mais Cardozo tourna les talons. Les policiers ont des besoins aussi, Cardozo le comprenait, et si l'adjudant se trouvait à Amsterdam et s'écartait un peu du droit chemin, sans négliger pour autant son travail, eh bien... Pas bien du tout, pensa Cardozo. Moi je ne le fais pas, alors pourquoi lui, qu'il aille au diable ce salaud.

Je ne vais même pas les regarder, se dit Cardozo. D'abord, je n'ai pas d'argent. Et puis j'ai un revolver et un émetteur sur moi.

Il regarda quand même un petit peu. Non ! Elle était là, un peu dissimulée au fond d'une petite pièce confortable, éclairée par en bas, baignée d'une lumière rouge et chaude qui réchauffait ses mollets fins et ses cuisses rebondies. Et elle lui rendit son regard d'un œil engageant, l'autre disparaissait sous une mèche de cheveux épais. Elle le voulait, lui, Cardozo. Son désir la faisait trembler.

Encore du spectacle. Cardozo poursuivit son chemin.

Quand elle s'offrit à nouveau elle était thaï, du pays doré bien trop loin pour lui. La peau teintée d'ocre du petit corps souple qui avançait vers lui en se balançant n'était couverte qu'en un seul endroit, par un étroit carré de soie orange fixé à un cordon qui remuait tout le temps, et ne couvrait rien, en fait. Tu viens, Cardozo ?

Et maintenant, elle était sombre de peau, et dansait un rythme qui traversait la vitrine. Elle étirait ses longs bras, le suppliait, lui, l'amant, du nom de Cardozo.

Une Egyptienne passa, de profil, sortant d'une tapisserie, la servante d'un temple qui avait coupé sa robe de coton blanc pour que le prêtre la possède selon le cérémonial. Ce prêtre se nommait Cardozo.

Une Allemande glaciale lui ordonna d'entrer, chaussée de bottes d'écuyère, un chapeau de l'armée sur la tête, le fouet déjà prêt dans sa main petite mais solide. Elle acceptait les candidatures des esclaves qui voulaient se tuer au travail dans son camp, afin que les derniers sentiments de culpabilité se noient dans la douleur. En cet instant elle s'intéressait à Simon Cardozo.

Bien le boujour, pensa Cardozo.

Où pouvaient bien se cacher les Chinois ?

Il trouva une rue en arc de cercle, s'ouvrant sur deux ruelles, où un surréaliste avait exercé son art. Une cuvette de w.c. encastrée dans un mur croulant abritait un gros poisson rouge en pleine santé. Une poupée aux dents pointues et aux cils interminables comme des asticots vivants était lentement étouffée par du lierre. Dans la vitrine d'une boutique qui avait brûlé on apercevait une pancarte au texte soigneusement typographié : *Balthazar n'aboie pas mais mord quand on le provoque.*

Le surréaliste ne manquait pas à l'appel, un vieux laquais impeccable, en uniforme de la reine bien sûr, qui s'adressait aux passants.

– S'il vous plaît, mes chers amis, pouvez-vous me dire où se trouve la Barda Tödol ? J'ai été assez bête pour me perdre. Je suis mort, voyez-vous. Dois-je tourner à droite ou à gauche ici? Pourriez-vous m'indiquer la bonne direction, je vous prie ?

– Pas de Chinois dans le coin ? demanda Cardozo.

– Oh si, répondit le surréaliste. Ruelle suivante. Un salon de coiffure, à la patte d'oie prenez à droite, impossible de se tromper.

Le passage indiqué était envahi de mauvaises herbes puantes grouillant de vermine. Une enseigne en chinois se balançait au bout d'une tringle rouillée. Sous l'enseigne une porte pourrie tenait à une huisserie à demi-démolie. La vitre brisée de la porte était bouchée par un chiffon sale. Des voix dures criaient à l'intérieur. Le chiffon était troué et Cardozo put jeter un coup d'œil.

L'émetteur jaillit dans ses doigts crispés.

– Karaté ? Ketchup ?

Qu'il n'y ait pas de réponse immédiate ne pouvait que signifier que les collègues avaient été correctement entraînés. Ils l'entendaient mais ne faisaient pas signe pour que le son de leurs voix ne trouble pas une situation aussi délicate. Cardozo susurra sa position et passa aussitôt à l'action. Un coup de pied dans la porte, il bondit en avant et se retrouva dans une pièce basse de plafond et blanchie à la chaux. Le revolver de Cardozo visait quatre Chinois, tour à tour. Deux assis, deux debout. Les Chinois ligotés dans les fauteuils de barbier ne pouvaient pas se retourner mais ceux qui étaient debout firent volte-face, obéissant aux ordres lancés par Cardozo. Ils nouèrent leurs mains à la nuque, quand il leur aboya une nouvelle fois au visage.

– Allô ? demanda Cardozo. Ketchup ? Karaté ? Venez vite. Je les ai.

L'émetteur grésilla, vide.

L'un des Chinois assis était Wo Hop.

– Me détacher, demanda Hop. Moi aider vous ?

– Ça ira, répondit Cardozo. Karaté ? Ketchup ?

Il attrapa un tabouret du bout du pied et l'attira à lui. Il s'assit. Il y avait une horloge au mur. L'aiguille des minutes avançait au bout de longs moments, avec un craquement sinistre.

– Allô ! demanda Cardozo après chaque craquement.

– Allô ! Allô ! Allô !

Cardozo commença à se fatiguer un peu. Le poids du revolver augmenta. Des mouches voletaient, endormies. Les Chinois face au mur remuaient un peu.

– Ne bougez pas, hurlait Cardozo. Allô ! Allô ! Allô !

Son bras commença à lui faire mal.

– Amis pas venir ? demanda Hop. Me détacher maintenant ?

– Allô !

– Symie ? demanda Karaté. Tu es là ? Terminé.

Cardoso s'éclaircit la gorge.

– Rien à signaler, c'est ça, Symie ? On arrête et on retourne au poste. Rejoins-nous là-bas. On s'en va. Tu viens boire un pot ?

– ALLÔ ! hurla Cardozo.

– On te reçoit, dit Karaté. A tout de suite. Terminé.

– VENEZ ICI, hurla Cardozo.

L'émetteur grésilla.

– VOUS M'ENTENDEZ ?

– Doucement, fit Karaté. Attention à mes tympans. Où es-tu ?

– Ici. Cardozo indiqua sa position. Dépêchez-vous. Amenez tous les renforts que vous pourrez trouver. Tous les flics du poste. Faites vite. Il y a urgence.

– C'est compris, dit Karaté.

De joyeuses sirènes déchirèrent l'air tout près du Port Intérieur. Une cavalcade réjouissante troua le silence du passage.

– Hourra, cria Karaté. Victoire, enfin, hurla Ketchup. Quatre plats de nouilles sautées. Deux gâteaux chinois doubles. Entrez donc. Faites votre choix.

Les renforts, huit policiers en uniforme et quatre en jeans et blousons de cuir, détachèrent les prisonniers et passèrent les menottes aux quatre suspects. Un minu-bus emporta la prise au poste. Un inspecteur, sorti de son lit, tapota l'épaule de Cardozo

– Deux privations de liberté, deux ports d'armes illégaux, un sac en plastique contenant cent grammes d'héroïne concentrée. Personne ne semble avoir de papiers en règle. Joli travail.

– Monsieur ? demanda un agent en blouson de cuir.

– Je vous écoute, mon vieux.

– Je suis des Stups, monsieur. Il y a un truc avec cette héroïne.

– De la fausse ? Ne me faites pas ce coup-là ?
– Bonne qualité mais pas chinoise.
– Et comment le savez-vous ?
– A l'emballage, monsieur.
– Et que remarquons-nous quand nous étudions l'emballage ?
– L'héroïne chinoise, monsieur, n'est jamais fournie dans ce genre d'épaisse feuille plastique jaune.
– Pas de détails déconcertants maintenant. Demain peut-être. Je lirai les rapports. Bonne nuit, vous tous.
L'inspecteur rentra chez lui.
– De l'héroïne turque, expliqua l'expert. Des gros grains, vous voyez ?
Cardozo fut invité à taper son rapport. Wo Hop fut renvoyé chez lui. Inutile aussi de retenir son compagnon. Les deux autres Chinois furent placés dans une petite cellule.
Karaté et Ketchup changèrent de vêtements.
– Un verre, Cardozo ?
– Pourquoi pas ? Au bar de Jelle Troelstra, à un jet de pierre de là.
– Je ne peux pas rester longtemps, prévint Cardozo dans la rue, demain je monte en Frise à bicyclette.
Le compagnon de Wo Hop les filait mais ni Karaté ni Ketchup ni Cardozo n'y firent attention car ils n'étaient plus en service.
– En bicyclette ? s'étonna Karaté.
– Je vais monter la Digue, précisa Cardozo.
– Pourquoi ?
– Je n'ai pas vraiment envie d'en parler maintenant, dit Cardozo. Il est tard et je suis fatigué.
– Tu vas monter là-haut à *bicyclette ?* insista Ketchup. Cette Digue fait cinquante kilomètres. Jusqu'en Frise ? Ça va te prendre une journée. Mais pourquoi ? Tu veux perdre du poids ?
– Je partirai à six heures du matin, déclara Cardozo.
Troelstra était fermé mais il ouvrit.

Le compagnon de Wo Hop attendit dehors.

Cardozo expliqua, une fois installé derrière son petit verre de genièvre, qu'il lui fallait un portrait de Douwe Scherjoen parce que les photos du cadavre étaient inutilisables, on n'y voyait que des morceaux de crâne et une colonne vertébrale à moitié calcinée.

– En *bicyclette ?* s'écrièrent Karaté et Ketchup. Jelle ne vit pas de raison d'en faire une telle affaire. Il se souvenait de l'époque où presque personne ne possédait de voiture, et un voyage le long de la Digue était une sacrée aventure. Une bicyclette va assez lentement pour que le cycliste profite du paysage. Et, en plus, ce voyage serait utile. Oui, bien sûr, ils étaient préparés aussi à se dépenser physiquement quand ils étaient en service, reconnurent Karaté et Ketchup ; certainement, ça ne faisait pas un pli, mais être exploité c'était une autre affaire. Si l'Etat refusait de payer les dépenses élémentaires, les criminels n'avaient qu'à rester en liberté. Les criminels roulaient dans des voitures gris métallisé. Le commissaire venait d'en recevoir une comme ça, admit Cardozo. Oui, pour les hauts messieurs de la hiérarchie rien n'était trop beau, dirent Karaté et Ketchup, tandis que le petit peuple on le maltraitait, on ne s'inquiétait pas de son confort et de son bien-être.

– Ne pouvons-nous pas nous élever au-dessus du petit peuple ? demanda Karaté. Ces sempiternelles récriminations, est-ce qu'elles nous mènent quelque part ? Supposons que nous nous dépassions, que nous utilisions tout ce qui nous est donné, que nous vainquions nos faiblesses, n'y aurait-il pas de récompense ?

– Vendre nos âmes pour des Citroën gris métallisé ? demanda Ketchup, ça ne m'embêterait pas. Les Citroën sont de bonnes voitures.

Cardozo but son verre à petites gorgées, en fronçant les sourcils et en ronchonnant. Le matérialisme n'avait jamais mené personne nulle part. Le truc c'était de prendre une voie parallèle et donner quand même le meilleur de soi-même. Les résultats, qui s'en soucie ?

Est-ce que c'était une théorie personnelle, Ketchup et Karaté tenaient à le savoir. Le sergent De Gier était connu pour raconter des conneries de ce genre. Et regardez le sergent, n'était-il pas un connard de plus, doté par le hasard d'une beauté éphémère et capable de temps à autre d'avoir le dessus dans une bagarre ? Et ça l'avait mené où ? Ce saint pécheur qu'adorait Cardozo ?

Troelstra continuait à remplir leurs verres.

– Est-ce que vous connaissez un certain sergent Oppenhuyzen ? s'enquit Cardozo. N'êtes-vous pas frison vous aussi ?

Troelstra acquiesça d'un air doux.

– C'est pas le mauvais gars, il vient boire une bière de temps à autre.

– C'*est* un mauvais gars, dit Cardozo. Poussé par le mal. Il essaie de profiter pour son compte d'une mauvaise situation.

On ne devrait jamais accuser aussi facilement, dirent Karaté et Ketchup, jamais chercher le pire dans la personnalité d'un collègue.

Cardozo déclara qu'il chercherait ce qu'il lui plairait, et exposerait ses théories sans faire d'exceptions pour les traîtres éventuels. Les collègues ? Parlons-en ! N'y avait-il pas des collègues qui n'étaient pas à l'autre bout de l'émetteur quand ils devraient être à l'autre bout de l'émetteur ? N'y avait-il pas des collègues qui l'avaient laissé seul face au danger ? Qui l'avaient obligé à tenir un lourd revolver, pendant une bonne heure, tandis qu'il était entouré de gangsters ?

Ils étaient désolés, reconnurent Ketchup et Karaté, mais ils avaient été occupés ; ils avaient dû donner une bonne raclée à des touristes allemands ivres et agressifs, et une heure, on ne la voit pas passer.

Et pourquoi, demanda encore Cardozo, avait-on trouvé de l'héroïne turque sur des revendeurs chinois ?

Ketchup et Karaté assurèrent qu'il était vraiment temps qu'ils s'en aillent, et que chaque situation est composée d'un grand nombre de détails que l'on ne peut pas connaître. On ne peut jamais aller au fond des choses. Ils donnèrent un coup de coude à Cardozo.

– Mais c'est ça qui est marrant, non ?

– Pas maintenant, dit Cardozo.

Il rentra chez lui, en exhalant des vapeurs de genièvre.

A quelques mètres de sa maison un suspect enfourchait une bicyclette. Cardozo partit au grand trot et réussit à attraper le Suspect par la manche.

– Où est-ce que tu files comme ça ? Cette bicyclette devrait être dans le couloir à l'heure qu'il est.

– Depuis quand, s'enquit le Cacheur de bicyclette, m'est-il interdit de rouler sur *ma* bicyclette ?

– Rentre-la dans la maison, ordonna Cardozo. Tout de suite. Donne-moi la clef de l'antivol.

– C'est la bagarre ? demanda le Suspect. Il descendit de sa monture. Il frappa en se retournant. Le compagnon de Wo Hop observait la scène dans l'encoignure d'une porte cochère. La nuit avait été longue pour lui, pris et ligoté, libéré et arrêté, relâché temporairement et encore à la tâche aux petites heures du matin.

Le poing virevoltant du Suspect fut intercepté par Cardozo – qui avait réussi quelques jours auparavant l'examen de fin d'année de Combat à Mains Nues – et puis tordu, tiré par-dessus l'épaule et balancé en avant. Le Suspect fut obligé de suivre le mouvement, perdit pied, tomba, se releva et envoya un coup de pied. La cheville de Cardozo lui accrocha le pied. Le Suspect retomba.

– Aïe, fit le Suspect. Tu ne te bats pas à la loyale.

– Tu ne devrais pas te battre avec moi, déclara Cardozo. Tu ne t'appellerais pas Caïn, des fois ? Et moi, par coïncidence, Abel ?

– Tu as absolument raison, répondit Caïn. N'apprendrons-nous jamais. Nous sommes déjà entrés dans l'Ere du Verseau et il va se mettre à pleuvoir dans une minute. Désormais nous développerons un amour fraternel et nous ne nous battrons plus que pour nous défendre de l'ennemi extérieur.

Samuel et Simon, bras-dessus bras-dessous, rentrèrent chez eux ; Samuel poussait la bicyclette. Simon l'aida à la monter en haut des escaliers. Il reçut la clef de l'antivol, un coup de tonnerre scella leur décision mutuelle d'aimer leur intérêt mutuel, et pour toujours.

Le compagnon de Wo Hop rentra dans son logement à bon marché du Quartier Rouge mais fit d'abord son rapport au chef de sa triade, le vénérable Wo Hop.

– Alors Malpeigné s'était battu avec un autre Malpeigné ? demanda Hop. Etonnant. Et Malpeigné n° 1 monterait en Frise à bicyclette demain, par la Digue ? Surprenant.

– Et votre décision ? demanda le compagnon de Wo Hop d'une voix humble.

Wo Hop ferma les yeux et marmonna, non plus en cantonnais, mais dans l'antique langage de la Tradition Oubliée. Il alluma des bâtons d'encens, s'inclina, lança des pièces et reçut les instructions du livre du passé.

– Toi, déclara Wo Hop, et deux autres de ton choix, monterez la Digue en bicyclette vous aussi, demain à six heures, c'est-à-dire dans quelques heures à peine, demain étant aujourd'hui et le temps n'étant qu'une illusion.

Le compagnon trouva les deux autres et transmit les consignes. Nya, la bonne de la pension, apporta du thé et ses oreilles en prime. Un peu plus tard elle téléphona, dans une autre pension bon marché, de l'autre côté de la Digue.

Cardozo dormit paisiblement. Six Chinois bougonnèrent dans leur sommeil léger, épuisés d'avoir volé six bicyclettes, trois près de la Gare Centrale d'Amsterdam et trois près de la Gare de Bolsward, une ville frisonne.

11.

Leeuwarden, capitale frisonne, une Amsterdam en miniature et parfaite dans tous les détails, tels que les architectes de l'Age d'Or, trois cents ans plus tôt, en avaient prévu les plans. Et je peux profiter de ce rêve artistique, songea De Gier, flânant le long des quais déserts et des pignons silencieux qui s'élançaient vers l'immensité de la nuit illuminée de toutes ses blanches étoiles. Personne, mais quelle importance ? L'humanité ne manque jamais de troubler la beauté abstraite. Les Frisons ont créé cette œuvre d'art et maintenant ils reposent, me laissant admirer la beauté de leur réalisation. Demain ils seront à nouveau debout, chaque maison libérant une ménagère toute pimpante qui se précipitera à genoux pour récurer le trottoir et les pignons. Pas de paquet de cigarettes en boule, pas de crottes de chien, même pas dans le caniveau. Trop propre peut-être ? De Gier ne se sentait pas tout à fait à l'aise. Une fois que les contrastes sont éliminés, quand tout est parfait, que fait-on ? Et quelle était la raison de sa présence ici ? Pourquoi ne cherchait-il pas le plus court chemin qui le ramènerait à son logis temporaire pour sombrer dans son lit ? Où pouvait bien se trouver son passage d'Espagne ? Pouvait-il le demander à quelqu'un ? Restait-il âme qui vive à deux heures du matin ?

Un type à chapeau de feutre à larges bords complètement cabossé surgit d'une ruelle et s'avança vers le sergent. Le type ralentit le pas. Il regarda autour de lui.

– *Jùn.*

On aurait dit une forme de salut. De Gier dit *« Jùn »* aussi.

Le type parut attendre quelque chose. Apparemment il décrivait des femmes déshabillées.

– Oui, dit De Gier.

Pourquoi pas ? Il y a des femmes et elles se déshabillent. Leur vue est une puissante stimulation pour des types seuls qui marchent dans la nuit. Peut-être que le type avait dit ça.

Le type attrapa De Gier par le bras et maintenant ils marchaient côte à côte.

– Mata hari, énonça le type et il gloussa bêtement. Il désigna une statue de bronze, dressée sur un petit pont enjambant un canal miniature. Ils s'arrêtèrent pour admirer le galbe métallique féminin. Mata Hari était nue. Le type, de nouveau, débita un long discours et le sergent, qui saisissait un mot par-ci par-là, se souvint que Mlle Hari avait autrefois, il y avait plusieurs guerres de cela, séduit Paris en dansant et enflammé les cœurs des espions prussiens et que ses hôtes, des aristocrates français et de hauts gradés de l'armée, en avaient conçu une certaine jalousie et l'avaient liquidée.

– Putain, hurla le type.

De Gier comprit plus de mots. La statue de Mlle Hari était seule aujourd'hui, immobile, un souvenir, mais en de meilleurs temps ce pont et toutes les ruelles alentours étaient peuplés de prostituées bien vivantes. Le type pointa le doigt à gauche, à droite, et soudain raidit le bras. Le bras, désormais horizontal, allait et venait en rythme tandis que le type sifflait. De Gier comprit que le mouvement était symbolique d'une activité dont le type faisait ses délices, autrefois, et en dessous de la ceinture.

– Et tout ça c'est fini.

De Gier ne suivit pas très bien, mais le déclin général sexuel était lié en quelque sorte avec le marché aux bestiaux et l'apparition des machines modernes. Bien des années plus tôt, quand les gros camions n'existaient pas, les fermiers emmenaient leurs animaux à pied au marché. On les mettait à l'étable quelque part et on les vendait le lendemain. La nuit qui séparait ces deux opérations était occupée à bras-en-avant-sifflet, bras-en-arrière-sifflet. Vu ?

Jamais il n'y aurait pensé, avoua De Gier d'un ton poli.
Mais maintenant, poursuivait le type, il y a les gros camions, vroum, vroum, ils ouvrent leur porte arrière, hop, les vaches envahissent la rue, boudoudoum, boudoudoum, on les pousse dans la halle du marché, et on les vend.

– Et pourquoi cela empêche-t-il leurs propriétaires de se donner du bon temps après ?

Le type agita les sourcils. De Gier tira et poussa son bras avec un sifflement aigu.

De Gier, de nouveau, ne suivait pas très bien les explications du type sinon que la disparition du plaisir avait quelque chose à voir avec les nouvelles lois du marché. Les vaches vendues, l'argent liquide ramassé en plein milieu de la journée gâche bien des occasions agréables. Il en revenait encore là ? Bien sûr, avant-sifflet-arrière-sifflet. Et quand même, il restait peut-être encore une solution. Il attrapa De Gier par le bras une nouvelle fois et le poussa en avant.

– Où ? demanda De Gier.

– *Hjir,* répondit le type et il disparut.

De Gier reconnut le bâtiment carré enjambant deux canaux qu'Hylkje lui avait désigné plus tôt. Un sexclub ? Privé ? Il lut l'enseigne au-dessus de la porte. *Mata Hari.* Il pressa la sonnette. La porte tourna sur ses gonds et Ali Baba s'inclina profondément. Le portier portait un pantalon de soie bouffant, un gilet de brocart, une chemise brodée de palmes luxuriantes ; il était chaussé de babouches à bouts recourbés, un cimeterre était passé dans sa large ceinture. Un gros turban couronnait la barbe qui encerclait presque ses yeux maquillés. Son ventre s'élevait majestueusement vers son menton.

– Bonsoir Ali Baba, souffla De Gier, impressionné.

– On vous a accompagné ici ? demanda Ali, d'abord en frison, puis en hollandais.

– Essayez l'arabe, proposa De Gier. Vous êtes certainement trilingue. Un Arabe en Frise. Qu'est-ce qui vous a amené ici ?

– Je parle aussi l'allemand, dit Ali. Et toutes les langues des touristes. Est-ce que le rabatteur vous a amené ici ? Celui qui fait notre publicité ?

– Le type au chapeau de feutre ? demanda De Gier, et il fit bras-avant-arrière-sifflet.

– C'est lui, dit Ali. Il ramène les clients, mais il ne devrait pas ce soir. Nous n'avons pas pu le rejoindre à temps. Nous fermons tôt. Il n'y a pas un chat. Voudriez-vous voir un spectacle complet ? Il ne reste qu'une artiste, Trustske Goatema, pas vraiment du premier choix mais si vous insistez... Vous aimez les grosses ?

– Joe, s'exclama De Gier.

Les babouches d'Ali le jetèrent en avant.

– Quoi ! C'est *vous*, le sergent d'Amsterdam ?

– Excellente mémoire, commenta De Gier, une qualité que nous partageons. Black Joe, c'est bien ça ? Je ne me souviens pas de ton nom de famille.

– Entrez donc, dit Black Joe. Quelle surprise. Amsterdam est toujours aussi chouette qu'avant ? Qu'est-ce qui vous amène ? Un petit peu de plaisir en dehors du service ?

– Pas sûr, déclara De Gier. Je ne suis pas sur l'affaire cette fois-ci, mais je ne peux pas m'empêcher de fouiner. Pas la peine de déranger la grosse.

– Un ange du bon Dieu, dit Joe. Les jolies étaient toutes infernales, je les ai déjà renvoyées chez elles, je ne pouvais plus les supporter ce soir. Moi je m'en vais la semaine prochaine, je ne supporte pas cette boîte, ils verront bien, les propriétaires, ce que c'est d'être Baba. Joe souleva son turban et indiqua à De Gier le chemin du bar. Une bière pour notre invité d'honneur ?

– Quel plaisir de vous voir, reprit Black Joe. A votre santé, sergent. J'ai souvent pensé à vous. Vous avez fait ça bien, la classe. Non, je ne l'oublierai pas. J'ai toujours sous-estimé vos semblables. C'était rudement subtil.

– Faut pas exagérer, protesta De Gier, à la moitié de sa bière.

– Ne jouez pas au modeste, insista Black Joe. Rendons à César ce qui est à César. Une différence de six mois de prison pour moi.

Trutske apparut à la porte qui s'ouvrait derrière le bar, illuminée par des tubes au néon rose piquetés d'innombrables générations de mouches frisonnes et fixés à un plafond de carreaux bosselés.

– Un client ? Elle dévora De Gier des yeux.

– Un ami, dit Black Joe. Du bon vieux temps. Tu es libre, ma belle, dors bien.

– Ecoutez, proposa Trutske. Je pourrais faire mon numéro, une version abrégée mais j'y mettrais du cœur.

– Ça ira très bien, dit De Gier. Ce n'est pas la peine. Merci beaucoup, ne vous dérangez pas.

Trutske partit en se dandinant.

– Qu'est-ce qu'elle aurait fait ? demanda De Gier, qui sursauta quand la porte d'entrée claqua.

– La comédie de l'amour, dit Black Joe. La spécialité de la maison. C'est une experte pour évoquer la passion de soi-même. Elle grogne, elle se tortille, elle se sert de tout le mobilier de la scène, les murs tremblent, les clients deviennent fous, de la chair rose jusqu'au plafond, des cris de souffrance lascive, ce genre de spectacle surtout.

– Et tout ça en frison ?

– Une langue dingue, dit Black Joe. Je ne la maîtriserai jamais alors que les débuts sont assez faciles. Ma petite amie est frisonne. Nous devons nous marier bientôt. Je me suis acheté une maison dans un vieux village pas loin d'ici. Je serai réparateur de bicyclettes. Non, je ne blague pas. Ce genre de vie me rend dingo. Vous ne me croyez pas. Mais c'est vrai. J'ai des qualifications, j'ai pris des cours pendant la journée. J'ai des outils, une grange, je suis fin prêt. Tout ce que vous voulez.

– Tout ce que *tu* veux, corrigea De Gier avec modestie.

– Non, dit Black Joe. C'est ce que *vous* vouliez pour moi. Une bière ?

– A ta santé, dit De Gier.

Black Joe se mit à chuchoter sur le ton de la confidence.

– Vous vous souvenez ? Comment vous m'avez décidé à me rendre ?

– Ce n'était pas ton idée ?

– Jamais de la vie, protesta Joe. Vous m'avez emmené au poste. Autrement j'aurais eu le nez entre deux barreaux pendant six mois de plus. Le juge a changé d'avis quand il a appris que je m'étais présenté au poste de mon propre gré. Cette scène dans le quartier-rouge ne lui plaisait pas.

– Ha ! beugla Joe. Encore un ivrogne qui voulait casser la figure au portier d'un bordel respectable. Une pichenette de ça... son poing velu s'agita sous le nez de De Gier, rien qu'un petit coup et fini l'Ivrogne. Plus qu'un petit tas tout cassé.

De Gier hocha la tête.

– Il s'est précipité à reculons dans la rue et a percuté le mur d'en face. Tu peux remercier le destin que le sujet ne soit pas mort. Tu devrais te rendre compte de ta force.

– Et puis vous êtes arrivé, reprit Black Joe. Le lendemain. Je m'étais planqué dans ces maisons chics, en face de la Gare Centrale, le dernier endroit où vous auriez dû venir me chercher, mais vous m'avez trouvé quand même et un peu plus je vous poussais vous aussi. Ce n'était pas ça que vous vouliez. Vous m'avez demandé de vous offrir un café.

– Je ne me bats jamais le matin, déclara De Gier.

– Ha ! s'exclama Joe. C'est ce que vous avez dit ce jour-là. Et aussi que je devrais me constituer prisonnier. Leur dire que j'étais désolé. M'inquiéter de la santé de l'Ivrogne. Exprimer le souhait qu'il se remette au plus vite. Sourire et bafouiller. Me gratter la barbe.

– Il n'y a pas de meilleure solution, dit De Gier.

– Rudement mieux, hurla Joe. L'avocat, un peu plus il m'aurait embrassé. Et puis il a bien parlé. Le juge avait les larmes aux yeux. Rien qu'un mois et le reste en sursis.

– Tu ne pousses plus les clients ?

– Plus question de ça, dit Joe. De tout ça, très bientôt. Dans une semaine je démonte des bicyclettes. J'avais ce projet depuis un moment mais il fallait que je passe par là pour l'argent.

– Pourquoi ici ?

Ça allait avec sa nouvelle vie, expliqua Joe. Pas le droit chemin, il n'allait pas aussi loin que ça. Il ne s'était pas mal conduit avant. Il ne regrettait rien, si c'était ce que pensait le sergent. Ce n'était pas un choix non plus, on fait un boulot un moment et puis ça suffit. Si on n'accepte pas cette situation la routine devient assommante. Si on ne se sent plus bien dans son boulot, il faut s'en aller.

De Gierb écoutait tout en examinant un tableau accroché au mur du bar. Une dame rondelette s'était étalée sur la toile, sous une coiffure qui lui rappelait les anciennes soubrettes. Les lignes rondes de son ventre s'enroulaient et jaillissaient dans son dos, en ravissantes fesses.

– C'est Mata Hari, expliqua Black Joe. L'original, fait à Paris. Et moi je suis Ali Baba, comme vous avez pu le voir. Ça va un moment. Si on meurt jeune on peut tenir comme ça jusqu'au bout,mais si on survit on commence à y voir plus clair. Prenez Mata Hari. Vous connaissez son vrai nom ?

L'ignorance de De Gier surprit Black Joe.

– Margaretha G. Zelle, dit Joe. Née dans cette ville, en 1876, à un pâté de maisons d'ici, aux Terrasses, vous êtes certainement passé devant la maison. Une bière ?

De Gier refusa. Joe vida une canette dans sa barbe.

– Ouais. A trente et un ans elle a été fusillée par des soldats en uniforme de parade. Elle portait un manteau de fourrure et rien en dessous, elle l'a ouvert au moment crucial. Romantique, vraiment. Comme sa vie là-bas. Elle a fait des numéros de strip musical sur des scènes chics. Les pouvoirs lui ont mis la main dessus des deux côtés. Elle n'a jamais connu ni livré des masses de secrets mais on l'a fusillée quand même, les Ordres sont les Ordres. Joe soupira. C'est bête. Hein ?

– Elle ne s'est pas donné du bon temps ? demanda De Gier.

– Pour ce que ça dure. Joe soupira plus fort. Vous savez ce que ça dure ?

– Voyons, dit De Gier. Avec des rêves solides et une bonne technique de réflexion, ça pourrait durer un bon moment.

– J'ai quarante et un ans, dit Joe. J'ai vu tout ça cent fois. Mon père était aussi réparateur de bicyclettes, je trouvais ça vraiment con à l'époque. Joe contempla un horizon qui s'éloignait vers l'infini. Je roulais en Ferrari. Vous avez déjà conduit une Ferrari ?

– Non, dit De Gier.

– Vous n'avez jamais vécu à Casablanca, au-dessus de la kasbah ? A Tunis ? Au Maroc ? Joe chanta en arabe. Vous savez ce que je chante ?

– Non, dit De Gier.

– Moi non plus, avoua Joe, mais c'est ce qu'ils chantaient sous mes fenêtres. Je me faisais appeler Jacques Ferrouche. Je montais un chameau de course. Je naviguais sur un yacht en Méditerranée avec du galon sur ma casquette et la fille était roulée comme ça. Joe mima les formes. Et ça ne suffisait toujours pas, je voulais toujours aller ailleurs faire quelque chose d'autre, et puis j'ai dû partir. Et maintenant j'ai envie de réparer des bicyclettes et de sortir le chien. Vous croyez que ça se passera bien ?

– Je crois bien, dit De Gier.

– Vous avez un chien ?

– Un chat, dit De Gier. Rien de particulier. Plutôt moche.

De la bière moussait dans la barbe de Joe.

– Rien de particulier ! Son poing s'abattit sur le comptoir.

– C'est drôle ? demanda De Gier.

– Rien de particulier, ça peut être drôle, énonça Joe. Vous savez ? Mon amie, elle enseigne la broderie à l'école. Vous devriez voir ce qu'elle vous rapporte à la maison. Des paysages très ordinaires, mais à bien les examiner le regard s'y perd. Il y a une différence, mais je ne sais pas où. Vous vouliez que je sois là, vous m'avez conseillé d'essayer autre chose, rien de particulier, vous vous souvenez d'avoir dit ça ?

– Joe, intervint De Gier, est-ce qu'on vend de l'héroïne ici ?

– Vous ne vouliez pas que je vive comme tout le monde ?

– De l'héroïne, insista De Gier. On en vend ici ?

– Deux connards, dit Joe. Ils viennent de temps en temps. Des drogués. Un demi-gramme pas plus. Des rataillons.

– Et où les achètent-ils ces rataillons ?

– Aux Chinois.

– Les Chinois frisons.

– Jamais de la vie, dit Joe. Les Chinois d'Amsterdam. Amsterdam est assez près. La Digue descend. Il suffit de poser un pied sur la Digue et on glisse sans effort. Ça prend du temps de revenir ici, des fois. Vous avez remarqué ?

– Pas encore, répondit De Gier.

– Moi si, dit Joe. Le mal du pays, peut-être ? Ou l'attrait des lieux ? Des fois ça me travaille.

– Le nom de Douwe Scherjoen te dit-il quelque chose ?

– Je l'ai vu dans les journaux, dit Joe. Mort dans le Port Intérieur d'Amsterdam. C'est bon pour nous.

– Un vrai salaud ?

– Exactement, dit Joe. Un de mes bons amis a travaillé pour Douwe un moment. Il devait collecter les traites. Douwe était un requin.

– Raconte-moi ça, demanda De Gier.

– Vous ne le saviez pas ? Scherjoen passait des

annonces dans le journal local. *Besoin d'argent ? Vous l'aurez aujourd'hui même ;* il avait un bureau en ville, mon ami y travaillait. On pouvait emprunter jusqu'à trois mille florins, à trente pour cent. Les intérêts étaient déduits sur le champ et puis il fallait payer trois cents florins par mois pendant dix mois. Mon ami collectait les traites. Il était censé harceler les victimes si elles étaient un peu lentes à la détente.

– Ça ne marchait pas bien ?

– Non, dit Joe. Les Frisons n'aiment pas trop qu'on les harcèle. Mon copain a fini dans un canal et s'est retrouvé à l'hôpital un bon moment et Douwe n'a même pas voulu payer les points de suture.

– Ça s'est terminé comme ça ?

– Douwe a fermé.

– J'ai une maison ici, dit De Gier, mais elle est difficile à trouver. Je ferais mieux de recommencer à chercher.

Joe l'emmena, dans une vieille Mercedes ancien modèle.

– Vous voyez comme je suis devenu correct ?

– Ça se voit où ? demanda De Gier.

– Jetez un coup d'œil au kilométrage.

De Gier lut les chiffres.

– Trois cent mille ?

– Un vieux taxi, expliqua Joe. Acheté aux enchères pour six mois de salaire. Avant, j'aurais gagné le prix d'un bolide en une semaine. Voici votre rue. Quel numéro ?

– Ici, annonça De Gier.

– Je suis déjà venu ici, remarqua Joe. Un collègue ? Il vous loge gratis ?

– La police a arrangé ça. Je ne connais pas ce type.

– Moi si, dit Joe. Je suis venu encaisser une note du Mata Hari ici, une fois. Il l'avait laissée sur le bar. Il y a longtemps. C'était l'époque où Cheng était notre barman et votre collègue venait boire un cognac avec nous de temps en temps.

– Pour venir voir Cheng ?

– C'est ça.

– Et l'adjudant ne payait pas ?

– Jusqu'à cinq ou six cognacs, expliqua Joe. Ça ne nous gênait pas beaucoup parce que Cheng n'avait jamais de papiers en règle, mais un soir notre patron est venu et il n'aimait pas Cheng, ou peut-être qu'il voulait simplement le taquiner. Il a déclaré que Mao était un imbécile. Alors Cheng a lancé une bouteille à la tête du patron et puis il a été viré. Votre collègue était venu ce soir-là et avait laissé sa note alors le patron a trouvé qu'il devait payer.

– Tu pourrais me le décrire, ce collègue ?

– Toujours les mains sur les joues, commenta Joe.

– Les joues des femmes ?

– Les siennes, précisa Joe.

– Tu es encore debout ? s'étonna De Gier.

– Ce rat, rugit Gripjstra, grinçait dans son terrarium alors je l'ai sorti et maintenant il se balade quelque part par là.

– Ici, dit De Gier. Pourquoi ne le prends-tu pas dans tes bras ?

– Prends-le, toi. Il me chatouille avec ses petites pattes.

– Es-tu un inspecteur de police ? demanda De Gier. Eddy ? De Gier s'accroupit à côté du rat. Il tendit une main. Eddy vint rouler dans sa main. Le rat ramassa sa queue et la coinça entre ses pattes. Le long museau reposa tragiquement sur le pouce de De Gier.

– Ce grincement me rend fou, déclara Gripjstra.

– Les animaux font toutes sortes de bruits bizarres.

– Les rats ne grincent pas, s'emporta Gripjstra.

– Eh bien celui-là, si ! Tu es hyper sensible. Tu as travaillé ce soir ?

– J'ai réfléchi, dit Gripjstra. Demain je mets le grappin sur Pyr, Tyark et Yelte.

– Moi j'irai sur l'île d'Ameland, annonça De Gier. Transporter de la nourriture.

– Toute la journée ?

De Gier haussa les épaules.

– Je croyais que tu ne voulais pas de moi dans tes pattes ?

– Exact, reconnut Gripjstra. Essaie de continuer comme ça. Tu es trop exotique ici, tu ferais fuir les suspects.

De Gier grimpa l'escalier, Eddy lové au creux de sa main, il lui murmurait des petits mots tendres.

12.

Je représente une minorité, songea le commissaire en considérant la longue table de conférence présidée par la noble silhouette du Préfet Lasius de Burmania, flanqué d'un côté par l'aussi grand Colonel Kopiny de la Police Nationale et de l'autre par l'encore plus grand Lieutenant-Colonel Singelsma de la Police Militaire. Il ne prêta pas attention aux autres participants, mais ils étaient grands aussi, très raides et tous d'accord entre eux. Ce n'est pas que leur force réunie est liguée *contre* moi, réfléchit le commissaire. Ça en a peut-être l'air, mais ce n'est pas possible.

– Bonjour, fit le commissaire.

La conversation se poursuivit, en frison.

Le commissaire se dit qu'il devrait rester calme, non parce que la majorité était contre lui, mais parce qu'il avait adopté cette habitude de rester calme. « Le commissaire », aimaient à remarquer ceux qui le connaissaient, « est un homme calme ».

– Café ? demanda la secrétaire qui faisait en même temps office d'hôtesse. Vous voulez du café, monsieur ?

Il se leva et la suivit discrètement. Mais je voudrais être importun, pensa le commissaire. Je voudrais crier Meurtre et Incendie, car c'est ce qui m'occupe ces jours-ci. La secrétaire était grande elle aussi, un corps majestueux dans un tailleur de tweed ajusté, perchée sur des talons hauts pour accentuer sa haute taille, avec des yeux d'un bleu métallique rehaussé par ses longs cheveux d'un blond presque blanc.

– Merci, dit le commissaire, sa tasse à la main. Madame ? Comment dit-on « meurtre » en frison ?

Elle réfléchit.

– C'est un terme courant.

– Nous n'en avons pas beaucoup par ici, remarqua la secrétaire. Ah, ça me revient. On dit *« moard »*.

– Et incendie ?

– *Brân*.

– Je vais crier ça dans un moment, annonça le commissaire. Dès que j'aurai terminé mon café.

Elle se moqua de lui mais ce n'était pas poli. Elle plia les jambes.

– Meurtre, dit la secrétaire, n'est pas un mot moderne. Je suis très moderne. Je n'ai pas beaucoup plus de vingt ans. Il y avait beaucoup de meurtres dans cette région. Toujours perpétrés par des étrangers. Nous étions riches et les peuples des alentours nous enviaient notre richesse. Ils envoyaient des mercenaires, pour tuer et incendier. L'avidité des étrangers était notre fléau. La Frise a connu une histoire épouvantable que l'on m'a apprise à l'école. Est-ce que tout ça va recommencer ? Avec l'arrivée d'Ary le Chauve et de Fritz la Touffe ?

Le commissaire reposa sa tasse. Il se retourna. Il respira à fond.

– *Moard,* hurla le commissaire. Et *brân*.

L'assemblée leva la tête.

– Pourrions-nous aborder ces sujets une minute ? s'enquit le commissaire.

– A propos de quoi ? demanda le Préfet.

– Le meurtre et l'incendie dont Douwe Scherjoen a été la victime. L'objet de ma visite ici. Qui est responsable des inspecteurs d'ici ?

– Moi, répondit un homme de haute taille.

– Et que savez-vous qui puisse avancer mon enquête ?

– Rien, répondit l'homme de haute taille et il se présenta. Inspecteur en chef Sipma. Rien du tout. Je rapporte mes informations, comme il est de coutume dans cette province. Mon ordinateur est relié au vôtre au Commissariat Central d'Amsterdam et la machine marche mal. Quand je la branche je vois un petit carré vert, qui tremblote. Ça vient de chez vous ce tremblotement, paraît-il. Les restes de Douwe sont aussi chez vous. Le crime a été commis dans votre ville. La cause et l'effet sont nettement en dehors de mes dossiers.

Il y eut des rires polis autour de la table.

– Une plaisanterie ? demanda le commissaire.

– Un architecte de La Haye, dit le Préfet Lasius de Brumania.

Les rires s'enflèrent.

– Une autre plaisanterie ?

– Nos dossiers, expliqua l'Inspecteur en Chef Sipma, ont été arrosés à la lance par les pompiers ; les boîtes flottent toujours dans notre cave. Les pompiers sont venus éteindre le feu allumé par un prisonnier suicidaire qui voulait protester contre les ingérences extérieures.

– Absolument, intervint un autre homme de haute taille et il se présenta.

– Commissaire Colmjon. Nous n'aurions jamais dû céder, mais que pouvons-nous faire si les masses menaçantes passent leur temps à nous écraser. Nous devrions nous soumettre aux pouvoirs du sud de la Digue. Ils nous ont envoyé un architecte de La Haye, *La Haye,* c'est incroyable, ce cimetière rempli de fantômes flottants, et il dessine un cube censé nous abriter. A bonne distance de la ville, évidemment. Nous sommes la Police Municipale, mais on ne nous trouve plus en ville.

Quelque chose que ne peut pas comprendre un étranger qui n'a appris qu'à dessiner des angles droits. Ceux qui suspectent, en haut, les suspects, en dessous, tous enfermés dans des cubes. Le contact entre la loi et le hors-la-loi n'est jamais aisé, mais une fois introduite dans du béton mathématique la détresse augmente. Et ça mène à quoi ? A un matelas en feu dans un donjon. Les pompiers l'éteignent. Et puis où est-ce qu'on va ?

– En bas, répondit l'Inspecteur en Chef Sipma. Voir nos dossiers flotter dans la cave.

– Les étrangers, ricana le Préfet Lasius de Burmania, et leur ingérence.

– Qui détruit, dit le Colonel Kopiny.

– Qui encombre, dit le Lieutenant-Colonel Singelsma.

– Qui met en danger, dit le commissaire Colmjon.

– *Moard,* dit le commissaire.

– Chez vous, rétorqua le colonel. A Amsterdam. Si Douwe était resté à Dingjum, dans sa propriété, dans son manoir, l'orgueil de la région, son esprit serait encore sauf dans un corps sain. L'avidité extérieure l'a aspiré loin d'ici, loin des peupliers où nichent les hérons bleus, loin de ses serres et de ses vendanges, de sa mare remplie de poissons rouges et couverte de canards. Toute la beauté frisonne, Douwe pouvait en profiter. Et que fait cet imbécile ? Cet imbécile est attiré comme par un aimant à Amsterdam où sa tranquillité d'esprit est dérangée par les ingérences.

– Détruite.

– Encombrée.

– Désespérément mise en danger.

– Et voilà, conclut le Colonel Kopiny. Le Lieutenant Sudema descend la pente aussi. Dépression nerveuse. Congé maladie et tout le tremblement. Pourrons-nous jamais nous défendre des attaques de l'extérieur ?

– Il vous faut vivre avec le reste du monde, dit le commissaire. C'est ce que j'ai fait et je suis d'ici.

– D'ici ? entonna le chœur.

– Je suis né dans la ville de Joure.

Cette déclaration impressionna la majorité, mais pas pour longtemps, car qu'en était-il d'Ary et Fritz ? On les attendait le lendemain où ils reconnaîtraient le marché aux bestiaux. Comment résister à cette attaque ?

– Et mon *moard* ? s'indigna le commissaire.

Rien à voir avec eux, insistèrent-ils.

– Vous vous souvenez de l'étudiant japonais ? demanda le commissaire Colmjon. Retrouvé dans un coffre, coupé en morceaux, voguant sur l'un de vos canaux crasseux d'Amsterdam ? Vous vous souvenez de ce que vous avez fait ? Vous êtes allé au Japon.

– Vous en avez dépensé de l'argent, remarqua l'Inspecteur en Chef Sipma. On pouvait le faire autrefois, quand il y avait encore de l'argent.

– Et le meurtre avait été commis par des étudiants français, reprit le lieutenant Sipma. Le Japonais voulait essayer l'héroïne et on lui a donné une overdose. Le mal étranger encore une fois, en concentré dans votre ville. Alors que venez-vous donc chercher ici ?

– Une affaire simple, dit le Colonel Kopiny. Le meurtre de Douwe n'a rien de nouveau. Quand on va traîner à l'extérieur on s'attire les pires ennuis.

– On va d'abord s'occuper d'Ary et Fritz, déclara le préfet Lasius de Burmania, et puis ce sera votre tour.

La réunion se poursuivit. Un grand nombre de sujets furent abordés. L'implantation du commando sur le marché, le matériel nécessaire, le costume des inspecteurs, le lien avec l'Equipe d'Arrestation menée par la Police Militaire, où placer les policiers, la cuisine centrale et le bar.

– Je peux appeler un taxi ? demanda le commissaire.

Pourquoi avait-il besoin d'une voiture ? Qu'était-il Arrivé à la sienne ? Le commissaire avait perdu sa voiture ? Entre le Puits et les Gardens ?

– Mon pauvre, dit l'agent de première classe. Nous allons vous la retrouver. La réunion est terminée.

Le commissaire fut conduit le long de couloirs plastifiés jusqu'à un ascenseur rutilant.

– Que pensez-vous du bâtiment ?

– Moderne ? avança le commissaire.

L'ascenseur émit un bourdonnement efficace, la porte s'ouvrit avec un ronronnement. D'autres couloirs s'étiraient interminablement. Un cri à vous glacer le sang s'éleva d'en dessous et figea le groupe dans le hall carrelé de faux marbre.

– Douwe crie vengeance ? demanda le commissaire.

– Un prisonnier, répondit l'Inspecteur en chef Sipma. Ils deviennent tous névrosés au dernier degré au bout d'un moment. Les cellules ressemblent à ce hall, mais en beaucoup plus petit.

– Et mon suspect sera aussi enfermé là-dedans ? s'enquit le commissaire dans un murmure d'effroi.

– Suspect de quoi ?

– Mon meurtre, dit le commissaire.

– Ce n'est pas ici que vous le trouverez.

– J'espère que non, dit le commissaire.

– C'est sûr.

– Sait-on jamais.

– Têtu, hein ? constata l'agent de première classe. Un trait de caractère frison. On va chercher votre voiture maintenant ?

« Je suis têtu, pensa Gripjstra le lendemain matin après avoir déposé De Gier devant la caserne de la Police Militaire où le sergent avait été accueilli par le soldat Sudema, neveu du lieutenant Sudema de la Police Nationale. Une agréable récréation pour le sergent, songea Gripjstra gentiment. Les plaisirs de la nature. Et moi attelé au travail. Je ne suis pas un étranger, comme cet idiot de De Gier. Je vois ce qui se passe ici de l'intérieur.

Gripjstra, avec son pull frison, et sa casquette frisonne, se perdit entre les villages où vivaient ses suspects et fit signe à une Landrover de la Police Nationale, se fit escorter, et se reperdit. Je n'abandonnerai jamais, se jura Gripjstra, je dénouerai l'énigme frisonne.

Pyr Wydema, Tyark Tamminga et Yelte Prik, exportateurs de moutons à leur compte, avec leur éternelle veste malodorante et luisante, leur casquette tirée sur leurs yeux mauvais, nièrent toutes les accusations dans toutes les langues de leur connaissance. Ils nièrent en haut et bas frison, dans le dialecte de la capitale Leeuwarden, et même en hollandais.

– Mes parents sont nés dans le port frison d'Harlingen, se tuaient à leur répéter Gripjstra.

Les suspects voulaient savoir si l'on pouvait les arrêter à ce stade de l'enquête. Non. Ils signifièrent à l'adjudant de s'en aller. Ils sortirent des pancartes Défense d'Entrer et lâchèrent leurs chiens. Leurs femmes s'en mêlèrent, confisquèrent leurs carabines et servirent du café à Gripjstra, exténué, sous les vieux arbres noueux, rafraîchis par une brise venue de la mer, environnés de délicats clochers, une brise qui pénétrait la paisible verdure qui les entourait. Gripjstra soupira quand il vit les voiles brunes des bateaux de pêche sur les lacs et écouta le bruissement des blés au bout des prairies fertiles. Comme ce paysage était charmant, et comme sa tâche était ardue.

– Qu'il fiche le camp ! criaient Pyr, Tyark et Yelte à leurs femmes. On a du travail. Demain il y a le marché aux bestiaux. Il ne s'en ira donc jamais ?

La Volkswagen tournicota sur de petites digues et se perdit à nouveau. La paisible étendue de la mer s'étalait sur la gauche de Gripjstra. N'était-il pas censé se diriger vers le sud ? Il fit encore demi-tour, en direction de la capitale et rata encore une fois Leeuwarden.

– Où allez-vous maintenant ? s'enquit un sergent de la Police Nationale de la fenêtre de sa Landrover.

– Leeuwarden, hurla rageusement Gripjstra.

– Arrêtez-vous prendre le café, proposa le sergent. Au café d'autres collègues mentionnèrent la présence d'une autre âme perdue, un commissaire d'Amsterdam dans une Citroën métallisée.

– On n'arrête pas de le remettre dans la bonne direction et il n'arrête pas de revenir ici.

– Qu'est-ce que vous faites donc ici ? demanda le sergent.

Gripjstra expliqua la nature de sa visite, en général, et mentionna aussi les détails.

– Pyr ? s'étonna le sergent. Tyark ? Yelte ? Ils sont au-dessus de tout soupçon. Vous devez le savoir, non ? Ne venez-vous pas de dire que vos parents sont d'Harlingen ? Ah, je comprends, le sergent se frappa le front. Vous êtes en permission spéciale.

– Vous croyez ? demanda Gripjstra.

– Le stress, déclara le sergent. Je lis la Gazette de la Police. C'est une vraie épidémie à Amsterdam. Vos supérieurs doivent tenter de nouvelles cures. Ils vous envoient sur des affaires bizarres dans des coins plus tranquilles.

– Vous croyez vraiment ? s'emporta Gripjstra.

Le sergent caressa le bras de l'adjudant.

– Restez un peu par ici. Au bout d'un moment vous vous sentirez beaucoup mieux.

13.

Cardozo pédalait. C'était le jour rêvé pour une activité sportive d'extérieur, avec un ciel ensoleillé et presque pas de vent ; un jour à partir en bicyclette, mais Amsterdam-Dingjum était un caprice, il acceptait de le reconnaître. Son comportement était infantile, en raison de son entêtement à aller de l'avant, et son apparence l'était tout autant, trouvait-il, avec son short et sa chemise de touriste, et surtout son équipement, une boîte à pique-nique en métal attachée avec des lanières sur le porte-bagages arrière, contenant des sandwichs au fromage et une pomme. En plus, il manquait à une promesse. Manquer à une promesse que l'on fait aux autres ça peut encore s'excuser, mais quand on se la fait à soi, on devrait s'y tenir un minimum. Toutes ces années il avait été à l'école en bicyclette, toujours avec le vent dans la figure, fouetté par la pluie, l'entrejambe douloureux, tiraillé par une lâche soumission aux professeurs et aux parents, mais avec la perspective qu'un jour il serait libéré de sa lourde bicyclette. L'école terminée, la bicyclette au fond du canal et ensuite plus que des transports automobiles, comme les grands – alors qu'est-ce qu'il foutait maintenant ? Sur l'antique machine de Samuel ?

Des voitures le frôlaient à toute vitesse. De l'autre côté la Digue verte s'élevait, surmontée de hautes herbes qu'arpentaient des colonies de mouettes. Sur la Mer Intérieure un bateau de pêche se balançait doucement. Entre des lambeaux de brume, les voiles d'un yacht de plaisance à fond plat émergèrent de la houle d'un bleu profond. Dans le yacht des vacanciers devaient se prélasser, flottant en plein bien-être. Je ne vis pas comme il faut, songea Cardozo, en pédalant vigoureusement. Si j'étais aussi intelligent que je le crois, je me donnerais du bon temps intelligemment et ce n'est pas le cas.

Est-ce une intuition qui m'a amené ici ? se demanda Cardozo. Est-ce qu'il m'arrive d'avoir de bonnes intuitions ? Pourquoi est-ce que j'ai négligé toute idée de coopération ? Ne fais-je pas partie d'une équipe ? Il aurait pu téléphoner au commissaire.

– Monsieur, je vais venir à Dingjum en bicyclette aujourd'hui.

– Ne faites pas ça, aurait répondu le commissaire. Cette réponse ne l'aurait-elle pas sauvé d'ennuis ridicules.

Et ne devrait-il pas être couvert ? Le métier d'enquêteur comporte des risques. Ne pourchassait-il pas un monstre cruel qui ne s'inquiétait guère d'envoyer une balle dans la tête d'un autre être humain et puis de mettre le feu à ses restes ? Et si ce démon psychopathe savait que Cardozo montait aujourd'hui la Digue à bicyclette ?

Sur le guidon de la bicyclette de Samuel il y avait un rétroviseur. Dans le rétroviseur pédalaient trois Chinois. Les Chinois pédalaient les uns derrière les autres. Le Chinois le plus visible avait l'air malheureux. La pédale du Chinois le plus visible cognait contre le carter avec un grincement aigu et répétitif ; discordant aussi sans doute, pour des oreilles extrême-orientales. Le Chinois du bout était le compagnon de Wo Hop, il était fatigué. Les diverses phases de sa récente carrière l'avaient convaincu qu'il n'était vraiment qu'un Œuf Pourri. Comment imaginer qu'il pédalerait un jour sur une bicyclette de troisième ordre vers un Inconnu qui n'en finissait pas ?

Ne serait-il pas temps, pensa Cardozo, que je descende de bicyclette pour manger une pomme ? Tandis qu'il réfléchissait à cette éventualité, trois autres cyclistes chinois apparurent en sens inverse. Une coïncidence, se dit Cardozo. Etre suivi par trois Chinois à bicyclette, et voir venir en face trois Chinois à bicyclette, tout arrive pourvu qu'on vive assez longtemps. Le cas pouvait même s'inverser. Il pourrait arriver qu'un Chinois roule à bicyclette sur une digue chinoise et qu'il soit suivi par trois Hollandais à bicyclette. Mais si j'étais ce Chinois, songea Cardozo, je descendrais de ma bicyclette, j'éplucherais une pomme dans un coin tranquille, regarderais passer tous ces Hollandais jusqu'à ce que les horizons les engloutissent, et j'espérerais ne jamais plus les revoir.

Cardozo ralentit et sauta de sa bicyclette. Les Chinois l'imitèrent. Les Chinois sortirent des revolvers. Cardozo s'aplatit dans l'herbe.

Les Chinois ouvrirent le feu. Cardozo roula dans un petit fossé laissé par un conducteur de bulldozer négligent et rempli de luxuriantes mauvaises herbes. Des orties le piquèrent, des roseaux lui écorchèrent les oreilles, des fourmis dérangées dans leur labeur plantèrent leurs mâchoires dans sa chair et une balle sectionna une feuille. Les Chinois continuèrent à tirer, se visant les uns les autres. Ce n'étaient pas de mauvais tireurs. Chaque tir ne faisait pas mouche et il resta deux Chinois, qui rampèrent l'un vers l'autre. Ils continuèrent à tirer tout en rampant.

Dix membres d'une Equipe d'Intervention, des policiers militaires, encasernés et entraînés dans le sud du pays, vêtus de treillis de combat, roulaient dans cinq voitures le long de la Digue. On leur avait donné des ordres : l'extermination ou, si possible, l'arrestation de deux dangereux criminels, Ary le Chauve et Fritz la Touffe, sur le marché aux bestiaux de Leeuwarden, une semaine plus tard. Parce que l'extermination ou, si possible, l'arrestation de deux dangereux criminels qui seraient armés jusqu'aux dents et très certainement en possession d'une voiture rapide, demanderait de la coordination sur la route, l'Equipe d'Intervention s'entraînait. Les cinq voitures étaient reliées par radio. Le commandant se trouvait dans le premier véhicule. Il vit et entendit des cyclistes chinois qui se tiraient dessus.

– A toutes les voitures, arrêtez-vous et garez-vous, terminé.

– Compris, terminé.

– Armes prêtes à faire feu, terminé.

– Préparez l'attaque direction Frise, terminé.

– Prêts, terminé.

– Laissez les voitures, suivez-moi, attaquez. Terminé.

Des P-5 à canon raccourci crépitèrent, des pistolets mitrailleurs Uzzi entièrement automatiques firent feu. Les hommes rampèrent, se relevèrent, avancèrent de quelques mètres en courant, retombèrent à plat ventre. Les revolvers chinois tonitruaient en violents pointillés dans le motif uniforme qu'exécutaient les autres armes plus puissantes. Trrrrum. Voo. Tacatacatac. Il y avait d'autres chocs sourds, ceux des voitures qui se rentraient dedans à pleine vitesse, et des pneus qui crissaient sur le macadam de la Digue. Le flot régulier des voitures sur l'autoroute, tout à coup perturbé, le carambolage et le désordre des coups de klaxon.

Les membres de l'Equipe d'Intervention firent leur rapport à leur chef.

– Ils sont tous morts, monsieur, ça va comme ça ?

– Parfait, beugla le commandant. Toi et toi, gardez les cadavres, les autres voyez ce que vous pouvez faire pour rétablir la circulation. Allô ! Pas toi. Retourne à ta voiture et lance un appel radio pour demander des ambulances.

Une Citroën gris métallisé vint se garer sur le bas-côté.

– Circulez, aboya un policier militaire. Il appuya son ordre d'un mouvement circulaire de son arme. Un petit monsieur descendit de la Citroën.

– Remontez dans votre voiture et partez, monsieur.

– Police, dit le petit monsieur. Que se passe-t-il ici ?

– Des Chinois, monsieur. Six. Tous liquidés.

– Votre chef ?

Le policier militaire tendit le bras.

– Foutez-moi le camp d'ici, hurla le commandant.

– Police, dit le commissaire. Vous n'auriez pas touché un compatriote ébouriffé des fois ?

Le commandant ne pensait pas. Ils s'avancèrent pour vérifier. Soudain le commandant se sentit mal, le commissaire ne se sentait pas très bien non plus. Un cadavre étalait sa tête à demi-arrachée, un autre avait perdu la moitié d'un bras et le sang coulait à flots du moignon, le compagnon de Wo Hop les observait d'un œil fixe d'un côté et d'une orbite vide de l'autre.

– Capitaine, cria un policier militaire. Par ici.

Deux mains roses s'agitaient au-dessus d'une touffe d'herbes.

– Arrêtez-le.

Cardozo fut arrêté, de six côtés en même temps.

– Il est à moi, déclara le commissaire. Je le veux, capitaine.

On lui remit Cardozo.

– Que s'est-il passé ? demanda Cardozo en riant.

– Mon pauvre garçon, dit le commissaire. Venez avec moi, Simon, nous allons nous asseoir là-bas.

– Une pomme, sanglota Cardozo, j'allais l'éplucher.

– Oui, mon garçon.

– Et ils s'entretuaient, tout d'un coup.

– Un cigare ? demanda le commissaire. Cardozo préféra se rouler sa cigarette mais il fut incapable de contrôler le tremblement de ses mains. Le commissaire alluma un cigare et le planta entre les lèvres de Cardozo.

– Il y a trop de Chinois, bégaya Cardozo. J'y ai eu droit dans le Quartier-Rouge aussi. Hier soir. Wo Hop et son compagnon, ligotés, je les ai relâchés, et deux autres aussi, et maintenant encore tous ceux-là.

– Les mêmes Chinois ? demanda le commissaire.

– La plupart, monsieur.

– Vous vous sentez mieux maintenant ?

– Tout ça parce que je voulais manger une pomme.

– Ce ne sera pas une vision appétissante, dit le commissaire, mais vous devriez peut-être jeter un coup d'œil.

Des ambulances montaient la Digue, leurs sirènes lançant des hululements plaintifs. Un motard de la police arriva à petite vitesse le long de la piste cyclable.

– Hé, hurla Cardozo. Regardez. Monsieur l'agent, cette ambulance a écrasé le vélo de Samuel. Oh! non. Monsieur l'agent, *faites* quelque chose. Il faut que je rapporte cette bicyclette, elle appartient à mon frère.

Le policier ôta son casque.

– Bonjour Hylkje, dit le commissaire. Il présenta Cardozo.

– Vous rédigerez un rapport ? demanda Cardozo. Il me le faut pour l'assurance.

Hylkje tituba.

– Trop de Chinois morts, commenta le commissaire. Y en a-t-il que vous reconnaissez, Cardozo ?

– Là, dit Cardozo. Le compagnon de Wo Hop. Celui à qui il manque un œil. Cardozo tituba lui aussi.

Cardozo se retourna et se rattrapa au pieu d'une clôture.

– Que faisait ce commando ici, monsieur ? Des parachutistes ? C'est la guerre ? Je n'ai pas lu les journaux depuis quelques jours.

Le commandant de l'Equipe d'Intervention s'adressa au commissaire.

– Savez-vous ce qui se passait ici, monsieur ? Nous étions en route pour Leeuwarden et ces cyclistes se tiraient dessus.

– Je vais à Leeuwarden aussi, déclara le commissaire. J'élaborerai ma théorie en chemin. Je vous tiendrai au courant.

– Des Chinois, sans exception, remarqua le commandant.

– J'allais simplement manger une pomme, geignit Cardozo. J'ai sauté de ma bicyclette. Et, tout à coup, comme ça, une vraie boucherie.

– Vous êtes de notre côté, c'est ça ? demanda le commandant. Et votre chef vous cherchait ? Il semblait savoir que quelque chose clochait.

– Je reconstituerai une situation acceptable, assura le commissaire. Vous serez le premier à en être avisé. Vous êtes chargé de la sécurité du marché aux bestiaux contre les troubles prévus ?

– Vous êtes au courant de ça aussi ?

– J'ai entendu des rumeurs.

Le commandant retira son casque puis le remit sur sa tête.

– Les Chinois sont des marchands de bétail ?

– Je ne crois vraiment pas, dit le commissaire.

Une Landrover de la Police Nationale grimpa sur la

Digue. Un sergent et un caporal en sortirent.

– Que se passe-t-il ici ?

– J'allais manger une pomme, déclara Cardozo. Mais il fallait d'abord que je l'épluche.

– Des Chinois à bicyclette, dit le commandant.

Hylkje s'approcha, un stylo-bille et un bloc-notes à la main.

– A qui appartenait la bicyclette qui vient d'être lessivée ?

– Pas de témoin ? demandèrent les flics de la Police Nationale. Pourquoi est-ce que tout le monde est mort ? L'armée est dans le coup ?

– On peut ramasser les cadavres maintenant ? demanda un ambulancier.

– Je trouverai une hypothèse convenable, dit le commissaire.

– On a réussi à toucher quelqu'un ? s'enquit le commandant. Hé ! Toi et toi. Vous en avez eu ?

– C'est là que j'ai sauté de la bicyclette, expliqua Cardozo. Ils se jetaient tous sur moi. Trois par-derrière et trois par-devant.

– Pas l'Armée, corrigea le commandant, quoique techniquement parlant nous pourrions en faire partie, bien sûr. Une Equipe d'Intervention, entraînée dans le sud, c'est moi le responsable.

– J'en ai eu un, capitaine, le type là-bas, j'arrosais très bas et quand il est tombé j'ai dû le toucher à la tête, dit un policier militaire.

– Nous ne sommes pas autorisés à les déclarer morts, annonça l'ambulancier, mais ils le sont, ils sont en miettes.

– Je vais appeler tout le monde ici, prévint le sergent de la Police Nationale. Tous ceux auxquels je pourrai penser. Ce n'est pas pour moi, ça. Je ne peux même pas regarder ce carnage. Qu'est-ce que ça signifie ?

– Je transmettrai ma solution à votre Colonel Kopiny, annonça le commissaire, et il vous la transmettra.

– Une bataille rangée, hurlait le caporal de la Police Nationale dans son micro. Peut-être une tentative d'invasion. Venez, je vous dis. Les Chinois sont battus.

– Venez, Cardozo, dit le commissaire. Nous n'avons rien à faire ici.

– Je vais vous guider, déclara Hylkje. La peste bovine a recommencé à sévir et la sortie nord de la Digue est embouteillée à cause des contrôles. Je vous ferai passer.

– Je vais à Dingjum, annonça Cardozo.

– Je vais vous emmener à Dingjum, dit le commissaire. Chargez votre bicyclette dans ma voiture.

– Vous êtes pressés ? s'enquit Hylkje

– Oui, répondit le commissaire. Il n'y a pas de temps à perdre.

– La sirène ?

– Je vous prie.

– Deux cents kilomètres à l'heure, commenta le commissaire. Il n'y a pas à dire, Hylkje connaît son boulot.

– Vous êtes sûr que nous sommes si pressés ? demanda Cardozo.

– Je réfléchis mieux à vive allure, répondit le commissaire. Racontez-moi maintenant, que faisiez-vous avec des suspects chinois hier soir ?

Cardozo raconta.

– Bien sûr, remarqua le commissaire.

– Tout est clair pour vous maintenant, monsieur ?

– Absolument, assura le commissaire, mais mon explication est peut-être un peu tirée par les cheveux et ma théorie ne peut trouver de confirmation puisque les deux partis en présence nous ont quittés. Mais tout concorde.

– Comment ça ? demanda Cardozo.

– Encore une toute petite question, dit le commissaire. Vous souvenez-vous avoir déclaré en public que vous monteriez la Digue en bicyclette aux premières heures du jour ce matin ? Réfléchissez bien, Cardozo.

Cardozo réfléchit bien.

– Oui, déclara Cardozo. Sur le chemin, entre le poste du Quartier-Rouge et le bar de Troelstra, j'en ai effectivement parlé. Karaté et Ketchup ne voulaient pas me croire. Alors je l'ai redit et ils ont répété ce que j'avais dit, très fort. *A bicyclette. A six heures du matin. En Frise. Par la Digue.*

– Aha, fit le commissaire.

– Tout est vraiment clair pour vous maintenant, monsieur ?

– Deux cent cinq kilomètres à l'heure, annonça le commissaire. Une vitesse vraiment efficace. Dommage. Nous commençons déjà à ralentir. Voici le bout de la Digue.

Hylkje choisit la bande d'arrêt d'urgence. La Citroën suivit.

– Voici comment c'est arrivé, Cardozo, déclara le commissaire. A Amsterdam, le trafic de l'héroïne est à présent contrôlé par deux Triades, des sociétés secrètes chinoises, actives depuis des années. Chaque Triade veut exercer un monopole, il en résulte certaines frictions. La société basée à Hong Kong combat la société de Singapour, ici, dans notre ville. Le commissaire leva un doigt frêle. Toujours la même histoire. Encore des luttes d'intérêt. Ils pourraient s'unir et partager mais ce n'est pas pensable quand on réfléchit à l'avidité humaine. Alors maintenant, qu'est-ce que l'on a ?

– Des Chinois morts ?

– Ah ! s'exclama le commissaire. Cette partie du trajet risque d'être encore plus amusante. Des routes de campagne étroites, Cardozo, nous allons voir ce dont cette magnifique automobile est capable. Nous collerons à cette moto, quoi que fasse le caporal. Regardez.

– Oui, balbutia Cardozo. Doucement maintenant, monsieur. Des virages sans visibilité. Doucement.

Hylkje vira abruptement, la Citroën égala sa performance.

– Cent kilomètres à l'heure, commenta le commissaire. Ce n'est pas une vitesse extraordinaire mais vu l'état de la route ce n'est pas si mal.

– Mais que pouvaient donc me vouloir les membres des Triades, monsieur ?

– En partant du principe, énonça le commissaire, que cet adjudant Oppenhuyzen – que vous avez trouvé dans le restaurant de Wo Hop en train de contacter de jeunes durs chinois – en supposant, donc, que ce collègue entretient, disons, des rapports intimes avec le camp adverse, nous pouvons peut-être conclure, le commissaire agita de nouveau son doigt sous le nez de Cardozo, que l'ennemi, vous apercevant en compagnie de l'adjudant, a présumé que vous étiez aussi dans leurs combines. En plus, ils vous ont vu dîner avec deux agents en uniforme. Donc vous êtes aussi un agent de la police. Considérez la situation avec leurs yeux, Cardozo, que voyez-vous donc ?

La Citroën s'inclina dans un nouveau virage en épingle à cheveux.

– On ne pourrait pas se garer quelque part ? demanda Cardozo. C'est dur de se concentrer tout en imaginant tout ce qui peut nous arriver d'une minute à l'autre.

– Fermez les yeux, suggéra le commissaire. L'obscurité aide parfois. Après avoir dîné avec les agents du Quartier-Rouge, on vous a revu, libérant deux membres d'une Triade des griffes cruelles d'une autre. Où cela vous situe-t-il désormais ?

– Du côté de Hop ? demanda Cardozo. Mais j'ai arrêté tout le monde.

– Mais vous en avez relâché deux un peu plus tard, corrigea le commissaire. Mettez-vous dans la peau d'un gangster chinois rien qu'un petit moment, Cardozo. Quel est votre but ? Vous essayez d'acquérir bonheur et fortune, vous en voulez toujours plus. La motivation ne change jamais. Consolider sa situation. Qu'entreprenez-vous ensuite ?

– Je rentrais chez moi.

– Non, non, dit le commissaire. Changez de peau. Vous êtes *eux*. Vous êtes pourri d'égocentrisme. Voyez comme ils voient aussi. Vous courez après une petite fortune. Comment vous organiseriez-vous pour mettre la main dessus ? Que possèdent donc les flics que les autres veulent aussi ? De l'héroïne bien sûr. Nous confisquons la drogue et la revendons aux fournisseurs.

Un tronçon de route droite apparut. Les arbres qui filaient de chaque côté laissèrent place à une haie de vert compact, qui s'interrompit un instant et découvrit des points noirs et blancs, des vaches. Devant la Citroën la grosse moto blanche prit de la vitesse. La sirène chantait sa chanson.

– Non ! hurla Cardozo, car un passage à niveau faisait le gros dos non loin de là. La moto et la voiture avalèrent la bosse de façon spectaculaire.

– Oui, reprit le commissaire. Les Chinois aiment compliquer ce qui est simple. Vous n'avez jamais interrogé un Chinois ? Ils changent de nom toutes les deux minutes. Ils croient que l'ennemi, nous en l'occurrence, aime aussi les complications. Pour apprendre quelles étaient vos intentions, ils ne vous ont pas lâché d'une semelle. On vous avait entendu dire que vous monteriez en Frise à bicyclette. Qui pouviez-vous bien aller voir là-bas ?

– Des Frisons ?

– D'autres Chinois, corrigea le commissaire. Des Chinois qui se réfugient là parce que nous les chassons d'Amsterdam. Et que pouviez-vous bien apporter à d'autres Chinois ?

– Vraiment ? s'étonna Cardozo. Ma boîte à pique-nique métallique était donc remplie de drogue ?

– Exactement.

– Et les Chinois qui arrivaient en bicyclette face à moi, d'où venaient-ils donc, monsieur ?

– Du Quartier Général de la Triade en Frise.

– Je vous en prie, dit Cardozo. Vous roulez trop vite, monsieur, ralentissez s'il vous plaît.

– Il fallait que je dépasse ce plouc, expliqua le commissaire. Sinon Hylkje nous aurait semés. Maintenant vous comprenez ?

– Non.

– Trahison ? fit le commissaire. Cherchez toujours la trahison. Le mal ne peut s'empêcher de se trahir, nous voyons cela tous les jours.

– Les réfugiés de Frise avaient été informés par un espion de la Triade d'Amsterdam que je leur apporterais des fournitures ? Et que je serais suivi ? Mais il n'y avait que des sandwiches au fromage dans ma boîte à pique-nique. Et la pomme, que je m'apprêtais à éplucher.

– Le mal est méfiant, et même paranoïaque, énonça le commissaire. Sinon il ne se détruirait pas lui-même mais continuerait à prospérer et finirait peut-être par gagner la partie. Cette hypothèse possible m'a toujours hanté, avoua le commissaire d'une voix douce. Si le mal prenait le pouvoir, qu'adviendrait-il de notre lutte ? S'il engloutissait le dernier vestige du bien pourrait-il devenir le bien ?

Hylkje débrancha sa sirène et freina.

– Dingjum, annonça le commissaire. Et cette charmante petite maison où vit le lieutenant Sudema, en compagnie de sa ravissante femme Gyske. Une femme vraiment charmante.

Gyske les accueillit devant son portail. Hylkje posa son casque sur la selle de la Guzzi.

– Encore toi ? s'étonna Gyske. Je dois te remercier d'avoir ramené Sjurd à la maison hier soir. Il dort encore, Dieu merci. Quand il se réveillera il cassera le mur, après avoir démoli le placard.

– Dommage, dit Hylkje. Un si joli mur, il va tuer le lierre et les roses grimpantes. Il ne peut donc pas pardonner à ce placard ?

– Le placard de mon péché, dit Gyske d'une voix triste.

– Tu ne t'es pas bien amusée là-dedans ? s'étonna Hylkje. Ce n'était pas un thérapeute, ton amant ? Si ça faisait partie du traitement ça aurait dû être drôle.

– *Nah*, fit Gyske et elle tapa du pied.

– Sauriez-vous nous dire, demanda le commissaire, comment nous rendre chez Mme Scherjoen ? J'y ai déjà été mais je ne me souviens pas du chemin.

Gyske tendit la main.

– Par là, on ne peut pas se tromper.

– Je vous verrai tous les deux ce soir ? demanda Hylkje. Rinus m'a invitée à dîner. Il est allé chercher des soles fraîches à Ameland.

– Encore des ennuis ? demanda Cardozo. Mme Sudema ne m'a pas paru dans son assiette.

Le commissaire et Cardozo marchaient.

– Une crise conjugale, expliqua le commissaire. Sjurd Sudema n'a pas aimé comme il faut sa superbe épouse alors elle s'est jetée sur Anne.

– Une histoire de lesbiennes ? demanda Cardozo. Ils en ont ici aussi ? Ça se fait beaucoup ces derniers temps, je comprends assez bien. Si j'étais une femme, je draguerais aussi les femmes.

Le commissaire était calme et pensif.

– Vous désapprouvez les anomalies normales, monsieur ?

– J'ai observé ça une fois, déclara le commissaire. A Paris, il y a une éternité. Très intéressant. Mais dans notre affaire Anne est un homme.

– Un homosexuel ? demanda Cardozo, choqué. pas étonnant que ce lieutenant se prépare à démolir sa maison. Un homosexuel qui viole sa femme, dans son propre placard.

– Non, non, intervint le commissaire. Et apparemment le type me ressemble. Vous essayez de me contrarier, Cardozo ?

– *Moi* je suis contrarié, déclara Cardozo, je n'arrive toujours pas à comprendre pourquoi les Chinois à bicyclette de derrière, ont invité les Chinois à bicyclette de devant à se faire descendre.

– Eux ?

– Les Chinois derrière moi, monsieur.

– Oh ! ces Chinois-*là*, souligna le commissaire. Mais non, ça s'est passé autrement, encore quelqu'un d'autre, *un autre* Chinois, a dû entendre les Chinois de derrière organiser leur balade sur la Digue et a transmis cette information aux Chinois de devant.

– C'est ça, acquiesça Cardozo sans y croire.

– Est-ce que vous faites semblant d'être aussi bête, s'emporta le commissaire, ou essayez-vous de prouver que je vous ai sous-estimé depuis ces quelques dernières années ? Les Chinois n'ont rien à voir avec nous. Vous n'auriez pas dû vous trouver sur la Digue. Si je n'avais pas pensé à téléphoner à votre mère, je n'aurais même pas su que vous essayiez d'éplucher des pommes sur la Digue. Cette prétention qui est la vôtre, Cardozo, je ne suis pas bien sûr de l'apprécier.

– Je fais tout à l'envers, avoua Cardozo. L'oncle Ezra veut que je reprenne son stand sur le marché mais ça ne me tente pas non plus. Rien ne me tente.

– Ça changera, assura le commissaire. Mais où se trouve cette satanée maison des Scherjoen ? Gyske n'a-t-elle pas assuré que l'on ne pouvait pas se tromper ?

– C'est beau par ici, remarqua Cardozo. Les ombres douces et somptueuses de l'été, les buissons en fleurs.

– Ce pourrait être une affaire simple, déclara le commissaire, si Mme Scherjoen pouvait avouer.

– Pas de maisons ici, poursuivit Cardozo. Le vide du passé. Moi aussi je me sens vide. Je suis tout creux à l'intérieur, même mon rhume a disparu. Peut-être suis-je sur le point de disparaître.

– Mem est frisonne, dit le commissaire. Peut-être pense-t-elle que son action se justifie. La façon dont la société considère la loi ne correspond pas au comportement des individus. Prenez Mem Scherjoen par exemple, nous voyons une charmante et rustique vieille dame, ce qu'elle est probablement, mais jusqu'où peut être entraînée une personne aussi adorable ?

– Je vois où vous allez, dit Cardozo, mais vous voulez l'entraîner jusqu'au meurtre ? S'il ne s'agissait que d'un homicide involontaire, un accès de violence, mais ceci a été prémédité, et exécuté sans pitié.

– Ecoutez-moi Cardozo. Des mauvais traitements continuels, vingt, trente ans de torture, il regarda autour de lui. Je crois que nous devrions rebrousser chemin, cette allée ne mène nulle part.

Ils firent demi-tour.

– Cela m'a pris un certain temps, dit le commissaire, avant de comprendre clairement à quel point le mariage représentait un danger potentiel. L'ennui, les activités stupides peuvent arrondir les angles, mais si l'union a commencé dans un amour passionné, une haine passionnée peut facilement lui laisser place. Et vous avez raison, la fin de Douwe a été manifestement préméditée. Pas d'émotion soudaine et incontrôlée, pas d'attaque non préparée qui laisse le meurtrier assailli de remords. Quiconque commet un meurtre de sang-froid sera capable d'anticiper nos recherches avec ruse et intelligence. Non, une confession toute simple est sans doute hors de question.

– Nous sommes de retour devant la maison des Sudema, signala Cardozo. Je vais leur demander plus de détails ?

– Ne dérangez pas ces pauvres gens, dit le commissaire. Nous allons prendre la voiture. Cela ne doit pas être bien loin. Au bout de cette route, nous a dit Mme Sudema.

– La preuve, déclara le commissaire une fois dans la voiture. Ça va être une autre histoire. Qu'est-il advenu de l'arme ? Le Port Intérieur est une vraie poubelle, nos plongeurs ne la trouveront pas facilement. Des témoins ? Je ne pense pas qu'il y en ait eu. Si Mem persiste à nier sa culpabilité nous ne pouvons même pas la coincer. C'est une Frisonne, Cardozo, vous n'avez pas idée de l'entêtement des Frisons. Je suis né à Joure.

– Donc vous ne céderez pas.

– Jamais.

– Et Mme Scherjoen ne cédera pas.

– Jamais.

– On m'a raconté une blague frisonne un jour, dit Cardozo. Deux cochers frisons s'approchent d'un pont dont la largeur ne peut laisser passer qu'une voiture. Sur le pont ils s'arrêtent, face à face. L'un des cochers déplie un journal et se met à lire. Au bout d'une heure l'autre cocher demande s'il pourrait avoir la moitié du journal. Le premier cocher lui donne la moitié de son journal. Le second cocher se met à lire lui aussi.

– Oui ? fit le commissaire.

– Comment ça ?

– Et alors, que se passe-t-il ?

– Ils lisent tous les deux le journal, expliqua Cardozo. Il ne se passe rien d'autre.

– Comment sommes-nous arrivés sur l'autoroute ? s'étonna le commissaire. Et pourquoi toutes ces pancartes indiquent-elles Dingjum dans l'autre sens ?

Une Landrover de la Police Nationale s'arrêta derrière la Citroën.

– D'où sortez-vous donc, les gars ? demanda le commissaire.

– Où voudriez-vous aller ? s'enquit le sergent. Dites-le nous et nous vous précéderons. On vient de vous signaler par radio.

– Comment ça, signaler ?

– Une Citroën gris métallisé et une épave de Volkswagen encore mobile. Tout le temps perdues. Un appel pour aider les collègues d'en-bas.

– Je suppose, dit le commissaire, que votre Commissariat Central nous prend pour des attardés.

– Pas habitués aux routes d'un pays étranger au vôtre ? proposa le sergent. Ça ne vous paraît pas une meilleure définition ?

– Le manoir de M. et Mme Scherjoen, à Dingjum, dit Cardozo.

La Landrover démarra.

– Certains apprennent un peu plus lentement que d'autres, dit le sergent au caporal qui l'accompagnait.

– Ceux-là, peut-être qu'ils n'apprendront jamais, remarqua le caporal.

14.

De Gier, déposé ce matin-là avec ses cageots de tomates à la caserne de la Police Militaire, serra la main du soldat Sudema.

– Je viens de téléphoner, précisa De Gier. Voici un cadeau. Des tomates, mûres et toutes fraîches, un présent de votre oncle.

Le soldat Sudema était plus grand que son oncle, et plus large d'épaules. Ses yeux bleus étincelaient au soleil.

– Bonjour, sergent.

– Je vous aide à porter ce chargement à l'intérieur ?

– Inutile, répondit le soldat Sudema. D'autres policiers arpentaient la cour, des géants coiffés de casques rutilants au-dessus de galons blancs barrant leurs épaules et leurs torses, des paquets de muscles en vestes noires à revers sur mesure, découvrant des chemises et des cols blancs amidonnés agrémentés d'écharpes bleues impeccablement nouées.

– De l'aide, beugla le soldat Sudema.

Un homme plus jeune que lui tourna les talons, s'avança, s'arrêta avec beaucoup de chic et attendit les ordres.

– Ces cageots, aboya le soldat Sudema, doivent être emportés aux cuisines.

L'autre policier plia les genoux, empila les quatre cageots, attrapa celui du bas et tendit les jambes. Il s'éloigna d'un pas rapide.

– Une deux, hurla le soldat Sudema.

– Vous êtes tous les deux simples soldats ? s'étonna De Gier.

– Moi, de première classe, corrigea le soldat Sudema, en désignant le mince chevron blanc qui ornait sa manche. Le grade. Nous sommes dans l'Armée ici.

Ils se dirigèrent vers le bâtiment principal.

– Vous voudriez visiter l'île d'Ameland ? demanda le soldat Sudema. Un rapport avec le meurtre de Scherjoen ? Vous voudriez interroger le déserteur ? Celui que nous allons arrêter aujourd'hui ?

– Ce serait très bien, dit De Gier. Je vérifie les informations que l'on m'a données. Je suis enquêteur. J'aime enquêter.

– Ça vous ennuirait de répéter le but de votre visite à notre adjudant, je vous prie ?

L'adjudant attendait derrière une table d'acajou bien cirée.

– Sergent De Gier, annonça le soldat Sudema. Qui a téléphoné un peu plus tôt. Police Municipale, Amsterdam, enquêteur. Demande de l'aide sur le meurtre Scherjoen. Le sergent nous a apporté quatre cageots de tomates, avec les compliments de mon oncle.

– Le déserteur, dit l'adjudant. Un rapport quelconque ? Je vous en prie asseyez-vous, sergent. On vous a donné ce tuyau ? Je ne vois pas bien. Je n'ai pas besoin d'y voir clair, remarquez. Mais si j'y voyais clair...

– Il arrive que l'on ait une oreille qui traîne, dit De Gier. Hier soir je me trouvais à Leeuwarden, voyez-vous. Un ivrogne irresponsable a parlé de votre déserteur. C'est absurde, peut-être, mais enfin on ne sait jamais. On aime aller jusqu'au bout. Je suis ici, de toute façon, alors j'ai pensé que je pourrais vérifier.

– Notre déserteur est soupçonné d'avoir tué Scherjoen ?

– Non, répondit De Gier. Mais des trajectoires divergentes ont pu se croiser. Des causes séparés peuvent avoir un effet conjugué. On ne sait jamais.

– Du café ? proposa l'adjudant. Sudema ?

Sudema se redressa un peu.

– Je pourrais avoir le dossier du déserteur ?

Sudema s'avança vers un classeur et d'un coup sec tira un tiroir. Il sortit un dossier de carton, l'apporta et le tendit à l'adjudant.

– Le voici.

L'adjudant consulta le dossier.

– Déserteur. Armée de l'Air. Base aérienne Leeuwarden. Disparu depuis trois semaines. Joue au football. Un champion de la course à pied. Hmm. Oui. Aime naviguer. A failli être arrêté trois fois. A Rotterdam. Sur une autoroute très loin au sud et à Dingjum. Hmm. Voilà. Scherjoen n'habitait-il pas Dingjum ? Il leva les yeux vers Sudema. Et votre oncle. N'est-il pas le lieutenant responsable du commissariat de la Police Nationale là-bas ?

– Le lieutenant Sudema vous a envoyé les tomates, dit De Gier.

– Soldat Sudema, demanda l'adjudant d'une voix douce. Est-ce que votre oncle boit ?

– Ce n'est pas qu'il ne boit pas mais on ne peut pas dire non plus qu'il boit. Le soldat Sudema regardait droit devant lui. Oncle Sjurd connaît ses limites.

– Alors, et ce café, demanda l'adjudant d'une voix forte.

Le soldat Sudema sortit d'un pas énergique. Et revint aussitôt.

– Ils arrivent, adjudant.

Une. Deux. Ils entrèrent. Huit soldats.

Le soldat qui avait transporté les tomates versa le café. Le café avait été disposé sur la table d'acajou, dans une cafetière d'argent, entre le pot à lait en argent et le sucrier en argent. L'adjudant eut droit à la première tasse, De Gier la seconde, les autres reçurent leur café dans l'ordre hiérarchique.

– Voilà. Merci.

– Pourquoi êtes-vous tous si grands ? demanda De Gier.

– La fertilité de la terre frisonne, répondit l'adjudant. L'air pur. Je ne dirais pas que nous sommes une race supérieure mais nous venons mieux. De beaux individus, de belles vaches.

– Et de beaux moutons ? demanda De Gier.

– Oui, dit l'adjudant. Quand les moutons naissent ici ils viennent mieux. Son regard parcourut toute la longueur de la table. Tout le monde est servi ?

– Oui, adjudant, répondit Sudema d'un ton sec.

L'adjudant remua son café. Tout le monde remua son café. L'adjudant but une gorgée. Tout le monde but une gorgée.

– Scherjoen achetait et vendait des moutons, commença De Gier. Il y a des moutons à Ameland ?

– Oui, répondit l'adjudant. Ameland est une île frisonne, donc les moutons d'Ameland sont eux aussi frisons. Un meurtre causé par les moutons ?

– C'est la première fois que je viens à Ameland, déclara De Gier.

– Vous serez meilleur juge que moi, dit l'adjudant. Je ne suis qu'un modeste gardien de frontières, un chasseur de déserteurs, et un protecteur de la royauté, c'est tout ce que je suis.

– Absolument pas, protesta De Gier. Je ne sais rien du tout. Je m'occupe, au cas où mes supérieurs me surveilleraient. Et c'est agréable de passer une journée sur l'une de vos magnifiques îles.

– Parfait, déclara l'adjudant. Chacun sa tâche. Sudema.

Le soldat Sudema posa sa tasse.

– Vous irez à Ameland aujourd'hui.

– Oui adjudant.

– A moins que vous n'ayez mieux à faire.

– Pas aujourd'hui, adjudant.

– Parfait. Le déserteur est chez lui, nous avons reçu un rapport. Il ne se montre pas beaucoup mais il est chez lui. Quelqu'un l'a dénoncé. Le déserteur est originaire du village du nord et le délateur est originaire du village du sud. Ceux du nord et ceux du sud ne vivent pas en bonne entente.

– Adjudant ? demanda le soldat qui avait transporté les tomates.

– Oui, mon garçon.

– Il n'a pas été dénoncé, déclara le soldat. J'étais sur l'île et je buvais un coup au café et ceux du sud étaient là et ils avaient bu un coup aussi. Ceux du sud parlent fort. J'ai entendu sans le vouloir que le déserteur serait chez lui dans le nord.

– Vous n'étiez pas en uniforme ?

– Non, adjudant.

– Mais tout le monde vous connaît sur l'île. Vous êtes du sud, n'est-ce pas, mon garçon ?

– Oui.

– Nous appellerons ça une coïncidence, conclut l'adjudant.

– Adjudant ?

– Quoi encore, mon gars ?

Le soldat restait silencieux.

– Comme vous voudrez. Des histoires de bonnes femmes. L'écume au sommet d'une vague. Un raz de marée dans une tasse de thé. Vous avez du travail aujourd'hui, mon gars ?

– Oui, adjudant, je dois aller chercher ma moto.

– Vous avez des motos ici ? demanda De Gier. Quelle marque ? Moi, j'étais motard dans la police. Je roulais sur une BMW.

– Ma moto à moi, précisa le soldat. Une Kawasaki

1000 cc flambant neuf. Le vendeur est fermé après nos heures à nous, alors il faut que j'aille la chercher pendant la journée.

– Et vous ? demanda l'adjudant à un autre soldat.

Le soldat avait rendez-vous chez le docteur. Le suivant devait voir le dentiste. Les trois autres devaient se rendre à une réception pour célébrer la mutation et la promotion d'un collègue. Les deux derniers soldats étaient disponibles.

– Alors vous deux restez ici, ordonna l'adjudant, sinon il n'y aura personne pour garder la caserne. Sudema, vous irez seul, mais pas de scandale. Il y a deux ans nous avons eu des problèmes sur l'île. Un fusilier marin, vous vous souvenez ?

– Un déserteur ? demanda De Gier.

– Le sujet était en vacances, expliqua l'adjudant. Il a lacéré une tente sur le camping, la sienne, mais nous n'aimons pas les comportements tapageurs chez les militaires. Sudema, vous allez à la maison du sujet, vous sonnez et vous lui demandez de vous accompagner. S'il résiste nous verrons ce que nous pourrons faire. Signalez-le-moi d'abord. C'est compris ?

– Oui, adjudant.

– Appelez notre bâtiment. Le bâtiment est-il disponible ? Le capitaine s'est remis de son rhume ?

– Le ferry ? s'enquit De Gier.

– Notre bâtiment, précisa l'adjudant. Ou plutôt, un prêt car il appartient à l'Armée. Le Génie maritime, pour être exact. Le capitaine est un capitaine de l'Armée. Notre nom a été peint sur le bateau, donc les gens peuvent croire qu'il est à nous mais ce n'est pas vraiment le cas. Le sergent est emprunté au Génie mais l'équipage est composé de fantassins. Nous n'en sommes pas vraiment responsables mais nous utilisons ce bateau.

– Allô ! demanda le soldat Sudema par radio. Ici la caserne. Terminé.

La radio toussa.

– Vous allez mieux, capitaine ? demanda le soldat Sudema.

– Bien, bien, un peu mieux, disons.

– Pouvez-vous emmener deux hommes à Ameland ? s'enquit le soldat Sudema.

– Pourquoi pas ? Il fait beau.

– Nous arrivons. Terminé.

– Prenez le bus, aboya l'adjudant. Vous. Avant d'aller prendre votre moto.

Le soldat amena le bus dans la cour. L'adjudant inspecta le véhicule. Le cendrier contenait deux mégots. Le soldat s'excusa, emporta le cendrier dans le bâtiment et revint en courant. Il réinséra le cendrier dans le tableau de bord.

– Où a disparu Sudema ?

L'adjudant repartit dans le bâtiment. De Gier le suivit.

– Je ne trouve pas de cartouches, annonça le soldat Sudema.

L'adjudant et Sudema ouvrirent et fermèrent des tiroirs et des tiroirs.

– J'ai vidé mon dernier chargeur sur le terrain de tir, expliqua le soldat Sudema. Il devrait y avoir une boîte par ici.

L'adjudant consulta un dossier.

– Commandé mille rondes il y a trois semaines, d'habitude ça met un mois. La semaine prochaine, peut-être ?

– J'ai un chargeur supplémentaire, déclara De Gier. Même calibre. Vous utilisez aussi du point vingt-deux magnum ?

– Non, dit l'adjudant. Merci quand même. Vous avez des cartouches de la Police Municipale et si Sudema les perdait nous en aurions pour une semaine de paperasserie. Je suis à court de secrétaire aussi.

– Et puis on n'en a pas vraiment besoin, renchérit le soldat Sudema.

– Absolument, reconnut l'adjudant. Imaginez un peu,

que Dieu nous protège, si vous blessiez un sujet. Vous avez une petite idée du coût journalier d'une chambre d'hôpital ?

– Mais on ne tire jamais sur personne, dit Sudema.

– Ça pourrait arriver, reprit l'adjudant, si nous avions ce qu'il faut pour tirer. C'est assez simple, il suffit d'appuyer sur la gâchette. Ce qu'il advient ensuite, mieux vaut ne pas y penser.

Sudema ferma les yeux, pour se l'imaginer.

– Ça m'est arrivé une fois, dit l'adjudant. Il y a longtemps, mais quand même. C'est arrivé en Corée. Je ne l'oublierai jamais. Nous avions huit cents hommes là-bas et dix policiers militaires. Nous nous occupions surtout de la circulation. J'étais responsable d'un carrefour. J'étais encore très coléreux à l'époque. Personne n'ignorait mes ordres. Nous étions prêts de la ligne de front et un camion plein de Coréens est arrivé vers moi. Je leur ai fait signe de s'arrêter. Ce signe est international, tout le monde le connaît, mais ce véhicule continuait d'avancer. Une espèce de jeep, de fabrication sûre, et les soldats à l'intérieur étaient du nord. Par hasard, le hasard fait toujours bien les choses, un soldat américain se trouvait à côté de moi un bazooka à la main, monté avec la grenade dans le canon, mais il ne faisait rien car c'était moi le responsable de cette position. J'ai attrapé ce bazooka et j'ai tiré sur la jeep.

– Un carton ? demanda De Gier.

– Petite distance et grosse grenade. Difficile de manquer son coup, sergent. Comme par hasard, toujours ce fameux hasard, j'avais essayé un bazooka la veille et je savais comment le manipuler.

– L'ennemi, c'étaient les Coréens du nord ? demanda De Gier.

– Allons-y, dit le soldat Sudema.

Le bus démarra, avec le jeune soldat au volant.

– L'adjudant est toujours aussi coléreux, observa Sudema, mais cette fois-là on lui a décerné une médaille.

Le trajet ne fut pas long. Le bateau attendait dans le port d'Harlingen. Il paraissait en excellent état, dix-huit mètres de long, peint en bleu et blanc, un drapeau tout neuf sur le pont arrière.

– Joli, commenta De Gier.

Le capitaine souhaita la bienvenue à ses passagers.

– Vous aimez mon bateau ? Moi aussi mais il est démodé, paraît-il. Nous aurons un nouveau bâtiment le mois prochain. Aussi cher qu'un avion de chasse et on vendra celui-ci pour une bouchée de pain.

– Une embarcation solide, remarqua De Gier.

Le capitaine caressa le bastingage.

– Il vous emmènerait au bout des océans pourvu qu'on reste sur les chenaux. Il est vraiment trop profond pour ici.

Le bateau, grâce aux efforts de deux soldats, se détacha du quai. Le capitaine fit visiter la salle des machines.

– Rien ne casse jamais, déclara le capitaine. Dommage, vraiment, j'adore les réparations. Tous les quinze jours les gars et moi on démonte tout et on remonte tout ensuite mais le matériel est d'une autre époque, on n'arriverait pas à le casser même si on le voulait.

– Regardez, poursuivit le capitaine. Toutes les pièces sont en cuivre. C'est agréable à briquer. C'est une de nos principales occupations.

– Du cuivre volé ? demanda De Gier.

– Quoi ? s'étonna le capitaine. Vous êtes ici à cause d'un vol ? Vous êtes un enquêteur, hein ? Je n'admettrais jamais de voleurs à mon bord, jamais. Je ne pourrais pas le supporter. Qu'est-ce que cette histoire de cuivre volé ?

– Pas sur votre bateau, assura De Gier. J'ai entendu raconter qu'on avait volé du cuivre sur l'île ; un bruit qui court, peut-être. Vous avez parlé de « cuivre » et j'ai pensé à ce que j'avais entendu raconter.

– Sur l'île d'Ameland ils aiment voler, dit le capitaine. Vous connaissez leur chanson ? Il chanta en tapant sur un tuyau avec sa clé à molettes.

« Trois braves hommes de cette île
Ni rusés ni bien vils
Otèrent trois poutres d'une maison
Sans plus de bruit qu'un oison
La maison s'écroula
Vive les trois fadas ! »

De Gier et Sudema applaudirent car le capitaine avait une belle voix. Ils montèrent sur le pont où un soldat tenait la barre. Sudema alluma une pipe. Le capitaine se mit à tousser.

– La fumée vous dérange ? demanda le soldat Sudema.

– Mes vieux poumons, vous savez. Je devrais être au lit mais je m'ennuie un peu à la maison. Je préfère être ici.

Sudema chercha des yeux un cendrier.

– Secouez-le par-dessus bord, conseilla le capitaine. A bâbord.

– Où ça ?

– A gauche. De ce côté. Dans le sens contraire du vent.

De Gier contempla la mer qui s'étendait loin devant la bondissante vague de proue, d'un bleu profond à l'horizon. Le drapeau dans son dos claquait au vent léger. Des mouettes planaient sans effort au-dessus du bateau qui, d'abord secoué, commença à prendre le sens des vagues.

– Il y a beaucoup de voleurs à Ameland ? demanda De Gier.

– Tous les habitants des îles sont des voleurs, déclara le capitaine. Je suis né sur une île. La mer apporte des cadeaux, on les ramasse et avant d'avoir pu dire ouf on ramasse tout ce qu'on voit. Une bonne habitude d'une certaine façon, aussi longtemps qu'on peut garder le silence là-dessus. Les gens d'Ameland aiment trop parler. Ils avouent même leur goût du vol sur leur drapeau. Vous connaissez le drapeau d'Ameland ? Trois poutres sur chape rouge blanc et bleu, et la lune aussi. Parce qu'ils aiment voler la nuit. Ils y ont ajouté une couronne, pour compenser.

– Mais qu'est-ce qu'ils voulaient faire de ces trois poutres ?

– Les vendre à un maçon, répondit le capitaine. Sur le continent. Tous les terriens ont des clôtures. Ils nous laissent le côté aventureux.

Sudema revint sur le pont.

– Je peux fumer en bas ?

– Tant que vous restez à bâbord, dit le capitaine. A gauche, quoi.

De Gier suivit le soldat Sudema.

– Votre oncle a parlé de cuivre, dit De Gier. Est-ce que le déserteur aurait piqué du cuivre ? Il doit y avoir un rapport avec Scherjoen. Scherjoen aimait-il le cuivre ?

– Oncle Sjurd était vraiment ivre ? demanda Sudema.

– Désolé, s'excusa De Gier. Je n'aurais pas dû raconter que c'était un ivrogne qui m'avait passé ce tuyau.

– Oncle Sjurd peut se saoûler comme il veut, reprit Sudema. Mais il aide à gérer l'église et je l'ai toujours vu reboucher la bouteille après le deuxième verre.

– Pas cette fois-ci, dit De Gier. Acceptez qu'il se soit saoûlé une bonne fois et parlez-moi de ce cuivre.

Sudema contemplait la mer. De Gier contemplait la mer lui aussi.

– Tante Gyske, commença Sudema d'un ton rêveur. Vous l'avez rencontrée, non ?

– Oui.

– Si jamais je me marie, déclara le soldat Sudema, il faudra qu'elle ressemble à tante Gyske.

– Elle est mieux venue, souligna De Gier, à cause de votre terre cent pour cent frisonne. Parlez-moi de ce cuivre.

Sudema soupira.

– Le cuivre était utilisé pour fabriquer les douilles des fusils de l'Armée de l'Air. Les chasseurs à réaction les balancent au-dessus des îles quand ils s'entraînent dans leur rayon d'action. Le cuivre c'est cher et l'Armée de l'Air veut le récupérer, alors au bout d'un moment les soldats de l'Armée de l'Air viennent les ramasser, pour un quart de florin la douille. Comme nous patrouillons par ici nous emmenons les soldats avec nous, ou ils peuvent se faire transporter par la Police des Eaux, ou encore la Marine. L'Inspection des Eaux les prend aussi. L'Armée de l'Air nous prête ses avions de temps en temps, si nous trouvons un bon prétexte, ça soulage les tensions nerveuses.

– Et ceux qui ramassent les douilles des fusils de l'Armée de l'Air, ils se font beaucoup de fric ?

– A force, dit le soldat Sudema. Mais ils ne le touchent pas vite parce que tout ça c'est l'Armée et que tout va doucement. Les douilles sont stockées dans les cabanes et les cabanes ne sont vidées qu'une fois tous les trente-six du mois. Alors ils sont payés. Quand c'est le moment l'Armée de l'Air envoie un bateau.

– Un bateau de l'Armée de l'Air ? s'étonna De Gier.

– Non, des fusiliers marins. Ils roulent avec leurs blindés sur les plages des îles et un de leurs ferries est prêté à l'Armée de l'Air, mais le ferry appartient vraiment à l'Armée.

– Le Génie maritime ?

– Le Génie militaire, corrigea le soldat Sudema. Les ferries sont construits pour transporter des tanks, et les tanks ça va sur terre, mais le Génie militaire n'a pas de bateau alors il en emprunte au Génie maritime et l'utilise, provisoirement, mais ça peut durer toujours pour l'Armée de l'Air.

– Le ferry ramène les douilles ?

– Si tout se passe bien. La dernière fois ça a mal tourné. Le soldat Sudema fit gargouiller sa pipe. Toutes les cabanes étaient vides.

Le bateau fendait l'image réfléchie des nuages. La plaque portant l'inscription *Police Militaire Royale* reflétait un large rayon de soleil éclatant et devint un symbole blanc et bleu de joyeuse énergie au-dessus du grondement puissant de la salle des machines. Des bateaux de pêche qui regagnaient le continent saluaient les autorités d'un petit coup de corne de brume. Sudema s'inclinait avec raideur pour répondre à leur considération. Le bateau suivait le chenal indiqué par des balises flottantes, et aussi par des branches – beaucoup d'entre elles portant encore toutes leurs feuilles – plantées dans l'eau au bord des bancs de boue.

– Un service que nous rend l'Inspection des Eaux, expliqua Sudema. Ou plutôt, les Eaux et Forêts. Ils ont leur bateau aussi, mais enregistré au nom de l'Inspection des Eaux. Tel un volcan la pipe de Sudema crachait des bouffées de fumées. Non, voyons, c'est peut-être le Pilot Service qui plante ces branches, avec un bateau qui appartient au Port.

La fumée de la cigarette de De Gier partit dans le mauvais sens. Il toussa et agita les bras frénétiquement.

– Vous devriez fumer la pipe, conseilla le soldat Sudema. Le tabac à pipe calme l'esprit. Il souffla un rond de fumée que le vent déchira.

Un phoque apparut et considéra De Gier avec curiosité de ses yeux ronds et naïfs, enfoncés dans sa tête toute ronde.

– Bonjour, dit De Gier.

Le phoque tourna la tête avec timidité. La tête ronde se changea en museau pointu en disparaissant dans les vagues.

– Oui, ce déserteur, dit Sudema. Il navigue sur un joli bateau, qu'il a construit lui-même je crois, une copie d'un ancien sloop à fond plat. Il a dû se faufiler entre les îles par une nuit sans lune, débarquer et disparaître avec le butin.

Un patrouilleur de la Police des Eaux s'approcha, sinistre et bas sur l'eau, élancé comme un bateau de guerre et peint en gris clair, avec des gros chiffres.

– Très armé, je suppose ? demanda De Gier.

– Pas que je sache, répondit Sudema. Une carabine peut-être, nous en possédons quelques-unes nous aussi mais elles restent à la caserne.

Un grand bâtiment s'approcha, du même gris, avec aussi de gros chiffres carrés.

– La Marine, commenta Sudema. Un canon sans tube était planté à l'avant du bateau.

– Il marche ? demanda De Gier.

– Dans le temps il a marché, répondit Sudema. Mais ils ont perdu le tube il y a des années. De temps à autre j'en parle aux marins mais ils préfèrent éviter ce sujet. Le tube a explosé au cours d'un exercice. Ils essaient de le remplacer mais jusqu'ici rien ne semble très bien s'adapter.

Le navire de guerre traversa le sillage des bâtiments de la Police des Eaux et de la Police Militaire.

– Quelle démonstration de force, remarqua De Gier. Dans quel but, à votre avis ? Il y a des contrebandiers par ici ?

– Seulement le week-end, dit Sudema, mais ce n'est pas le cas. Le capitaine du port d'Ameland a signalé un bateau suspect il y a quelques week-ends de ça, quand il était parti à la pêche. Il a téléphoné et par hasard l'un de nous était à la caserne et il aurait pu vouloir tenter une sortie,mais il n'a pas pu faire lever le capitaine. Et puis ça n'aurait servi à rien. Les contrebandiers utilisent des embarcations à fond plat et ils peuvent opérer en dehors du chenal.

– Alors vous en êtes restés là ?

– Pas tout à fait, protesta Sudema. Notre homme a téléphoné aux postes d'urgence et un hélicoptère de l'Armée de l'Air est parti en reconnaissace. Il n'a rien pu voir, entre-temps le brouillard était tombé.

De Gier se frotta les yeux.

– Oui, remarqua Sudema, je viens de m'en apercevoir. Vous avez un tremblement nerveux dans chaque paupière. Vous devriez vous en occuper, vous savez.

Quand ça m'est arrivé on m'a fait un diagnostic de stress ; une semaine de congé et ça s'est beaucoup amélioré.

– Du stress ? s'étonna De Gier. Vous travailliez trop ?

– Ça aussi, avoua Sudema. De longues heures, mais je crois que c'était plutôt mes fiançailles. C'était l'anniversaire de tante Gyske et Jymke et moi étions invités à la fête. Oncle Sjurd a passé son temps à aller voir ses tomates dans la serre et tante Gyske a passé le sien à danser avec moi. Elle avait un disque, du slow-blues, et la stéréo était branchée sur automatique, alors l'air recommençait sans arrêt. Jymke en a eu assez et elle est rentrée chez elle, mais je ne m'en suis pas aperçu.

– Fin des fiançailles ?

– Je lui ai pourtant apporté des tulipes, dit Sudema, au jardin de tante Gyske, mais apparemment elle n'en voulait pas. Elle n'est même pas venue à la porte.

Ameland apparut, une ligne mince et jaune, pointillée de vert. De Gier respirait à fond sur le pont arrière. Un soldat vint le chercher pour prendre le café dans la cabine du capitaine.

L'autre soldat devait garder le pont. Le capitaine et Sudema attendaient autour de la table.

– Une vie excitante, dit le capitaine. Je dois prendre ma retraite l'année prochaine mais ils ne réussiront pas à me garder à la maison. Je me construis mon bateau le dimanche. Je continuerai pareil.

– Ici ? demanda De Gier.

– Où voulez-vous d'autre ? Le capitaine frappa du poing sur la table. Je suis d'ici. Et j'y resterai jusqu'au Jugement Dernier.

Le capitaine du port accueillit le bateau.

– Vous êtes encore entré trop vite.

– Peux pas aller plus doucement, protesta le capitaine. Sinon j'irais en marche arrière.

– Votre proue bousille mon quai.

– La prochaine fois je le couperai en deux.

– Je ferai mon rapport à votre chef.

– Pourquoi pas tout de suite ? railla le capitaine. Faites-moi donc cette faveur. Je ne crois pas avoir de chef mais si j'en ai un je serais ravi de le rencontrer.

– Nous avons apporté de très belles tomates toutes fraîches, annonça le soldat Sudema d'un ton d'apaisement.

Les soldats descendirent deux cageots de tomates à terre et revinrent chargés d'une caisse remplie de soles.

– C'est votre pêche ? demanda De Gier.

– Pas le temps, répondit le capitaine du port. Vous n'avez pas idée du travail qu'ils me donnent. Les pêcheurs rapportent les soles. Pas à la taille règlementaire, mais chaque bateau de pêche peut rapporter deux caisses, par autorisation de l'Inspection de la Pêche.

– Ils sont par ici aussi ?

– Pas dans leur bateau à eux, précisa Sudema. Ils utilisent un bâtiment de l'OTAN, provisoirement inscrit dans notre Marine.

Deux agents de la Police Nationale descendirent la jetée et vinrent garer leur Landrover près du bureau du Capitaine du Port. Le Capitaine du Port les invita à venir prendre le café. Il y avait tout le temps discussion de tennis. Les agents de la Police Nationale jouaient beaucoup au tennis, déclarèrent-ils, pendant la semaine, parce que le week-end ils n'étaient pas là.

– Vous fermez votre commissariat pendant le weekend ? s'enquit De Gier.

– Oui, répondit le policier responsable. Mais on pourrait quand même nous joindre en appelant le Commissariat Central à terre. Le Commissariat central pourrait nous joindre chez nous et s'il y avait urgence, on pourrait sans doute aller voir ce qui se passerait.

– Tant que ça n'arrive pas trop souvent, dit son subordonné. Ecoutez, nous avons environ cent kilomètres carrés ici et nous ne sommes que sept. On fait déjà pas mal d'heures supplémentaires. Pour des tas de raisons.

– On m'a dit que vous autorisez le nudisme sur les plages, dit De Gier.

– Oui, répondit le policier responsable. On les a beaucoup regardés, quand le nudisme était encore tout nouveau, il y avait de belles femmes, mais on s'habitue à ce qu'elles ont à montrer. Je préfère observer les oiseaux maintenant. C'est plus varié. Je les cherche dans mon livre sur les oiseaux et dès que je les ai reconnus je les barre.

Le Capitaine du Port s'excusa. Un bateau arrivait en vue de la jetée.

– On y va ? proposa le policier responsable.

Le trajet ne fut pas long, malgré deux interruptions. Un cycliste était sorti de la piste réservée aux cyclistes et dut être réprimandé ; et un homme qui vidait son cendrier au-dessus d'une poubelle fournie par la municipalité mais qui avait laissé tomber deux mégots en route s'attira des reproches polis. Les deux contrevenants s'excusèrent à profusion.

– Il faut faire attention à tout ici, commenta le subordonné quand ils atteignirent leur commissariat. Café, sergent ?

– Non merci, répondit De Gier. Je souffre d'un léger stress. Avec le café ça empire.

– Vous devriez essayer la pêche, conseilla le policier responsable. On nous a recommandé de pêcher plutôt que de suivre de coûteuses thérapies. La pêche à l'anguille est hautement conseillée. Nous déposons notre panier et le retirons au bout de six heures. Entre-temps nous attendons.

Ils montrèrent à De Gier les paniers à anguilles qui séchaient en ligne dans la cour. Une moto était appuyée contre un mur.

– Une motocross, précisa le policier subordonné. Je me suis amusé avec un moment mais maintenant elle est en vente. Des bonnes grosses roues. Vous montez n'importe quelle dune avec ça mais ça remue trop, ça donne mal aux reins.

– Le sergent était dans la brigade des motards d'Amsterdam, dit le soldat Sudema.

– Je vous la prête, dit le policier. Allez faire un tour avec dès que vous en aurez terminé avec votre arrestation. Le déserteur est chez lui, je l'ai aperçu ce matin.

– Vous n'auriez pas pu lui mettre la main au collet ? demanda De Gier.

– Moi ? demanda le policier. Un agent de la Police Nationale. Me mêler d'une histoire militaire !?

Le soldat Sudema toussota derrière sa paume.

– Excusez-moi, dit De Gier.

– Nous essayons d'aider nos collègues de temps en temps, reprit le policier, mais nous ne nous mêlons pas de leurs affaires, c'est encore autre chose.

La maison que désignait Sudema était entourée de buissons de roses.

– Je vais sonner, annonça Sudema. Il ne voudra sans doute pas sortir, auquel cas il empruntera probablement la porte de derrière.

– Voulez-vous que je traîne un peu derrière ? demanda De Gier.

– Pourquoi pas ? répondit Sudema. Souhaitez-lui le bonjour. On dit que c'est un type charmant. Et qui parle facilement aux gens.

De Gier s'accroupit derrière la clôture et regarda entre les roses. Dans le jardin un chat s'était étendu de toute sa longueur pour profiter du soleil. Des corbeaux discutaient tranquillement sur le toit. Un vanneau fôlâtrait dans le ciel. Des canards agitaient leurs ailes pour se rendre à la mer. Un jeune homme sortit de la cuisine et prit un râteau. Il râtissa l'allée qui menait à la grange, abandonna le râteau contre le chambranle de la porte et entra. Dans la grange une moto démarra. De Gier bondit sur ses pieds et agita la main.

– Hé !

Le jeune homme à la moto franchit le portail ouvert à pleine vitesse.

Sudema contourna la maison à pas lents.

– C'était notre lascar.

– Trop rapide pour moi, remarqua De Gier.

– Il est parti maintenant, nota Sudema. Dommage, dans un sens. Enfin, il y a toujours une seconde fois.

– Je dois parler au sujet, dit De Gier. Il retourna ventre à terre au commissariat. Le policier ne trouva pas tout de suite la clé de la moto. De Gier courait en petites foulées autour de la cour.

– La voilà, s'écria le policier. Dans le plateau pour les crayons et les stylos-billes. Nous sommes trop mal organisés. Ça me rend dingo.

De Gier appuya sur le starter et passa les vitesses avec son pied. La bécane escalada une dune sans peine, bondit, retomba souplement et repartit. Sur la plage De Gier accéléra.

Les roues hurlèrent sur le sable laissé humide par la marée qui descendait. De Gier coupa le moteur et freina. Il tendit l'oreille.

Un grondement, au loin, devant.

Il relança le moteur d'un coup de pied. L'aiguille du compteur de vitesse bascula. Une île, songea De Gier, a une extrémité.

Le point devant lui était arrivé au bout et devrait faire demi-tour. De Gier manœuvra. Les motos tournèrent l'une autour de l'autre, en virages de plus en plus serrés.

Le chat et la souris.

Je t'aime bien, Souris, pensa De Gier. Tu sais ? Je vais te laisser tranquille. Vas-y, échappe-toi.

La Souris s'enfuit à toute allure mais le chat lui coupa la route, en négociant un virage à la corde. La Souris tomba et ne bougea plus.

– Vous vous êtes fait mal ? demanda De Gier.

– Foulé un muscle, répondit le déserteur. Il sauta sur ses pieds. Le déserteur était un garçon mince avec des cheveux très blonds, des jambes musclées et de longs bras mobiles. Il sautillait sur place, en agitant les poings.

– Prêt ?

De Gier fit tomber le sable de sa moustache.

– Pas vraiment. Je préférerais boire quelque chose de frais. Il fait chaud aujourd'hui. Vous connaissez le coin, non ? Un joli café avec une belle vue ?

– Vous êtes un flic de la Police Militaire ?

– De Gier, Police Municipale, Amsterdam. Je ne vous recherche pas. Je n'ai que quelques questions à vous poser.

– Le policier qui a sonné était un flic de l'Armée.

– Je ne lui dirai rien, promit De Gier. Il sourit.

Le jeune homme continuait à sautiller.

– On peut pas faire confiance à un policier.

De Gier leva une main. Il la plaqua sur sa poitrine.

– Vous pouvez me faire confiance. Je suis un touriste, un étranger, qui visite votre ravissante région.

– Il me bourre le mou, hurla le déserteur au déserteur.

– Que je ne mange plus jamais de sole frite, jura De Gier, si on ne peut pas croire en ma parole.

Le jeune homme redressa sa moto.

– Suivez-moi.

Sur la terrasse du café, contemplant d'un œil paisible la mer presque immobile au-delà de châteaux de sable construits par des touristes allemands, uniquement dérangé par des enfants qui se volaient des frites dans leurs cornets respectifs, uniquement distrait par une très jeune mère et sa fille presque adulte qui avaient ôté leur chemisier pour se passer de l'huile solaire sur les seins, le déserteur exposa ses griefs. La vie dans l'Armée de l'Air ne lui convenait pas. Il parla de la routine : se lever à l'aube pour entamer une nouvelle journée au cours de laquelle il n'y aurait pas grand-chose à faire sinon tirer un avion vers un endroit déterminé. Une fois là, il fallait l'emmener ailleurs. Et retour, deux ou trois fois. L'avion ne volait jamais, il était garé. Une panne, peut-être ? Possible, personne n'en savait rien. Peut-être que l'avion ne marchait pas. Il faut le remettre à sa place. L'avion est en plein milieu du chemin. Vous, ça vous ennuierait de le mettre là-bas ? Qui a amené cet avion ici ? S'il vous plaît, soldat, enlevez-le. Ce n'est pas le bon avion. Il devrait décoller sur l'autre piste. Le pilote attend. Il n'y a pas de pilote qui attend ? Trouvons un pilote. Non, pas vous, vous êtes celui qui tirez l'avion.

– Pitié, dit De Gier.

– C'est comme ça, assura le déserteur. J'ai un boulot fou, mais ils m'ont incorporé quand même. Je dois terminer mon nouveau bateau pour pouvoir le louer et gagner un peu d'argent, et puis réparer mon autre bateau, il faut que j'aille à Fidji ?

– Pourquoi Fidji ?

Le déserteur avait lu des livres sur Fidji. Son père avait voyagé aussi, mais pas si loin que ça.

– Ils ont des os enfilés dans le nez là-bas, et quand les dames veulent que vous leur fassiez l'amour elles ôtent leur chemise. Mais il faut se méfier. Des fois elles ôtent leur chemise pour plonger et pêcher la langouste. Mais alors elles ôtent leur chemise d'une autre façon. Il faut observer leurs coutumes et tout se passe bien.

– Elles enlèvent leur chemise ici aussi, remarqua De Gier.

Le déserteur regarda la très jeune mère et sa fille presque adulte. La mère et la fille lui sourirent.

– Elles n'ont pas d'os enfilé dans le nez, déclara le déserteur. Et elles ne plongent pas non plus. Il faut vraiment que j'aille à Fidji.

Le déserteur posa son verre. De Gier commanda une seconde tournée.

– Votre solution est simple.

– Pas maintenant, je suis sur le point d'être arrêté. Jusqu'ici je leur ai échappé mais ils reviennent toujours.

– Absolument, dit De Gier. Ne vous laissez pas prendre. C'est la solution de facilité et aussi la moins agréable. Choisissez la solution la plus intelligente. Prenez votre bateau et rejoignez le continent. Rendez-vous à la base aérienne. Sautez par-dessus la clôture. Allez tout droit au bureau du commandant, frappez à la porte et présentez-vous.

– Vous me prenez pour un imbécile ?

– Pas du tout, protesta De Gier. Vous êtes courageux et vous êtes intelligent. Expliquez au commandant que vous ne voulez plus être dans l'Armée de l'Air.

– Ils me passeront les menottes.

– Jamais de la vie, assura De Gier. On vous renverra chez vous.

– Pourquoi ?

– Parce que vous ne voulez pas vous joindre à eux. Ils n'aiment pas ça. La plupart des militaires sont du type groupies. L'individu les effraie.

– Ils vont me traiter de fou.

– Vous êtes fou, dit De Gier. Comme l'élite. Je suis fou moi aussi mais je suis très discret. Vous devriez être discret aussi. Dites-leur que leur vie ne vous convient pas, que vous ne comprenez pas pourquoi. Dites que vous êtes navré. Et puis rentrez dans votre île, terminez votre bateau et embarquez-vous pour Fidji.

Le déserteur réfléchit.

– Vous êtes sûr d'être fou vous aussi ?

– Ccchhut. Ne le dites à personne.

– Vous voulez aller à Fidji vous aussi.

– Moi, c'est la Papouasie de Nouvelle-Guinée, souffla De Gier. C'est au moins aussi loin. J'ai pris mon temps. Ça m'est venu lentement. Vous avez de la chance. C'est mieux de partir quand on est jeune.

Le déserteur sourit.

– Et maintenant, reprit De Gier, parlez-moi du cuivre.

– Vous me recherchez pour ça ?

– Je ne vous recherche pas, assura De Gier. Sortez-vous ça de la tête, par pitié. Un homme intelligent ne devrait pas avoir à se répéter. Alors, cette histoire de cuivre ? C'est pour ça que vous étiez à Dingjum ? La fois où vous avez encore réussi à leur filer entre les doigts ?

– Oui, avoua le déserteur. Mais je ne l'ai pas vendu au fourgue. Je le rapporterai ici si vous voulez. Ça paraissait une bonne idée, en pleine nuit, trois baraques remplies de cuivre qui coûte cher, ramassé par ces imbéciles de soldats, mais quand j'ai eu terminé ça ne m'a plus paru drôle du tout.

– Vous vouliez le vendre à Douwe Scherjoen ?

– Un sale petit bonhomme, cracha le déserteur. Il pensait me tenir. Le cuivre ce n'était qu'un début. Il avait d'autres projets qui ne me plaisaient pas du tout.

De Gier but quelques gorgées de son soda.

– Vous savez ce qu'il préparait ? demanda le déserteur.

De Gier roula une cigarette.

– Je ne marche pas dans ces combines, s'indigna le déserteur.

– Mais ça ne vous gêne pas de voler du cuivre ?

– Ça c'était marrant. Le déserteur rit. Et une partie du projet de Scherjoen était marrante aussi. Rejoindre un cargo rouillé au vu et au su de tous les bateaux de patrouille et transborder une cargaison. Vous n'avez pas idée de tout ce qui fouine dans les parages. La Police des Eaux, la Police Militaire, la Marine, l'Inspection des Eaux...

– On m'a expliqué ça.

– Mais la cargaison ne me plaisait pas.

– Vous avez refusé ?

– Bien sûr, dit le déserteur. Ils refilent ce truc aux gosses des écoles, gratis, et une fois qu'ils sont accrochés ils les envoient se vautrer dans la fange d'Amsterdam. Pas moi, jamais. Pourquoi est-ce que je ferais une chose pareille ?

– Que vous a dit Scherjoen sur la nature de la cargaison ?

– Rien.

– Quel genre de bateau devait l'apporter ?

Le déserteur haussa les épaules.

– Quand devait arriver ce cargo ?

– Bientôt, mais j'ai refusé tout net. Je ne voulais plus entendre parler de Scherjoen. Je ne lui ai jamais donné le cuivre. Je le rapporterai dans les cabanes si vous voulez.

– C'est une bonne idée, convint De Gier.

Ils repartirent ensemble. De Gier rapporta la motocross au commissariat de police.

– Vous ne l'attraperez jamais, déclara le policier responsable. Il connaît l'île comme sa poche. Vous l'avez aperçu au moins ?

– Je l'ai entendu, dit De Gier. Mais je n'ai jamais pu l'approcher. Enfin, j'ai essayé.

Le capitaine téléphona. Ce n'était pas qu'il était pressé mais il se faisait tard et il pensait qu'il serait temps qu'il rentre sur le continent.

– Vous avez pris des anguilles ces derniers temps ? s'enquit le soldat Sudema.

Le policier subordonné apporta deux grosses anguilles et les enveloppa séparément.

– Nous vous les avons fumées.

Sudema et De Gier remercièrent leurs hôtes.

Le bâtiment de la Police Militaire était prêt à partir et à laisser place au bateau de patrouille de la Police Nationale. On attendait aussi le vaisseau de la Marine d'un moment à l'autre. Deux hélicoptères vrombissaient au-dessus de la jetée.

– La CIA, expliqua le Capitaine du Port, qui coopère avec notre Service de Sécurité. Il y a un bateau de pêche d'Allemagne de l'Est au large, bourré d'instruments électroniques pour espionner les opérations de l'OTAN qui recommencent en ce moment. Les hélicoptères appartiennent à l'Armée, je présume, mais ils pourraient aussi être à la Marine. Des pilotes de l'Armée de l'Air, sans doute.

– Et que feront-ils au navire espion ?

– Tourner autour peut-être, suggéra le capitaine du Port.

– Ça devrait être notre boulot, remarqua le soldat Sudema, mais nous n'avons pas le bateau qu'il faut. Le Kraut est en eau peu profonde, en dehors du chenal.

Des avions de chasse tracèrent des lignes floconneuses dans le ciel.

– Et eux, qu'est-ce qu'ils font ? demanda De Gier.

– Ils font des heures, expliqua Sudema. L'Armée de l'Air passe son temps à faire des heures. Leur système est différent du nôtre.

Les soldats apportèrent des fauteuils pliants et De Gier et Sudema s'installèrent sur l'arrière-pont. Sudema alluma une pipe. Les soldats apportèrent le thé et une assiette de biscuits tout frais sur un plateau. Des phoques folâtraient dans le sillage du bateau.

– Les phoques ont la belle vie, remarqua Sudema. Ils s'amusent tout le temps. Il y a de quoi envier ces imbéciles d'animaux. Regardez-les donc.

De Gier crut voir le plus gros des phoques lui cligner de l'œil.

– Vous n'avez que trop raison, reconnut De Gier. Nous, nous passons notre vie à travailler.

15.

La Citroën du commissaire passa silencieusement devant la véranda du dernier domicile connu de Scherjoen. La Landrover qui les avait dirigés se gara et le sergent et son compagnon en sortirent. Le commissaire leur serra la main.

– Ils ont eu un petit sourire narquois, remarqua le commissaire en gravissant les marches. Ça ne vous a pas frappé ? Je n'aime pas beaucoup ça. Des guides qui prétendent tout connaître mieux que vous, alors que je suis dans mon pays.

– Quel âge aviez-vous quand vous avez quitté Joure ? demanda Cardozo.

– J'ai des souvenirs subconscients, avoua le commissaire, mais j'ai des souvenirs. Le paysage, l'atmosphère, le mode de penser des gens d'ici, même la langue me paraît familière.

– J'ai été en Israël l'année dernière, dit Cardozo.

– Et vous aviez aussi ce genre de souvenirs ?

– Non, dit Cardozo. Il sonna. Rien que le marché de Jérusalem peut-être, mais c'est du côté arabe. Je ne suis pas arabe. Et pourtant, les marchands me faisaient penser à mon oncle Ezra.

Ils attendirent.

– Comme dans un rêve, reprit le commissaire. La nuit dernière j'ai fait un rêve très clair. J'étais un petit garçon et je courais derrière ma mère. La maison était immense. Des couloirs partout, et des portes, des tas de portes. Elle les refermait toutes devant mon nez, et j'arrivais à peine à atteindre la poignée.

– Je ne vois pas tellement de différence ici, en Frise, remarqua Cardozo. Ça ressemble au reste du pays. La langue est peut-être bizarre. Samuel et moi on jouait à inventer une Langue Bizarre quand on était petits. On transformait tous les mots un petit peu et puis on faisait semblant de se comprendre. Je crois qu'ils font la même chose ici. J'ai l'impression qu'il n'y a personne.

– Ils contournèrent l'imposant manoir, admirèrent les pampres de vigne qui poussaient sous les avant-toits et se jetèrent de côté pour éviter l'attaque furieuse d'un coq. Des hérons bleus les regardaient du haut de leurs nids dans les peupliers. Le commissaire trouva un jardin d'herbes aromatiques dominé par des rochers envahis de thym argenté. Ils entendirent des roues crisser sur le gravier de l'allée. Cardozo se précipita et revint avec un gros type chauve. Les joues de l'homme tremblèrent quand il se pencha pour saluer le commissaire. Son regard, derrière des verres épais cerclés d'écaille, paraissait menaçant.

– Ce monsieur travaille pour le Service des Impôts, annonça Cardozo.

– Verhulst, tonna l'homme. Je recherche le même suspect. Vous êtes le Chef des enquêteurs ?

Le commissaire sortit sa carte.

– Asseyons-nous, voulez-vous ? proposa Verhulst. Il y avait quelques chaises de jardin. Verhulst les essuya d'un coup de mouchoir. Cardozo alla marcher sous les peupliers.

– Vous cherchez surtout de l'argent, dit le commissaire.

– Une tâche difficile, monsieur. Verhulst croisa ses mains rougeaudes sur son gilet. Nous ne sommes pas aussi puissants que la police. Les gens nous détestent. Vous chassez, nous allons à la pêche patiemment, mais je crois bien qu'ici ça va mordre.

– Vraiment, fit le commissaire d'un ton poli.

Verhulst désigna le manoir.

– Tenez. D'où est sorti l'argent pour acheter cette coûteuse propriété ?

– Scherjoen devait frauder le fisc ?

Verhulst rit à gorge déployée.

– Non ? s'étonna le commissaire. Votre travail me semble facile. Vous confisquez la maison et les terrains. La voiture neuve de Scherjoen est en ce moment garée dans notre cour. Vous pouvez prendre aussi son véhicule.

Verhulst admira ses bottines bien cirées.

– Hypothèque sur la propriété, et la voiture est en leasing.

Le commissaire sourit.

– Ça vous amuse ? demanda Verhulst. C'est l'Etat que l'on escroque, monsieur. Scherjoen gagnait une fortune par jour, par des moyens illégaux, avec des transactions en liquide. Il percevait des intérêts exorbitants sur des prêts non enregistrés. Il fourguait des marchandises volées. Mais sur ses déclarations d'impôts son revenu était équilibré entre profits et pertes. Verhulst agita les deux mains, il nous a eus au moins de deux millions. Où sont-ils passés ?

– Il a caché l'argent ? suggéra le commissaire.

– Je compte sur votre coopération, déclara Verhulst d'une voix accablée. Je propose que vous ordonniez une fouille de la maison. J'en ai aussi le pouvoir mais les gens d'ici sont connus pour leur violence et je ne tiens pas à être accueilli à coups de fourches, et de faux. Mme Scherjoen est veuve, c'est toujours une situation délicate. Si vous entrez en scène, vous serez mieux accepté par les Frisons.

– Vous savez, déclara le commissaire, je déteste être surimposé.

– Vous n'êtes pas le seul, monsieur.

– La démarche qu'applique votre service actuellement, reprit le commissaire, ne vaut rien. Elle provoque le malaise. Prenez ce Douwe Scherjoen, par exemple ; serait-il devenu aussi mesquin et irresponsable si on l'avait autorisé à conserver une part raisonnable de ses bénéfices ? Et aurait-il pu pratiquer l'usure si vous autres n'aviez pas écrasé d'impôts les citoyens au point qu'il ne leur restait plus qu'à emprunter à des taux aussi invraisemblables ?

– Voyons, s'indigna Verhulst, si c'est votre point de vue...

– Nous tuons le temps ici, de toute façon, observa le commissaire. Autant avoir une petite discussion. Réfléchissez-vous parfois à votre travail ou bien vous contentez-vous d'obéir aux ordres ?

– Vous ne seriez pas Frison ? demanda Verhulst. J'ai déjà entendu ce genre de discours dans ces contrées perdues.

– Je suis né à Joure, claironna le commissaire.

– Et vous en êtes parti, remarqua Verhulst. Bravo. La vie coloniale ne vous convenait pas ?

– Vous voulez rire ?

– Vous voyez une différence ? Nous avions des colonies en Extrême-Orient où nous exploitions nos plantations. Maintenant il nous reste la Frise, c'est pareil. Des terres en friche reconverties qui fournissent nos récoltes. Les tribus primitives nous servent de main-d'œuvre. Moi je suis de La Haye.

– Vous souffrez de troubles mentaux depuis longtemps ? s'enquit le commissaire.

Cardozo sortit ventre à terre du bois de peuplier.

– Eh bien, quoi ? demanda le commissaire. Qu'est-ce que c'est que cette saleté sur votre tête ? Ne frottez pas, ça commence déjà à vous couler dans les yeux.

Cardozo tapa du pied.

– De la fiente de héron.

– J'ai eu des ennuis, avoua Verhulst. A cause des Aborigènes. Tout m'est revenu quand le gouvernement m'a envoyé ici. J'ai toujours servi l'Etat, je me suis spécialisé en Droit Colonial mais quand j'ai eu mon diplôme notre seule colonie étrangère était la Nouvelle-Guinée, peuplée de sauvages. On m'a nommé fonctionnaire régional là-bas, mais dès que je suis arrivé les villageois voulaient couper des têtes. Leurs parties supérieures grimaçantes se sont mises à voler autour de moi. Mon casque colonial a été maculé de leur sang. J'ai dû suivre un traitement intensif pendant plusieurs années, mais j'ai fini par guérir.

De fluides fientes de héron avaient atteint le nez aux formes délicates de Cardozo.

Verhulst bondit sur ses pieds et se couvrit la bouche avec son mouchoir. Il partit en courant. On entendit sa voiture démarrer.

– Parfait, applaudit le commissaire. C'était une façon comme une autre de se débarrasser de cette brute épaisse. Beau travail, Cardozo.

Cardozo se tirait les cheveux.
– Au secours. Cette crotte me brûle.
Le commissaire le tira vers une pompe et en actionna vigoureusement la poignée. Cardozo garda la tête sous l'eau qui giclait. Mem Scherjoen posa sa bicyclette contre une clôture.
– Qu'est-il arrivé à ce pauvre garçon ? Elle s'approcha. Oh! je vois. C'est arrivé à Douwe une fois, il a voulu aussitôt tuer tous les hérons mais je l'en ai empêché. Venez, mon petit, il y a une douche à l'intérieur.
Cardozo disparut dans la salle de bains. Le commissaire alla boire le thé à la cuisine. Mem Scherjoen sortit un costume qui avait appartenu à son mari. Cardozo réapparut, dans un costume de velours noir à boutons d'argent et une chemise à rayures sans col. Le commissaire applaudit.
– On croirait un Rembrandt, Cardozo. Très impressionnant. Le poète juif, il est au Rijksmueseum, sur un sol de briques rouges, avec la lumière venant de derrière, comme vous là. C'est parfait.
– Vous êtes superbe, s'écria Mem Scherjoen. Et comme vous avez de beaux cheveux !
– J'ai utilisé tout votre shampooing, s'excusa Cardozo.
– Merveilleux.
Mme Scherjoen beurrait des tranches de pain d'épices. Elle versa encore du thé. Cardozo s'assit sur un tabouret.
– A propos de votre mari, commença le commissaire. Nous sommes de la police. Nous sommes navrés de ce qui est arrivé mais veuillez nous excuser, nous devons vous poser des questions.
– Douwe, déclara Mem Scherjoen, n'était pas un homme bon.
Le commissaire attendit.
– Mais il va me manquer, avoua Mem Scherjoen.
– Vous vous êtes mariés jeunes ?
– Oh oui ! s'exclama Mem Scherjoen. Nous étions ensemble depuis toujours. Quand je rêve de Douwe

désormais il est mon enfant, ou mon ami, et c'est la même chose pour moi, je ne suis pas toujours sa fiancée non plus. Des rêves vraiment étranges mais ils sont tous réels et Douwe crée toujours des ennuis. Je prends la bonne voie et il essaie de nous enfoncer toujours, mais nous sommes toujours unis, cette partie-là ne change jamais.

– Vos rêves finissent bien ? demanda le commissaire.

– Pas ce que j'ai vu la nuit dernière, dit Mem Scherjoen. J'étais de nouveau sa mère mais je tombais malade et mourais, et il essayait de ramper derrière moi mais je ne pouvais pas l'emmener avec moi.

– Et dans les autres rêves ?

– Nous marchions quelque part, main dans la main, ou on se disputait dans une cuisine.

– Pas dans cette cuisine-ci ?

– Non, dans une cabane en bois, il me semble, en haut d'une colline, nous étions pauvres à l'époque.

– Qui entamait la dispute ?

– Douwe, dit Mem Scherjoen. Il a cassé ma dernière assiette.

– Vous criiez vous aussi ?

– Pas tellement, dit Mem Scherjoen. Je l'ai toujours aimé et il voulait toujours s'en assurer.

– Il vous rendait triste ?

– Oui.

– Vous vouliez le punir ?

– Non, répondit Mem Scherjoen. Je voulais seulement arranger les ennuis qu'il causait aux autres mais il était trop actif. Je ne voulais pas qu'il nous fasse tomber si bas.

Le commissaire attendit.

Les cheveux gris-argent de Mem Scherjoen se nimbèrent d'une lumière éclatante qui entrait à flots par les fenêtres de la cuisine. Sommes-nous vraiment ramenés, songea le commissaire, aux images du Siècle d'Or ? Il se frotta les mains de plaisir, mais à ce moment un nuage passa et Mem Scherjoen ne fut plus qu'une vieille dame et Cardozo un acteur qui s'habituait à un costume pas tout à fait à sa taille.

– Mais j'ai l'or de Douwe, reprit Mem Schejoen.

Elle fut interrompue par la toux du commissaire.

– L'or ? demanda le commissaire d'une voix étrangement perchée.

– Oui, dit Mem Scherjoen. Il doit se trouver dans la maison. Douwe attendait toujours que je sois au lit et puis il bricolait je ne sais quoi. Il rapportait toujours de l'or.

– De l'or ? demanda une nouvelle fois le commissaire, du même ton de reproche étonné.

– Des fines tranches ? fit Mem Scherjoen, en écartant les doigts pour indiquer la taille de petits lingots d'or.

– Vous êtes un bon fusil ? demanda Cardozo.

– Oui, répondit Mem Scherjoen fièrement. J'ai appris à tirer pendant la guerre. Les Anglais ont lâché un instructeur au-dessus de chez nous, il vivait au grenier dans la ferme de mes parents. Il nous avait installé un terrain de tir. Avec un fusil il fallait manœuvrer la culasse mais le pistolet était plus facile, il suffisait de la charger une seule fois. Nous habitions près d'une scierie et le hurlement des scies couvrait tout le bruit.

– Le Mauser vous appartenait ?

– Les Allemands l'ont laissé, expliqua Mem Scherjoen. Plus tard des troupes allemandes ont campé dans notre champ, elles sont parties juste avant la libération. J'ai trouvé le Mauser dans l'une de leurs tentes.

– N'auriez-vous pas dû le remettre aux autorités ?

Mem Scherjoen sourit et haussa les épaules.

– Douwe a combattu les Allemands lui aussi ? demanda le commissaire.

– Pas tout de suite, dit Mme Scherjoen. Il leur vendait des marchandises mais ils l'ont rossé à cause d'un chargement de pommes de terre pourries et de talc mélangé à du gravier pour mettre dans leurs souliers.

– Alors il s'est vengé ?

– Il n'a jamais été très courageux.

– La nuit, intervint Cardozo, la nuit où votre mari a été assassiné, vous étiez à Amsterdam.

Mem Scherjoen souriait toujours.

– Oui, j'étais chez ma sœur, mais je ne l'ai pas tué. Comment aurais-je pu faire une chose pareille ? Je n'ai jamais tiré sur personne, pendant la guerre je transportais des marchandises de contrebande ; tuer, c'était l'affaire des hommes.

– Les temps ont changé, remarqua le commissaire. Les femmes participent à la vie active, elles sont motards, pilotes de chasse et capitaines de sous-marins.

– Je préfère autant m'occuper d'hommes arriérés, déclara Mem Scherjoen. Douwe était un peu demeuré. Jamais il n'a voulu apprendre. J'ai pensé que je pourrais les accueillir ici dans la maison, ça ne serait pas mieux qu'une de ces glaciales institutions ? Ils pourraient jouer dans le jardin et je cuisinerais pour eux. Douwe aimait beaucoup ma cuisine.

– Auriez-vous une photo de votre mari ? demanda Cardozo.

Mem apporta un album.

– Des instantanés. Je les ai pris quand il ne regardait pas.

Cardozo et le commissaire virent Scherjoen flânant entre les rochers dans le jardin d'herbes aromatiques, nourrissant les canards dans la mare, bêchant le potager. Mem Scherjoen regardait par-dessus leurs épaules.

– Il avait de bons moments.

– Je pourrais vous emprunter ceci ? demanda Cardozo. Je vous rendrais cet album au plus vite.

– Bien sûr. Elle coupa encore du gâteau. Le commissaire et Cardozo mâchèrent doucement. Mem raconta qu'un inspecteur du Service des Impôts était venu fouiner mais qu'elle n'avait pas encore cherché l'or et qu'elle ne le donnerait pas quand elle aurait mis la main dessus. Je me disais que je pourrais le passer en Suisse. Le changer contre de l'argent. Et puis peut-être rapporter l'argent ici ? Je peux sans doute berner ce M. Verhulst ?

– Est-ce que vous lui avez dit qu'il devait y avoir de l'or ici ? s'enquit le commissaire.

– Non.

– Si vous le rapportez, en liquide et ne le déposez pas sur votre compte en banque, conseilla le commissaire, les canailles des impôts n'en sauront jamais rien. Vous devriez voir votre comptable. Douwe avait-il contracté une assurance-vie ?

– Oui, répondit Mem Scherjoen. Incroyable. Jamais je n'aurais pensé qu'il se serait inquiété de ça. Le chèque sera énorme.

– Couvrira-t-il l'hypothèque ?

– Il en restera encore un bon paquet.

– Votre comptable vous indiquera comment investir la différence et vivre des intérêts. Si vous procédez ainsi l'or viendra en plus.

– C'est bien, non ? fit Mem Scherjoen. Je pourrai accueillir un tas de retardés.

– Mais comment sortirez-vous l'or du pays ? demanda Cardozo.

– Gyske m'aidera. Elle a une bonne voiture.

Mem raccompagna ses visiteurs à la Citroën, et agita la main tandis qu'ils s'éloignaient.

– Mem a les mêmes yeux que vous, remarqua Cardozo. Un ton de bleu très doux, très rare, je ne l'ai jamais vu chez personne d'autre. Elle pourrait être votre sœur. Le même genre de personnage, j'imagine. La colombe et le serpent.

– Quoi ? dit le commissaire.

– L'innocence de la colombe ? La perspicacité diabolique du serpent ?

– Je vous en prie, plaida le commissaire. Epargnez-moi vos cruelles remarques. Il tira sur son cigare. Quoique, voyons ça. Diabolique, c'est ça ? Tirer sur son mari, brûler le pauvre type, et nous demander conseil sur la meilleure façon de profiter du butin. La suspecte souffre peut-être d'un complexe de maternité. Elle cherche à chanter bien haut sa culpabilité en s'occupant d'imbéciles bien vivants.

– Elle n'est pas bête, dit Cardozo. Et elle a du cran. Le mobile, l'occasion, un but cruel, tout concorde de mieux en mieux. Va-t-on entreprendre la fouille de la maison bientôt ? Il faudrait trouver cet or. Quand nous balancerons un tas d'or sur le bureau du juge il sera impressionné par nos accusations.

– Nous allons lui laisser un peu de temps, déclara le commissaire. Et puis je téléphonerai. Il me faut le numéro de sa sœur. Vérifier son alibi, voir ce que je peux trouver après.

– Et le Service des Impôts, il va se réjouir, non ? demanda Cardozo. Nous serons tous ravis. Une fois encore l'Etat va gagner.

– Mais quelle femme charmante, remarqua le commissaire. Vous n'êtes pas d'accord ? Une femme tellement adorable. Qu'en dites-vous ?

– Que je meurs de faim, avoua Cardozo.

– Allons-nous dans la bonne direction ? demanda le commissaire. Toutes les pancartes indiquent l'est. Est-ce que Leeuwarden ne se trouve pas au nord ?

Il y a un motard qui nous suit, annonça Cardozo.

La moto vint s'arrêter devant la Citroën. Un caporal en descendit et salua.

– Nous allons à Leeuwarden, déclara le commissaire.

Le motard leur montra le chemin. Il s'arrêta une autre fois.

– Je ne peux pas vous emmener plus loin, monsieur, dit le caporal. Je suis de la Nationale, et nous entrons sur le territoire de la ville. Si vous avez une minute je vais demander de l'aide par radio. Il décrocha le micro de sa radio. Le Commissariat Municipal ? Terminé ?

Le caporal parlait frison. Il paraissait avoir du mal à se faire comprendre.

– Ils ne parlent donc pas tous le frison ici, s'enquit le commissaire.

– Certains non, reconnut le caporal. Nous avons nos traîtres. Ils mettent un point d'honneur à employer le hollandais. Certains d'entre nous pensent qu'il y a trop de langues différentes dans le monde. Ils nous feront tous parler russe bientôt. Il se remit à brailler dans son micro.

– Quoi encore ? demanda la radio en hollandais.

Le caporal soupira.

– Très bien. La Citroën gris métallisé. Sur le périphérique, borne 12, envoyez une voiture et venez prendre en charge des collègues des Pays-Bas.

– Vous êtes aux Pays-Bas, rétorqua la radio sèchement.

– Vous envoyez une voiture ? hurla le caporal, qui s'empourprait.

– C'est compris, répondit la radio avec un rire.

16.

– Je m'étonne souvent, remarqua De Gier, je reste dehors toute la journée et je réussis quand même à préparer un bon petit dîner. Regardez-moi ce festin. Soles frites toutes fraîches, anguille fumée sur toasts que je vais griller, crème fouettée de ma blanche main et fraises équeutées et lavées. Il me reste peut-être encore une minute pour secouer une salade. Et toi tu te contentes de faire la mouche du coche. Le dilettante parfait. Tu pourrais m'aider, peut-être ?

– Mettre la table ? demanda Gripjstra. Il ouvrit un tiroir à la recherche d'une nappe. Il tira trop fort, le tiroir sortit de ses rails et tomba à ses pieds avec tous les ustensiles de cuisine. Gripjstra sortit de la cuisine en clopinant et en dévidant des chapelets de mots de cinq lettres.

De Gier le suivit.

– Tu es sûr d'être Frison ? On dit que les Frisons ne se démontent jamais.

Gripjstra s'assit et ôta sa chaussure.

De Gier s'allongea sur le divan et prit son livre.

– « Tu es un imbécile », lut De Gier. Pas toi, mais le héros de ce livre. C'est sa femme qui lui parle. Elle s'appelle de nouveau Martha. Je dirais que leur mariage ne marche pas très fort parce qu'elle ne le laisse jamais donner son avis. Si elle le laissait parler elle comprendrait peut-être ce qu'il ne comprend pas dans son attitude à elle. Dans ce cas le livre pourrait bien se terminer, mais c'est peut-être ça la mauvaise littérature. De Gier s'extirpa des coussins du divan. Pourquoi personne n'est-il jamais heureux ? C'est pareil ici, dans cette province tellement supérieure au reste du pays. Mem et Douwe, Gyske et Sjurd, et la petite amie du neveu de Sjurd qui vient de rompre ses fiançailles. Les désaccords entre ceux qui s'aiment sont à peu près aussi violents que chez nous. Ça va mal partout.

Gripjstra avait remis sa chaussure et repartait vers la cuisine.

– Le bonheur, déclara l'adjudant, n'est peut-être pas ce que nous devrions rechercher.

– Le bonheur, reprit De Gier, est un lapin en peluche blanche avec un ruban rouge autour de son cou duveteux. Cette idée ne m'a jamais plu. Comment t'en es-tu sorti avec Pyr, Tyarl et comment s'appelle-t-il déjà ?

– Yelte, dit Gripjstra d'une voix lamentable.

– Quelle tête sinistre tu fais, remarqua De Gier. Je t'ai toujours admiré pour ta ténacité. Les suspects ont des noms tout à fait normaux, j'en suis sûr. Tu as inventé ces noms bizarres pour t'assurer que je m'en mêlerai pas.

– Ce sont des vrais noms, grogna Gripjstra. Et toi, hurla-t-il, pourquoi ne restes-tu pas en dehors de tout ça, hein ?

– Je suis ton ami, dit De Gier. Nous vivons ensemble.

Je m'intéresse à ce qui t'arrive. Je m'inquiète de ton bien-être. Tu travailles trop et tu devrais apprendre à te détendre. Qu'est-ce qui t'occupe tant ?

– Je ne devrais pas être si occupé ? demanda Gripjstra. Dans mon pull frison ? Sous ma casquette frisonne ? Ne faut-il donc pas que je rende visite à ces moutons humains ? Qui bêlent par-devant et grincent par-derrière ? Et pourquoi ces bestioles à demi-humaines grincent-elles par-derrière ? Parce qu'on ne leur essuie jamais le cul et que la merde y reste collée. De méchants demeurés aux yeux jaunes, qui se vautrent avec délice dans leur imbécillité congénitale.

– Grincer ? De Gier bondit sur ses pieds. Je reviens dans une minute.

Il revint avec le rat. Eddy s'était évanoui dans les mains de De Gier ; sa queue et ses pattes pendaient lamentablement.

Gripjstra avait trouvé la nappe et la secouait pour la déplier.

– Salut, Eddy.

Le museau rose d'Eddy frémit.

– Ecoute ? Le nez du commissaire s'avança vers la poitrine d'Eddy, Gripjstra se pencha. Tu entends ?

– Il grince de nouveau, remarqua Gripjstra. Les chats ronronnent. C'est peut-être normal mais il m'a l'air malade.

Eddy fut gentiment déposé sur le divan. Gripjstra lui caressa le dos. De Gier apporta du fromage. Eddy se mit sur ses pattes avec difficulté et attrapa le fromage.

– Je reprends mon rôle, déclara De Gier, de l'ami dévoué qui partage tes petits ennuis. Que t'ont dit Pyr, Tyark et Yelte aujourd'hui ?

– Ils m'ont traité d'*amtner*. Ils m'ont accusé de *rabberij*. Et ils ont juré ne rien savoir.

– Ta terminologie manque de clarté.

– Je croyais que tu maîtrisais ce baragouin ? Gripjstra haussa le ton. Je croyais que c'était toi l'érudit ?

De Gier consulta son dictionnaire.

– *Amtner* signifie simplement « fonctionnaire » mais *rabberij* veut dire « diffamation ».

– Et *belesting* ?

– Ah ! s'exclama De Gier, ça c'est « impôt ». Tout s'éclaire. Tu essayais d'inquiéter les suspects ? Dans l'espoir qu'ils se trahiraient dans un accès de colère ? De Gier posa le petit livre et leva un index docte. La technique habituelle ? Si tu les as accusés de fraude fiscale et donc de transactions illégales;, tu as dû leur faire peur. De Gier agita l'index. Mais tu n'as pas correctement appliqué ta méthode, car tu ne sais toujours rien.

– Fyuu, hurla Gripjstra.

– Tu vas faire une crise d'apoplexie, dit De Gier d'une voix douce. Maîtrise ta respiration.

Le visage de Gripjstra s'empourpra encore plus.

– Fyuu ? demanda De Gier furieux. J'essaie de t'aider, c'est tout. Il ramassa son livre. Tiens. Elle, Martha encore une fois, se plaint d'être en marge du monde normal. Il lâcha le livre. Que nous dit-elle ? Qu'elle ne réussit plus à échanger avec les autres. Cette femme malheureuse ne se doute pas que les autres femmes sont tout aussi désespérées qu'elle. Les autres se sont-elles jamais portées au secours de quelqu'un ? Où est mon Hylkje ? Elle devrait être arrivée. N'a-t-elle pas promis de venir dîner ici ? Hier soir elle m'a excité pendant des heures et puis au moment crucial elle a ramené un ivrogne dans son lit.

– L'Homme, la Marionnette, clama Gripjstra d'un ton de triomphe. Titre d'une dramatique à la télé. Tu me fais penser au héros.

La bouche de De Gier s'ouvrit très légèrement.

– Regarde un peu la télé, dit Gripjstra, et tu ne me dévisageras pas de cet air idiot. La dramatique montrait ce que serait la société quand nous aurions perdu la partie, vu du point de vue des femmes. Des Suédois, évidemment. Sous-titrée et tragique. La femme est lesbienne.

Eddy grinça doucement.

– Pas maintenant, Eddy. De Gier caressa le rat.

– Ma femme a aimé l'émission, continua Gripjstra, et moi aussi parce que j'ai enfin compris à quel point nous sommes humiliés. Et quand j'ai eu saisi ça, tout est devenu clair comme de l'eau de roche. J'ai toujours fait le contraire de ce à quoi elle s'attendait et elle a fini par me rendre ma liberté.

– Hylkje n'est pas lesbienne, intervient De Gier, et ta femme non plus.

– Non ? s'écria Gripjstra d'un ton de triomphe. Alors pourquoi notre collègue se balade-t-elle vêtue de cuir ? Et pourquoi se soumet-elle à l'image masculine de la moto ?

– Alors chaque femme qui choisit une profession jusqu'ici réservée aux hommes est homosexuelle ?

– Et puis elle a une drôle de voix.

– Fais gaffe, menaça De Gier. Quoique tu aies raison, elle a une drôle de voix. Une bisexuelle peut-être ?

– Je me fiche de ce qu'elles sont, dit Gripjstra. Elles peuvent pervertir le code jusqu'à la moelle. La loi permet les anomalies et nous ne devons pas nous en inquiéter. Mais un tabou subsiste, hurla Gripjstra. Le crime ! Et nous sommes de la Brigade Criminelle.

– Ils devraient faire attention avec le feu aussi, dit De Gier. L'incendie criminel est un autre tabou. L'incendie criminel est plus grave parce que le pays manque de logements. Il y a beaucoup trop de monde. Si l'assassinat était autorisé, la population diminuerait, on trouverait un bon équilibre et...

– C'est donc toi le responsable du malheur, conclut Gripjstra d'une voix triste.

On sonna à la porte.

– Tu vas ouvrir et tu présentes tes excuses, ordonna De Gier. Une fille si bien élevée, qui arrive à l'heure pile, sans se douter de tes calomnies. Hylkje est normale, saine, séduisante et envoûtée par mon charme. Pourquoi n'utilises-tu jamais le charme ? Pas étonnant que Pyr, Tyark et Yelte soient restés de marbre.

– Bonsoir, monsieur, dit Gripjstra au bout du couloir. Vous arrivez à point pour le dîner. Mais vous, qui êtes-vous ?

– C'est moi, dit Cardozo.

– Y a-t-il des festivités locales, demanda De Gier quand Cardozo entra. Devons-nous endosser le costume frison ?

– Allez vous faire voir, jura Cardozo et il tourna les talons, prêt à repartir.

La petite main du commissaire attrapa le poignet de Cardozo.

– Restez ici.

Cardozo tira un peu.

– Je ne veux pas qu'on se moque de moi, monsieur.

Gripjstra et De Gier montraient Cardozo du doigt en riant et en s'envoyant des bourrades.

– Ça suffit, décréta le commissaire. Il est temps de tenir une réunion officielle. Et de dîner en même temps, nous avons apporté la boisson. Il sortit de sa poche des petites bouteilles enveloppées de toile. Un cadeau du Préfet Lasius De Burmania, un aristocrate d'une grande serviabilité qui les offre aux touristes.

De Gier déchira les sacs de toile des bouteilles et Gripjstra ôta les bouchons. Cardozo trouva des verres. Le commissaire leva le sien.

– A la santé de Cardozo, qui est autorisé à faire son rapport en premier.

Cardozo parla.

– Tu en as terminé maintenant ? demanda De Gier. L'histoire des hérons est claire mais comment les Chinois de devant pouvaient-ils connaître l'existence des Chinois de derrière ?

– Monsieur ? demanda Cardozo.

Le commissaire exposa sa théorie.

– Je ne peux rien prouver de tout ça, ajouta-t-il, car ils sont morts des deux côtés. Que j'aie raison ou non je suggère que Wo Hop, vu que ses papiers ne sont pas en règle, quitte le pays sur-le-champ, nous verrons toujours ce qu'il se passera ensuite. Peut-être aurons-nous la paix.

– Mais comment pouvaient-ils supposer que la police est corrompue ? demanda Gripjstra. Et que, si l'un de nous monte la Digue en bicyclette il transporte de l'héroïne dans sa boîte à pique-nique !

– Les journaux passent leur temps à nous accuser, rappela De Gier, alors le public croit à leurs mensonges.

– A votre tour, dit le commissaire.

– Je ne suis pas sur l'affaire, souligna De Gier. Comme je ne suis pas Frison, monsieur.

– Gripjstra ?

Gripjstra fit son rapport.

– J'en suis au même point dans mon enquête, reconnut le commissaire. Mem Scherjoen est la suspecte numéro un. Elle refuse de l'admettre. Tout comme vos marchands de moutons. Ils ne risquent pas de nous fournir des informations de leur plein gré car ils savent que nous ne possédons aucune indication tangible. Nous ne pouvons que poser des questions polies.

– Pendant que Cardozo pédale dans un univers de mort et de damnation, railla De Gier.

– Vous ne deviez pas vous tenir à l'écart de tout ça ? demanda Cardozo.

– Monsieur ? fit Gripjstra. Comment le 007 de l'Equipe d'Intervention savait-il que Cardozo pédalerait dans un monde de mort et de damnation ?

– Ils ne savaient rien, dit le commissaire. Vous vous souvenez de ces émigrants révolutionnaires indonésiens qui, par un beau dimanche, sont devenus fous furieux dans l'est du pays, il n'y a pas si longtemps ? La Police Nationale locale passait par là, en route vers un festival quelconque. La chance nous sourit de temps à autre. Le Destin ne nous laissera pas perdre éternellement, sinon nous abandonnerions et le Destin se trouverait désœuvré. Vous auriez dû voir cette démonstration de violence sur la Digue aujourd'hui. Des supermen en tenue de combat faisant feu avec leurs armes futuristes. Si je racontais ça à ma femme elle ne me laisserait plus jamais sortir. La guerre dans une galaxie d'un univers parallèle. Un commandant descendant de pauvres travailleurs étrangers sans l'ombre d'une émotion. Un mitrailleur, programmé sur ordinateur. Une horreur automatisée lâchée dans le monde par des camps d'entraînement secrets engendrés par notre propre organisation. Un spectacle d'un intérêt et d'une efficacité renversante. Le commissaire leva son verre. Ne croyez pas que cela m'a plu.

– Non, dit De Gier, la voix assourdie par un enthousiasme à peine maîtrisé.

– Est-ce que la notion de « proportion » ne figure pas en long en large et en travers dans nos lois ? demanda le commissaire, vidant encore une fois son verre. Que penseront Ary le Chauve et Fritz la Touffe quand ils se verront assaillis de toutes parts par une forme de destruction humanoïde et mécanique ? Leurs successeurs s'adapteront à la situation et attaqueront avec une armée soutenue par des missiles. Quand les punks reviendront à l'attaque à Amsterdam, ce sera avec des blindés.

– Vraiment ? demanda De Gier, en se frottant lentement les mains.

– Sauve-toi, conseilla Gripjstra. Toi le premier. Une seule goutte de sang et tu tombes dans les pommes.

– Moi ? s'indigna De Gier, quittant le divan d'un bond, attrapant une mitraillette imaginaire dans les airs et abattant tout ce qui pouvait se présenter de criminel. Moi ? Je suis un guerrier. La violence est dans mes gènes. La vie est trop facile depuis bien longtemps. Le chevalier, le samouraï, le mercenaire, tous trois vivent en moi. Des tanks plein les rues. Des sous-marins plein les canaux. Des foules hurlantes qui attaquent le Commissariat central. Le dernier combat, acculé au dernier mur qui tient encore à peine debout. La vie du héros.

On sonna à la porte.

– Bonsoir Hylkje, s'écria De Gier.

Hylkje trouva elle aussi que Cardozo avait l'air marrant. Elle sanglota de plaisir dans les bras de De Gier. Elle se plia en deux quand il s'écarta. Puis s'essuya les yeux.

– Je m'en vais, dit Cardozo. La main de Gripjstra plongea sur lui. Cardozo se débattit.

– Je suis désolée, je n'ai pas pu me retenir, déclara Hylkje. Où donc avez-vous trouvé ce costume ?

– Mem Scherjoen le lui a donné, expliqua le commissaire. Il sort de l'héritage de Douwe.

Cardozo dut raconter à nouveau son histoire de hérons. Hylkje se moucha furieusement. Ses yeux pétillaient au-dessus de son mouchoir.

– Pensez à autre chose, conseilla De Gier. Ça devrait passer.

– J'arrive de Dingjum, déclara Hylkje. Après avoir patrouillé à moto sur la Digue. Le lieutenant Sudeman a démoli une bonne partie de sa maison. Gyske rentrait d'une visite chez Mem Scherjoen. Elle tourna les yeux vers le commissaire. Vous n'avez pas de sérieux soupçons contre Mem ?

– Simple formalité, répondit le commissaire. Une éventualité technique, mais très mince.

– Gyske dit, rapporta Hylkje, que Mem serait incapable de faire mal à une mouche.

– C'est donc l'avis de Gyske, dit le commissaire. Mais le mobile de Mem peut s'avérer sincère. Peut-être Mem aimerait-elle protéger le monde contre le genre de méfaits qu'un homme tel que son mari peut commettre. Dans notre littérature on rencontre souvent ce genre de cas, dans les études sur les circonstances atténuantes. Je me souviens du cas de cet Américain, père d'une petite fille psychopathe qui dans le Massachussets je crois, tuait un par un ses professeurs. L'enfant était, hélàs, un génie du mal. Seul son père savait qu'elle était la meurtrière et il finit par assassiner son propre enfant pour éviter d'autres drames.

– Mais ne s'est-il pas rendu à la police ? remarqua De Gier. Est-ce que Mem Scherjoen se rend à la police ?

Gripjstra ne cessait pas de tousser.

– Désolé, s'excusa De Gier. Je ne suis pas sur cette affaire mais ma curiosité l'a emporté. Désolé, adjudant.

– Gyske dit, affirma Hylkje, que Mem aimait tendrement Douwe. Vous êtes tous des hommes, vous ne pouvez pas vous identifier à une femme vivant une relation aussi compliquée.

– L'attitude des femmes change, déclara le commissaire.

– C'est très récent, monsieur, Mem appartient au passé.

– On dîne ? demanda le commissaire.

De Gier fit frire les soles et les fit sauter dans la poêle avec d'élégants mouvements de fourchette. Il dressa les poissons croustillants sur un lit de salade fraîche. Il servit une salade de tomates avec un assaisonnement parfumé aux herbes du jardin. Le commissaire termina ses pommes de terre sautées jusqu'à la dernière. La bière bien fraîche moussait dans les verres.

De Gier apporta les fraises, sous un nuage de crème fouettée.

– Vous êtes doué, constata Hylkje.

– Le sergent vit seul, expliqua le commissaire avec obligeance.

– Contrairement, intervint Gripjstra, à nous tous avec nos mariages ratés ou nos vies amoureuses malheureuses, De Gier vit bien. Ce n'est peut-être pas un Frison mais il reste un exemple.

– Absolument, ricana Cardozo. Qui a besoin des femmes, en tout cas ?

– Tout ça parce que j'ai ri ? demanda Hylkje. Parce que *vous* avez l'air marrant ?

– Oui, avoua Cardozo, parce qu'on s'était déjà moqué de moi et que je ne m'attendais pas à ce qu'une femme s'abaisse à ce point. Je suis peut-être aussi une exception.

J'ai commencé par adorer toutes les femmes. Je suis encore jeune, mes opinions pourraient encore changer. Je ne dis pas que vous êtes toutes mauvaises. Non, je n'irai pas encore aussi loin.

– Il faiblit, remarqua Gripjstra, tiens bon Cardozo.

– Et jusqu'où voudriez-vous aller ? s'enquit Hylkje, replaçant une boucle blonde. Ses yeux s'étaient élargis. Ses lèvres étaient humides. Elle se tenait droite sur sa chaise. Sa poitrine était pointée sur Cardozo.

– Pour en revenir à notre sujet, dit le commissaire.

– Oui, que faisons-nous maintenant ? demanda Gripjstra.

– Racontez-moi, demanda Hylkje. Bientôt je serai trop âgée pour la brigade des motards et je projette de demander un poste d'enquêtrice. Vous avez un plan, monsieur ?

De Gier apporta le café.

– Patience, dit le commissaire. Persévérance. Ce n'est pas le moment de perdre son enthousiasme. Disposer les faits. Relier les causes aux effets et étudier les points où les lignes se croiseront. Ignorer ce qui est illogique et continuer à travailler sur ce qui tient le coup après un examen minutieux. Jusqu'ici je ne vois que quatre points de contact. Nous avons une épouse maltraitée et trois conflits de caractère commercial. Que peut-on observer d'autre ? Les étranges circonstances du meurtre ? Pourquoi l'assassin s'est-il donné tant de mal une fois son adversaire supprimé ? Est-ce qu'une vieille femme comme Mem Scherjoen traînerait le cadavre de son mari le long d'un dédale de ruelles ? Est-ce qu'une simple perte d'argent peut provoquer une haine sadique ? Avons-nous raison d'attacher tant d'importance à trois péquenots qui fument leur pipe sous les châtaigniers quand ils ont terminé leur travail ? Donnez-nous votre opinion, sergent.

De Gier se défendit d'un geste.

Le commissaire se tourna vers Hylkje.

– Les Frisons seraient-ils capable, à votre avis, de se conduire mal de façon aussi flagrante ? Pourquoi cette nécessité de détruire complètement l'ennemi ? Comment voyez-vous les gens de chez vous ? Nobles, droits, honnêtes, travailleurs, moraux, religieux ?

– Oh oui ! monsieur.

– Il y a beaucoup de clarté ici, remarque le commissaire, donc les ombres seront d'autant plus sombres. L'obscurité fait partie de notre être. La partie que nous dissimulons honteusement ne cesse jamais d'être active.

Hylkje soutenait son menton dans ses mains nouées. Ses longs cils protégeaient ses yeux songeurs.

– Vous exprimez tout cela si bien.

– Eh bien... dit le commissaire d'une voix timide.

– Et puis ?

– L'obscurité, reprit le commissaire, est tolérée à Amsterdam. La tolérance permet au mal de se dévoiler. Quand nos mauvais côtés sont visibles, nous pouvons apprendre à vivre avec jusqu'à un certain point. Mon hypothèse est que les Frisons cherchent à cacher leurs zones d'ombre. Quand les aspects inavouables sont occultés et réprimés, il faut s'attendre à des tensions considérables. Le mal en nous s'ingéniera à briser nos barrières morales, et alors, soudain...

Hylkje regarda De Gier. De Gier déposa les tasses vides sur un plateau. Les muscles de ses épaules bombaient sous le coton léger de sa chemise cintrée qui venait mouler sa taille étroite. Ses longs doigts souples attrapèrent avec tendresse l'anse d'une tasse. En emportant le plateau, son bras effleura la chevelure d'Hylkje.

– Je vois ce que vous voulez dire, déclara Hylkje. La pulsion immorale réprimée devra se libérer, et si on la contient trop longtemps, parce que l'occasion ne se présente pas de la libérer ou que l'on n'a pas le temps, eh bien, je préfère autant ne pas savoir quel genre d'éruption abominable peut survenir.

– Absolument, confirma le commissaire, et c'est

pourquoi c'est ce que je soupçonne ici, dans ce pays de la moralité ; on peut y trouver les causes qui ont mené à cette abomination dans le port intérieur d'Amsterdam. Scherjoen exploitait ses compatriotes frisons. J'ai entendu dire qu'il accordait des prêts à des intérêts écrasants, nous pouvons ajouter ce péché à tous ses autres méfaits. Qui peut comprendre les souffrances interminables de Mem ? Les mères désespérées à sa porte, tirant derrière elles des enfants affamés ? Par la faute de son mari ? Le commissaire se leva. Il faut que je téléphone.

Gripjstra le conduisit dans l'autre pièce.

– Quel est votre programme de demain ? demanda Hylkje à De Gier.

– Je veux visiter le marché.

– Le marché aux bestiaux ? Il commence à cinq heures du matin.

– Je vieillis, déclara De Gier. Les hommes d'un certain âge ont moins besoin de sommeil.

– Vous pouvez encore faire la grasse matinée demain, intervint Cardozo. Ary le Chauve et Fritz la Touffe ne doivent pas lancer leur attaque avant vendredi en huit.

– Et nos forces seront en manœuvres, annonça Hylkje. La Police Municipale doit établir un poste de commande. La Police Nationale apportera le matériel de communication. Il y aura des techniciens de La Haye. Des étudiants de l'Ecole de Police bloqueront les routes.

Gripjstra avait reparu.

– Vous ne voulez pas vous fourrer dans les pattes de toutes ces bonnes gens, sergent ?

– Je t'en prie, protesta De Gier. Je suis un touriste attentif. La couleur locale. Je n'ai jamais eu l'occasion de visiter cette pittoresque province. Et peut-être que j'y trouverai un peu de nourriture. Un mouton étouffé par la foule, ou un petit cochon égaré. J'ai quelques recettes de ragoût.

Le commissaire revint avec le sourire.

– Mem Scherjoen a vraiment une voix charmante.

C'est d'accord. Demain après-midi nous fouillerons sa maison et le matin je rendrai visite à sa sœur à Amsterdam. Une certaine Mlle Terpstra. Il consulta sa montre. Ma femme m'attend. Vous venez, Cardozo ? Je vous déposerai chez vous et je pourrai peut-être dire deux mots à votre frère à propos de sa bicyclette.

– Je vais vous précéder dans ma 2 CV, déclara Hylkje, comme ça vous ne raterez pas la Digue, et puis je reviendrai ici.

De Gier fit la vaisselle. Gripjstra monta voir Eddy. Il vint faire son rapport à la cuisine;

– Il s'est remis à grincer. Il n'a pas l'air bien. Je vais essayer de lui donner encore un peu de fromage.

Hylkje revint. De Gier ouvrit la porte.

– Venez au premier un instant.

– Ça ne serait pas mieux chez moi ? demanda Hylkje. Nous ne gênerions pas l'adjudant et il n'y a pas de papier peint à fleurs. Compter les roses risque de nous distraire.

– Ne soyez pas si obsédée. De Gier marchait devant.

Eddy grinçait dans la sciure de son terrarium.

– Il fait peut-être trop chaud ici ? suggéra Hylkje. Voulez-vous que j'ouvre une fenêtre ?

– Il ne veut plus une seule bouchée de fromage, annonça Gripjstra en grattant doucement la tête du rat.

– Ça ne va pas, dit De Gier. Nous sommes censés nous occuper de cette petite bestiole. Il risque de mourir entre nos mains et on nous le reprochera. Je vais téléphoner aux Oppenhuyzen.

– Je m'excuse de vous déranger, madame, déclara De Gier. Je sais qu'il est tard mais votre rat ne se porte pas bien.

– Il grince, ajouta De Gier.

– Non, c'est pire que ça, et il reste étendu de tout son long. Ne pourriez-vous pas venir le chercher ? Oui madame. Je vous tiendrai au courant.

Il raccrocha.

– Elle assure qu'Eddy est comédien. Il sera en pleine

forme demain matin. Il lui faut du repos et de la tendresse. De Gier se gratta la tête. Comme tout le monde, non ?

– Venez, dit Hylkje. Vous aussi vous avez besoin de tendresse.

De Gier bâilla.

– J'ai parcouru cette île dans tous les sens. Je ne suis pas habitué aux fatigues de la nature.

– Je vous réveillerai à temps pour le marché, assura Hylkje. Avec du café et des croissants.

Gripjstra sortit d'un pas pesant. De Gier réfléchit. Hylkje se dressa sur la pointe des pieds et lui passa les bras autour du cou.

– Vous avez entendu ce qu'a dit le commissaire. Si je continue à réprimer mes désirs malhonnêtes il risque d'arriver quelque chose d'abominable.

– Je ne suis pas Frison, déclara De Gier. Vous serez déçue.

Hylkje sourit gentiment.

– Le commissaire me plaît beaucoup. Je viens de lire un roman qui raconte l'histoire d'un vieux monsieur ramassé par une jeune femme affamée dans un bar. Il l'emmena chez lui et resta tout le temps poli, ne la maltraita jamais et subvint à tous ses besoins.

– Le commissaire est très heureux en ménage, dit De Gier. Quand ce genre de choses arrivent c'est toujours moi qui le remplace.

– Cette fille ne manquait pas de culot, chuchota Hylkje. Vous pensez la même chose de moi ?

– Vous ? s'exclama De Gier. J'ai employé toutes les approches que je connais et vous n'avez pas encore cédé.

– Assez tergiversé, déclara Hylkje et elle le tira vers la porte. Je vous emmène.

17.

Le caporal H. Hilarius pleura cette nuit-là et non parce que le sergent R. De Gier n'avait pas donné les résultats escomptés. Hylkje, après avoir chassé Durk, le lapin, de son lit, pleura – De Gier pensa qu'il pouvait décrire le flot régulier de larmes comme des pleurs – parce qu'elle n'avait pas à jouer les durs à cuire. Elle l'avoua elle-même.

Durk sautillait sur le sol, semant des merdes bien rondes sous l'œil de De Gier.

– Et vous êtes si bien élevé, ajouta Hylkje.

– Moi ? s'étonna De Gier. Vous avez perdu la tête ? Est-ce que je n'ai pas été viril, dominateur, dur comme l'acier ?

– Mais si, sanglota Hylkje, mais cela n'a rien à voir, vous avez fait du bon travail, en plus, à votre âge.

– Ça ne vous dérangerait pas que je dorme un peu maintenant ? demanda De Gier. Je suis un tout petit peu fatigué.

– Et vous cuisinez comme un dieu, sanglota Hylkje. Et vous n'avez pas mauvais caractère et rien ne me déplaît en vous. Je vous préfère à Durk. On ne pourrait pas rester ensemble pour toujours ?

De Gier sombra et se réveilla dans le bureau d'une banque. Il signait des papiers d'hypothèques, à un taux d'intérêt qui engloutirait la moitié de son salaire.

– Signez ici, disait le directeur de la banque. Nous allons également vous assurer sur la vie. Rien ne peut plus vous arriver désormais, vous serez heureux, monsieur, pour toujours.

De Gier grogna.

– Dites quelque chose, sanglota Hylkje.

De Gier était bien réveillé.

– J'ai des obligations. Je dois suivre le commissaire

partout où il va et le soutenir quand ses jambes l'abandonnent. J'empêche Gripjstra de se fourrer dans les ennuis. Je nourris et frictionne Tabriz avec une lotion. Tabriz perd ses poils sur le ventre.

– Vous vivez avec elle ? sanglota Hylkje. C'est quoi ? Une guenon ?

– Et je cultive des plantes sur mon balcon, poursuivit De Gier, que je dois soigner, et j'ai mes exercices de flûte et mes livres en français à comprendre de travers. Sa voix se perdit dans un murmure.

Hylkje lui frotta le dos.

– Vous êtes un tel amour.

L'amour dormait. Il ronflait et fut secoué par les épaules car Hylkje ne tenait pas à écouter ses drôles de ronflements.

Elle quitta le lit et tituba à travers la pièce sur des pantoufles à hauts talons. Elle versa de l'eau bouillante sur un filtre à café. Le goutte-à-goutte régulier rendormit De Gier. Il vivait dans une grande maison cette fois-ci. Hylkje arrosait les roses dans le jardin mais il y avait un gros type chauve dans la cuisine qui tapait sur un tambour, à grands coups puissants qui gonflaient les muscles de ses bras nus. La maison se transforma en un bateau de galériens. De Gier ramait. Le chauve brandissait un fouet qui lui sifflait aux oreilles.

– Asseyez-vous, dit Hylkje. J'ai aussi du cognac. Buvez votre café, mon chéri.

– Ce n'est pas confortable ici ? demanda Hylkje quand elle vint se rasseoir à côté de lui, Durk lové dans ses bras.

– Heureusement que non, dit De Gier. A la maison c'était confortable, le dimanche après-midi. Papa nous faisait écouter des concerts à la radio ou il nous emmenait au zoo regarder des animaux malades qui nous fixaient du fond de leurs cages. Je lançais des pierres aux gardiens. Ils me battaient quand Papa avait le dos tourné.

Le caporal Hilarius avança la lèvre inférieure. Son regard était inquisiteur.

– Jolie lèvre, remarqua De Gier.

– Si on s'embrassait encore ? Elle lui caressa les cheveux. Peut-être que je ne comprends pas les hommes. Vous n'avez pas envie de confort ?

– Les femmes, je ne les comprends jamais, répondit De Gier. Tant mieux pour moi, peut-être. La compréhension peut laisser des trous béants.

La pièce avait un toit en pente où s'ouvrait une lucarne découvrant un croissant de lune qui se déplaçait paresseusement. Le corps d'Hylkje baignait dans un ton de blanc crémeux. De Gier poussa Durk d'un coup de coude et y dessina un triangle qui commençait entre les seins et finissait sous le nombril.

– Que faites-vous ?

– Si je vous souffle sur le nombril, chuchota De Gier, vous m'appartiendrez pour toujours.

– Non. Je vous en prie. Je ne veux appartenir à personne.

– Il le faut, dit De Gier d'une voix sombre. Il souffla, mais effaça d'abord le triangle. Un spécialiste de la magie noire m'a enseigné ce sortilège. Un sombre secret, que j'ai obtenu dans l'exercice de mes fonctions.

– Pourquoi avez-vous effacé le triangle avant de souffler ?

– Pour m'assurer que le sortilège ne marcherait pas.

– Vous ne voulez pas que je vous appartienne pour toujours ?

– Qu'est-ce que je cherche ? s'exclama De Gier, chez une soldate qui lutte pour la liberté du bon côté de la barrière ? Je suis déjà beaucoup trop partial. Vous limiterez mon enquête.

– Je fais fuir les hommes, déclara Hylkje, parce que je porte une combinaison de cuir et que je roule à moto. Je peux vous en trouver une aussi. Nous ferons la course le long de la Digue, éternellement, car la véritable Digue est sans fin, et nous irons de plus en plus vite.

– Vers quel but ?

– Nous ne toucherons jamais au but.

– Vous en êtes sûre ? Une pensée étrange germa dans un coin de la tête de De Gier. Une pensée en rapport avec nulle part. Il essaya de saisir cette pensée mais elle descendait à moto une digue baignée par le clair de lune. Elle continua à lui échapper, ce qui était dommage car il voulait percuter cette pensée, s'évaporer, partager sa disparition. Durk lui fit tomber le café des mains mais il ne s'en rendit pas compte.

Le réveil déchira le silence de la pièce. La main d'Hylkje s'avança mais vint cogner contre la joue de De Gier. Il tomba du lit, roula sur le sol, se mit debout, trébucha sur Durk, bondit à nouveau et adopta une position de défense correcte.

– Hooo, fit Hylkje. Formidable. J'aime comme vous vous balancez. Ne bougez plus. Vous devez être bon en judo.

– Pas si bon que ça, avoua De Gier, il devrait y en avoir de meilleurs. J'aimerais les rencontrer un jour. Il erra dans la pièce à la recherche de ses vêtements. Une grive entama sa cantate du petit matin au-dessus de la lucarne. Hylkje brancha la cafetière, en chantant d'une voix douce.

« Ubele Bubele Bive
Ubele Bubele Bix
Reste à la maison, tendre épouse
Il n'est que six heures moins dix. »

– Il est tard ? demanda De Gier

– Il est cinq heures moins le quart, dit Hylkje, mais dans la chanson il est plus tard. C'est une chanson frisonne. L'homme envoie sa femme au travail mais il veut aussi qu'elle reste à la maison pour préparer le petit déjeuner. Si vous restez avec moi vous n'aurez pas besoin de vous lever. Je me chargerai de tout.

– Bon, dit De Gier. Mais il m'arrive d'avoir des projets. C'est le cas ce matin. J'ai le projet d'aller au marché aux bestiaux. Il y a des projets ridicules, mais je suis incapable d'y renoncer.

– Vous êtes si doué, remarqua Hylkje, en lui apportant son café. Vous êtes gentil avec les femmes. Pourquoi n'ouvrez-vous pas un bordel ? Pour exploiter les femmes idiotes ?

– Les bordels ont des horaires réguliers, dit De Gier. Je me sentirais coincé.

– Je vous aiderai à trouver des femmes, continua Hylkje. Vous pouvez prendre mes trois sœurs. Elles regardent la télé avec leurs tabliers pleins de taches et des rouleaux sur la tête. Avec un peu de discipline elles deviendraient très séduisantes.

– Le commissaire avait peut-être raison, dit De Gier. Une fois le mal libéré, par ici, il peut s'en prendre à n'importe quoi. Je réfléchirai à votre proposition mais ramenez-moi d'abord chez moi.

De Gier entra à pas furtifs dans le couloir de la maison du passage d'Espagne. Gripjstra fit de même. Le revolver de Gripjstra dépassait de la poche de sa veste de pyjama.

– C'est toi, s'enquit Gripjstra. J'ai été menacé toute la nuit et puis j'ai entendu quelqu'un entrer sur la pointe des pieds. Tu as passé une bonne nuit ?

Gripjstra apporta le café. De Gier se rasa et se doucha.

– Qui te menaçait ?

– Des femmes, répondit Gripjstra. Toutes les femmes frisonnes me poursuivaient. Elles voulaient me punir pour mon attitude envers ma femme. Hylkje les menait, secondée par Gyske, et cette Mem Scherjoen voulait ma peau elle aussi.

– Tu as toujours été gentil avec ta femme, assura De Gier. Ce n'est pas toi qui a voulu qu'elle parte et tu payes la pension. Il n'est rien arrivé d'autre dans tes rêves ?

– Il y avait le crâne de Douwe, poursuivit Gripjstra, et Eddy grinçait à l'intérieur. Et puis ces pas traînants dans le couloir, mais c'était toi.

– Des angoisses, commenta De Gier. Je n'y suis pas sujet parce que moi je suis en vacances. Et puis la présence d'Hylkje est précieuse. Agréable compagnie, tu n'es pas d'accord ? Sans le crâne de Douwe je ne l'aurais jamais rencontrée. Quand j'ai vu ce crâne j'ai pensé qu'il cherchait à m'attirer quelque part, mais je n'aurais jamais cru que l'endroit serait agréable.

– Je vais aller travailler, annonça Gripjstra. Pendant que tu te balades.

De Gier dégringola les escaliers et sortit en courant. Il prit la Volkswagen pour se rendre au marché aux bestiaux. Il n'avait pas la moindre idée de son emplacement. Je suis bien content, songea De Gier, d'être un limier. Un homme normal serait complètement perdu mais moi je tombe sur cette bétaillère et je vais la suivre jusqu'à ma destination.

– Bonjour, dit un policier sur le parking du marché. Vous êtes perdu, c'est ça ? Si vous attendez une minute je vais chercher une voiture pour vous montrer le bon chemin. Où voulez-vous aller ?

– Vous me connaissez ? s'étonna De Gier. Comment se fait-il que tout le monde ici me connaisse ?

– Il y a deux soirs ? fit le policier. Vous preniez une bière ? Vous draguiez le caporal Hilarius ? Je m'appelle Eldor Janssen.

– Ah oui ! dit De Gier. Vous êtes le flic qui est venu s'assurer que le café allait fermer mais il n'a pas fermé. Je ne veux aller nulle part. Je suis ici parce que je l'ai décidé.

Le policier le dirigea vers une place de parking, entre deux gros camions qui venaient de lâcher leur chargement. Ils s'avancèrent ensemble vers la halle.

– Vous n'êtes pas Frison ? s'enquit De Gier. Vous avez un nom normal.

– Je suis Frison, corrigea le policier. Les noms ne signifient rien. C'est le physique qui compte. Nous venons mieux que vous autres. La terre frisonne. Ha ha ! Vous avez déjà entendu ça quelque part ?

– Vous êtes trop grands, remarqua De Gier. Ça ne me plaît pas beaucoup. Je fait partie des grands, d'habitude, mais ici je passe mon temps à lever le nez.

– Je n'irais pas jusqu'à dire que nous sommes une race supérieure, reprit le policier.

– Cette blague aussi on me l'a déjà servie, railla De Gier. C'est tout ce que vous avez ici ? Deux blagues ? Pas très drôles ni l'une ni l'autre ?

– C'est notre problème, reconnut Eldor. Nous sommes trop sérieux. Voilà pourquoi il ne se passe jamais rien ici. Nous sommes lents et carrés, c'est pour ça qu'on nous a installés dans un cube. Ça fait trois nuits que je suis de garde et j'ai arrêté un pisseur.

– C'est illégal de pisser ?

– Pas quand ils pissent contre une voiture de police, dit Eldor. Je l'ai signalé au sujet et il a sorti un couteau. Je l'ai confisqué et lui ai rendu le lendemain matin. Un couteau très cher.

– Vous n'avez pas rédigé de rapport ?

– Après qu'il ait passé une nuit dans l'une de nos cellules ? Vous avez déjà vu nos cellules ? Même les rats ne voudraient pas y rester.

– Je vous enverrai Eddy, plaisanta De Gier. Il aime cabotiner. Il perdrait peut-être cette mauvaise habitude.

– Le rat qui grince ? demanda Eldor. Je le connais bien, Eddy. J'allais souvent dans la maison où vous habitez en ce moment votre collègue et vous. L'Adjudant Oppenhuyzen est le champion local au jeu de dames. Je perdais tout le temps, alors j'ai arrêté d'aller chez lui. Il gagnait parce qu'il me mettait sur les nerfs, je crois. A se tripoter les joues tout le temps et à grimacer. Et puis, d'autres soirs, il avait l'air complètement détendu. Vraiment étonnant. Le rat aussi m'énervait, il cavalait partout et puis tout d'un coup il s'effondrait sur le côté et se mettait à grincer. Une maison déprimante. Mme Oppenhuyzen ne me plaisait pas non plus. Une femme de mauvait goût, malgré elle, j'en suis sûr. Des camions klaxonnèrent derrière eux. Il faudrait peut-être que je travaille un peu, dit Eldor, je vous retrouverai plus tard.

De Gier entra dans la halle. Un homme en cache-poussière tirait une vache. La vache tirait dans l'autre sens.

– Tordez, hurla l'homme.

De Gier ne comprit pas ce qu'il fallait tordre.

– Sa queue, hurla l'homme.

Un autre type montra à De Gier ce qu'il convenait de faire ; attraper la queue de la vache et la tordre doucement. La vache changea d'idée et se mit à avancer en traînant une patte.

– Qu'est-ce qu'elle a ?

– Foutue.

– ?

– Malade, reprit l'homme. Nous sommes les contrôleurs. Nous éliminons tous les tocards. On ne peut pas les vendre ici. Les marchands essaient toujours de s'escroquer les uns les autres, alors ils nous paient pour éliminer les tocards. Nous gagnons beaucoup d'argent.

La vache fut attachée à une barrière. Il y avait une pancarte au-dessus de cette barrière. « Bétail estropié ».

De Gier partit à pas lents. Un camion après l'autre laissait tomber sa porte arrière et des centaines de vaches se précipitaient au-dehors, en se bousculant. Les fermiers et leurs ouvriers faisaient claquer leurs sabots de bois sur les pavés. La plupart des vaches avaient la queue en l'air et lâchaient de grosses bouses. Les animaux et les hommes tenaient debout à grand-peine. La couche d'excréments à demi-liquide augmentait petit à petit. Des camions s'éloignaient avec fracas et d'autres les remplaçaient aussitôt. De nouvelles hordes de vaches se ruaient dans le bâtiment. Leurs meuglements tranquilles contrastaient avec les hurlements des hommes. Un taureau, sorti d'une bétaillère, s'arrêta et gratta de la pointe de ses sabots le sol plein de déjections tout en baissant sa grosse tête. De la vapeur jaillissait de ses narines dilatées. Le taureau grondait des menaces inarticulées. On lui avait attaché une corde entre les cornes. Le propriétaire du taureau sauta de la bétaillère et attrapa la corde. Le mugissement du taureau engloutit la clameur qui emplissait la halle.

– Attention ! Attention ! hurlèrent les fermiers, les ouvriers agricoles et les contrôleurs. Le taureau s'avança pesamment et partit au galop.

Son propriétaire suivit, skiant sur ses sabots usés, faisant jaillir une double gerbe de merde. Les gens et les vaches se bousculèrent pour ouvrir la route au taureau. De Gier bondit en avant et referma les mains sur la corde. Devant, le fermier continuait à glisser, puis il repartit en arrière. Le taureau traversa la halle dans toute la longueur et se précipita dans un bruit de tonnerre sur le mur du fond. De Gier freina sur ses talons. Le fermier arriva en glissant sur le côté et repartit en arrière, pour finir contre la poitrine palpitante du taureau. Il attacha la corde à une grille. Son bras passé sous celui de De Gier.

– Vous buvez un coup ? proposa le fermier.

– Pour nous calmer les nerfs ? demanda De Gier.

– Quels nerfs ? fit le fermier. C'est l'heure de boire un coup. Je vendrai le taureau après, il n'y a pas le feu. Un animal splendide. Il a donné un bon spectacle.

– Un bon spectacle de quoi ?

– Il est venu se mettre à l'endroit exact que j'avais choisi, expliqua le fermier. Les taureaux sont exposés à l'arrière. Est-ce qu'on n'est pas arrivés ici en deux secondes ? Un taureau apprivoisé mettrait des heures à traverser la halle.

Le bar se trouvait sur une estrade au fond de la halle, avec une vue sur ce qui se passait en dessous. Un millier de moutons, poussés dans la halle, bêlaient nerveusement et fonçaient d'avant en arrière entre les barrières.

– Vous venez acheter ? s'enquit le fermier.

– Rien que pour voir.

De Gier termina son verre, le fermier tira sa bourse, qu'il portait attachée autour du cou.

– Vous avez ce qu'il faut, remarqua De Gier.

Le fermier fit défiler une liasse de billets de mille florins sous un ongle sale. La bourse disparut à nouveau sous son gilet de soie noire.

– Un quart de million environ, déclara le fermier. J'en attends cinquante mille pour le taureau, ce qui est raisonnable. Il me faut trois cent mille pour acheter des vaches aujourd'hui.

– Je pourrais prendre ma retraite avec ça, remarqua De Gier.

– Ce n'est pas tant que ça, reprit le fermier, mais c'est plus que ce que je transporte d'habitude. Vous voyez le gros type là-bas, avec la casquette verte ? C'est Kryl. Dans une minute Kryl va acheter pour un million. Et Wubbe, là-bas, l'homme à la barbe et à la canne au pommeau d'argent ? Il dépensera deux millions s'il trouve les bêtes qui lui conviennent.

De Gier secoua la tête lentement.

– Et ils transportent tout ça en liquide ?

– Ils ne paieront pas d'impôts, dit le fermier. Nous n'aimons pas ça par ici. Si vous passez par la banque le gouvernement met le nez dans vos affaires. Il faut signer des papiers. Le fermier chassa d'un geste toute pensée liée au fait de signer des papiers. C'est bon pour les gens comme vous, qui vivent en bas de la Digue. Ça vous occupe, je parie. Plus vous êtes occupés, mieux c'est. Vous l'étiez tellement, occupés, que vous n'avez pas fait attention à la peste. Vous avez perdu votre bétail et nous allons vous vendre de nouveaux troupeaux. Gagner de l'argent, ça ne nous dérange pas.

De Gier s'excusa car il venait d'apercevoir Ary le Chauve et Fritz la Touffe qui admiraient des vaches au rez-de-chaussée. Faciles à reconnaître d'après les photos que De Gier avait étudiées, les deux suspects flânaient en toute tranquillité, comme d'agiles et mortels prédateurs dans une prairie regorgeant d'une vie sauvage juteuse et vulnérable. Quelle merveille, pensa De Gier, que je puisse regarder ça, et les suivre tranquillement, sans être en rien impliqué dans l'affaire.

– La peste bovine, disait Ary. Pourquoi est-ce qu'on ne me met jamais au courant ? Alors il va y avoir beaucoup plus de transactions aujourd'hui ? Et nous ne sommes toujours pas prêts ?

– Une autre erreur de taille, remarquait Fritz. C'est aujoud'hui le jour J, pas vendredi prochain. Et nous n'avons pas les costumes pour nos rôles.

– Ceux qui réussissent savent comment contrôler une situation donnée, assurait Ary. Au diable la prudence. Nous agirons aujourd'hui. La chance nous sourit, saisissons-la au vol.

De Gier avait disparu. Où étaient les collègues ? Tout le monde autour de lui portait des cache-poussière et des casquettes et s'occupait de ses petites affaires, De Gier se précipita à l'extérieur.

Eldor Janssen rassemblait des camions qui essayaient de se glisser par la mauvaise porte. Eldor refusait de leur laisser le passage. Les camions reculaient.

– Eldor, hurla De Gier, ils vont agir aujourd'hui, cet Ary et ce Fritz.

– Impossible, répondit Eldor. Je les ai repérés aussi, à l'instant, nous avons leurs photos dans notre cube. Aujourd'hui ils font leur tournée de reconnaissance et ils reviendront la semaine prochaine, et *là* nous nous occuperons d'eux.

– Aujourd'hui, insista De Gier. A cause de l'importance des transactions qui ont lieu. Le butin sera plus coquet. Où se trouve votre poste de commande ?

– Ne sont-ils pas de gros mains ? railla Eldor. Toutes les voitures qui appartiennent à l'Equipe d'Intervention sont garées derrière, où elles sont bloquées. J'ai envoyé les camions là-bas.

– Faites sortir les camions. Trouvez-moi votre chef.

– Compris, dit Eldor. Le poste de commande se trouve à côté du bar. Le préfet a pris le commandement, c'est un noble, vous le reconnaîtrez tout de suite. Il se tient si droit qu'il penche un peu en arrière.

– Regardez, dit De Gier, en désignant du doigt Ary et Fritz. Ary et Fritz achetaient des cache-poussière à un stand. Ils sont quasiment prêts.

– Sergent, dit le Préfet. Pas aujourd'hui.

C'est hors de question. Je vous en prie. Partez.

– Devrais-je aller parler aux suspects ? demanda De Gier. Leur dire de rentrer chez eux et de retenter le coup la semaine prochaine, quand vous serez prêts ?

– Ceci n'est qu'un exercice, reprit le Préfet. Le matériel de communication n'est pas branché.

Le commandant de l'Equipe d'Intervention vint faire son rapport.

– Vous aussi ? demanda le Préfet. Pas aujourd'hui, c'est définitif. Nous ferons du bon travail ou nous ne ferons rien du tout.

– Mes voitures sont bloquées, déclara le commandant. Je ne sais absolument pas dans quelle voiture s'enfuiront les suspects et quelle sortie ils prendront. Il me faut un espace dégagé pour mettre en batterie mes armes automatiques.

– Des techniques de guerre ? s'épouvanta le Préfet. Ici ? Dans ma ville ?

– Où il vous plaira, reprit le commandant. Je n'ai pas de préférence où diriger mon feu. Je ferai voler en éclats les suspects à l'endroit que vous voudrez bien m'indiquer. Nous emploierons la violence.

– Pas de violence, décréta le Préfet. Il faut éviter la violence à tout prix.

– Alors pourquoi faire appel à nous ? demanda le commandant.

– Ecoutez, collègue, dit le Préfet. Les suspects vont commettre leur vol à main armée et s'enfuir ensuite selon notre plan. Nous connaissons leurs visages et ils seront arrêtés plus tard.

– *Quoi ?* s'indigna le commandant. Non, monsieur, ils seront liquidés dans les plus brefs délais.

– Tout ceci mérite encore réflexion, déclara le Préfet.

– Monsieur ? demanda De Gier. Les suspects approchent. Deux criminels armés et dangereux. Ils ont été chercher leurs armes dans leur voiture. Le casse, De Gier éleva la main lentement, va commencer... à peu près... *maintenant.*

– Tout ça c'est très bien, constata le Préfet, mais ce n'est vraiment pas le moment. L'heure de pointe. Nous sommes là, coincés par un grouillement de vaches et les rues sont envahies de papas qui vont en voiture au travail et de mamans qui emmènent à pied les enfants à l'école.

– Et alors ? demanda le commandant. Nous tirerons dans le tas. C'est ainsi qu'est conçu notre entraînement. Plaf, encore une bicyclette écrasée, clonk, encore une voiture sur le flanc. Toutes nos armes seront pointées sur les fuyards et nos moteurs rugiront de puissance sauvage et indomptée. De sang-froid mes hommes manieront leur matériel super moderne.

– Ce n'est pas tout à fait comme ceci que j'avais imaginé les opérations, avoua le Préfet.

– Et si je suivais les suspects un petit peu ? proposa De Gier.

– Si seulement je pouvais prévenir quelqu'un, dit le Préfet.

Ary et Fritz buvaient un café au bar. De Gier était installé à la table voisine, une oreille dégagée de ses exubérantes boucles.

– Ce manteau est trop grand pour moi, ronchonnait Fritz et les sabots sont trop petits. Est-ce que je suis devenu un gangster célèbre pour me retrouver à me traîner en sabots ?

– Cette casquette est bien trop grande, disait Ary. Elle me tombe tout le temps sur les yeux. Je vais avoir du mal à voir ce que je fais.

– Pourquoi est-ce que nous n'avons pas su plus tôt ? demandait Fritz. Je connais l'atelier qui fournit les perruques, les moustaches, tout. Une bonne chose que nous ayions apporté nos revolvers.

– Nos clients boivent sec, remarquait Ary. On s'en envoie un petit pour la route ?

– Rien qu'un, recommandait Fritz.

La serveuse apporta du genièvre frison.

– Quel sale goût, disait Ary. Ça me rappelle le thé de ma Mary. C'est un purgatif ou quoi ?

– Ça soignera ta toux, plaisantait Fritz. Okay, voici notre plan. L'argent ne change pas de main dans la halle en dessous ; je l'ai remarqué, c'est ici que les billets s'échangent. Tu peux le voir de tes propres yeux. Regarde là-bas, vers la droite. Tu vois les deux fermiers qui topent là ? Le rustaud passe son temps à s'éloigner et l'autre ne reste pas à côté non plus, mais ils se retrouvent à intervalles réguliers.

– Spectacle de dingues, commentait Ary. Maintenant ils se plaignent tous les deux auprès de leurs vaches. Comme si ces animaux imbéciles s'inquiétaient du prix qu'ils vont atteindre.

– C'est tout de la comédie, expliquait Fritz, à ce stade-ci. Bon ça va. Ils ont topé pour la troisième fois. La troisième fois c'est la bonne. Un des deux doit ramasser l'argent et c'est ici qu'il le fera. Dès que la plupart d'entre eux seront réunis dans ce bar, nous passerons à l'action. Pour les avoir à notre merci, il faut qu'ils soient tous coincés ici. Il n'y a que deux portes. Tu t'occupes d'une et moi je prends l'autre. Prêts à tirer tous les deux. Le premier coup avec une balle à blanc, pour qu'ils comprennent de quoi il retourne. Un sacré boucan. Tu me suis jusqu'ici ? Et puis on s'avance et on leur arrache leur bourse une table après l'autre.

– Les bourses sont attachées autour de leur cou.

– On les arrachera. On les fourre dans nos sacs. Dès que les sacs sont pleins on file. On saute dans la voiture de course. Et ciao.

– Fritz regarda autour de lui.

– Toujours pas assez de clients ici. Une deuxième de ces boissons aux herbes nous ferait peut-être du bien à la santé. Mademoiselle ?

– Voici comment, commença Ary.
– Comment, dit Fritz.
– Nous les Indiens nous gagnons.
De Gier traversa la halle. Le préfet accourait.
– Monsieur ?
– Pas maintenant, dit le préfet. Essayez auprès de quelqu'un d'autre. Tous les hommes avec une cravate rouge sont des policiers. Le préfet s'éloigna en petites foulées.
Une cravate rouge s'approcha.
– Salut ? fit De Gier. Y a-t-il un responsable ici ? A ce rez-de-chaussée ?
– Responsable ? demanda l'homme à la cravate rouge. Il passa un bras autour des épaules de De Gier. J'ai acheté une vache hyper sexy, dépensé jusqu'à mon dernier sou. Je suis crevé mais fou de joie.
De Gier le dévisagea.
L'homme répéta sa déclaration en frison.
– Je ne parle pas encore votre langue, s'excusa De Gier, mais je me débrouille pour la lire. J'ai lu l'histoire d'une dame qui s'appelle Martha et déteste tous ses hommes. En fait je cherche le brigadier. Vous pourriez me le désigner ?
– J'ai laissé ma patronne à la maison, déclara l'homme à la cravate rouge. Et un peu plus tard je pars pour Amsterdam. Pour engager une autre patronne mais elle ne sera pas aussi séduisante que ma vache.
De Gier fila. Le préfet avait trouvé le commandant de l'Equipe d'Intervention ; les deux hommes montraient le poing.
– Ça peut commencer d'une minute à l'autre, signala De Gier.
– Je dis, mettez-leur la main dessus ici, insista le commandant.
– Sans tirer un coup de feu ?
– Vous n'y pensez pas ? s'indigna le commandant. Vous voulez que les suspects tirent sur mes hommes ? Ils sont entraînés à l'attaque, ils ne savent pas se défendre.

– Et pourquoi ne demandez-vous pas à vos hommes de liquider les suspects au-delà des limites de la ville ? s'enquit De Gier.

– Qui est ce rigolo ? demanda le commandant au préfet.

– Ce sera une sacrée affaire, reprit De Gier. Si vous ouvrez le feu ici vous ne vous donnez pas la chance d'une poursuite en voiture. On ne vous a donc pas équipés de voitures de course ? Il les montra du doigt. Regardez, elles peuvent sortir maintenant, les camions sont partis. Si monsieur ici présent laisse filer les suspects, vous pouvez les attraper en pleine campagne, ou les rater, évidemment, si vos voitures sont trop lentes.

– Trop lentes ? répéta le commandant. *« Trop lentes ? »*

– Ce que vous pourriez faire en dehors de mon secteur, intervint le Préfet, ne m'empêcherait pas de vous accorder ma bénédiction.

– Un terrain idéal, assura De Gier. Rien que des digues étroites et zigzagantes. Si vous poussez les suspects hors de la route, ils finiront dans un fossé. Un combat désarmé avec de l'eau jusqu'aux yeux, un rêve pour vos hommes.

– On sait se battre au couteau aussi, précisa le commandant.

– Au couteau, articula De Gier lentement. Je vois le tableau d'ici. Fritz et Ary cachés dans les roseaux, vous et vos hommes rampant sans bruit, plus près, encore plus près. L'acier qui brille entre vos dents, et puis, *whiioouuu*.

Le commandant sourit.

– Vous me plaisez, vous. Vous ne seriez pas d'Amsterdam ?

– Si monsieur.

– Un beau jour nous envahirons cette ville. Et hop, tous les nègres dans le caniveau pour les blanchir. Les singes de jaunes en haut des pignons. On liquidera tous les gangsters étrangers. Ça sera la chasse aux punks et aux maquereaux jusqu'à extinction de la race. Faudra pas longtemps, c'est moi qui le dis.

– Vous voyez ça comme ça, monsieur ?

– Pas de la façon dont vous ne faites pas les choses, pourtant. Vous continuez à vendre vos services à l'ennemi. A laisser la misère s'enraciner solidement. Mais quand on nous appellera nous nettoierons tout ça.

– Bravo, monsieur, s'écria De Gier. Je suis impatient de voir ça. Si vous voulez bien m'excuser je vais retourner surveiller les suspects. Je ne suis qu'un observateur, je ne suis pas du tout engagé dans cette affaire.

De Gier, en respirant à fond, s'éloigna d'un pas nonchalant. Eh bien, songea De Gier, par le passé une scène de ce genre m'aurait agacé au plus haut point mais maintenant je n'en suis plus là. Il s'agit de tolérer toute envahissante stupidité. L'individu ne peut pas éliminer l'ignorance du groupe tout-puissant, mais il peut apprendre à aller seul et suivre le chemin qu'il s'est choisi. En manipulant mon destin privé je m'élèverai jusqu'à des hauteurs enivrantes et je m'amuserai en chemin. Vivre la belle vie. Comme maintenant, par exemple, je vais m'offrir un peit casse-croûte.

De Gier vint s'appuyer contre la devanture d'un stand. Une jeune femme en blouse blanche immaculée se pencha vers lui. De Gier commanda une sole frite sur un petit pain. Du haut de la galerie il dominait toute la halle. D'autres fermiers encore topaient là. Qu'est-ce que je vois ? se dit De Gier. L'avidité stupide que guette le démon. D'un regard amusé je suis des événements décisifs auxquels moi-même je ne suis pas mêlé.

– Et du café ? demanda la jeune femme à la blouse blanche.

De Gier acquiesça, de loin car il s'avançait sans bruit, à toute vitesse, dans un lieu désert. Oui, pourquoi pas, un bon café bien chaud.

– Salut, fit Eldor.

– Bonne journée, répondit gaiement De Gier.

– Il ne s'est encore rien passé ?

– Ça ne saurait tarder, mon cher Eldor. De Gier sourit. Des coups de feu vont crépiter dans un moment, ou un seul pour être précis, et ce sera une inoffensive balle à blanc, les coups suivants par contre pourraient faire des cadavres.

– Allons, s'indigna Eldor. Des cadavres en Frise ? Ça fait six ans que je suis flic et le pire que j'aie jamais vu c'était un mari qui se disputait avec sa femme. J'ai aussi vu des voitures prendre des rues à sens unique à l'envers, mais c'est à cause de la façon dont nous avons organisé la circulation ici, je ne dresse même pas de p.v. quand ça arrive.

– A Amsterdam...

– Oui, bien sûr, à Amsterdam, reprit Eldor. Mais ma femme refuse que j'aille travailler là-bas. Mon épouse est une brave femme. Mes gosses sont de braves gosses. Je suis un brave type moi aussi. Vous n'avez qu'à me regarder.

Eldor Janssen dominait De Gier. Son uniforme, fraîchement sorti de la blanchisserie, était une artistique combinaison de bleus profonds encadrant un mètre quatre-vingt dix-huit de rude virilité. Les yeux d'Eldor reflétaient une mer non polluée et omniprésente.

– Que vois-je ? demanda De Gier.

– La bonté, déclara Eldor, est trop partiale à mon goût. Ça ne me gênerait pas d'être mauvais, mais c'est impossible dans ces régions ; entrer sur un cheval sauvage dans une église et enlever la mariée, ça me plairait assez. Ou être un pirate voltigeant dans le gréement, brandissant le sabre courbe, ou chevaucher un vieux modèle d'Harley Davidson, des pieds à la tête en cuir sale, avec MERDE peint sur le dos.

– Vraiment, s'écria De Gier. Eldor !

– J'ai juste envie d'être courageux, reprit Eldor. Du bon côté s'il le faut.

– Le Bien n'a pas encore gagné, dit De Gier, et tant qu'il en sera ainsi nous aurons toujours du pain sur la planche.

– Il a gagné ici, remarqua Eldor d'une voix triste.

Les fermiers commencèrent à gravir les marches de pierre qui menaient au bar.

– Attention! annonça De Gier. Les suspects devraient se mettre en place devant les portes.

– Maintenant, vous êtes sûr ?

– Je n'ai jamais été sûr de rien, déclara De Gier, mais ce salaud là-bas, avec les boucles sales sous le bord de sa casquette, c'est Fritz, et cet autre salaud là-bas, avec les sabots de bois rutilants et le cache-poussière aux manches remontées, c'est notre Ary. Ils ont une main dans leur poche crispée sur la crosse de leur revolver, de l'autre ils tiennent leur sac.

– Je ne dois pas rentrer, dit Eldor. Le Préfet vient de m'en informer. Mon uniforme risquerait d'affoler les suspects.

– Oh! je ne sais pas, dit De Gier. Ce sont des professionnels, ils ne se laisseront pas démonter aussi facilement.

– Nos instructions, reprit Eldor, stipulent clairement que dans une telle situation nous ne devons même pas songer à dégainer nos revolvers. Trois cents congénères coincés dans un bar, et moi je m'amuserais à tirer des balles à longue portée. Les balles transperceraient le coupable et tous les non-coupables derrière lui par la même occasion.

– Restez ici, dit De Gier, ici où rien d'inattendu ne peut arriver.

Un coup de feu claqua, suivi d'un silence soudain, déchiré par les hurlements des serveuses et le beuglement mélancolique du bétail en dessous d'eux. Eldor réfléchit, la main posée sur la crosse de son arme.

– Et si j'allais jeter rien qu'un coup d'œil, chuchota Eldor. De Gier s'avança. Fritz jaillit de l'une des portes du bar, le revolver dans une main, son sac plein dans l'autre. Eldor se glissa de l'autre côté de la porte, entre les grappes humaines qui se pressaient derrière.

– Aha, brailla Eldor.

Ary, interrompu dans ses adieux à ses victimes, regarda autour de lui.

– Pas de flic ici, dehors.

Eldor se dressa de toute sa taille tranquillement, les yeux embrasés d'une puissance bleu glacier.

– Le revolver d'Ary désigna une serveuse gémissante.

– Vous voulez que je liquide cette pauvre femme innocente ?

Eldor resta silencieux.

– Non, reprit Ary. Alors nous filons, cette pauvre femme et moi. En route, mademoiselle.

– Une petite minute, rugit Eldor.

– Flicard, supplia Ary. Je parle sérieusement. Tu veux vraiment que je liquide cette ravissante dame ?

Le doigt d'Eldor pressa le ressort dans son holster. Le revolver jaillit dans sa main. Le bras d'Eldor s'éleva lentement. Le canon de son revolver braqué sur le nez d'Ary.

Le revolver d'Ary se braqua sur la large poitrine d'Eldor.

– C'est toi, dit Ary, ou moi.

– Moi, dit Eldor, ou toi. Son autre bras s'éleva et soutint la main puissante qui tenait son pistolet.

– Tu me rends vraiment nerveux, dit Ary.

– Pose ton arme par terre, ordonna Eldor.

– Qu'est-ce que j'ai à perdre, moi ? demanda Ary. Pense plutôt à toi, mon pote. Un homme jeune, avec une femme ravissante, et d'adorables marmots qui jouent à ses pieds. Votre carrière, monsieur l'agent, pensez-y tant qu'il est encore temps.

– Je vais me mettre à compter, annonça Eldor. En commençant par *un*.

– Toi, dit Ary, tu fais une sacrée boulette.

– *Deux*, chanta mélodieusement la voix de basse d'Eldor.

Ary abaissa son revolver.

– Pose-le par terre, ordonna Eldor. Ne le laisse pas tomber. Je recommence à compter. *Un*.

L'arme d'Ary flaira les genoux d'Eldor.

– *Deux*, chanta Eldor.

Ary s'accroupit et posa son arme par terre.

Tout le monde autour d'eux poussa des hourras et applaudit.

De Gier fila, passa la porte, traversa la galerie, descendit l'escalier. Il fonça athlétiquement à travers la halle. Il traversa le parking. Il s'arrêta net. Deux voitures, leurs capots encastrés l'un dans l'autre, étaient, dans un silence de mort, encerclées par des hommes de grande taille au regard triste. Tous étaient armés jusqu'aux dents.

– Un petit accident ? demanda De Gier au commandant.

– Toujours un problème inattendu, remarqua le commandant. Comment peut-on jamais prendre en compte toutes les possibilités ? Un imbécile de camion avec sa remorque a soudain jailli vers la sortie. Toutes mes voies bloquées d'un coup. La voiture numéro trois, censée tourner à droite se joint, comme vous le voyez, à la numéro un, le pilier de ma poursuite.

– Et Fritz ? s'enquit De Gier.

Le commandant agita un bras las vers la sortie.

– Un très malheureux concours de circonstances imprévisibles. Ma voiture du milieu, détournée de sa trajectoire par le camion et sa remorque, tourne brusquement à gauche et l'un de mes hommes, prêt à tirer, s'écroule sur la poignée de la portière. La porte s'ouvre. Mon homme tombe par terre. Dans sa Mercedes Sport, Fritz, qui se dirigeait lui aussi à toute vitesse vers la sortie, aperçoit la mitraillette dans les mains de mon homme.

– Vous aviez cinq voitures, remarqua De Gier.

– Trois prennent part à la poursuite, déclara le commandant, mais où est la beauté d'une attaque bien organisée si deux cinquièmes de mes forces s'effondrent dès le départ. Si tout pouvait bien se passer une fois, rien qu'une fois. Pourquoi faut-il que j'aie toujours à choisir l'improvisation dans les cinq premières secondes ?

De Gier trouva sa Volkswagen et entra dans Leeuwarden. Les rues étaient encombrées. Quelque part devant lui, au cœur de la ville, des sirènes se mirent à chanter tristement. Menacée par deux files de voitures qui arrivaient en face, la Volkswagen trouva refuge sur le trottoir. Un policier s'approcha.

– Vous êtes perdu, collègue ?

– Je cherche ces sirènes.

L'agent tendit l'oreille lui aussi.

– Doivent être près de la gare. Prenez la prochaine à droite et ne vous posez plus de question. Allez tout droit, pas trop compliqué pour vous ?

De Gier fit bondir la Volkswagen le long du trottoir et prit la première à droite. C'était une ruelle désignée comme piste cyclable. Ignorant les autres panneaux de signalisation, la Volkswagen s'engagea en sens inverse sur un pont à sens unique, enfonça une petite barrière rouge et blanche qui bordait un parking et erra entre deux longues files de voitures silencieuses. Une Mercedes sport apparut, avec ses poursuivants, qui fonçaient dans deux Fords décapotables rutilantes. La Volkswagen bondit et essaya de suivre la chasse.

On tourne, on tourne, et on tourne.

Monotone, pensa De Gier. La Volkswagen commença à faiblir, remarqua une place libre et vint l'occuper. La Mercédès se dirigea vers le pont mais une Ford essaya de lui couper la route. Le policier militaire assis sur le siège arrière vida un chargeur de son Uzi. L'arme cracha des balles rapides juste avant que la Mercédès et la Ford s'arrachent leurs pare-chocs, perdent le contrôle et commencent à emboutir les voitures garées de part et d'autre. De Gier vint assister à pied à la scène finale. Le Conducteur de la Ford appuyait sa tête ensanglantée sur le volant. Le klaxon de la Ford hululait tragiquement.

– *Hé hé !* criaient les autres policiers qui sautaient de la Ford et se précipitaient de trois côtés à la fois sur la Mercedes, arrêtée et silencieuse. Les Uzi se remirent à parler. De Gier arriva lui aussi près de la Mercedes.

Euh ? s'interrogèrent les policiers militaires.

De Gier regarda dans la voiture.

– Vous l'avez décapité, déclara-t-il d'un ton tranquille, décrivant un fait bien établi. Pas de tête. De Gier s'assit, car il était fatigué. Il préféra s'allonger, et s'étira sur le macadam.

– Tout va bien, assura une voix douce.

De Gier pensa qu'il pourrait s'asseoir un moment, mais il n'y réussit pas car il était attaché.

– Ce ne sera plus long, annonça une voix douce.

Le monde est vraiment un endroit accueillant, pensa De Gier.

Il s'éveilla quelques minutes plus tard et entendit la voix de Gripjstra.

– Je peux le récupérer maintenant ? demanda Gripjstra.

De Gier remarqua un goût amer dans sa bouche.

– Il a vomi dans l'ambulance, continua Gripjstra. Sinon il va bien. Je vous assure. Ça fait peut-être vingt ans que je le connais. Le sergent ne supporte pas la vue du sang, dès qu'il voit du sang il vomit.

De Gier s'effondra dans les bras de Gripjstra.

– Fritz n'avait plus de tête, dit-il avec un rot. Coupée net au ras du tronc.

– C'est ce qu'ils racontaient, dit Gripjstra. Mais ce n'est pas trop mal. Balayage, ils appellent ça. Les balles ont formé un nuage qui a tout rasé sur son passage. Et ce Fritz ne valait rien.

La Volkswagen attendait dans l'allée de l'hôpital, l'avant cabossé.

– C'est moi qui ai fait ça ? demanda De Gier.

– Non, cette fois c'est moi, avoua Gripjstra, mais ce n'est pas grave. Il y avait un certain désordre là-bas. J'ai trouvé la voiture et tu avais laissé la clé dessus. Je voulais sauver notre fidèle compagne mais l'un des véhicules de l'Equipe d'Intervention fonçait toujours dans les parages, et l'ambulance arrivait pour te chercher. Pas une situation claire. Tu connais un collègue qui s'appelle Eldor Janssen ?

– Un grand homme, dit De Gier. Un exemple pour nous tous. Un vrai Viking, adjudant, il en reste encore quelques-uns ici, il me semble. Si seulement il y en avait plus.

– Bien sûr, dit Gripjstra. Eh bien, cet Eldor a une femme qui a aussi embouti une Volkswagen, la sienne, mais le devant n'a pas été touché. Elle nous la donne.

– Quand j'ai regardé à l'intérieur de Fritz, reprit De Gier, ça bougeait encore là-dedans. Peut-être que Fritz voulait me dire quelque chose.

– Qu'est-ce que tu faisais là-bas, d'abord ? demanda Gripjstra. La confrontation était prévue pour vendredi prochain. Me voilà, qui m'efforce de te tenir hors de cette histoire, et toi tu vas te fourrer en plein milieu des balles.

De Gier était allongé sur le divan. Gripjstra apporta du thé.

– Je suis resté évanoui longtemps ?

– Le docteur a dit que tu dormais, dit Gripjstra.

A son avis tu avais un peu trop tiré sur la ficelle.

– Je me suis évanoui.

– Absolument pas, trancha Gripjstra. D'abord tu as fait le fou une journée entière sur une île à touristes, et puis tu as passé une nuit mouvementée avec Hylkje. Plus une visite au marché aux bestiaux pour couronner le tout. Tu t'étais crevé.

– Je suis fatigué maintenant, avoua De Gier.

– Rinus ?

De Gier marmonna.

– Tu ne prépares pas un coup en douce, hein ? Tu te souviens de notre accord ? Voici mon plan. Rinus, tu me suis ?

– Tellement fatigué, marmonna De Gier.

18.

– Je n'ai jamais pensé autrement, dit Samuel Cardozo, et ça n'aurait pas pu se passer autrement.

Simon Cardozo essayait de monter les restes de la bicyclette dans l'étroit escalier.

– Tu ne voudrais pas qu'on t'aide en plus ? demanda Samuel. Pourquoi monter ce tas de ferraille, de toute façon ? Laisse-le dehors avec les ordures.

– Chhhuit, souffla Cardozo. Je ne suis pas seul.

– Bonsoir, monsieur, dit Samuel au commissaire. Je ne vous avais pas vu. Désolé. Un peu sombre, cet escalier. Le commissaire poussa, Simon tira, Samuel tira un peu lui aussi.

– Pas dans ma cuisine, ce débris, hurla Mme Cardozo. Oh ! bonjour monsieur. C'est gentil de nous rendre visite. Vous voulez du café ?

Samuel était avec un copain.

– Etes-vous le fameux commissaire ? demanda le copain. J'ai lu un article sur vous. A propos des pots-de-vin et tout ça, mais il ne s'agissait pas de votre service, c'est ce que vous disiez au journaliste.

– Comment vont vos jambes en ce moment ? demanda Mme Cardozo.

– Mieux, répondit le commissaire, merci. On m'a donné des herbes exotiques à mettre dans mon bain.

Samuel, je suis désolé pour votre bicyclette. Nous avons rapporté ce qui restait parce que votre frère assure que vous êtes habile. Vous croyez que vous pourrez réparer cette bicyclette ?

Samuel se pencha sur ce qui avait été posé contre la table de la cuisine.

– Le cadre est foutu, et les roues sont irréparables aussi, tordues, très tordues, et les pédales, ça ça doit être les pédales, non, et le guidon, où est le guidon ? Peut-être que je pourrais faire quelque chose avec ce qui reste, la chaîne a l'air intacte, non, la chaîne est cassée.

– Je suis désolé, dit le commissaire. La police n'est pas très dépensière en ce moment mais je serai ravi de vous offrir la bicyclette neuve de votre choix.

– Monsieur, protesta Samuel, en levant les mains. Monsieur, je vous en prie.

– Ne faites pas ça, monsieur, conseilla Simon. Mon frère est membre du parti socialiste. Le but de sa vie est de servir les autres, c'est bien ça, Samuel ?

– Mme Cardozo, déclara le commissaire. Votre Simon s'est de nouveau conduit en véritable héros, je suis venu vous l'apprendre. Vous devriez être fière de Simon.

– C'est vrai ? demanda Mme Cardozo. Oh ! monsieur, j'étais si contente quand mon Symie a pu devenir enquêteur. Quand il était encore en tenue, je m'inquiétais tout le temps. Quand il est en civil, il peut toujours se sauver. Je passe mon temps à lui répéter. « Simon », je lui dis, « je te l'assure, moi, ta mère, pour un acte héroïque et un florin soixante-quinze pas un seul bar digne de ce nom ne te servira une tasse de café. »

– Je n'ai pas été héroïque, avoua Cardozo. Je me cachais dans un fossé, à l'abri. Rien n'aurait pu m'arriver. Le commissaire était là, et la Police Militaire, et pour finir tous les vauriens ont été descendus.

– Vous tiriez ? demanda le copain de Samuel. Je croyais qu'un commissaire ne se servait jamais d'un pistolet. Ils aiment surtout beaucoup voyager. J'ai lu ça dans le journal. Il disait que les commissaires vont à l'autre bout de la terre, grâce à des fonds spéciaux. Une bonne façon de dépenser l'argent des contribuables.

– J'avais encore oublié mon revolver, avoua le commissaire. Le nouveau modèle est trop gros pour moi. Je ne veux pas continuer à le laisser à la maison, mais inconsciemment je ne l'emporte jamais. Il se gratta le menton. Comment gagnez-vous votre vie ?

Le copain fabriquait des poupées.

– Pour jouer avec ?

Non, le copain était employé au Musée de Cire de Mme Tussaud.

– Maman, demanda Samuel, pourquoi Simon porte-t-il ce drôle de costume ?

– *Enfin,* il le remarque, s'exclama Simon. Je pourrais me peindre en vert, il s'en rendrait compte une semaine plus tard.

– Je te trouve mignon comme tout, dit Mme Cardozo. Quand tu étais petit, je t'ai fait un costume en velours une fois. Tu étais tellement adorable, et je te lavais les cheveux tout le temps. Ils brillaient, exactement comme maintenant. Oh ! mon petit Symie.

– Un petit accident, expliqua le commissaire. Il en était couvert.

Les yeux de Mme Cardozo s'arrondirent.

– Du sang ? Il saignait ?

– De la merde, précisa Simon.

– Qu'est-ce que tu fabriquais en Frise ? demanda Mme Cardozo d'un ton fâché. Tu ne devrais pas aller à la campagne. Je t'ai élevé à la ville. La campagne pue. Reste à ta place.

– Et à qui appartiennent ces ravissants vêtements ? s'enquit Samuel.

– A un cadavre, jeta Cardozo, furieux.

– Le costume d'un cadavre, dit le commissaire d'un ton pensif au copain de Samuel. Dites-moi, jeune homme, êtes-vous doué pour fabriquer ces poupées de cire que l'on voit au musée de Mme Tussaud ?

– J'ai du talent dans ce domaine, dit le copain de Samuel. Je viens de terminer le colonel lybien, et notre premier ministre, mais je ne suis pas content de l'homme d'Etat. C'est un brave type et je préfère modeler l'autre style, je suis doué pour montrer le mal.

– Bon pour le mal, dit le commissaire d'un air pensif.

– Je travaille à mi-temps, continua le copain de Samuel. Mme Tussaud pense que les gens voient assez d'horreurs comme ça.

– Et vous êtes aussi un idéaliste ? questionna le commissaire, comme votre ami Samuel, j'entends ?

– Bien sûr, dit le copain. Parti Travailliste, j'en suis, mais je ne travaille pas beaucoup ces temps-ci. Ce n'est pourtant pas la faute du parti. Encore un coup des réactionnaires.

– Oui, dit le commissaire. Il se leva et serra la main du copain. Il se rassit. J'admire l'idéalisme, vraiment.

– Comment, vous, pouvez-vous dire une chose pareille ? s'étonna le copain.

– Je veux dire, expliqua le commissaire, qu'en ces temps difficiles nous sommes à court d'argent. Les fonds que vous venez aimablement de mentionner ont été entièrement dépensés. Si nous, les défenseurs de l'ordre public, demandons assistance aujourd'hui, nous ne pouvons pas payer ces services.

– Je me disais bien que vous vouliez en arriver là, remarqua le copain de Samuel. Que puis-je faire pour vous ? Je voudrais accomplir un travail.

– Cardozo, dit le commissaire. Faites voir cet album avec les photos de Scherjoen.

Cardozo ouvrit l'album.

– Charmant vieux bonhomme, commenta le copain de Samuel. Beaucoup trop charmant pour mes talents particuliers.

– Pas si charmant que ça, corrigea le commissaire. Regardez d'un peu plus près. Nous avons ici un fraudeur et un prêteur à trente pour cent. Si vous..., le commissaire sourit chaleureusement... si vous, mais ceci peut s'avérer un projet assez complexe – si vous pensez que vous n'y arriverez pas, dites-le carrément – si vous pouviez distiller le mal de ces images et les habiller du costume que Simon porte en ce moment et si vous utilisiez, à la place d'une véritable tête, les restes d'un crâne calciné que nous vous fournirions, et si vous trouviez des mains de squelette qui pourraient jaillir des manches de la veste, et si vous vous arrangiez pour que ces mains offrent quelque chose, quoi je ne le sais pas encore, mais nous pourrions réfléchir à l'objet adéquat... le commissaire se tâta le menton.

– Oui, dit le copain de chez Mme Tussaud. Tout à fait. Absolument. Je peux. Je veux le faire. Vous avez un but en tête ?

Le commissaire demanda s'il pouvait fumer. Mme Cardozo acquiesça d'un signe de tête et frissonna.

– Quelle horreur, monsieur.

– Il faut que ce soit horrible, dit le commissaire. Vous voyez, il désigna l'album, cet homme n'a peut-être pas été quelqu'un d'agréable mais il a été cruellement assassiné, et nous avons quatre suspects, mais personne ne parle. Je ne prétends pas que les suspects ne sont pas aussi innocents qu'ils le clament, mais je voudrais m'en assurer. S'ils pouvaient à juste titre échapper à nos griffes, nous irions voir ailleurs, mais au point où nous en sommes, ces quatre suspects sont sur ma route.

– Vous voulez les libérer par le choc ? demanda le copain.

– Je n'aime pas ce genre de méthode, avoua le commissaire, mais je n'aime aucune de nos méthodes. Menaces, manipulation, intrusion dans la vie privée, tous nos trucs sont du même tonneau. Un choc rapide vaudrait peut-être encore mieux.

– Donc mon mannequin doit être méchant, conclut le copain de chez Mme Tussaud. Je peux utiliser des éclairages ? Le mouvement ? J'ai quelques capacités.

Est-ce que j'ai du temps ? Je peux faire du bon travail ?

Le commissaire consulta sa montre.

– Ça ne presse pas. Vous pouvez me livrer demain ?

– Maudit soit ... !

– Ne vous mettez pas dans cet état, dit le commissaire. Tout ce qu'il nous faut c'est une impression, un coup d'œil, rien de compliqué.

– Demain, marmonna le copain.

– Vous pouvez venir avec nous maintenant, dit le commissaire en se levant. Le crâne est au Commissariat central, Cardozo vous passera le costume et je m'assurerai que l'on vous donne une pièce dans le bâtiment où l'on ne vous dérangera pas. Demain après-midi j'amènerai mes suspects. Quatre petites rencontres et le tour sera joué.

– J'ai besoin d'aide, dit le copain de chez Mme Tussaud. Et il nous faut quelque chose d'affreux que notre créature puisse tendre au public. Tu as une idée, Simon ?

Cardozo jeta un regard mauvais et se frotta les mains.

– Mon Symie, s'écria Mme Cardozo. Est-ce que je t'ai élevé pour en arriver là ?

– Hé hé ! ricana Cardozo.

19.

– Melle Terpstra, dit le commissaire. Je suis vraiment navré de vous déranger, mais il est parfois nécessaire d'importuner les gens quand on se trouve face à un crime abominable. On m'a dit que votre sœur était chez vous pendant cette effroyable nuit, m'a-t-on bien renseigné ?

Melle Terpstra ressemblait un peu à Mem Scherjoen

mais elle était certainement un modèle de moindre intelligence, pensa le commissaire. La cause devait en revenir à l'assemblage des gènes Terpstra, à la façon dont les semences microscopiques du père et de la mère s'étaient unies il y avait bien longtemps. Il songea à son frère, qui lui ressemblait plutôt, et avait poussé des mêmes gènes que lui, mais selon un assemblage très différent. Mon frère est très intelligent lui aussi, réfléchit le commissaire, mais il utilise autrement son brillant cerveau et il s'est contenté de devenir riche pour pouvoir prendre sa retraite en Autriche, s'acheter un châlet, et offrir des vins fins à ses amis. Dans mon cas les gènes se sont empoignés d'une façon plus utile car je sers l'humanité et ne prête aucune attention au confort personnel. L'intelligence peut s'utiliser bêtement aussi, c'est tellement compliqué et personne, peut-être, n'est responsable. Le développement humain est sans doute complètement déterminé au moment de la conception. Mais mon frère et moi partageons la même arrogance, se dit aussi le commissaire, car tous deux sommes persuadés d'être très importants, erreur fondamentale qui ne simplifie pas nos vies.

Le visage de Melle Terpstra était plus anguleux que celui de sa sœur et son attitude décidément rigide. Son appartement, dans la respectable banlieue est d'Amsterdam, était meublé avec une grande simplicité, que gâchait une paire de chiens de porcelaine posés face à face sur le rebord de la fenêtre. Les chiens se reflétaient l'un dans l'autre.

– Ravissants petits chiens, remarqua le commissaire car Melle Terpstra ne soufflait mot.

– Vous trouvez ? demanda Melle Terpstra d'un ton glacial.

– D'un goût excellent, ajouta le commissaire. Vous collectionnez les chiens de porcelaine ?

– Je les ai rapportés d'Ameland, dit Melle Terpstra, mon arrière-grand-père a commencé la collection, ce marchand de putains.

Le commissaire ne dit rien pendant un moment. Il ne venait pas en ennemi, comme l'indiquait son humble attitude. Sa femme l'avait habillé avec un soin méticuleux ce matin-là, parce qu'elle était désolée. Elle savait que ses inquiétudes ne facilitaient pas la vie de son mari.

– Il faut que je travaille, avait déclaré cette nuit-là dans son sommeil le commissaire. Qu'est-ce que je peux faire d'autre ? avait-il continué, toujours en dormant. Elle l'avait embrassé, car bien sûr des occupations il en aurait trouvé à la pelle. Ne pouvait-il pas jouer avec sa tortue dans le jardin ? Ou ramasser les ordures dans le parc ? Ou partir en voyage avec elle ? Devait-il toujours protéger la société contre elle-même ? Melle Terpstra s'adoucissait aussi, car elle n'avait pas eu de visiteur masculin depuis des mois et celui-ci paraissait particulièrement convenable dans son élégant costume d'été gris clair, avec l'antique chaîne de montre soulignant le léger renflement de son ventre, et ses cheveux bien arrangés, ses mains délicates et impeccables nouées sur ses genoux étroits, et la façon cultivée avec laquelle il prenait garde de s'exprimer. Etait-il possible que cet homme lui plaise ? se demandait Melle Terpstra.

– Du thé ? demanda Melle Terpstra au commissaire.

On lui donna une tasse.

– Quel est le rapport, s'enquit le commissaire, entre des chiens en porcelaine et les putains ?

– Ils étaient capitaines de baleiniers, expliqua Melle Terpstra, mes grands-pères et arrière-grands-pères, et ils avaient les plus belles maisons de l'île, avec des pignons construits tout spécialement avec des briques importées, pour que tout le monde voie combien ils étaient riches.

– Sur Ameland, dit le commissaire.

Melle Terpstra acquiesça.

– Et ils trompaient tous leur femme. Les femmes acceptaient ça à cette époque. Ce n'est plus le cas maintenant, comme vous devez le savoir.

– Oui, reconnut le commissaire d'une voix douce.

Melle Terpstra tapa du plat de la main sur la télé qui trônait à côté d'elle.

– Je vois ça là-dedans. Hier soir encore. Vous avez regardé le programme ? La communiste lesbienne et ses idées avancées ?

– *Quoi ?* demanda le commissaire.

– Oui, reprit Melle Terpstra gaiement. Ils ne peuvent plus coucher avec nous, ces hommes, ils ont perdu notre plus grand talent. Son débit s'accéléra. Vous savez ce que faisaient mes ancêtres ?

– Ils allaient voir les putains en ces temps reculés ?

Le visage de Melle Terpstra se durcit

– La coutume est encore en vigueur.

– Non, corrigea le commissaire. Il y a longtemps peut-être, sans que je l'aie jamais projeté, mais c'était tellement à la portée de tous.

– Bah, fit Melle Terpstra. Pour profiter de la faiblesse d'une pauvre minorité.

– Et les chiens ? demanda le commissaire.

– Une méprisable petite habitude de l'époque, dit Melle Terpstra. Les baleiniers avaient coutume de passer par Londres avant de rentrer dans notre île. Et après la putain donnait à mon ancêtre l'un de ces chiens.

– Ha! s'exclama le commissaire. Il plaqua sa main sur sa bouche. Je vous demande pardon Melle Terpstra, en souvenir vous voulez dire ?

– Oui, pour que mon aïeul revienne chercher le deuxième chien de la paire. Il y avait ce genre-ci, elle désigna le modèle plus gros avec un collier doré, et puis la taille en dessous, celui que vous voyez là-bas, et les tout petits, au cas où mes ancêtres insistaient pour bénéficier d'une ristourne. Et puis ils rapportaient ces affreuses petites bêtes à la maison et les offraient en cadeau à leur femme. Alors ? Qu'en pensez-vous ?

– Révoltant, assura le commissaire.

– Les hommes, ricana Melle Terpstra. Douwe ne faisait pas exception à la règle, pauvre Mem, mais maintenant nous sommes bien débarrassées de lui.

– Et Mem a passé la soirée avec vous ? Et la nuit aussi ?

Melle Terpstra comprit. Sa voix transperça la petite pièce.

– Vous pensez... ?

Le commissaire se réfugia dans un silence éloquent.

– Vous pensez vraiment... ?

Le commissaire sourit.

– Pensez-vous, la voix glaciale de Melle Terpstra se changea en poignard qui pénétra entre les deux yeux du commissaire, que moi, *moi*, je dénoncerais ma propre sœur chérie même si elle avait quitté mon appartement pour une seule seconde ? Que *moi*, le paillasson sur lequel des types grossiers comme vous ont essuyé leurs bottes sales pendant des générations, que *moi*, la délaissée, la mal-aimée, la laissée-pour-compte, l'outragée...

Elle se leva lentement. D'une main elle se tenait la gorge, de l'autre elle désignait la porte.

– Sortez ! hurla Melle Terpstra.

– Au revoir, Melle Terpstra, dit le commissaire.

20.

– Comment ça s'est passé avec ma sœur ? demanda Mem Scherjoen.

Le commissaire parla des chiens de porcelaine.

– Oui, dit Mem, j'ai hérité de la moitié de ces bâtards mais ils ne me plaisaient pas beaucoup. Elle gloussa. Pauvre Jenny. Vous savez qu'elle continue à découper les photos de *Playgirl ?*

– Qu'est-ce qu'elle découpe ? demanda Cardozo.

– Il y a des photos d'hommes, expliqua Mem, Jenny aime leur ôter leur attirail.

Les yeux de Cardozo s'arrondirent, sa bouche se rétrécit.

– Elle n'a pas de mauvaises intentions, reprit Mem. Elle le croit, c'est tout. Jenny ne s'est pas beaucoup épanouie dans sa relation avec les hommes. Les hommes sont simplement un peu différents, pareils que nous d'une certaine façon, mais à l'envers, c'est mon avis. Elle mena ses visiteurs dans le salon du rez-de-chaussée. Allons-nous procéder à cette fouille, enfin ? Je suis si contente que vous vouliez m'aider. Je pensais toujours le faire toute seule mais ça me semblait un tel effort.

Cardozo s'excusa de ne pas encore avoir rapporté le costume de velours de Douwe, mais il l'avait un peu sali et il se trouvait chez le teinturier. Aucune importance, assura Mem, il pouvait le garder s'il voulait, quoique, peut-être pas, car plus tard, quand les attardés mentaux viendraient, l'un d'eux pourrait en avoir besoin.

– Un gars de petite taille, précisa Mem gentiment.

Cardozo erra dans la vaste pièce. Au-dessus d'une fenêtre qui disparaissait sous une vigne en fleurs, des livres reliés cuir s'alignaient sur une étagère.

– De l'ancien, dit Mem. Des œuvres religieuses, mes aïeux en faisaient la lecture de dimanche. Douwe voulait les vendre, il n'aimait pas Dieu parce que Dieu continuait à l'aimer, mais j'ai raconté que les livres augmentaient de valeur d'année en année, alors il m'a permis de les garder.

Mem prit un petit escabeau dans un placard, Cardozo monta dessus. Il choisit un livre et en lut le titre.

– Divine Quarterly Part III. Il tourna les pages. *Libère-nous, Mon Dieu, de l'adoration servile des images païennes. Sauve-nous de la tyrannie étrangère, fais que la paix et l'union entre nous n'aient jamais de fin.*

Cardozo replaça le livre et en prit un autre.

– Ah ah !

– Ah ah ! fit le commissaire.

– Ah ah ! demanda Mem.

– On trouve toujours des choses dans les livres, remarqua le commissaire. Ce sont des cachettes à la mode de nos jours. Dont on fait une grande publicité pour que tous les voleurs soient au courant. On les évide pour y glisser des bijoux, de l'argent, des petites armes à feu, des photos cochonnes.

– Et des lingots d'or, dit Cardozo.

– Passez-moi tous les livres les plus lourds, demanda le commissaire. Mem ouvrit les livres.

– Vraiment, dit Mem. Ce Douwe. Faire des trous dans les pages. Et ces livres qui normalement étaient à moi.

– Mais vous étiez au courant, non ? demanda le commissaire, en regardant Mem sortir l'or et l'empiler proprement.

– D'une certaine façon, avoua Mem. Je l'entendais fourrager par ici la nuit, quand il pensait que j'étais endormie. Il sortait l'escabeau et le cognait contre les chaises. Moi j'ai la tête qui tourne dès que je suis en hauteur.

– Alors vous nous avez demandé de monter à l'escabeau.

– Je pensais que vous vouliez venir, déclara Mem.

– Là, dit Cardozo. Les comptes de son affaire de prêts, sur des feuilles volantes, coincées entre les pages de cette bible illustrée. Tous les montants sont cochés, donc ils doivent avoir été payés.

– Oui, dit Mem, j'ai mis le holà à tout ça. Je ne pouvais pas le supporter, embêter les pauvres gens comme ça.

– Et Douwe vous a obéi ? s'étonna le commissaire.

– Je l'aurais quitté, déclara Mem d'un ton ferme. C'était la seule fois où je l'en ai menacé. Douwe aurait dû engager une femme de ménage et elles sont chères de nos jours.

Le commissaire lut la page de titre de la bible illustrée. « *Le méchant sera emporté par la mort mais celui qui aime son prochain continue à vivre, même dans la mort* .»

– Douwe ne lisait jamais, dit Mem. Elle soupira. C'est si évident, pourquoi n'a-t-il jamais compris ?

– Je ne suis pas croyant, Mem, avoua le commissaire. Je ne comprends jamais la littérature religieuse. Que pensez-vous que signifie le texte ?

– Regardez les images, dit Mem. Ici. Vous voyez ? C'est la mort dans la vie.

– Et ces petits bonshommes sont des démons, dit le commissaire, en ajustant ses lunettes. Oh là là ! mais que font-ils à ce pauvre bougre ? Ils le remplissent d'un liquide quelconque, par le nombril, oh ! le pauvre homme.

– Ils lui versent quelque chose dans l'anus aussi, dit Cardozo.

– Avec un entonnoir. De l'huile bouillante, je suppose, là, et regardez ceci, Cardozo, des vers avec des échelles à pic qui rampent dans les oreilles du malheureux type.

– Douwe a connu tout ça dans sa vie, dit Mem. L'eczéma dans les oreilles, ça le démangeait et les faisait enfler, et il se plaignait toujours que la nourriture lui martelait l'estomac et ses hémorroïdes, c'était affreux ; elles se sont infectées et son pantalon était plein de sang.

La sonnette d'entrée retentit avec vigueur. Cardozo jeta un coup d'œil entre les vignes.

– L'ennemi, monsieur, prêt à bondir.

Mem regarda elle aussi.

– M. Verhulst. Il a téléphoné plus tôt, je l'avais complètement oublié.

– Retenez-le dehors en discutant, ordonna le commissaire. Cardozo, remettez ces livres en place.

Verhulst entra pesamment dans la pièce. Le commissaire se reposait dans un fauteuil. Il leva une main molle.

– Ravi de vous trouver, dit Verhulst. Vous arrivez à quelque chose ?

Le commissaire fit une moue.

– Vous avez retrouvé votre apparence première, je vois, déclara Verhulst à Cardozo. Quelle tête vous aviez ; ces hérons sont un fléau de la vermine à plumes, à quoi nous servent-ils ?

Cardozo fit la moue.

– Mme Scherjoen, déclara Verhulst. Je serai bref et direct. Votre mari a escroqué une fortune à l'Etat, ce qui est à la fois un péché et un acte condamné par la loi.

Mme Scherjoen leva les bras au ciel, consternée.

– Certaines lois ont besoin d'être revues, déclara le commissaire.

– Ici, j'ai besoin de votre aide professionnelle, reprit Verhulst, ce n'est pas l'heure de faire de la morale. Il revint à Mme Scherjoen. Cette fortune doit être restituée. Par mon entreprise. Il tapa sur son attaché-case. « Je vous donnerai un reçu et vous aurez sans doute de nos nouvelles. Vous devriez être passible d'amendes mais si vous coopérez, je verrai ce que je peux faire.

– Nous travaillons sur un meurtre ici, dit le commissaire, et vous me dérangez. Pourquoi ne partez-vous pas ? Je vous donnerai peut-être de mes nouvelles quand mon enquête sera terminée.

– Monsieur, dit Verhulst.

– Monsieur, dit le Commissaire.

Cardozo éleva bien haut sa plaque d'identification.

– M. Verhulst, je vous ordonne de quitter cette maison immédiatement. Si vous restez c'est sans autorisation et je me verrais obligé malgré moi de vous arrêter.

Le gravier gicla sous les pneus de la voiture de Verhulst. Le commissaire jeta un coup d'œil à travers la vigne.

– Maintenant dit Cardozo.

– Où est passé l'or ? demanda Mem Scherjoen. Le commissaire désigna son fauteuil. Il se frotta les fesses.

– Je suis content qu'il soit parti. Beau travail, Cardozo.

– Vous allez le confisquer ? demanda Mem Scherjoen.

– Non, je crois que vous devriez l'emporter. Quoique... le commissaire réfléchit. Vous devriez peut-être attendre un jour ou deux. Disons après-demain, quand nous en aurons terminé avec cette phase de l'enquête. Oui, ce sera le mieux.

– Il faudra que j'attende que Gyske soit libre, dit Mem Scherjoen. Elle ne peut pas s'en aller en ce moment parce que le lieutenant continue à démolir la maison et qu'il n'a pas les idées claires. Alcool plus valium, et il a besoin de parler.

– Que pensez-vous de leur problème ? demanda le commissaire.

– Ce n'est pas grave, dit Mem. Tout le monde le sait et le lieutenant le découvrira le moment venu.

– Et tout reviendra dans l'ordre ? demanda le commissaire.

– Mieux qu'avant encore, assura Mem. Je fais ce que je peux. Gyske n'est pas un modèle de patience, et puis elle travaille à mi-temps, et il y a les enfants. Elle est trop occupée pour supporter tout ce radotage. Ça ne m'embête pas du tout d'écouter Sjurd. Il continue à divaguer sur cette histoire d'étagère dans le placard. Mem gloussa. Est-ce que ça n'aurait pas été plus agréable si Gyske avait utilisé un lit ? Je trouve parfois qu'il y a trop de honte par ici, ça nous empêche de jouir de la vie.

– Alors ? demanda Cardozo dans la voiture.

– Non, décréta le commissaire. Ou oui, peut-être. J'aimerais vraiment être une femme, certains jours. Il est temps que nous engagions une enquêtrice. Qu'en pensez-vous, Cardozo.

– Que pensez-vous de ma mère, demanda Cardozo. Dites-moi la vérité, je crois que je peux l'entendre.

– Je pense que c'est la gentillesse en personne.

– Et une excellente cuisinière, ajouta Cardozo. Très patiente avec Papa et nous. Nous avions des rats dans un placard. Papa avait dit qu'il les tuerait mais finalement il ne l'a pas fait. Samuel s'est porté volontaire. Il a passé une éternité dans ce placard, il n'y avait pas un bruit et puis il est ressorti. J'y suis allé aussi. Le rat avait des petits. Et puis ma mère a attrapé un tisonnier et flac flac flac.

– Les petits aussi ? demanda le commissaire.

– Les petits aussi, confirma Cardozo. Mem est une mère, mais elle n'a pas d'enfant à elle. Tous les gens sont ses enfants. Et puis arrive ce gros rat dégoûtant qui fait du mal à ses gosses.

– Oui, dit le commissaire. Mais écoutez Cardozo, ce rat était le mari de Mem. Elle a pris des photos de son cher Douwe et les a collées dans un album secret. Douwe était son enfant.

– Vous m'avez demandé mon avis, reprit Cardozo. Alors voilà ce grand gosse, un vaurien, qui fait du mal à tous les autres gosses.

– Quand elle lui a demandé d'arrêter de prêter de l'argent à trente pour cent, il a arrêté.

– L'immonde rusé, jeta Cardozo. Il a trouvé quelque chose de pire et s'apprêtait à se lancer. Mem l'a découvert. Flac.

– Peut-être, dit le commissaire. Mais il y a d'autres explications qui pourraient concorder avec les faits. Commençons par effrayer Mem. Si elle joue un rôle il faudra qu'elle jette son masque. Vous savez, Cardozo...

Cardozo regarda par-dessus son épaule. Savez-vous qu'une Landrover nous suit ? En faisant des appels de phares ?

Le commissaire jeta un coup d'œil dans le rétroviseur.

– Ah oui !

– Le gyrophare est branché aussi, ajouta Cardozo. Je crois qu'on nous demande de nous arrêter.

– Pas maintenant, déclara le commissaire. Accrochez-vous, Cardozo. Il empoigna son volant. La Citroën fit une embardée.

– Ils veulent simplement nous aider, précisa Cardozo. Nous nous sommes encore perdus. Nous allons vers l'ouest au lieu du nord.

La Citroën fit hurler ses pneus dans un virage, puis subitement sortit de l'autoroute, s'engagea dans un chemin de terre, tourna encore et s'enfonça dans un bosquet. La Landrover passa à toute vitesse, ses phares clignotant bêtement, sa sirène poussant son cri lugubre.

– Vous savez, Cardozo, déclara le commissaire, tout est une question de conscience. La loi que nous avons inventée essaie de standardiser notre conscience mais elle n'y a pas trop bien réussi. Il existe toutes sortes de consciences. Certaines s'élèvent au-dessus de la moyenne.

La Citroën revint sur l'autoroute. La Landrover, cachée derrière une haie, jaillit.

– Ne sont-ils pas malins ? demanda le commissaire. La Citroën se changea en une vaporeuse ligne argentée filant sur fond de prés d'un vert profond.

– Supposez, poursuivit le commissaire, que j'aie une conscience plus élevée. Si j'en avais une je pourrais, de mes hauteurs vertigineuses, décider de laisser Mem tranquille. Pratiquement parlant, rien de plus facile. Je pourrais me retirer en invoquant le manque de preuves ou je pourrais rédiger un rapport ambigu que le ministère public perdrait aussitôt. Mais, le commissaire tapa sur son volant, il faut d'abord que je découvre la vérité.

– L'illogique bonté féminine, déclara Cardozo. Vous auriez dû voir ma mère exterminer ces rats. Une destruction totale et uniquement parce qu'elle pensait que les rats propagent des microbes et que nous risquions de tomber malades.

– Et pas elle ? demanda le commissaire.

– Ma mère ne tombe jamais malade, décréta Cardozo.

La Citroën trouva la voie rapide menant à Leeuwarden.

Le commissaire klaxonna des chauffards qui lui bouchaient la route. Le compteur de vitesse s'affolait.

– Un vrai dilemme, déclara le commissaire. Inintéressant. Regardez, voici la capitale de cette belle contrée.

– Qu'y a-t-il ? s'enquit Cardozo, car la Citroën venait de s'arrêter sur le bas-côté.

– Je me perds toujours en ville.

– Cette Landrover a abandonné la poursuite, monsieur.

– Ce sont des Frisons, rétorqua le commissaire, ne m'apprenez pas quelles sont nos réactions. Je suis né à Joure.

Ils attendirent un moment.

– Cardozo, déclara le commissaire. Avez-vous envisagé la culpabilité de Mem, qu'elle ait ou non tué Douwe ?

– Je ne vous suis pas très bien, monsieur, avoua Cardozo.

– Est-ce que j'en attends trop, une fois encore ? s'enquit le commissaire. Etes-vous trop jeune pour saisir ? Les hommes, peut-être ne vous en doutez-vous pas, exercent un pouvoir que les femmes leur accordent. Maintenant supposez que ce pouvoir soit volontairement refusé. Disons qu'une certaine femme déclare à son mari qu'il a été trop loin, qu'elle n'en supportera pas plus, qu'il devra vivre désormais sans son amour. Qu'arrive-t-il ? L'homme ne chancellera-t-il pas, soudain incapable de se défendre des attaques habituelles de son environnement ? Mem a signifié à Douwe de se débrouiller tout seul et il s'est aussitôt effondré ? Oh ! bonjour, sergent.

– A votre service, déclara le policier en se penchant à la fenêtre du commissaire. Soit dit en passant, justement c'est le cas de le dire, vous ne devriez pas stationner ici.

– Désolé, répondit le commissaire, mais je me demandais si vous seriez assez aimable pour nous mener au Commissariat Central de la Police Municipale ?

Le sergent remonta dans la Landrover et démarra lentement.

– Je suis fatigué, avoua le caporal assis à côté du sergent. Tu n'as pas idée comme ces collègues d'Amsterdam me fatiguent. J'espère vraiment qu'ils vont régler cette affaire, parce que je ne les supporterais plus très longtemps.

Le sergent pilotait la Landrover.

– Tu ne parles plus frison ? demanda le caporal.

– Tu troubles mes réflexions, décréta le sergent. Je

réfléchis en hollandais. Comme eux. Pour essayer de les suivre. Peut-être que si je pense en même temps qu'eux, je comprendrais le pourquoi et le comment de leur démarche.

– Tu n'aurais pas dû tourner ici ? demanda le caporal ? Nous avons dépassé le cube.

– On va continuer, dit le sergent. Cette autoroute tourne autour de la ville. On l'aura au prochain tour.

– Monsieur ? demanda Cardozo une demi-heure plus tard. Je vous en prie, tournez, ou nous allons encore rater le Commissariat. La Citroën tourna. La Landrover continua tout droit.

– J'ai recommencé ? demanda le sergent.

– Merci, dit le caporal. Je déteste devenir dingue tout seul.

21.

– Vous aussi vous passez votre temps à vous perdre ? demanda Cardozo à De Gier dans la maison du passage d'Espagne.

– Où est le commissaire ? s'enquit Gripjstra.

– Au Commissariat de la ville, dit Cardozo. Il m'a passé la voiture car il faut que je retourne à Amsterdam. Il prendra le train plus tard. J'ai fait un saut juste pour voir s'il y avait du nouveau chez vous. Aucune information qui puisse m'être utile ?

Gripjstra s'étira sur le divan, sous le papier à fleurs, et considéra un carreau du plafond qui se détachait.

– Cardozo travaille comme prévu. Il marque les points. Il suit une ligne d'action. Il se redressa. Qu'est-ce que tu vas faire à Amsterdam ?

– Construire un mannequin, déclara Cardozo, ou plutôt, je vais aider. Une reconstruction du cadavre et deux, on lui redonne vie. Ah, adjudant ?

– Je ne me suis pas encore perdu ici, déclara De Gier en sirotant du thé, encadré par des fuchsias, jambes croisées, le petit doigt en l'air. Je crois que l'adjudant et le commissaire sont gênés par leur passé. Leurs racines sont ici et ils se prennent les pieds dedans sans arrêt. Toi et moi ne croulons pas sous le poids de nos souvenirs. Notre innocence nous garde dans le droit chemin.

Gripjstra grogna.

– Adjudant ? demanda Cardozo.

– Si seulement ils avaient dit quelque chose, déclara Gripjstra, ce Pyer, ce Tyark et ce Yelte. N'importe quoi. N'importe quel genre de déclaration. Je l'aurais vérifiée, trouvée mensongère et je serais retourné les voir, je les aurais démolis à coups de poing. Leur peur les aurait jetés dans les mains de la Justice. Mais s'ils ne disent rien...

– Tu aurais pu faire un effort, intervint De Gier. La langue est assez facile. J'ai un dictionnaire. Mort, se dit « dea » en frison. Tu aurais pu commencer par la fin. Pas se dit « net ». Tu répètes « net » et peut-être qu'ils finiront par t'avouer la vérité.

– « Net dea ? » s'enquit Gripjstra. Mais Douwe *est* mort.

De Gier considéra Gripjstra par-dessus le bord de sa tasse.

– Essaie de me suivre dans le domaine des idées, allez, tu peux y arriver.

Gripjstra se leva lentement. Il baissait la tête.

– Adjudant ? fit Cardozo. Je suis content que vous ayiez parlé de Pyr et des deux autres. J'avais presque oublié. Le commissaire veut que vous retourniez les voir et que vous les invitiez à se rendre au Commissariat central d'Amsterdam demain à dix-sept heures. Il y aura une confrontation. Pouvez-vous vous assurer qu'ils y seront ?

Gripjstra se laissa retomber sur le divan.

– Encore ? Non. Encore les digues étroites ? Le silence ? Non, pas question.

– Bien sûr que tu iras, assura De Gier. Et tu aimeras ça. Tu t'avanceras vers la subtile solution d'une nouvelle affaire épineuse. Patience et persévérance. Ça te connaît. Nous sommes sur le point d'abandonner mais nous continuons à appuyer et tout d'un coup, ils basculent. Les genoux du suspect tremblent, sa tête s'affaisse sur le côté, la bave lui coule aux commissures des lèvres, sa main retombe et la vérité surgit. Crime et châtiment, la balance au service de laquelle nous luttons, et te voilà, brandissant la flamboyante épée.

– Oui, dit Gripjstra. Peut-être. Mais admettent-ils leur culpabilité ? Regrettent-ils jamais leurs actes ?

– Bien sûr que si, reprit De Gier. As-tu jamais rencontré un homme qui *aime* vraiment le mal ? Ou qui l'ait commis volontairement ?

– Oui, dit Gripjstra. Tous les coupables sont mauvais de nature.

– Oublie donc ça. Avaient-ils le choix ? N'étaient-ils pas contraints par les circonstances ? Avaient-ils prémédité quoi que ce soit ? Le destin les y a poussés, et toi tu les pousseras en prison. Et nous aussi on nous pousse. Nous barbotons dans le courant et nous croyons nager.

– Sauf toi.

– Moi compris, hurla De Gier, en éclaboussant de thé son pantalon. Tout compris. Pense au passé, pense à l'avenir, tu n'en sortiras jamais.

– Tu n'appartiens pas à la police.

– Je ne veux appartenir à rien, déclara De Gier. Voilà pourquoi cette affaire me plaît, pour une fois je suis censé rester en dehors.

– Je ne crois pas, intervint Cardozo.

De Gier s'assit et considéra le sol. Gripjstra considéra Cardozo. Cardozo considéra Eddy. Le rat dormait depuis un moment sur une chaise, affalé sur le côté. Il se dressa avec peine et vint regarder au bas de la chaise. Cardozo le posa sur le tapis. Eddy se traîna, la queue pendante.

– Il est malade ? demanda Cardozo.

– Il recommence à jouer la comédie, déclara Gripjstra.

Eddy se dressa contre la jambe de Cardozo. Ses yeux rouges saillaient. Les petites pattes sèches s'accrochèrent au bord de la chaussette de Cardozo.

– Aaaah, fit Cardozo.

– Il ne te fera pas mal. Pourquoi tu ne le prends pas ?

Cardozo l'attrapa avec douceur. Dans le creux de sa main il ramassa Eddy, qui soupira d'aise, découvrant ses longues dents. Des veines rouge sombre serpentaient dans la peau presque transparente de ses oreilles. L'index de Cardozo vint gratter le ventre rose du rat.

– Il est mignon, dit Cardozo. Eddy grinça faiblement. Ouah, s'écria Cardozo, en lâchant tout. Le rat tomba sur le sol. Cardozo s'accroupit. Qu'est-ce que j'ai encore fait ?

– Il bouge encore, remarqua Gripjstra. Il s'accroupit à son tour. Et il grince.

De Gier rampa vers le rat.

– Les rats ne vivent pas longtemps, je crois. Peut-être qu'il est vieux. Tu es vieux, Eddy ?

Eddy remua une patte.

Gripjstra grogna et se releva.

– Le dernier grincement, peut-être ?

– C'est bien notre chance, constata De Gier. Nous arrivons toujours à la fin.

Gripjstra téléphona.

– Mme Oppenhuyzen ? C'est encore à propos de votre petit animal.

– Je crois qu'il est mourant.

– Vous n'avez pas de voiture ?

– Votre mari n'est pas avec vous ?

– Voudriez-vous qu'on vous l'apporte ?

– Oui, madame. D'accord.

Il raccrocha.

– Tu pars chez ceux que tu aimes, déclara De Gier à

Eddy. Il toucha la petite tête tremblante. Et peut-être que tu pars aussi pour de bon. Pour un monde meilleur. Balançoires et musique, fromage de choix, amours de rongeurs. Tu vas t'éclater.

– Emmène-le, toi, ordonna Gripjstra. C'est un à-côté de l'affaire. Et je veux dîner. Tu prépareras aussi le dîner.

De Gier apporta de la soupe aux moules et du pain frais. Gripjstra engloutit plusieurs portions en grognant.

– C'est bon, déclara Cardozo. Le goût est délicat.

– Frison, bien sûr, déclara de Gier. J'ai trouvé la recette dans le journal. Du curry, de la farine, de la crème et on remue bien. Les moules sont fraîches, avec les compliments de la Police Militaire.

– Tu les as revus ? demanda Gripjstra.

– Je passais faire la causette, expliqua De Gier. Ils prenaient le café avec du gâteau, sur la table d'acajou. Ils m'en ont raconté une bien bonne. Très excitante, leur routine quotidienne. Du cuivre a été volé dans les îles, propriété des militaires. Surprenant. Ce matin l'histoire du cuivre est revenue sur le tapis. Et puis il y avait ce déserteur qu'ils pourchassaient mais il est venu se constituer prisonnier et en fait ils l'ont relâché. Il y a trop de main-d'œuvre, l'aviation est automatisée, moins il y a d'hommes mieux c'est.

De Gier coupa du pain et passa le beurre.

Gripjstra et Cardozo écoutaient d'une oreille distraite.

– Le pain vous plaît ? demanda De Gier. Fabrication du lieutenant Sudema. Je lui ai aussi rendu visite. Il s'est débarrassé du mur et l'a remplacé par trois poteaux venus d'Ameland. Son neveu les a apportés, dans le bateau de patrouille de la Police Militaire, mais ce bateau n'est pas vraiment à eux, il appartient au Génie naval.

– Je veux de la soupe, grogna Gripjstra.

– Oui, continua De Gier, et le mur des Sudema va être remonté. L'inspection des eaux lui a donné des briques. Les briques ont été apportées par la Brigade des Jeux, il les a troquées contre des tomates, les tomates finiront à la

Marine qui enverra un camion militaire devant sa serre, un camion provisoirement enregistré à la Police Municipale.

– Du pain, grogna Gripjstra.

– Ça prendra du temps, continua De Gier. Sudema n'est pas concentré. Il n'arrête pas d'embrasser sa femme. C'est gênant, j'ai dû les regarder faire.

– Mais qu'est-ce que tu combines ? demanda Gripjstra, en essuyant son assiette avec la dernière croûte de pain.

– C'est trop, déclara De Gier. Du café, adjudant ? Tu peux faire la vaisselle, Cardozo.

Cardozo devait filer. De Gier salua de la main la Citroën qui s'éloignait. Gripjstra fit la vaisselle.

On sonna à la porte.

– Bonsoir, Hylkje, dit De Gier.

– Je n'y vais pas, hurla Gripjstra de la cuisine. Il faut que je voie Pyr, Tuark et Yelte. Emmenez le rat.

Hylkje et De Gier allèrent regarder Eddy. Seul le museau du rat bougeait. Hylkje toucha une patte d'Eddy. Elle retira sa main aussitôt. « C'est froid ».

– Réchauffe-le, suggéra De Gier.

– Je préférerais te réchauffer, répliqua Hylkje. Dans ton lit à Amsterdam, celui dont tu m'as parlé, avec les ornements de cuivre de chaque côté. Je viendrai te rendre visite de temps en temps. Je ne resterai pas. Pas d'engagement. Je ne cherche pas à te mettre le grappin dessus. Peut-être que tu le crois et que tu essaies de garder tes distances, mais c'est inutile. J'apporterai du café et ma cafetière électrique et le dimanche soir je m'éclipserai. Pas de conséquences. Rien du tout.

– Promis ? demanda De Gier.

– Promis.

– Pas moi, hurla Gripjstra de la cuisine. Toi, tu emmènes Eddy. Tu as sali toutes les casseroles de la maison pour cuire un litre de soupe aux moules. Je vais en avoir pour des heures.

– Mon appartement donne sur un parc, expliqua De Gier. Je t'emmènerai te promener. Nous donnerons à manger aux canards.

– Comme c'est romantique. Les cils d'Hylkje papillotèrent.

– Il faut aussi que j'aille à Dingjum, hurla Gripjstra, expliquer au lieutenant où j'ai caché son pistolet. J'en ai pour la nuit.

– J'ai envie de romantisme, ce soir, décréta Hylkje.

– Nous allons nous accommoder de la situation, dit De Gier, et organiser un programme qui donne le maximum de satisfaction à toutes les parties concernées. Eddy doit aller à Engwyrum. Gripjstra a besoin de la Volkswagen. C'est la pleine lune cette nuit. Tu as ta 2 CV. La région est magnifique. Tu veux du romantisme. Nous allons faire un tour en voiture tous les deux. Ça colle à merveille.

– La mort d'Eddy aussi ? s'indigna Hylkje.

– Bien sûr, répondit De Gier.

De Gier ramassa Eddy, et passa ses deux mains lentement sous le petit corps.

– Il était temps, dit Hylkje. Tu savais que j'allais te gifler. Je ne peux pas supporter ta logique implacable et la façon dont tu intègres les autres dans tes plans. Tu es inhumain. Qu'est-ce que je repésente pour toi ? Quelque chose que tu peux combiner ?

De Gier emporta Eddy dans la cuisine pour dire au revoir à Gripjstra.

– Tu abuses avec moi, siffla Hylkje dans la voiture.

– J'use de toi comme je veux, rétorqua De Gier avec chaleur.

– Tu ne m'imposeras rien du tout, siffla encore Hylkje.

– J'use simplement de ton désir, expliqua De Gier, comme tu uses du mien. Quel mal y a-t-il à ça ? Le bénéfice n'est-il pas partagé ?

– Oh, murmura Hylkje d'une voix rauque.

– J'aime beaucoup ta voix, dit De Gier.

Eddy grinça, frissonna et s'amollit dans la main de De Gier.

– Eddy est complètement usé, constata De Gier.

22.

– Police ? demanda Mme Oppenhuyzen en ouvrant la porte.

– Maintenant que vous le dites, reconnut De Gier. Je l'avais oublié mais j'en suis. Et Hylkje aussi, elle est de la Police Nationale. Nous sommes venus apporter le corps.

Quelle grossièreté. Ce n'est pas le moment de faire de l'humour quand on ramène à quelqu'un son animal de compagnie chéri. De Gier regretta aussitôt mais il n'aimait pas Mme Oppenhuyzen, il y avait ça aussi. Il comprit pourquoi. La robe de Mme Oppenhuyzen s'ornait du même motif de fleurs que le papier peint de sa maison en ville. Mme Oppenhuyzen était une rose imprimée. De Gier connaissait bien ce genre, le connaissant bien contre son gré, car c'était le genre qui a une sale tête et mène une vie morne. Etait-ce cet argument égocentrique qui le contraignait à vivre seul ? Mais j'aime être seul, se dit De Gier. Seul avec Tabriz, et Gripjstra qui passe prendre le café une fois par semaine, et peut-être Hylkje pour un week-end mais pas d'engagement, une promesse est une promesse.

– Entrez, je vous prie, dit Mme Oppenhuyzen. Je suis désolée qu'Eddy vous ait causé tant d'ennuis et que vous ayiez dû venir jusqu'ici.

De Gier dut se plier en deux pour ne pas se cogner la tête contre la lampe de cuivre chinoise dont quatre dragons à la queue pointue soutenaient l'ampoule. Les murs et le plafond étaient construits en plaques de sable aggloméré recouverts d'une peinture écaillée. La lourde silhouette de Mme Oppenhuyzen se balançait en tête. De Gier portait toujours Eddy.

– Oh vraiment ! reprit Mme Oppenhuyzen, rien que des ennuis.

Il se souvint d'une tante, qui portait aussi des robes à fleurs et aimait se plaindre, à qui il avait rendu visite une fois, et une seule. Il ne devait pas avoir plus de trois ans à l'époque, elle vivait dans une banlieue quelconque, entourée de bibelots venus d'Extrême-Orient où son mari avait servi sous les drapeaux. Il s'enfuit au beau milieu de la visite, fut trouvé par des inconnus, emmené dans un commissariat de police où, de dépit, il en oublia son nom.

Mme Oppenhuyzen les mena vers des chaises de camping en plastique, en maugréant, se mordillant un doigt et rajustant son chignon qui s'était défait.

– En fait je n'en veux pas, déclara-t-elle en désignant d'un coup de tête le cadavre d'Eddy. Il est à Sybe, vous savez. Les vacances ça ne signifie rien pour mon mari. Il travaille tout le temps, il vient à peine ici. Je devais arriver ici la première et lui me rejoindre avec Eddy mais je ne l'ai pas vu.

– Votre mari travaille pendant les vacances ? s'étonna De Gier.

– Il est toujours sur la brèche, avoua Mme Oppenhuyzen, sauf quand il a mal.

– De quoi souffre-t-il ? demanda Hylkje.

– Névralgie du trijumeau, répondit Mme Oppenhuyzen.

– Quelque chose à voir avec les nerfs ? s'enquit De Gier.

– Une douleur, expliqua Mme Oppenhuyzen. Au visage. Le nerf facial trijumeau, vous savez ? Cette maladie se divise en deux types. L'une est incurable dit-on, car on ne sait pas ce que c'est, et l'autre est due à une infection. Elle s'affaira sur son chignon. Qu'est-ce que j'en sais, moi ? C'est ce que disent les docteurs.

– Duquel de ces deux types souffre votre mari ? demanda De Gier.

– Sybe est atteint de la névralgie incurable. Elle est impossible à soigner. Bien sûr, il peut prendre de l'aspirine mais ça lui donne des douleurs au ventre, ce n'est pas agréable non plus.

– Pauvre homme, souffla Hylkje.

– Alors vous êtes de la police aussi ? demanda Mme Oppenhuyzen.

– Oui, dit Hylkje. Je suis une collègue de votre mari.

– Mais vous êtes de la Police Nationale, reprit Mme Oppenhuyzen. Nous avons la Police Nationale ici, à Engwyrum. C'est un si petit village, il n'y a pas de Police Municipale.

– C'est vrai, reconnut Hylkje.

– Et vous êtes de la Police Municipale, dit Mme Oppenhuyzen à De Gier.

– D'Amsterdam, madame, je fais partie de la Brigade Criminelle.

– Je vois, dit Mme Oppenhuyzen. Eh bien, Sybe n'est pas ici. Il est bien venu tout à l'heure parce que sa douleur au visage recommençait. Je lui ai donné du sirop pour la toux, la codéine fait un peu d'effet. Notre médecin refuse de lui prescrire de la codéine, mais on peut toujours acheter du sirop pour la toux sans ordonnance. Ça donne des nausées à Sybe, mais ça soulage la douleur.

– Et où se trouve votre mari en ce moment ? demanda De Gier. Je voudrais lui annoncer la mort d'Eddy. C'est bien triste qu'Eddy soit mort pendant qu'il nous était confié. Je l'ai nourri avec le fromage que vous aviez dit qu'il aimait et je l'ai baigné plusieurs fois mais ça n'a servi à rien. Il continuait à grincer.

– Vous voulez boire quelque chose ? demanda Mme Oppenhuyzen. Sybe vient de faire des provisions. Il aime boire quand il a mal.

– Nous sommes venus en voiture, précisa Hylkje.

– Non merci, répondit De Gier. Alors où se trouve votre mari en ce moment ?

– A Bolsward, déclara Mme Oppenhuyzen. Il devait voir M. Wang. Vous connaissez Bolsward.

– Ma tante vit là-bas, dit Hylkje.

– Dans la partie neuve de la ville, précisa Mme Oppenhuyzen. Un restaurant chinois. Il y a tellement de problèmes avec les Chinois en ce moment. Sybe n'en veut pas ici mais ils continuent à arriver du sud. Il les aide à remplir leurs papiers administratifs.

– Quel genre de voiture conduit votre mari ? demanda De Gier.

– Une Saab.

– C'est bien, les Saab, remarqua Hylkje. Mon père était décidé à en acheter une et puis on lui a annoncé le prix.

– La nôtre est très vieille, précisa Mme Oppenhuyzen. Elle ne marche plus très bien. Sybe préfère conduire sa voiture de police, mais en ce moment ce n'est pas possible parce qu'il est en vacances.

– J'espère que nous ne vous dérangeons pas, s'excusa De Gier. Nous avons gardé votre maison en ordre. Je vous ai pris un peu de farine aujourd'hui. J'en avais besoin pour la soupe. Mais je remplacerai ce que j'ai utilisé. Nous avons aussi cueilli quelques fines herbes dans votre jardin. J'espère que ça ne vous ennuie pas.

– Non, assura Mme Oppenhuyzen. Sybe et moi nous ne nous disputions pas parce que le Préfet voulait vous installer chez nous. C'était à cause de son mal, encore une fois. Sybe passe son temps à aller à Amsterdam et il sent la cocotte quand il rentre. C'est énervant. Toute cette douleur. Elle balaya l'air de ses mains comme si elle chassait des insectes.

De Gier était navré de ne pas être navré. Ce doit être une calamité de vivre avec un conjoint qui souffre tout le temps.

– Ça doit être beau dehors, observa Hylkje. J'entends la mer.

– Le matin les oiseaux chantent, dit Mme Oppenhuyzen. J'ai un petit bout de jardin. Les légumes se portent bien cette année.

De Gier sourit avec reconnaissance.

– Vous avez été à Singapour ? demanda De Gier.

– A cause des aiguilles, expliqua Mme Oppenhuyzen, il y a des docteurs là-bas qui vous enfilent des aiguilles; Sybe avait l'air d'un porc-épic, plein d'aiguilles.

– L'acupuncture, précisa Hylkje, elle en avait entendu parler. On dit que c'est très efficace. Les Chinois sont très forts en médecine, ils la pratiquent depuis quatre mille ans. En Occident la médecine est encore toute jeune.

Mme Oppenhuyzen déclara que l'acupuncture n'avait apporté aucun soulagement à Sybe.

– Qu'est-ce qui vous a donné l'idée d'aller jusqu'à Singapour ? demanda De Gier.

– Sybe a cet ami, expliqua Mme Oppenhuyzen, M. Xang. Il est avec lui en ce moment. Un homme vraiment charmant. C'est lui qui nous a conseillé d'y aller.

– C'était cher comme voyage ?

– Oh oui!

– Et agréable ? demanda Hylkje.

Elle était si contente de rentrer, avoua Mme Oppenhuyzen. Tous ces Chinois. Il y avait aussi des gens basanés là-bas, et même des Blancs, mais le docteur aux aiguilles était chinois alors ils avaient dû rester dans le quartier chinois, dans une pension, et ils mangeaient des nouilles au petit déjeuner. Un jour toutes les rues avaient explosé, elle avait cru que la guerre avait éclaté.

– Et ce n'était pas ça ? demanda De Gier.

– Non. Des feux d'artifice, mais ça ne m'a pas plu du tout. Après, je n'ai plus voulu sortir mais il fallait rester quand même parce que le billet de retour n'était pas encore valable. Et mon pauvre ventre, oh ! je passais mon temps aux toilettes. Les calamars ne me réussissent pas du tout.

– Et le mal de votre mari ne s'arrangeait pas ?

– Non, dit Mme Oppenhuyzen. Ce nerf trijumeau est tellement sensible. Chaque fois qu'il bâillait ou qu'il toussait ça recommençait, une douleur si horrible.

– Le pauvre homme, dit Hylkje.

– Nous n'allons pas vous ennuyer plus longtemps, déclara De Gier.

Mme Oppenhuyzen ramassa Eddy et raccompagna ses visiteurs à la porte d'entrée.

– M., eh...

– Oui ?

– Ecoutez, je suis désolée, déclara Mme Oppenhuyzen, mais je ne sais pas quoi faire de ce rat mort. Il est à Sybe et Sybe n'est pas ici. Pouvez-vous l'emporter avec vous ? Je dirai à Sybe qu'Eddy est mort et que vous l'avez enterré quelque part.

– Qu'est-ce que tu vas faire du rat ? demanda Hylkje. Le jeter ? Ce n'est pas très hygiénique.

De Gier laissa tomber Eddy sur le siège arrière.

– Je ne sais pas encore. Je vais réfléchir. Si je l'enterrais dans le jardin ?

– Quel est ton programme ?

– J'ai pensé qu'on pourrait continuer, déclara De Gier. C'est ce que nous faisons toujours. On s'en rend compte à la fin. Aucune importance si je suis sur l'affaire ou non, je vais continuer à observer de loin.

– Avec nous, ajouta Hylkje.

– Est-ce que Mme Oppenhuyzen t'a plu ? demanda De Gier.

Hylkje haussa les épaules.

– Encore une femme stupide. Qui a épousé un imbécile qui aime aller chez les putes. Il ne peut même pas rester avec elle à la maison quand ils sont en vacances. Il pue le parfum quand il rentre chercher un costume propre.

La tête de De Gier pendait de côté.

– Tu n'es pas déjà endormi ? s'enquit Hylkje.

– Je réfléchis, dit De Gier. Je réfléchis mieux quand je dors. Aucune sensation nouvelle ne dérange le fil de ma pensée.

– Est-ce que tu penses à nous deux ?

– Pas vraiment, avoua De Gier.

– Pense à nous deux.

– Que veux-tu que je pense ? demanda De Gier. Tu es une femme moderne. A égalité et tout. Tu profites de la liberté que tu as gagnée.

– Ça ne me déplairait pas d'avoir un bébé de toi, déclara Hylkje. Un gros bébé stupide, avec des orteils comme des crevettes et une grosse moustache.

– Gros ? demanda De Gier, en redressant la tête, Gripjstra est gros. Change d'adresse.

– Tous les bébés dont je rêve sont gros, déclara Hylkje. Tu ne veux pas de bébé ?

– Bien sûr que si, répondit De Gier. Mais notre planète est trop petite. Ce n'est pas très confortable. Je n'avais pas prévu de voir le jour mais un truc a encore foiré. Si je produis des bébés, ils grandiront et viendront me le reprocher. « Pourquoi, Papa ? » Et moi, qu'est-ce que je répondrai ?

– Je me charge de tout leur expliquer, assura Hylkje. Je leur achèterai des petites motos, ils s'amuseront comme des fous.

– Est-ce que je pourrai emprunter ta voiture quand nous serons rentrés à Leeuwarden ? demanda De Gier. Je voudrais aller à Bolsward.

– Pourquoi ?

– Je ne sais jamais vraiment pourquoi, avoua De Gier. Quand par hasard je crois tenir la réponse, elle répond toujours à la mauvaise question. Laisse-moi aller à Bolsward, c'est tout. Ce ne sera pas long. Tu auras récupéré ta voiture avant d'aller travailler.

– C'est assez loin, tu dois être fatigué.

– Ça ne peut pas être loin, dit De Gier. C'est ce qui me plaît par ici, chaque endroit est juste au coin de la rue.

Vous parlez de grands espaces, mais ils ne sont qu'illusion. Rien que quelques mètres carrés et quelques mares ici et là.

– Oui, tu es beaucoup plus grand que moi, hurla Hylkje. Tu es un Hollandais immense et je ne suis qu'un nain provincial. Retourne à ton monde réel au pied de la Digue, à tes putains dégoûtantes. Laisse-moi tranquille. Elle sauta de la voiture.

– Salut, Hylkje. La 2 CV partit en cahotant. Le vacarme de son moteur engloutit les cris d'Hylkje.

23.

Le Préfet s'apprêtait à monter dans sa voiture.

– Bonjour, M. Lasius de Burmanie, dit le commissaire. Je suis venu vous rendre compte de notre enquête, ce à quoi nous arrivons, ou n'arrivons pas, pour être plus exact.

– Bonjour, répondit le Préfet. Vous voulez m'accompagner ? Je pars au café. Je me rendrai utile plus tard et j'ai un petit moment à occuper agréablement. Il consulta sa montre. A peu près une heure.

Le commissaire s'installa confortablement dans la Volvo neuve.

– De l'action intéressante, ce soir ?

– Malheureusement. Le Préfet fronça les sourcils. Un problème interne qui commence à infecter l'extérieur. Une pomme pourrie dans mon panier.

– Un collègue ? demanda le commissaire. Quelle est la nature de l'accusation ?

La Volvo recula pour s'approcher de nouveau d'un virage à angle aigu.

– Pas une véritable accusation, expliqua le Préfet, quoique s'il en existait une il s'agirait très probablement de corruption. Causée par une grande bonté, pourrait-on dire, mais n'empêche, nous ne pouvons accepter ça dans la police. Nous ne sommes pas l'Armée du Salut. Qu'en pensez-vous ?

Le commissaire arborait un air féroce.

– A Amsterdam, bien sûr, vous êtes pour la tolérance, remarqua le Préfet.

Ils quittèrent la voiture et traversèrent la place.

– Quelle paix merveilleuse, s'exclama le commissaire. Quelle majesté architecturale. Il désigna les bâtiments tranquilles et imposants. Un style simple mais fier. Assez surprenant de trouver ceci dans une province.

– Je n'appellerais pas la Frise une province, corrigea le Préfet. C'est plutôt une sorte de Royaume.

– Et pourquoi pas ? dit le commissaire. Ceci explique la majesté des bâtiments. Vous avez raison, bien sûr. Je suis né dans ce Royaume, à Joure.

– Le patron en personne, annonça Doris avec un salut. Il sortit avec précipitation de derrière son comptoir et apporta un tabouret de bar.

– Asseyez-vous, monsieur. Le petit monsieur est votre invité ?

– Oui, Doris, dit le Préfet.

Doris apporta un autre tabouret. La bière fraîche moussait dans les hauts verres.

– A la Frise, dit le commissaire.

– A la Frise, répondirent les consommateurs d'une voix forte, peut-être trop forte. Le silence soudain fut brisé par le commissaire.

– Mon meurtre, commença le commissaire.

– Vous n'avez toujours pas de piste, s'étonna le préfet. Je sais. Vos théories sont erronées. Et elles le seront aussi longtemps que vous traînerez par ici, mais je vous en prie, restez si ça vous plaît. Nous vous aiderons dans toute la mesure de nos moyens. Est-ce que nous ne vous avons pas déjà aidé ? Vous avez dû le remarquer.

– Permettez-moi de vous parler de mon meurtre, reprit le commissaire.

Le Préfet alluma le cigare du commissaire.

– Un de mes hommes a failli, je n'aime pas cela. Je vais en parler un peu, ça me soulagera peut-être. L'adjudant Oppenhuyzen, vous avez déjà entendu ce nom ?

– Le gentil collègue qui a prêté sa maison à mes enquêteurs ?

– Lui-même, répondit le préfet. Il est responsable de notre Service des Etrangers. Une très bonne pâte. Mais il a été trop loin.

– Jusqu'où ? s'enquit le commissaire.

– Deux autres, Doris, commanda le Préfet. Oppenhuyzen ne pourra pas dire que je ne l'ai pas prévenu. Les Chinois ne me gênent pas, il en faut bien ici aussi, j'ai vu une exposition d'art chinois il y a quelque temps, je dois avouer que j'ai été impressionné.

– J'aime le Taoïsme, déclara le commissaire. C'est aussi chinois. Le néant. Rien n'est important. Le néant a toujours existé, existera pour l'éternité, notre activité ne mène nulle part, il suffit que nous ne fassions rien, tant que nous ne faisons rien Rien ne sera redécouvert, ça c'est chinois, ça me plaît.

– Leur cuisine est délicieuse aussi, remarqua le Préfet. Mme Oppenhuyzen ne sait pas cuisiner, J'ai dîné chez eux un soir, c'est peut-être pour ça que l'adjudant aime tant les Chinois. Mais quelle que soit sa raison, sa conduite est inacceptable.

Le commissaire avait les yeux dans le vague.

– Quelles que soient les motivations de mon adjudant, reprit le Préfet, je ne peux accepter qu'il fournisse des papiers à des étrangers entrés illégalement. Des plaintes me parviennent de partout. Des individus peu recommandables ne peuvent pas être expulsés de notre pays à cause de la bienveillance de mon adjudant. Il faut que j'y mette le holà.

– Ce soir ? demanda le commissaire.

– J'ai fait suivre Oppenhuyzen, expliqua le Préfet, Il doit être à Bolsward à cette heure-ci, chez son ami Wang, un propriétaire de restaurant. Wang est un charmant vieillard, né et élevé en Frise, mais vous savez comment travaillent les Chinois, ils exploitent leurs compatriotes immigrés ici grâce à leurs ignobles triades. Wang devra y adhérer ou il perdra sa vénérable tête. Des brutes. Il vient d'y avoir cette bataille rangée sur la Digue.

– Un règlement de comptes entre gangs, remarqua le commissaire. Pas de survivant, une bonne chose en soi, de l'extermination interne, mais faut-il que ça se passe ici ? Sous mes yeux ? Le commissaire souffla sur sa manche pour en faire tomber les cendres. J'ai trouvé la scène plutôt affligeante.

– Je suis absolument d'accord avec vous, avoua le Préfet. Oppenhuyzen en est entièrement responsable.

– L'adjudant distribue des permis de séjour à Bolsward

– Pour la toute dernière fois, assura le Préfet. Doris, donnez-moi la note. Je vais retrouver mes hommes au Commissariat central. Nous prendrons quatre voitures et un car. Tous les suspects seront arrêtés et Oppenhuyzen mis en congé indéterminé.

– La solution la plus élégante, reconnut le commissaire. Nous ne voulons pas d'enquête des Renseignements Généraux. Ce sont des ennuis sans fin. Et puis les journaux s'en mêlent. J'ai connu ça aussi. Ma femme n'a pas beaucoup apprécié non plus.

– Vous allez encore vous perdre, remarqua le Préfet. Voulez-vous que je cherche quelqu'un pour vous diriger ? Nous sommes à votre entière disposition, précisez simplement votre requête.

– Je vais vous accompagner à Bolsward, déclara le commissaire.

La Volvo, voiture de tête du convoi, filait dans la nuit paisible. Le Préfet conduisait en silence. Son noble profil trahissait une profonde concentration. Il réfléchissait à l'action qui l'attendait.

– Je ne soutiens pas, dit le commissaire, que ma méthode n'est pas du tout scientifique, mais nous donnons de l'importance à l'intuition dans notre domaine, et quand tout le reste m'abandonne je me permets d'écouter ma voix intérieure. Pas de façon entièrement irraisonnée, comme vous pouvez vous en douter. Est-ce que je vais vraiment trop loin quand je vois un rapport entre la mort spectaculaire de Scherjoen et sa terre natale ? La vie de cet homme en Frise était marquée par le mal, je n'ai pas interrogé une seule personne qui m'ait dit du bien de Douwe. Si je continue à tituber dans la direction que j'ai choisie, je finirai bien par « tomber » sur l'assassin.

– Tout ça ne me plaît pas, déclara le Préfet. Oppenhuyzen est au fond un type bien, et des douleurs nerveuses lui font souffrir le martyre, il semble ne pas exister de traitement à sa maladie.

– La faiblesse, nota le commissaire, attire le mal. J'ai quatre suspects. Trois hommes affaiblis par la cupidité et une dame que sa tendresse même a peut-être entraînée dans les ténèbres. Dans une certaine mesure, je suis pour Mem car si elle a commis le mal, c'était pour faire le bien.

– Ces derniers temps j'ai eu mal aux dents, avoua le Préfet, en période de crise je ne suis plus moi-même. Mon pauvre adjudant souffre depuis des années bien que par moments il semble avoir réussi à prendre le dessus, il a parfois l'air serein.

La radio s'éveilla.

– Monsieur, prochaine sortie de l'autoroute et puis un virage à droite serré nous mènera jusqu'au quartier neuf. Le restaurant est face au boulevard.

– Et ses bénéfices ? demanda le Préfet. Des cognacs et des cigares de luxe gratuits ? Il a payé lui-même son voyage à Singapour, j'en suis sûr. Ou la situation est-elle plus grave que je ne veux me l'avouer ? Un compte chiffré en Suisse peut-être ? J'espère que nous ne tomberons pas sur de vilaines surprises.

– Monsieur ? demanda la radio. Prochain pâté de maisons. Nous allons rester en arrière maintenant. Il n'y a pas de sortie sur le côté. Si nous nous postons à l'arrière du restaurant nous pourrons les intercepter s'ils essaient de s'échapper.

– C'est compris, déclara le Préfet. Préparez vos armes. Pas d'hésitation au moment de l'arrestation. Je veux que la voiture numéro deux me couvre. Tous les autres se posteront à l'arrière.

– C'est compris, répondirent quatre voix.

Le centre commercial était encadré par deux hauts bâtiments d'habitation. La Volvo se gara. Le commissaire en sortit. Il salua de la main une 2 CV orange vif qui passait. L'occupant lui répondit.

De Gier sortit de la 2 CV. Le commissaire présenta le sergent.

– Une coïncidence ? demanda le Préfet. Voulez-vous nous accompagner ?

– S'il vous plaît, répondit De Gier.

– J'essayais de convaincre votre chef, déclara le Préfet. J'aimerais autant que vous nous attendiez dehors. Vous pouvez attendre les suspects chinois. Les deux hommes là-bas sont à moi, et les deux autres là-bas aussi. Faites-vous connaître, je vous prie. Je n'ai plus beaucoup de temps.

Le Préfet de police entra dans le restaurant, suivi du commissaire. Il n'y avait pas de clients assis à table, mais de jeunes Chinois étaient assemblés autour du bar.

– Police, annonça le Préfet d'une voix forte. Vérification des permis de séjour. Vos papiers, s'il vous plaît.

Les Chinois du fond reculèrent et les Chinois de devant avancèrent, entourèrent le Préfet et le commissaire. Ils réapparurent, essayant d'échapper aux policiers qui surgissaient des deux côtés de la vaste salle. Un seul homme resta au bar, ni jeune, ni Chinois, très trapu avec un visage plutôt rougeaud. Il portait un costume de tweed.

– Bonsoir, dit l'homme.

– Bonsoir, adjudant, répondit le Préfet. J'espérais ne pas vous trouver ici. Restez où vous êtes, quoi qu'il arrive.

Derrière le comptoir un vieux Chinois souriait devant tout ce désordre. Le commissaire se glissa derrière le comptoir. Le vieux Chinois lui tendit la main. Le commissaire la serra.

– Wang, dit le Chinois.

– Bonsoir, M. Wang.

Les jeunes Chinois hurlaient aux oreilles des policiers.

– Que disent-ils ? s'enquit le commissaire.

– Œuf pourri, traduisit M. Wang.

Les jeunes Chinois exécutaient de rapides mouvements avec les bras et les pieds, tournaient prestement sur eux-mêmes, inspiraient et soufflaient bruyamment. Les policiers ne bougeaient pas derrière leurs pistolets pointés.

– Que font-ils ? demanda le commissaire.

– De la gymnastique, expliqua M. Wang. Du karaté. Comme dans les films. Vous connaissez ce genre de films ? Sah ! Toh ! Wah !

– Je ne vais presque jamais au cinéma, avoua le commissaire.

– C'est ce qu'ils disent pendant le combat, expliqua M. Wang. Il souffla et fredonna en même temps. Vous n'avez jamais entendu ce genre de son ? Ils font ça aussi, quand les adversaires s'empoignent.

Les jeunes Chinois soufflaient et fredonnaient.

– Et à quoi cela les mène-t-il ? demanda le commissaire.

– Quand ils font ça dans les films, poursuivit M. Wang, ils sont payés.

– Vous êtes en état d'arrestation, déclara le Préfet d'une voix forte. Vous tous, mettez-vous face au mur et les mains derrière la tête. Exécution. Hop.

– Hop n'est pas ici, déclara M. Wang.

– Votre hollandais est irréprochable, remarqua le commissaire.

– Je suis né ici, expliqua Wang. Je ne veux plus être chinois. Je préfère être rien du tout.

– Ne l'étiez-vous pas depuis le début ? demanda le commissaire.

Wang attrapa une bouteille de cognac et deux verres.

– Seriez-vous bouddhiste par inclination ?

– Hé doucement, remarqua le commissaire. Un bouddhiste est quelque chose. Pourquoi devrais-je être quelque chose ?

Wang versa à boire. Il tendit un verre au commissaire.

– Je vous demande pardon. A votre santé.

– Je vous demande pardon à mon tour, dit le commissaire. A votre santé.

Le Préfet réunissait les armes trouvées sur les jeunes Chinois.

– Vous voulez un sac ? demanda M. Wang. Deux revolvers, un pistolet et six couteaux furent enfournés dans un plastique blanc. Le Préfet posa le sac sur le comptoir et regarda l'adjudant Oppenhuyzen. Il tendit la main.

– Votre arme aussi, et votre plaque d'identité. Demandez votre congé par écrit. On vous l'accordera pour le reste de vos jours, pour toujours, amen, adjudant.

Oppenhuyzen lui remit les objets demandés.

– Filez, ordonna le Préfet, et qu'on ne vous revoie plus.

Oppenhuyzen sourit d'un air stupide, glissa à bas de son tabouret, dit « bonsoir » d'une voix absente et passa la porte d'un pas nonchalant.

De Gier entra après que les suspects aient été emmenés. Eddy reposait dans les mains du sergent.

– Dehors, ordonna le Préfet. De Gier tourna les talons. Pas vous, reprit le Préfet. Je voulais parler du rat. Que fait un rat mort ici ? L'avez-vous trouvé dehors ?

De Gier tourna à nouveau les talons. Il tendit le rat au commissaire.

– C'est pour moi ? demanda le commissaire.

– Pour Douwe, monsieur. Cardozo n'a-t-il pas dit que Douwe avait besoin d'un cadeau à offrir à vos suspects ?

– Vous voulez un sac ? demanda M. Wang.

On glissa Eddy dans un plastique blanc.

– Un ami à vous ? demanda M. Wang.

– Oui, répondit le commissaire. Sergent De Gier. Il ira loin, c'est évident.

– Je parlais du rat, précisa M. Wang.

– D'une certaine façon, dit le commissaire. Je ne le connaissais pas depuis très longtemps, et j'ai déjà une amie, une tortue, qui vit dans le jardin derrière chez moi. Je préfère les amis silencieux. Eddy aimait grincer. Je n'aimais pas tellement ce bruit.

Les jeunes Chinois criaient sur le parking.

– Œuf pourri, dit M. Wang. Leur conversation est monotone. J'espère en être débarrassé un moment.

– Vous venez ? demanda le Préfet au commissaire.

– Il faudrait que je rentre à Amsterdam, répondit le commissaire. Rinus, accompagnez-moi, j'ai laissé ma voiture à Cardozo. Ensuite vous rentrerez en Frise. Vous aurez congé demain et pourrez dormir tard.

Le commissaire remercia le préfet pour cette aventure et M. Wang pour son hospitalité. Il emporta Eddy dans son sac en plastique jusqu'à la 2 CV.

De Gier attendit la question qui ne venait pas car le commissaire dormait.

– Vous êtes arrivé, monsieur.

– Quoi ? demanda le commissaire. Très bien. Il sortit de la voiture.

De Gier l'accompagna jusqu'à la porte de sa maison et lui tendit Eddy dans le sac.

– Merci, dit le commissaire. Bon retour, sergent.

24.

La science moderne produit un genre de verre transparent d'un côté et réfléchissant de l'autre. L'invention sert aux enquêtes. Avec un suspect d'un côté et un enquêteur de l'autre, bien des choses qui se cachent deviennent claires aussitôt. Une paroi en verre de ce genre séparait deux pièces au Commissariat central d'Amsterdam. Du côté des suspects on travaillait dur ce jour-là, sous des regards curieux dissimulés derrière le miroir. Cardozo et le copain de chez Mme Tussaud ne savaient pas que l'adjudant Gripjstra surveillait leurs mouvements. Ils auraient pu s'en douter mais ils étaient trop occupés à créer. Une véritable création, expliquait le copain de chez Mme Tussaud, reconstruire une réalité disparue. La réalité moderne était peut-être d'origine divine, mais une fois que la chose existe l'artiste peut tenter sa chance dans la duplication.

Gripjstra n'entendait pas ces propos, sinon il aurait froncé les sourcils. L'adjudant souriait car il écoutait du jazz, avec des écouteurs reliés à un boîtier. Le boîtier se trouvait entre ses mains parce que l'agent Jane voulait qu'il le répare. Le boîtier n'avait besoin que de piles neuves, et une cassette, que Gripjstra avait trouvée par hasard sur le bureau de De Gier. Il écoutait maintenant un mathématicien du jazz au piano, anonyme, car le sergent avait laissé l'étiquette en blanc. Gripjstra souriait car ce n'était pas souvent que la chance lui arrivait de plusieurs côtés à la fois. La séduisante agent féminin et l'incomparable musique s'unissaient dans son cerveau, abrité dans une tête qui s'agitait rythmiquement. Laissons tout venir à moi, songeait Gripjstra, sans aucun effort de ma part, et pendant ce temps je peux regarder ces deux plaisantins. Pendant que je me tourne les pouces toutes les énigmes sont éclaircies, en commençant par le mystère de la personnalité de Douwe Sherjoen.

« Youhou » et « whaouuu » hurlaient Cardozo et le copain de chez Mme Tussaud, tout en travaillant sur leur expression tangible du côté malfaisant du mort. Leur mains diligentes agrafaient du tissu de coton noir sur des morceaux de bois reliés par des charnières pour créer le mouvement quand on tirerait sur une ficelle. Douwe pouvait déjà s'asseoir et se lever. Il fallait aussi qu'il avance d'un pas tout en tendant les mains, et ses mains, sortant de manchettes en coton, devaient offrir le cadeau aux visiteurs. Le cadeau, envoyé par le commissaire, attendait dans son sac en plastique. Tandis que les pouces noueux continuaient à glisser, le copain de chez Mme Tussaud manipulait des clavettes fendues et Cardozo réglait les éclairages fixés aux quatre coins de la pièce, et qui pouvaient tourner et clignoter.

– L'impression exacte et instantanée, déclara le copain de chez Mme Tussaud, il suffit que ça marche un seul instant.

La cassette de jazz de Gripjstra était arrivée au bout et l'adjudant écoutait maintenant le dialogue des artistes, capté par des micros et amplifiés de son côté de la vitre.

– On se fiche pas mal du bon côté de Douwe, dit Cardozo en refermant l'album qu'il venait d'étudier. Montrons-le sous son pire aspect, glaçons le visiteur avec l'image du mal absolu.

– Trop abstrait, dit le copain de chez Mme Tussaud. Ils n'y croiront pas. Nous allons faire un Douwe qui implore, qui implore le pardon, donnons-lui un aspect pathétique.

– La vengeance ? demanda Cardozo. C'est un fantôme désormais, qui n'a pas droit à la paix. Et il est encore un homme d'affaires. Il proposera un échange équitable. Il leur donne le cadavre d'Eddy et en contrepartie ils trouveront le meurtrier de Douwe.

– Qui peut vouloir le cadavre d'un rat ?

– Okay, convint Cardozo. Il les menaça. Un rat crevé, c'est répugnant.

– La mort, énonça le copain de chez Mme Tussaud, c'est là-dessus que nous devons travailler. La mort du crâne calciné de Douwe, les trous sombres de ses orbites, le cadavre flasque du rat, avec la queue et les pattes qui pendent, la fin de tout.

Les artistes s'accordèrent une pause, pour se rouler une cigarette, tirer dessus, réfléchir à leurs intentions.

– Les effrayer, d'accord, déclara Cardozo, mais il faut aussi qu'ils le prennent en pitié. Et qu'ils prennent pitié d'eux-même, de l'avoir réduit à cet état-là. L'assassin est parmi eux.

Le copain de chez Mme Tussaud bondit sur ses pieds.

– Donnons-lui un air plus pathétique.

Douwe s'assit et se releva, avança lentement. Ils lui firent courber l'échine, ralentirent le mouvement des bras, penchèrent le crâne sur le côté, envoyèrent un éclair de lumière plus violent.

– Je vous en prie, demandait Douwe, je vous en prie aidez-moi. Je ne me suis pas supprimé, la punition était trop cruelle, comblez la brèche, dévoilez votre culpabilité, je vous en prie, avouez.

– Comme ça ?

Il réclame la compassion, pensa Gripjstra, c'est mieux. Il demande de l'aide. Nous demandons tous de l'aide. Nous sommes de faibles humains. Je me vois maintenant, je suis aussi damné que Douwe, je serai damné si je refuse de l'aider, ils font du bon boulot.

– Terminé, hurlèrent Cardozo et le copain de chez Mme Tussaud. Ils avaient planté une casquette noire et plate sur le crâne de Douwe, et après cette touche finale il n'y avait plus rien à ajouter. La restauration du crâne avait réussi. Rien que le haut, avec les orbites ricanantes, avait autrefois appartenu à Douwe ; la partie du bas, attachée avec du fil de fer, avait été ramassée dans un coin oublié du laboratoire de police, mais le fait que les deux moitiés ne concordent pas étaient bien rattrapé par l'ombre portée par la visière de la casquette, accrue par un éclairage aux pulsations rythmiques.

Cardozo et C° pénétrèrent dans la salle de surveillance de Gripjstra.

– Je ne savais pas que vous étiez ici, adjudant, remarqua Cardozo. Qu'en pensez-vous ?

– Pas mal, reconnut Gripjstra.

– Tu entends ça ? demanda Cardozo.

– Qui a besoin de louanges ? demanda le copain de chez Mme Tussaud.

– L'adjudant ne me félicite jamais.

– Tu ne t'es pas tellement fatigué, observa le copain de chez Mme Tussaud. Tu m'as simplement passé les outils. Mais c'est parfait; tu as été utile d'une certaine façon.

Le commissaire entra. Cardozo retourna dans l'autre pièce et donna vie à Douwe en tirant les ficelles. Douwe se leva et tendit le cadavre d'Eddy. Les yeux d'Eddy brillèrent d'un rouge étincelant dans la lumière qui s'était allumée subitement.

– Vraiment, souffla le commissaire. Est-ce que nous n'exagérons pas un peu ? Je ne pensais pas aller aussi loin. Non. Vraiment pas.

– Okay ? demanda Cardozo, en se précipitant dans la pièce.

– Ton chef n'est pas convaincu, dit le copain de chez Mme Tussaud. Allez-vous annuler la représentation, monsieur ?

Le commissaire secoua la tête.

– Je ne veux pas laisser perdre votre travail.

Le téléphone à portée de la main de Gripjstra sonna. Il le décrocha. La réception en bas, monsieur. Les suspects sont arrivés.

– Descendez, adjudant, et amenez-les un par un. Pyr, Tyark et Yelte en premier. Vous-même, n'entrez pas. Fermez la porte derrière eux et revenez ici.

Pyr pénétra dans la pièce. De tous les suspects, Pyr ressemblait le plus à Douwe. Pyr était petit et courbé en avant. Ce que dit Pyr, quand Douwe lui tendit Eddy, n'était pas du frison, mais le cri préhistorique de ceux qui sont soudain mis face à la suprême menace que la vie peut proposer, comme l'expliqua plus tard le commissaire en tirant sur sa chaîne de montre jusqu'à ce qu'elle se brise.

– Pyr s'est reconnu, expliqua le commissaire.

– Trrruahahahahee, hurla Pyr, d'après la bande magnétique qui enregistrait les sons de la salle d'interrogatoire et qui fut repassée après le départ des suspects.

Après ce cri Pyr comprit qu'il était en présence d'une marionnette sans vie faite de tissu et de baguettes, pas de quoi se mettre dans un état pareil. Pyr arpenta la pièce, la conscience tranquille, mais secoué, comme on pouvait s'y attendre. Gripjstra alla le chercher et l'emmena dans une autre pièce. Le commissaire y entra comme par hasard. Pyr, maintenant furieux, jura en hollandais.

– Monsieur Widema, coupa le commissaire, je suis désolé de vous avoir fait venir de si loin pour cela, mais je voulais vous éviter les désagréments des interrogatoires qui n'en finissent pas.

– Vous n'avez pas la moindre preuve, cria Pyr.

– Dites-moi, reprit le commissaire, les moutons que vous exportez, avez-vous une idée de leur destination ?

– La Turquie, tonna Pyr.

– Vous ramassez l'argent là-bas ?

Pyr avait été en Turquie.

– Vous ne dépensez jamais d'argent là-bas ?

– Pour quoi ?

– Des achats ? Des produits ? Quelque chose à rapporter ?

– De *Turquie* ? demanda Pyr. Qu'est-ce qu'ils ont là-bas ? Des mouches. Des vieilles bonnes femmes ? Des trous dans les rues ?

Pyr pouvait rentrer en Frise. Tyark Tamminga fut envoyé auprès de Douwe. Tyark, un homme grand aux épaules larges, eut besoin de crier un peu. Il jeta sa casquette par terre et tituba jusqu'à la porte. La porte était fermée à clef. Tyark se plaqua contre la paroi de verre et dut être délivré par Gripjstra.

– Je suis désolé, s'excusa le commissaire, Monsieur Tamminga que nous ayons dû vous faire venir pour ceci mais...

– Douwe est en enfer, souffla Tyark, avec un rat. J'aurais dû le savoir.

– Pourquoi, Monsieur Tamminga ?

– Mais je ne voulais pas le savoir, reprit Tyark. J'ai horreur de penser à des trucs comme ça. Quand ils meurent ils sont encore quelque part. Et je les rejoindrai moi aussi un jour.

– En enfer ? demanda Gripjstra. Qu'avez-vous fait qui mérite l'enfer ?

Tyark secoua la tête.

– Parlez, dit le commissaire. Quelque chose de mal ?

– Oui, avoua Tyark. Je suis grossier avec ma fille de ferme. Et le chien d'Ushe, il passait son temps à me voler et à me perdre mes sabots, je lui ai fichu une balle dans la tête à cause de ça, mais c'était il y a longtemps.

– Ushe est votre épouse ?

– Oui, répondit Tyark. C'est là que je finirai, en enfer, avec un rat.

Tyark repartit pour la Frise.

Yelte Prik, lui non plus, n'apprécia pas le cadeau de Douwe, mais il ne se départit pas de ses bonnes manières. Yelte avait levé la main pour saluer Douwe. La main toucha la queue d'Eddy. Yelte trébucha et avança à tâtons dans la pièce illuminée par les projecteurs.

– Je suis désolé, M. Prik, s'excusa le commissaire, de vous avoir fait descendre de Frise...

– Douwe m'a sorti du fossé, déclara Yelte.

Le commissaire hocha la tête, attentif.

– C'était vraiment gentil de la part de Douwe, expliqua Yelte. On peut se tromper du tout au tout quand on juge les autres. Le camion de Yelte avait glissé de la digue et Douwe, qui passait par là, l'avait sorti de ce mauvais pas. Douwe avait bousillé son embrayage et Yelte s'était attendu à recevoir la note, mais Douwe ne mentionna jamais la somme.

– Donc vous aimiez bien Douwe ? demanda le commissaire.

Yelte n'en aurait pas dit autant. Il faut savoir rester sincère. Mais Douwe en enfer, avec les rats, c'était un peu trop. Pauvre Douwe.

Yelte fut renvoyé chez lui.

Le commissaire descendit chercher Mem Scherjoen. Il ouvrit la porte de la pièce et lui fit signe d'entrer.

– Douwe ? demanda Mem dans un souffle.

Douwe tendit Eddy.

Mem s'apprêtait à accepter le rat quand ses bras retombèrent.

– Tout ira bien, murmura Mem. Attends-moi, mon chéri. Je vais venir et te sortir de là. Nous recommencerons tout à zéro.

Douwe essaya encore de lui donner le rat.

Mem tourna les talons.

– Je suis désolé, Mme Scherjoen, s'excusa le commissaire.

– Nous nous retrouverons lui et moi, assura Mem. Douwe devra attendre. Je n'abandonnerai jamais. Je serai toujours avec lui. J'aimerais pouvoir aider l'autre aussi.

– Quel autre, Mem ?

– L'assassin de Douwe, dit Mem. C'est dur pour lui. Et il est vivant, c'est peut-être pire. Ne pouvez-vous pas rendre tout ça plus facile pour lui, un petit peu ?

– Tant qu'il ne viendra pas à moi, remarqua le commissaire, je devrais sans doute attendre.

– Vous pourriez aller le voir.

– Oui, dit le commissaire. Je le ferai bientôt. Etes-vous venue en train ? Voulez-vous que je vous raccompagne ?

– Ce serait très gentil. Mem toucha le bras du commissaire. Vous ne m'avez pas fait vraiment peur. Je rêve de Douwe, et il est vraiment bizarre maintenant, tout à fait comme ce que vous venez de me montrer dans cette pièce. Pas encore de paix pour Douwe. Quand je pourrai m'occuper de mes attardés, la situation devrait s'améliorer.

– J'en suis convaincu, assura le commissaire.

– Et si vous aidez l'autre, nous ferons tous le maximum.

– Absolument, convint le commissaire. Je vais m'y mettre sans attendre.

25.

De Gier lâcha son livre, lança les jambes à bas du divan et sourit à Gripjstra et Cardozo.

– C'est l'heure de dîner, annonça Gripjstra. Cardozo a faim lui aussi.

De Gier se couvrit les yeux avec les mains.

– A manger ! hurla Gripjstra.

– A manger ! gémit Cardozo.

De Gier était de nouveau allongé sur le divan.

– Je suis si lent. Comment n'ai-je pas compris ?

– Allez, reprit Gripjstra. Mets-nous à table. *Nous* avons travaillé toute la journée. Nous avons rêvé de notre dîner tout le long de la Digue.

– Bien sûr, dit De Gier. Il brandit son livre. Cette femme, qui s'appelle Martha, veut aussi tuer ses hommes, et parfois elle le fait vraiment. Toutes ses histoires sont bâties sur le même thème et je me demande ce qui est à la source de ses ennuis.

– Pas de sole, gronda Gripjstra. Pas de nouilles à la sauce tomate, pas de soupe aux moules. Pas toujours les mêmes plats tous les jours. Une recette orientale cette fois-ci, je me disais.

– Avec une sauce piquante, intervint Cardozo. Nous méritons un bon repas. Nous avons encore été au turbin toute la journée pendant que vous restiez assis sur votre derrière.

– Et cette Martha, reprit De Gier, est beaucoup plus intelligente que tous les hommes auxquels elle est mariée dans ses histoires, mais comme ils la font simplement trimer comme une esclave, son intelligence se devine à peine. Les hommes traînent leur cul en ville et puis la forcent à accomplir tous les gros travaux, et quoi qu'elle fasse ce n'est jamais assez bien. Elle n'a pas une chance de réussir quoi que ce soit alors elle ne s'en donne pas la peine, et ils ne sont pas contents et ils la traitent de tous les noms.

On sonna à la porte. De Gier jeta son livre et se précipita dans le couloir.

– 'soir, dit le commissaire. J'ai eu une dure journée. Je suis sûr que vous avez préparé un bon dîner. Vous pouvez me servir un apéritif d'abord. Pourquoi avez-vous l'air si endormi ? Vous avez encore fait la sieste toute la journée ? La maison est une porcherie.

– Mais ce n'était pas Mem, assura De Gier. Si j'avais terminé les histoires de Martha plus tôt j'aurais peut-être accusé Mem. Ces Marthas ne tuent pas vraiment leur mari, elles s'évadent par le rêve. A l'avenir, ça pourrait arriver, mais dans les circonstances actuelles elles dépendent toujours de nous. Elles le pensent, ce qui revient au même. Pauvres chéries.

– Je ne sais pas de quoi vous parlez, dit le commissaire du fond de son fauteuil, et franchement je m'en fiche. Vous me le servez, ce verre ?

– Pas de verre, décréta De Gier. Pas de dîner. Les boutiques sont fermées. Quelqu'un a envie de manger chinois ?

Cardozo frissonna.

– Rien de chinois pour ce pauvre Cardozo, recommanda le commissaire. On pourrait le reconnaître. Préparez-nous un morceau en vitesse, sergent, c'est vraiment le moins que vous puissiez faire.

– La cuisine est vide, monsieur, Je pensais que l'affaire était classée.

– Vous ne pouvez pas le savoir, observa le commissaire.

– De Gier a travaillé en douce, expliqua Gripjstra. Je m'en suis douté dès le début. En dépit de mes ordres formels. Et puis il a bénéficié de toutes sortes d'appuis. Hylkje s'est mise en quatre pour lui. Le sergent n'a pas cessé de se glisser sur la scène locale et il a gardé toutes les informations disponibles pour lui.

– Tu veux dire que tu ne sais toujours pas ? demanda De Gier.

– Je veux dîner, rétorqua Gripjstra.

– Et toi ? demanda De Gier à Cardozo. Tu cours toujours après ton cheik ? Comment s'appelle-t-il déjà ? Hussein ben Allah ?

– Moi aussi je veux dîner, dit Cardozo.

– Je vous invite, déclara le commissaire. Dans le premier restaurant que nous trouverons, mais il faut que ça aille vite, je dois encore me rendre quelque part.

– Ce n'est pas trop difficile à trouver, déclara De Gier en tirant une frite d'un cornet de papier, prenez la direction de Dokkum, tournez à Brisum et assurez-vous que vous ne ratez pas Ee et Metslawyr.

– Vous ne savez même pas où je vais, dit le commissaire.

– Qu'est-ce qu'il dit, De Gier ? demanda Cardozo en mâchant le jaune de son œuf dur.

– Il se remet à parler frison, dit Gripjstra en sortant une tranche de viande bouillie de son enveloppe plastique, c'est un linguiste.

– J'ai appris quelques bonnes expressions frisonnes la nuit dernière, déclara De Gier. Et poétiques aussi. C'est Hylkje qui m'a appris. Avec les gestes. Vous voulez entendre ?

– De la frime, déclara Gripjstra à Cardozo. J'espère que tu t'en rends compte. Ce n'est pas un bon exemple pour toi. Les véritables héros n'ont jamais besoin de montrer qu'ils ne sont pas comme les autres.

– Et il ne nous a même pas préparé à dîner, renchérit Cardozo. Pourquoi chercherais-je à l'imiter ? Il a vraiment échoué dans cette affaire. Il m'a eu trop longtemps. Cet œuf est vieux.

Le commissaire paya.

– Il faut que j'y aille maintenant.

De Gier le suivit.

– Vous allez vous perdre, monsieur. Il va faire nuit dans un moment et toutes ces digues vont se ressembler.

– Alors venez avec moi, dit le commissaire.

Le commissaire regarda par-dessus son épaule.

– Encore une Landrover. Ses poings s'abattirent sur ses genoux. Aïe. Non. Pas question. Larguez-les, De Gier. Vous êtes un bon conducteur. Voyons voir ce que vous savez faire.

De Gier s'arrêta juste avant le village de Metslawyr. La Landrover se gara devant.

– 'soir, dit le sergent.

– Je connais le chemin, répondit De Gier. Je vous le jure.

Le sergent salua et s'éloigna.

– Alors ? demanda le caporal dans la Landrover.

– Une légende n'a pas besoin d'être vraie.

Le caporal, un homme de la Haye muté récemment mais désormais capable de manier le frison avec une certaine aisance, rétorqua que les légendes devaient être vraies, parce que c'étaient des légendes, voilà tout.

– Vous êtes du genre croyant, non ?

– Comme tous les Frisons, répondit le sergent.

– Alors ils doivent être perdus. Votre foi vous aide à croire qu'ils le sont. Nous leur avons montré le chemin. Nous raconterons ça à tous les collègues et ils seront tous heureux.

– J'étais heureux avant que tout ça arrive, déclara le sergent, et je le suis toujours. Les policiers d'en bas de la Digue sont des crétins, qu'ils soient perdus ou non.

– Je voulais simplement que vous continuiez à être heureux, avoua le caporal. Ici c'est le paradis, non ? Dès que le doute montre son nez, nous devons l'écraser.

– Vous ne vous êtes pas encore perdu ici ? demanda le commissaire dans la Citroën.

– Non, répondit De Gier, mais tout m'a été rendu facile.

– Parce que vous n'étiez pas concerné ?

De Gier tourna en direction de Ee.

– Une petite question, monsieur. M'avez-vous volontairement mis sur la touche ?

– Qu'est-ce qui a bien pu vous faire penser ça, protesta le commissaire. C'était par vanité. Ne me placez pas sur un piédestal, combien de fois vous l'ai-je déjà répété ? Vous avez toujours voulu faire de moi une légende, mais les légendes ne sont que des mensonges. Un bon doute, sergent, vous aidera plus que les idoles que vous pourrez créer pour peupler votre petit paradis.

– Je ne vous crois pas, riposta De Gier. Tout ce que vous faites est voulu. Vous mettez quelqu'un sur la touche et il fait aussitôt ses preuves, et comme il n'appartient pas à l'équipe il doit envisager le problème d'un autre point de vue, comme vous le désireriez.

– Et j'admire le travail de ce libre individu ? demanda le commissaire. Arrêtez de faire toutes ces histoires, sergent. Est-ce que je vous ai demandé, à un moment ou à un autre de cette enquête, ce que vous pouviez bien fabriquer dans votre coin ?

– C'était inutile, dit De Gier. Vous êtes un excellent observateur.

– Et voilà que ça recommence, s'impatienta le commissaire, quoi qu'il soit vrai que nous soyons désormais tous les deux dans la bonne direction.

– Avant que nous arrivions, reprit De Gier, vous pourriez avouer. Parlez-moi tout de suite et vous serez dans une meilleure position quand vous essaierez de piéger votre homme. Mais peut-être n'avez-vous pas besoin d'abaisser vos cartes maintenant. Est-ce que vous continuez à me tester ?

Le commissaire fixa d'un air triste les maisons basses qui s'accrochaient à la digue.

– Qui est le Frison ici ? Ne soyez pas têtu, sergent. Je ne vous teste absolument pas. Tout ce que je veux c'est retrouver le suspect et rentrer à Amsterdam pour voir si je peux me reposer.

– Ah ! s'exclama De Gier. Le suspect ne peut pas être arrêté. Nous mettrons la main sur du vent. Ce voyage n'est-il pas inutile, monsieur ?

– Et pourquoi ne pouvons-nous pas mettre la main sur l'adjudant Oppenhuyzen ? Le commissaire écrasa une mouche imaginaire entre ses mains. Nous le ferons avouer, c'est assez facile, contactez la Police des polices à la Haye et les Renseignements Généraux arriveront en moins de deux pour le pincer. Vrai ?

– Faux, répondit De Gier. Je crois que vous me mettez encore à l'épreuve. Ici, monsieur, nous sommes à Engwyrum. Le cabanon d'été de l'adjudant se trouve dans la prochaine rue à droite, tout au bout, face à la mer. Y allons-nous ? Il gara la voiture.

– Hmm, fit le commissaire.

– Vous préférez que je me gare devant la maison du suspect ?

– J'ai perdu, convint le commissaire. Vous avez raison. Je ne peux pas l'arrêter.

– Alors pourquoi rendons-nous visite à ce pauvre diable ?

– J'ai encore perdu, reconnut le commissaire. Il vaudrait mieux que vous me mettiez d'abord au parfum. Que savez-vous, sergent ?

– Après vous, répondit De Gier. Vous m'avez fait entrer dans le jeu en vous accompagnant. J'accepte. Ne me direz-vous pas le premier ce que vous avez découvert ?

– Très bien, convint le commissaire, mais accordez-moi un peu de terrain. Répondez à cette question. L'adjudant est-il très riche ?

– Il ne l'est pas du tout, déclara De Gier. En dehors de son travail Oppenhuyzen conduit une vieille Saab. Il ne s'habille pas très bien. Vous avez vu sa maison du Passage d'Espagne, à Leeuwarden, qui a été payée sur son salaire, mobilier et tout. La résidence d'été est construite en plaques de sable aggloméré.

– Est-ce qu'il ne planque pas de l'argent dans un pays étranger ?

– Ce n'est pas le genre, monsieur. Mme Oppenhuyzen n'aime pas les voyages et l'adjudant ne me paraît pas non plus un aventurier.

– Pas d'argent dans un vieux bas de laine ?

– Je ne crois pas, monsieur.

– Le suspect va chez les prostituées, reprit le commissaire, selon les dires de Cardozo. Bon. Alors ? Une fois de temps en temps peut-être. Ce n'est pas une habitude coûteuse.

– Monsieur, intervint De Gier. Je suis formel, l'adjudant Oppenhuyzen n'a jamais accepté de pots-de-vin en liquide. Il est allé à Singapour à ses frais, voir un acupuncteur. Sa femme et lui sont descendus dans une pension de famille. Le médecin était un ami de Wang, le patron de restaurant que nous avons rencontré hier soir. Un brave type, j'en suis sûr.

– M. Wang, reconnut le commissaire, m'a impressionné. Il savait de quoi je parlais. Ce doit être un sage.

– Etes-vous aussi un sage, monsieur ?

– Hmm, fit le commissaire. Ne devenez pas trop malin, sergent. La critique est facile.

– Bon, peut-être le suspect a-t-il accepté quelque chose, convint De Gier. Mais je suis sûr que les triades n'ont pas payé son traitement à Singapour.

– Le traitement a-t-il réussi ?

– Non monsieur. Mais Oppenhuyzen connaissait, de temps en temps, des périodes de rémission.

– Vous pouvez couper le moteur maintenant, ordonna le commissaire.

Ils marchèrent le reste du chemin.

– Parfois la douleur disparaissait, déclara le commissaire, donc nous pouvons supposer que le suspect avait la possibilité, de temps à autre, de se procurer une drogue puissante. L'héroïne est le meilleur calmant que la médecine moderne connaisse. En cas de douleurs constantes et intolérables au visage, on diagnostique souvent une névralgie, une maladie peut-être incurable. La morphine suffirait à calmer la douleur mais nos médecins n'aiment pas prescrire cette drogue et quand ils le font les quantités sont toujours insuffisantes.

– Il aurait pu se servir d'une balle, dit De Gier. Les balles valent souvent mieux.

– Vous êtes trop jeune, dit le commissaire, mais on vous pardonne. J'aurais raconté la même chose il y a vingt ans. C'est bizarre, vous ne trouvez pas ? Plus nous avons d'énergie plus nous semblons attirés par le suicide.

– Je ne connais rien de mieux, avoua De Gier. Je suis désolé, monsieur.

– Moi non plus, sergent, mais à mon âge le doute est plus subtil. Souhaiter le suicide à quelqu'un me semble idiot maintenant.

– J'ai dit que j'étais désolé, monsieur.

– D'accord, d'accord, reprit le commissaire. Oppenhuyzen a accepté de l'héroïne pour soulager la douleur qui le rendait fou, en échange de son aide pour les dossiers administratifs, de conseils, et de son soutien à des éléments criminels étrangers. Inacceptable mais très facile à comprendre.

– Si vous étiez assez bon pour me confier vos intentions, insista De Gier, mon moral remonterait peut-être. Le préfet a déjà condamné l'adjudant à un congé officiel de longue durée. Je ne vois pas ce que vous pouvez faire de plus. Interroger un policier d'un autre corps de police est illégal, à moins que vous ne soyiez accompagné de son chef. Il regarda par-dessus son épaule. Le préfet de Leeuwarden serait-il dans les parages ?

– Il n'y a aucune faille dans votre raisonnement, reconnut le commissaire, mais dites-moi maintenant, comment avez-vous fait le rapprochement entre Oppenhuyzen et Douwe Scherjoen ?

– La Turquie, dit De Gier. Je soupçonnais Mem Scherjoen et ce Pyr et les deux autres timides. Dans chaque cas le mobile aurait été la vengeance. Mem n'en pouvait plus d'être maltraitée et Pyr et ses copains cherchaient à sauver leurs affaires. Gripjstra travaillait sur les marchands de bestiaux, et vous étiez tous préparés à faire passer un mauvais quart d'heure à Mme Scherjoen.

– Et vous que faisiez-vous ? demanda le commissaire.

– Je pensais à l'héroïne de provenance turque, répondit De Gier. Il n'y a pas si longtemps la plupart de l'héroïne venait d'Extrême-Orient par l'entremise des triades de Hong-Kong et de Singapour, apportée par des soi-disant neveux des Chinois en règle qui vivent ici depuis des générations. Ils ont contraint les oncles à les accueillir, à cacher leur héroïne, à les nourrir et les loger gratuitement. Beaucoup de ces Chinois possèdent des restaurants. Certains restaurants ne valent rien, toutefois, chez Hop à Amsterdam, où Cardozo est entré en toute innocence, ce doit être le repère d'une triade.

– Oui, dit le commissaire, et je me demande pourquoi nos services n'ont jamais fait de descente dans cet endroit. Question de protection ?

– Oui, monsieur.

– Oui, répéta le commissaire. Mais on ne peut pas en être sûr.

– Sûr quand même, dit De Gier. Et quand je serai de retour et que vous serez assez aimable pour me remettre sur la touche, je pourrai enquêter sur cette protection.

– Une idée, répondit le commissaire.

De Gier s'arrêta et roula une cigarette.

– Bon, Douwe m'avait été décrit comme le plus méchant des hommes quand, en fouinant à Leeuwarden à la recherche d'héroïne je suis tombé sur une vieille connaissance. Douwe faisait aussi des prêts privés, à des taux épouvantables.

– Ça vous ennuie ?

– Oh oui ! avoua le sergent. Sucer jusqu'à la moelle ceux qui sont définitivement perdus ?

– C'est moche, convint le commissaire.

– Les Chinois n'avaient plus d'héroïne mais ils contrôlaient le marché du détail. S'ils ne pouvaient plus s'en procurer par leurs propres contacts, à cause de la frénésie avec laquelle l'Immigration et les douanes poursuivent tous les messagers suspects, ils pouvaient toujours obtenir leur marchandise ailleurs. Le Moyen-Orient fabrique de l'héroïne à partir de l'opium cultivé sur place. Nous surveillons aussi les Turcs. Douwe n'est pas turc. Il vend des moutons à la Turquie. Les Turcs lui doivent de l'argent. Et s'il était payé en héroïne ? J'ai imaginé Douwe rapportant la drogue ici.

– Exact, dit le commissaire. Au bout d'un moment j'ai moi aussi envisagé cette possibilité mais vous me devanciez déjà d'une bonne longueur.

– Mais vous vous occupiez de Mme Scherjoen, reconnut De Gier. On ne peut pas être au four et au moulin. Quoique, en vérité, je ne voyais pas ce que vous espériez trouver. Auriez-vous arrêté une gentille veuve ?

– Ecoutez, intervint le commissaire. Je dois remplir mon devoir. Et puis je suis affreusement curieux.

– Vous lui avez fait une peur bleue, dit De Gier.

– Non, sergent. Mem était innocente et n'a pas bronché. J'ai pensé qu'elle était coupable parce qu'elle avait peut-être découvert que Douwe vendait de l'héroïne et qu'elle avait décidé de l'en empêcher, mais elle n'a jamais été au courant de cet aspect de ses activités.

– Aurait-elle pu tuer son propre mari ?

Le commissaire acquiesça.

– Absolument, et sa sœur l'aurait aidée, encore un suspect qui remplissait toutes mes conditions. Mem est une idéaliste, Mlle Terpstra est une parfaite terroriste.

– Vous voyez bien, reprit De Gier, vous étiez distrait. Pas moi, je n'avais qu'une seule piste. Et puis j'ai eu de la chance, le lieutenant Sudema m'est tombé dessus. Sudema avait des idées, subconscientes peut-être, et il a fallu qu'il se soûle à mort pour réussir à les exprimer, et même comme ça il s'est contenté d'allusions. Il m'a envoyé chez son neveu, un soldat de la Police Militaire qui ramassait un déserteur sur Ameland, un déserteur qui était en affaires avec Scherjoen.

– Rapport complet, je vous prie, demanda le commissaire.

De Gier fit son rapport.

– Le cuivre a été rendu ? s'enquit le commissaire.

– Oui monsieur. Ce n'était pas un vrai vol mais plutôt l'aventure rituelle dans laquelle se lancent les insulaires pour gagner le respect de leurs pairs. Le déserteur m'a dit tout ce que j'avais besoin de savoir. Scherjoen devait rapporter de l'héroïne pour son propre compte. Il devait la vendre à Hop. Hop ramassait la plus grosse part des bénéfices. Scherjoen voulait la totalité des bénéfices. Il avait sans doute prévu de vendre son prochain chargement directement aux utilisateurs ou peut-être avait-il déjà vendu au détail, à Amsterdam, bien entendu.

– Vous aviez vraiment une longueur d'avance sur moi, admit le commissaire. J'imaginais Scherjoen aux mains des gangsters chinois, luttant pour se libérer, comme vous, mais vous aviez des faits.

– Les gangsters chinois ne liquident pas les Hollandais, reprit De Gier. Ils se liquident entre eux. S'ils nous touchent, leur position s'affaiblit encore plus car nous devenons nerveux, nous refusons de coopérer et nous ne les lâchons plus. Hop a obligé Oppenhuyzen, son larbin, à se débarrasser de Scherjoen.

– En échange de son médicament, compléta le

commissaire. Hier soir notre suspect était bourré d'héroïne jusqu'aux yeux. Avez-vous remarqué comment il a réagi quand son chef l'a congédié ?

– Oui, dit De Gier. Espérons qu'il lui en reste un peu. Il doit être très tendu. Hylkje et moi avons apporté le cadavre d'Eddy là-bas hier soir, et Mme Oppenhuyzen était persuadée que nous étions venus arrêter son mari.

– Racontez-moi cette visite.

Le commissaire écouta.

– Pourquoi, s'étonna De Gier, ne m'avez-vous pas demandé hier soir ce que je faisais à Bolsward, monsieur ?

– De l'enfantillage, sergent. Je voulais voir si je pouvais trouver la solution tout seul.

– Vous me mettiez à l'épreuve.

– Je vous en prie, sergent.

– Vous voulez toujours rendre visite au suspect, monsieur ?

– Il le faut, répondit le commissaire. Encore des enfantillages. La plaisanterie de Cardozo avec le fantôme de Scherjoen a été beaucoup plus loin que prévu. Je n'avais pas idée de quel épouvantable travail d'art ces deux plaisantins étaient capables. Mes jambes en tremblaient quand ils ont fait surgir le résultat devant moi. Je voulais provoquer un léger choc mais les muses de l'enfer ont dû inspirer les efforts de Cardozo.

De Gier réfléchit.

– Mem Scherjoen ?

Le commissaire acquiesça derrière le bout incandescent de son cigare.

– Elle veut que vous lui apportiez le scalp d'Oppenhuyzen ?

Le commissaire soupira.

– Si au moins c'était vrai. J'aurais refusé. Non, sergent, j'ai promis de venir en aide à ce pauvre bougre.

De Gier leva les yeux vers le ciel.

– Inutile, dit le commissaire. Adressez vos prières à vous-même.

– Je ne saurais pas non plus comment m'en tirer, avoua De Gier, et il pressa sur la sonnette de la petite maison de vacances.

– Vous tenez vraiment à déranger Sybe ? demanda Mme Oppenhuyzen. Il souffre. N'est-il pas un peu tard ? Vous êtes aussi de la police, monsieur ?

– Oui, répondit le commissaire, en piétinant son cigare.

– Renseignements Généraux ?

– Non, madame, je veux donner un coup de main.

Mme Oppenhuyzen secoua la tête.

– Bon, alors entrez. Elle les emmena dans le salon, leur désigna les fauteuils en plastique et monta à l'étage.

L'adjudant Oppenhuyzen entra, en tripotant la cordelière qui fermait sa robe de chambre.

– Excusez-moi, messieurs. J'étais au lit.

– Vous ne vous sentez pas bien ?

L'adjudant s'assit lentement.

– Ce n'est pas trop terrible maintenant. J'ai pris mon médicament.

Mme Oppenhuyzen s'assit.

– Offre quelque chose à nos invités, dit son mari.

– Dans un instant. Elle leva la main. Je veux rester auprès de toi.

– Je sais quel médicament vous prenez, déclara le commissaire. Vous ne pourrez plus vous en procurer désormais.

– Oh ! Mme Oppenhuyzen pressa la main de son mari. Ne dis rien, Sybe.

– Ça va, répondit l'adjudant. Ce sont des collègues.

– Tais-toi, je t'en prie.

– Votre mari peut dire tout ce qu'il lui plaira, assura le commissaire. Nous ne pouvons pas porter d'accusation.

– Prépare du café, ordonna Oppenhuyzen. Je t'appellerai dans un moment. Je veux discuter d'un problème avec ces messieurs.

Mme Oppenhuyzen se mit à pleurer. De Gier bondit sur

ses pieds. Je vais venir avec vous, madame. Je fais un très bon café.

– Non, s'écria Mme Oppenhuyzen. La porte claqua derrière elle.

– C'était vous ? demanda le commissaire.

– Vous voulez parler de cette histoire avec Douwe ?

– Vous avez utilisé votre pistolet de service ?

– Disons que oui, répondit l'adjudant. Mais il n'y a quand même aucune preuve. J'ai lu les rapports. La balle n'a pas été retrouvée et le crâne a été endommagé par le feu.

– Vous avez brûlé le corps vous-même ?

– Oui, répondit l'adjudant. Les Chinois avaient préparé le doris mais ils avaient laissé trop peu d'essence. Le corps aurait dû entièrement disparaître. J'ai été voir Hop mais il n'avait pas d'autre essence et mon visage recommençait à me faire souffrir. Je n'avais pas pris mon médicament cette nuit-là, ça me ralentit toujours.

– Je vois, dit le commissaire.

– J'ai saboté le boulot, déclara Oppenhuyzen. Je ne connaissais pas Douwe personnellement sinon j'aurais été absolument incapable de le faire. Ce n'était pas un brave homme, n'est-ce pas ?

– Pas tellement, reconnut le commissaire.

– Je n'ai jamais accepté le moindre argent, monsieur.

– Il y a un médecin à Amsterdam, déclara le commissaire, qui est spécialisé dans votre maladie. Vous ne me croirez pas mais c'est aussi un Chinois. Un jeune homme encore, il a fait sa thèse sur le traitement de la névralgie.

– J'ai vu tous les spécialistes, répondit Oppenhuyzen. Je suis atteint de la forme incurable. Quand la douleur démarre je deviens fou, je prendrais tout ce qui me tombe sous la main, mais il n'y a que l'héroïne qui me soulage, qui me débarrasse de la douleur. Si au moins les médecins acceptaient de prescrire cette drogue, mais ils ont trop peur de l'effet d'accoutumance.

– Vous ne pouvez plus vous en passer ?

– Je ne crois pas, répondit l'adjudant. Il y a quelque temps la douleur m'a laissé tranquille pendant quelques semaines et je n'ai même pas pensé une seule fois à la drogue.

Le commissaire déchira une page de son calepin et inscrivit le nom et l'adresse du docteur chinois.

– Essayez. Avez-vous des projets pour l'avenir ?

– Aucun, répondit l'adjudant. Je suis en congé maladie prolongé. Peut-être que je vais retaper ma maison, ma maison en ville. Celle-ci tombera en miettes si je la touche avec un marteau.

– Vous ne prévoyez pas de demander une enquête des Renseignements Généraux ?

– Non, répondit l'adjudant. Je ne peux pas être arrêté sur la seule confession. Il n'y a aucune preuve. Aucun témoin ne se présentera jamais. Le Chinois qui a procuré le bateau et l'essence est mort sur la Digue. Et ma femme, alors ? Ne faut-il pas que je m'en occupe ?

Mme Oppenhuyzen apporta le café.

– Je leur ai tout dit, annonça l'adjudant, tout va bien.

– Il ne faut pas qu'il se rende, déclara Mme Oppenhuyzen. Ce Douwe voulait faire entrer du poison dans notre pays. Ça corrompt la jeunesse. Mais ça n'a jamais fait de mal à Sybe. C'est un bon médicament, mais qui devrait être sévèrement règlementé.

– Je n'aurais pas dû faire ça, reconnut l'adjudant. Il y en a qui acceptent des pots-de-vin, mais ce n'est pas une raison. J'ai toujours essayé d'être honnête. J'aurais dû parler au patron. Douwe a pris beaucoup d'argent à Hop pour financer une grosse importation en provenance de Turquie, mais quand il l'a rapportée il l'a vendue directement aux drogués. Hop n'a pas apprécié.

– Douwe n'avait-il pas peur de Hop ? demanda De Gier.

– Il pensait qu'Hop serait arrêté et expulsé de Hollande, mais Hop jouit d'une protection efficace.

De Gier se frotta les mains.

– Hop.

– Vous ne pouvez pas le toucher, dit l'adjudant. Si vous touchez Hop vous devrez mettre le nez dans les hautes sphères.

Le commissaire se frotta les mains lui aussi.

– On pourrait essayer. Il regarda ses mains. Vous êtes sûr que vous ne voulez pas d'une entrevue avec les Renseignements Généraux ? Si oui, vous aurez fait tout ce qui est humainement possible.

– Non, dit Mme Oppenhuyzen.

Le commissaire se leva.

– Et allez donc voir ce médecin chinois. On ne sait jamais. Peut-être cela marchera-t-il.

– Merci, monsieur, dit l'adjudant Oppenhuyzen.

– Vous n'irez pas plus loin ? demanda Mme Oppenhuyzen.

– Je n'en ai pas l'autorité, répondit le commissaire. Je suis venu en ami. Merci pour le café, madame.

26.

– Tout a été comme vous le vouliez ? s'enquit M. Wang.

Le commissaire se tamponna la bouche avec une serviette.

– Oui, tout à fait, un délicieux plat de riz sauté, M. Wang.

– Un cognac ?

– Du thé ? demanda le commissaire. Une théière et deux tasses ?

Wang apporta la théière.

– Asseyez-vous, je vous prie, dit le commissaire.

– Du thé, déclara M. Wang, pour fêter notre rencontre. Je trinque souvent avec du thé. Il s'assit, versa le thé et leva sa tasse. J'ai trinqué quand deux de mes enfants sont arrivés morts-nés, et j'ai de nouveau trinqué quand deux autres sont arrivés vivants.

– Ils se portent bien ? demanda le commissaire.

Wang ouvrit la bouche et désigna ses dents éclatantes.

– L'un est un bon dentiste.

– Et l'autre ?

– Il aide à perfectionner les têtes nucléaires des missiles atomiques, répondit M. Wang. Aux Etats-Unis. Un vrai génie, ce garçon. J'ai pris le thé avec lui quand il a terminé ses études et je le reprendrai quand son premier missile tombera sur une grande ville.

– Vos neveux, reprit le commissaire, les jeunes gars que mes collègues ont arrêtés ici il y a deux jours, seront expulsés après avoir purgé leurs peines de prison.

Wang buvait son thé à petites gorgées.

– Et s'ils reparaissent, continua le commissaire, ce qui ne saurait tarder car ils ne resteront pas longtemps en prison, vous pourriez vouloir me contacter. Il tendit sa carte. Téléphonez-moi à la maison, j'y suis presque toujours le soir.

– Je m'abstiens de téléphoner, déclara Wang.

– Votre hollandais est vraiment impeccable, remarqua le commissaire.

– Je suis né à Bolsward, précisa M. Wang.

Le commissaire versa le thé.

– Moi je suis né à Joure, nous sommes tous les deux Frisons.

M. Wang rit.

– Nous sommes tous les deux terriens, déclara M. Wang. Universiens. Nous avons des tas de choses en commun. Peut-être que je vous téléphonerai, après tout. N'êtes-vous pas le commissaire dont on parle si souvent dans les journaux ? Viendrez-vous arrêter mes neveux ici ?

– Je les prendrai chez Hop, répondit le commissaire. A propos, au sujet de M. Hop...

M. Wang secoua sa petite tête souriante.

– Non ? demanda le commissaire. Est-ce que j'irais trop loin ?

– Oui, répondit M. Wang.

– Dommage, dit le commissaire. Et quand je pense que je me bats du côté du Bien.

– Peut-être est-ce pour cela ?

Le commissaire regarda autour de lui. M. Wang désigna un dragon de bois vert qui avait été peint sur le mur au-dessus du bar. Le dragon se flairait la queue.

– C'est Hop, déclara M. Wang. Laissez-lui du temps. Il se dévorera lui-même.

– C'est un animal plutôt long, remarqua le commissaire. Et il n'en est pas encore à la première bouchée.

– Bientôt, promit M. Wang.

– Les Occidentaux ne sont pas connus pour leur patience, remarqua le commissaire. Que me conseilleriez-vous de faire en attendant ?

– Boire beaucoup de thé, répondit M. Wang. Il se leva et se dirigea vers le bar. Il revint avec une boîte en fer. Sur la boîte il y avait une image imprimée représentant une roue qui tournait. Au centre un coq, un cochon et un serpent servaient de rayons.

– Voici mon cadeau, dit M. Wang. Il y a du bon thé dans la boîte. Du thé de patience. Vous pouvez accepter ce présent, il ne vaut que quelques florins et vous m'avez quand même débarrassé des neveux.

Le commissaire examina l'image.

– La roue de la vie, expliqua M. Wang, qui tourne à cause des pouvoirs de l'orgueil, de la cupidité et de la mesquinerie.

– Elle ne cessera jamais de tourner ?

– Elle se brisera d'elle-même, répondit M. Wang. Ce ne sera plus très long.

Le commissaire régla la note.
M. Wang l'accompagna jusqu'à la porte.

27.

Il neigeait. Le commissaire regarda par la fenêtre de son bureau. Il se frottait la jambe. De Gier se tenait près de lui.

– Un temps à glisser, commenta le commissaire. Un temps à nez bouché. Nous y aurons droit encore tout un hiver. Le dégel, les gelées soudaines, la boue, je ne me sens pas en état de supporter ça à nouveau. Remontez-moi le moral, sergent.

– Hylkje ? demanda le sergent. Vous vous souvenez de la jeune dame ?

– Oui, sourit le commissaire. Un si jolie femme, et cette énorme moto, l'aventure frisonne, sergent. Un de nos meilleurs moments.

– Elle est venue passer le week-end ici, monsieur.

– Ha, ha ! fit le commissaire. Je suis ravi de l'apprendre. Vous feriez mieux de considérer un peu cet aspect de votre vie, Rinus. Bientôt vous serez vieux et vous vous lamenterez. Peut-être consentirait-elle à écouter vos lamentations.

– Je n'arrive pas à me l'imaginer, dit De Gier. C'est possible, mais ça ne se fera jamais.

– Emmenez-la en Nouvelle-Guinée, poursuivit le commissaire, dans un bateau à voiles à fond plat. Partagez la grande aventure. J'ai attendu trop longtemps mais vous pourriez partir à ma place.

– Elle m'a parlé de l'adjudant Oppenhuyzen, dit De

Gier. Il est guéri de sa maladie. Vous souvenez-vous du médecin chinois que vous lui aviez conseillé de consulter ?

– Non ? demanda le commissaire. Vraiment ? C'est formidable. Je suis ravi. Je pensais que ça pourrait marcher. Ce médecin est considéré comme quelqu'un de très brillant, il m'avait été recommandé par mes amis médecins quand je cherchais la cause possible de cette douleur dans les joues de l'adjudant Oppenhuyzen.

– Oui monsieur. Il semble que l'adjudant ait eu une infection chronique de la mâchoire qui rendait la névralgie symptomatique. Les névralgies symptomatiques peuvent être guéries si on supprime l'infection. Le docteur a fait arracher les dents d'Oppenhuyzen, il lui a cureté les maxillaires et a prescrit des antibiotiques. Les douleurs névralgiques n'ont jamais reparu.

– Alors il peut retaper sa maison, conclut le commissaire.

De Gier se gratta le derrière.

– Vous avez là un tic très énervant, constata le commissaire. Qu'est-ce qu'il y a ?

De Gier regarda par la fenêtre.

– Vous voulez que l'adjudant soit puni ? demanda le commissaire. Vous ne jouez quand même pas les archanges, dites ?

– Un homme commet un meurtre, déclara De Gier. Nous sommes tous d'accord que c'est mal. Nous avons inventé des lois pour punir le meurtre. Nous avons engagé des voyous comme moi pour attraper les assassins. Alors pourquoi le meurtre deviendrait-il subitement acceptable ?

– Nous avons aussi convenu, énonça le commissaire, que nous ne condamnerions pas un homme sur sa seule confession s'il n'y a pas de preuve qu'il a commis un crime. Les flics ne cavalent pas après d'autres flics, c'est un autre accord que nous avons passé.

– Vous auriez pu lâcher les limiers des Renseignements Généraux, monsieur.

– Hmm, fit le commissaire.

– Alors comment tout cela finira-t-il ?

– Mal, répondit le commissaire.

– Je ne vois rien se passer, monsieur.

– Vous voyez ce que vous voyez, sergent. Le commissaire se laissa tomber dans son fauteuil de bureau et lui fit accomplir une rotation complète. Et que voit l'adjudant quand il rase ses joues indolores tous les matins, notre bon adjudant ?

– Il voit un assassin, répondit De Gier. Peut-il vivre avec l'assassin ?

– Il l'assassinera, je pense, déclara le commissaire.

28.

De Gier admirait les jeunes feuilles fraîches des ormes de l'autre côté de la fenêtre. Gripjstra feuilletait un dossier de rapports récents.

– Le printemps, s'exclama De Gier. Incroyable, mais le voici. L'hiver est mort. Le printemps mourra à son tour. Tout s'en va au bout d'un moment, tu as remarqué, adjudant ?

– Hop s'en est allé, annonça Gripjstra. Lis ça.

De Gier lut.

– Hop, Wo, né à Singapour, blah, hm, trouvé sans vie sur le trottoir du Quai Prince Henry, hm, six balles dans la poitrine, hm, .22 encore, magnum, bon, il tourna la page. Ah, voilà, selon les témoins Hop a été abordé par deux jeunes Chinois, vêtus de chemises de sport, casquettes, hm.

– Un travail de professionnels, remarqua Gripjstra.

Descendre la cible et continuer à marcher tranquillement, tourner le coin, disparus. Nous ne les attraperons jamais. On les a fait venir en avion pour l'affaire et aussitôt après ressortis en vitesse du pays. Ils sont probablement partis de Francfort ou d'un aéroport français. Ils doivent être rentrés chez eux à Hong-Kong à l'heure qu'il est.

– Et qui reprendra la triade d'Hop ?

– On le saura bien assez tôt, répondit Gripjstra.

– Ton chinois n'est pas bon, constata De Gier.

– Ça viendra, rétorqua Gripjstra. Le frison était plutôt facile. Bonjour, Jane. Gripjstra se leva. Le plus joli flic de la police. Il se rassit.

– Je n'aime pas ça, déclara Jane. Je vais aller me plaindre de vous. Vous pratiquez le harcèlement sexuel. Je ne suis rien de plus qu'une collègue féminine, très intelligente aussi, et je souhaite être traitée en tant que telle, rien de plus. Votre attitude flirteuse m'offense.

– Tu as absolument raison, observa De Gier. Qu'est-ce que tu as fait à tes cheveux ?

Jane virevolta.

– Tu les préfères comme ça ?

– Ça te donne un air mystérieux, souffla De Gier.

Gripjstra se mit à tousser.

– Vous fumez trop, déclara Jane. Vous polluez notre air. J'ai arrêté hier mais si je dois respirer votre fumée autant que je me remette à fumer tout de suite.

– Cigarette ? demanda De Gier.

– Rien qu'une, répondit Jane. Elle alluma celle de De Gier avec son briquet. Tu as lu le journal de ce matin ?

– Pas encore.

Elle revint avec le journal.

– Tu n'étais pas en Frise l'année dernière ? Ici, lis-le toi-même. Un accident mortel, un collègue en a été la victime.

Gripjstra arracha le journal des mains de Jane.

– Pas Hylkje. Cette idiote. Toujours en train de foncer.

– Pas une femme, corrigea Jane. Un homme.

Gripjstra lut à haute voix :

– L'adjudant Sybe Oppenhuyzen, de la Police Municipale de Leeuwarden, c'est lui, temporairement en congé maladie, temporairement, ha, est mort dans un accident hier. Ah ! je vois ce que le journaliste essaie de dire, l'imbécile.

– Ils essaient toujours de nous dénoncer, dit Jane. Cet adjudant était en congé maladie mais il était assez bien portant pour travailler sur son toit, alors il a glissé et il est tombé. Salut, Cardozo.

Cardozo posa une boîte à chaussures en carton sur le bureau de Gripjstra.

– Vous ne devinerez jamais ce qu'il y a là-dedans, Jane. Il souleva prudemment le couvercle avec un doigt. Jane se pencha en avant. Cardozo tira la ficelle qui pendait de son côté de la boîte. Le squelette d'un rat jaillit de la boîte. Le rat grinça. Jane se précipita hors de la pièce.

– Ha, ha ! fit Cardozo. Une bonne blague, hein ? On a fabriqué ça le copain de Samuel et moi. Vous vous souvenez d'Eddy ? Nous l'avons enterré et puis nous avons été le rechercher. Le squelette était en parfait état.

Gripjstra et De Gier, qui s'étaient jetés dans les bras l'un de l'autre, se séparèrent.

– Je l'ai entendu grincer, dit De Gier.

Cardozo sortit un magnétophone de sa poche.

– Fous le camp, hurla Gripjstra. Et emporte cette cochonnerie.

– Ne reviens pas aujourd'hui, cria De Gier.

Le commissaire entra. Cardozo reposa la boîte sur le bureau de Gripjstra.

– Regardez ça, monsieur.

Le commissaire sauta dans les bras de De Gier.

– Une bonne blague, vous ne trouvez pas ? demanda Cardozo. Nous y avons travaillé des heures. Très compliqué d'articuler tous les morceaux du squelette. Vous avez entendu le grincement ?

Le doigt tremblant du commissaire désignait la porte. Cardozo se dirigea vers le couloir.

– Prenez la boîte, agent, ordonna le commissaire d'une voix forte.

Cardozo revint et ramassa la boîte.

– Vous n'avez pas eu vraiment peur, n'est-ce pas, monsieur ? demanda De Gier.

– C'était pour mettre Cardozo à l'épreuve, assura le commissaire, en allumant un cigare du mauvais côté. Toujours les surprendre. Il pensait que je ne serais pas effrayé alors j'ai fait semblant de l'être. Une excellente leçon pour lui.

– Je ne vous suis pas très bien, avoua Gripjstra.

– Moi si, dit De Gier. Cardozo est bien trop sûr de lui. Il a besoin de douter. Le commissaire lui apporte le doute.

– Evidemment, s'écria Gripjstra. Très subtil, monsieur. Je m'y suis presque laissé prendre. Vous êtes un merveilleux acteur.

– Vous deux vous me rendez fou, remarqua le commissaire. Il sortit de la pièce d'un air digne.

– Ton héros, plaisanta Gripjstra.

De Gier ferma les yeux.

– Il a tellement à nous apprendre.

RIVAGES/NOIR

1. Jim Thompson : *Liberté sous condition*
2. Charles Williams : *La Fille des collines*
3. Jonathan Latimer : *Gardénia rouge*
4. Joseph Hansen : *Par qui la mort arrive*
5. J. Van de Wetering : *Comme un rat mort*
6. Tony Hillerman : *Là où dansent les morts*
7. John P. Marquand : *Merci, Mister Moto*
8. John P. Marquand : *Bien joué, Mister Moto*
9. David Goodis : *La Blonde au coin de la rue*
10. Mildred Davis : *Dark Place*
11. Joan Aiken : *Mort un dimanche de pluie*
12. Jim Thompson : *Un nid de crotales*
13. Harry Whittington : *Des feux qui détruisent*
14. Stanley Ellin : *La Corrida des pendus*
15. William Irish : *Manhattan Love Song*
16. Tony Hillerman : *Le Vent sombre*
17. Hugues Pagan : *Les Eaux mortes*
18. John P. Marquand : *Mister Moto est désolé*
19. Donald Westlake : *Drôles de frères*
20. Jonathan Latimer : *Noir comme un souvenir*
21. John D. Mac Donald : *Réponse mortelle*
22. Jim Thompson : *Sang mêlé*
23. William McIlvanney : *Les Papiers de Tony Veitch*
24. William McIlvanney : *Laidlaw*
25. Diana Ramsay : *Approche des ténèbres*
26. Donald Westlake : *Levine*
27. James Ellroy : *Lune sanglante*
28. Harry Whittington : *Le diable a des ailes*
29. John D. Mac Donald : *Un temps pour mourir*
30. J. Van de Wetering : *Sale temps*
31. James Ellroy : *A cause de la nuit*
32. Jim Thompson : *Nuit de fureur*
33. J. Van de Wetering : *L'Autre Fils de Dieu*
34. J. Van de Wetering : *Le Babouin blond*
35. Tony Hillerman : *La Voie du fantôme*
36. W.R. Burnett : *Romelle*
37. David Goodis : *Beauté bleue*
38. Diana Ramsay : *Est-ce un meurtre ?*
39. Jim Thompson : *A deux pas du ciel*
40. James Ellroy : *La Colline aux suicidés*

41. Richard Stark : *La Demoiselle*
42. J. Van de Wetering : *Inspecteur Saito*
43. J. Van de Wetering : *Le Massacre du Maine*
44. Joseph Hansen : *Le petit chien riait*
45. John D. Mac Donald : *Un cadavre dans ses rêves*
46. Peter Corris : *La Plage vide*
47. Jim Thompson : *Rage noire*
48. Bill Pronzini : *Hidden Valley*
49. Joseph Hansen : *Un pied dans la tombe*
50. William Irish : *Valse dans les ténèbres*
51. John D. Mac Donald : *Le Combat pour l'île*
52. Jim Thompson : *La mort viendra, petite*
53. J. Van de Wetering : *Un vautour dans la ville*
54. James Ellroy : *Brown's Requiem*
55. Jim Thompson : *Les Alcooliques*
56. W.R. Burnett : *King Cole*
57. Peter Corris : *Des morts dans l'âme*
58. Jim Thompson : *Les Arnaqueurs*
59. J. Van de Wetering : *Mort d'un colporteur*
60. W.R. Burnett : *Fin de parcours*
61. Tony Hillerman : *Femme qui écoute*
62. Kinky Friedman : *Meurtre à Greenwich Village*
63. Jim Thompson : *Vaurien*
64. Robin Cook : *Cauchemar dans la rue*
65. Peter Corris : *Chair blanche*
66. David Goodis : *Rue Barbare*
67. David Goodis : *Retour à la vie*
68. Barry Gifford : *Port Tropique*
69. J. Van de Wetering : *Le Chat du sergent*
70. Joseph Hansen : *Obédience*
71. Roger Simon : *Le Clown blanc*
72. Robert Edmond Alter : *Attractions meurtres*
73. Charles Williams : *Go Home Stranger*
74. John D. Mac Donald : *L'Héritage de la haine*
75. David Goodis : *Obsession*
76. Joseph Hansen : *Le Noyé d'Arena Blanca*
77. Jim Thompson : *Une combine en or*
78. Bill Pronzini : *La nuit hurle*
79. Joseph Hansen : *Pente douce*
80. Peter Corris : *Le Garçon merveilleux*
81. J. Van de Wetering : *Cash-cash millions*
82. Charles Williams : *Et la mer profonde et bleue*
83. Jim Thompson : *Le Texas par la queue*

84. Jim Nisbet : *Les damnés ne meurent jamais*
85. Howard Fast : *Sylvia*
86. Charles Willeford : *Une fille facile*
87. John P. Marquand : *Rira bien, Mister Moto*
88. Chester Himes : *Qu'on lui jette la première pierre*
89. Dolores Hitchens : *La Victime expiatoire*
90. William McIlvanney : *Big Man*
91. Masako Togawa : *Le Baiser de feu*
92. James Crumley : *Putes*
93. Geoffrey Homes : *Pendez-moi haut et court*
94. Geoffrey Homes : *La Rue de la Femme qui pleure*
95. George Chesbro : *Une affaire de sorciers*
96. Tony Hillerman : *Porteurs-de-peau*
97. James Ellroy : *Clandestin*
98. Tony Hillerman : *La Voie de l'Ennemi*
99. Charles Willeford : *Hérésie*
100. James Ellroy : *Le Dahlia noir*
101. J. de Wetering : *Le Chasseur de papillons*
102. Peter Corris : *Héroïne Annie*
103. Jim Nisbet : *Injection mortelle*
104. Joseph Hansen : *Le Garçon enterré ce matin*
105. Helen McCloy : *La Somnambule*
106. Howard Fast : *L'Ange déchu*
107. Barry Gifford : *Sailor et Lula*
108. Kinky Friedman : *Quand le chat n'est pas là*
109. James Ellroy : *Un tueur sur la route*
110. Tony Hillerman : *Le Voleur de temps*
111. Peter Corris : *Escorte pour une mort douce*
112. James Ellroy : *Le Grand Nulle Part*
113. Tony Hillerman : *La Mouche sur le mur*
114. George V. Higgins : *Les Copains d'Eddie Coyle*
115. Charles Willeford : *Miami Blues*
116. Robin Cook : *J'étais Dora Suarez*
117. Daniel Woodrell : *Sous la lumière cruelle*
118. William Kotzwinkle : *Midnight Examiner*
119. Ted Lewis : *Le Retour de Jack*

RIVAGES/MYSTERE

1. Rex Stout : *Le Secret de la bande élastique*
2. William Kotzwinkle : *Fata Morgana*
3. Rex Stout : *La Cassette rouge*
4. John P. Marquand : *A votre tour, Mister Moto*
5. John Dickson Carr : *En dépit du tonnerre*
6. Rex Stout : *Meurtre au vestiaire*
7. Josephine Tey : *Le plus beau des anges*

Achevé d'imprimer le 20 septembre 1991
sur les presses de l'Imprimerie «La Source d'Or»
63200 Marsat
Dépôt légal Septembre 1991
Imprimeur N° 4009